西安外国语大学学术著作出版资金资助出版

斜目与重瞳
现代新诗的诗性言说

乔琦 邓艮 著

陕西新华出版传媒集团
陕西人民出版社

图书在版编目(CIP)数据

斜目与重瞳:现代新诗的诗性言说/乔琦,邓艮著. — 西安:陕西人民出版社,2021.8
ISBN 978-7-224-14274-7

Ⅰ.①斜… Ⅱ.①乔…②邓… Ⅲ.①新诗—诗歌研究—中国—当代 Ⅳ.①I207.25

中国版本图书馆CIP数据核字(2021)第138941号

责任编辑:管中浤 李 妍
封面设计:翟 竞

斜目与重瞳:现代新诗的诗性言说

作　　者	乔琦 邓艮
出版发行	陕西新华出版传媒集团　陕西人民出版社 (西安北大街147号　邮编:710003)
印　　刷	西安市建明工贸有限责任公司
开　　本	787mm×1092mm　1/16
印　　张	18.75
字　　数	270千字
版　　次	2021年8月第1版
印　　次	2021年8月第1次印刷
书　　号	ISBN 978-7-224-14274-7
定　　价	59.00元

目 录
CONTENTS

引　言　诗性：返回新诗自身的批评 / 1

第一章　现代新诗的言说之难 / 5
　　第一节　谁的"现代"？怎样的"诗"？ / 6
　　第二节　一个难题：何为诗？ / 18

第二章　20世纪初：新诗诗体的确立 / 25
　　第一节　胡适《尝试集》与郭沫若《女神》：符号双轴的开启 / 26
　　第二节　"先锋诗人"俞平伯："白话诗可惜掉了底下一个字" / 38

第三章　20世纪末：新诗精神重建（上） / 49
　　第一节　20世纪90年代诗歌言说的大众文化语境 / 50
　　第二节　20世纪90年代以来新诗的精神生态 / 56
　　第三节　20世纪90年代诗歌消解倾向的呈现 / 64
　　第四节　消解中的重构 / 81

第四章　21世纪：新诗精神重建（下） / 87
　　第一节　喧闹、焦虑和遗忘的诗性：21世纪三种诗学论争的考察 / 88
　　第二节　精神重建与"后非非"写作 / 99
　　第三节　公共空间、历史意识与主体重建：以胡丘陵长诗为例 / 109

第五章　形式的意味：意象、张力与访谈 / 119
  第一节　同曲异工：中西意象论比较 / 120
  第二节　抽丝织锦：绘制现代诗语的张力关系 / 125
  第三节　作为"新诗文献学"的诗人"访谈" / 135

第六章　诗人的地理根系与诗歌谱系 / 143
  第一节　衡阳与青海：甘建华地理诗初探 / 144
  第二节　"重庆书"的精神探险 / 157
  第三节　陕西新时期诗歌掠影 / 161

第七章　诗性言说中的个体（上）/ 177
  第一节　俞平伯：初期白话诗坛的旁逸斜出 / 178
  第二节　郭沫若：从《三叶集》看性情人生 / 196
  第三节　徐志摩："散叶子上的零碎杂记" / 200
  第四节　艾青：诗的建行与个体生命意识 / 205

第八章　诗性言说中的个体（下）/ 215
  第一节　于坚：世界从裂缝里漏下去 / 216
  第二节　黄葵：不和谐的丰富 / 227
  第三节　高崎：幻念之思与语言之舞 / 238
  第四节　庄晓明：打磨一把诗歌的斧子 / 247
  第五节　沈奇：追寻的骑士、安详的醉兽与精神自传 / 253
  第六节　洛夫：是"咒"还是"诗"？ / 265

结　语（代）
  阐释的限度："思无邪"新释及其现代诗学意义 / 276

参考文献 / 285

后　记 / 293

引 言
诗性：返回新诗自身的批评

百年中国现代新诗一直存在命名混乱的缠绕，"新诗""白话诗""现代诗""自由诗""现代汉诗"等名称都曾经出现或正在使用。名称混乱的背后隐藏着许多问题：新与旧，白话与文言，现代与传统，新与现代，白话与诗，格律与自由等等纠缠不清。"新诗"概念一直是含混游移的，这显然影响到诗歌批评的展开，但如何使"新诗"概念清晰化呢？如果只是以一种称谓代替另一种称谓，能够解决问题吗？问题恐怕得反过来思考，被称为"新诗"的这样一种诗体，它的实质是什么？

中国新诗自诞生以来，百年间的新诗诗学论争始终缠绕着诗性之辨：无论20世纪初围绕第一部个人新诗集——胡适《尝试集》的论争，还是1920年代汪静之《蕙的风》论争中部分诗歌批评走向诗性的反面，强调诗歌的宣传解释功能，过度凸显社会语境元语言对释义的影响；也无论21世纪以来的多种诗学论争，依然延续着百年新诗的根本之问：究竟什么是诗？或者说"新诗"何谓？诗性，是涉及诗歌最根本的问题，但目前中国新诗研究尚未对此做深入探讨。对诗性概念的梳理辨析，有助于纠正诗歌论争和批评中的非诗倾向。

从理论上考察，诗性的提出，是有着结构主义学派"串线人"之称的罗曼·雅各布森对文学理论和符号学研究的巨大贡献。1958年，雅各布森在美国印第安纳大学的一次语言学学术会议上，做了题为 Closing Statement: Linguistics and Poetics（《结论发言：语言学与诗学》）的总结性演讲，提出了著名的符指过程六因素分析法，以及因符号表意侧重不同的因素而带来的六种不同功能。雅各布森的符指过程六因素包括：发送者(addresser)、接收者(addressee)、语境(context)、信息(message)、接触(contact)和信码(code)。每一种因素都会形成一种特殊的功能，随着符号表意的侧重不同，六因素分别对应着以下六种功能：情绪表现功能、意动性功能、指称功能、诗的功能、交际功能和元语言功能。[①] 一个符号表意系统可以同时具有几种功能，只是功能之间有主次之分；某种功能也不专属于某一个符号表意系统，它可能是 A 系统的主导功能，而在 B 系统里只是次要功能。例如，诗的功能不只存在于诗歌中，也不是诗歌的唯一功能，而是它的主导功能。

雅各布森讨论六因素和六功能的范围不局限于诗歌，但其相关论述确实对诗歌的界定产生了非常重要的影响，至今仍有其研究意义和价值。符号和对象的分裂，符号指向自身内部，乃诗的功能之实现。诗性的核心在于符号的自指性，而不是指称性，符号文本本身吸引着解释者的注意力。雅各布森"诗性"概念的核心表述如下：

> 指向信息本身和仅仅是为了获得信息的倾向，乃是语言的诗的功能。对这一功能的较透彻的研究，不能离开关于语言的一般问题。反过来，想把语言问题搞透，又需要彻底弄清它的诗的功能。任何把诗的功能领域归结为诗或是把诗归结为诗的功能的企图，都是虚幻的和过于简单化的。诗的功能并不是语言艺术的惟一功能，而是它的主要的和关键性的功能。而在其他的语言行为中，它只能作为一种附加性的和次要的成分而存在。这样一种功能，通过提高符号的具体性和可触知性（形象性）而加深了符号同客观物体之间基本的分裂。[②]

"指向信息本身"，也即符号自指。从文本的角度来理解，主要承担诗的功能的符号，需要显赫的"具体性和可触知性（形象性）"，从而将阅读的

---

① [俄]罗曼·雅各布森：《语言学与诗学》，滕守尧译，赵毅衡编选《符号学文学论文集》，天津：百花文艺出版社，2004年，第175—182页。
② [俄]罗曼·雅各布森：《语言学与诗学》，滕守尧译，赵毅衡编选《符号学文学论文集》，天津：百花文艺出版社，2004年，第180页。

关注点引向符号自身而不是符号所指向的对象。当符号表意侧重于信息本身时,诗的功能占据主导地位,诗性得以实现。雅各布森谈到过诗歌文本中诗性呈现的方式:"通过将语词作为语词来感知,而不是作为指称物的再现或情绪的宣泄,通过各个语词和它们的组合、含义,以及外在、内在形式,获得自身的分量和价值而不是对现实的冷漠指涉。"①因此,符号和对象的分裂,符号指向自身内部,乃诗的功能之实现。诗性的核心在于符号的自指性,而不是指称性,符号文本本身吸引着解释者的注意力。诚如陈本益所言:"雅各布森以这种诗的功能来区分诗的语言与非诗的语言,实际上就是以语言的诗的功能来作为诗的本质,这是一种结构主义性质的诗歌本质观,更是一种符号学性质的诗歌本质观,即诗的本质是语言符号指向自身,而不指涉外在事物。"②百年中国新诗,不同时期不同种类的诗歌分别有其实现诗性的独特方式,关注并寻找诗性构建的过程,也即不断趋近诗体演变之内核的过程。

雅各布森的"诗性"概念,在动态功能中清晰给出诗歌定义。自雅各布森始,克里斯蒂娃、卡勒、里法泰尔、托多罗夫、哈贝马斯等都结合各自的研究不断推进着对诗性的思考。托多罗夫在对比雅各布森和巴赫金的思想时,借用雅各布森热衷于分析的诗歌文体说明其思想中的"独白"特征,并用"独白"和"对话"来区分文学语言和日常语言。"诗乃独白,日常的言语实践即对话;小说是再现对话场景的独白";从文本和读者之间的关系来看,"诗歌文本以超脱行为间作用为特征:它面对所有读者,亦即不面对任何具体读者,不等待任何回答;它所引起的反响不是某种'唱和'而是鉴赏和沉思。正因为如此,诗需要更多投入"。③ 相对于小说而言,诗歌是更彻底的独白,其文本世界既不依赖于模仿现实世界,也不倚靠现实读者的附和,因此诗歌在各个层次结构形式的组建上要求更高。

---

① Roman Jakobson, "What is Poetry?" in Krystyna Pomorska and Stephen Rudy (eds.), Language in Literature, Cambridge, Mass.: University of Harvard Press, 1987, p. 378.
② 陈本益:《雅各布森对结构主义文论的两个贡献》,《四川外语学院学报》,2002 年第 3 期,第 8 页。
③ [法]兹维坦·托多罗夫:《对话与独白:巴赫金与雅各布森》,史忠义译,《俄罗斯文艺》,2008 年第 1 期。

"诗的功能把对等原则从聚合轴投射到组合轴上"①,在雅各布森看来,"对等"是产生诗性的重要方式,"对等"又是在重复中实现的。诗性的实现有赖于"聚合重复与组合重复":聚合重复在文本选择过程中出现,"一首五言绝句,在形式上重复所有的五言绝句";组合重复"是在文本中有规律又有变化地重复某些特征,形成节奏或图案"②。如同哈贝马斯说到的,"诗性语言的特点在于它具有'创造世界'的能力"③,诗性在重复和迂回中拉开符号和指称物的距离,进而创造出一个不过分依赖现实世界的虚构符号世界,同时诗歌世界又以隐晦复杂的方式和现实世界展开对话。

需要注意的是,符号自指是雅各布森阐发的符号六功能中诗的功能,也即诗性的核心要义,诗的功能在诗歌中居于主导地位,但不是诗歌符号的惟一功能。有论者谈道:"从表面上看,雅各布森似乎有因自我指涉性而否定指涉维度之嫌。但是实际说来,他反对的是建立在指称用法基础上的直接指涉,而不是指涉现实的维度。"④此一表述逻辑就在割裂符号六功能中产生,而按照雅各布森的观点,诗的功能和其他五种功能共存于诗中,也存在于其他文体中,因主导功能的不同而区分出不同的文体。可以说,在诗歌文本及诗歌批评中,诗性与指称功能、元语言功能的冲突对抗更为明显一些。

百年中国新诗的"问题",或者说新诗研究与批评的"问题",一个突出的表现正是过于强调元语言功能。元语言性与诗性相对,元语言功能为解释提供依据,保证符号能够被读解;诗性则将意义锁定于符号自身,在一定程度上,给意义披上神秘面纱。部分诗歌批评走向诗性的反面,要求诗歌具有宣传功能;一些批评者以道德说事,在对所谓的思想问题大加指责的同时,忽略和抹煞诗歌的艺术价值。对诗性理论的理解,使诗歌批评得以避开上述误区。面对各类被冠以或误读为代言角色的诗歌和诗集,我们都应当试着超越那些指称功能、元语言功能,回到新诗自身的诗性言说。

---

① Roman Jakobson, "Linguistic and Poetics" in Krystyna Pomorska and Stephen Rudy, eds., Language in Literature, Cambridge, Mass.: University of Harvard Press, 1987, p.71.

② 赵毅衡:《哲学符号学:意义世界的形成》,成都:四川大学出版社,2017年,第158—159页。

③ [德]于尔根·哈贝马斯:《现代性的哲学话语》,曹卫东等译,南京:译林出版社,2008年,第210页。

④ 步朝霞:《自我指涉性:从雅各布森到罗兰·巴特》,《外国文学》,2006年第5期。

第一章
现代新诗的言说之难

第一节　谁的"现代"？怎样的"诗"？

一

中国现代新诗自其发生以来，对它的合法性质疑与辩护，对其理论建设与创作实践的论争就从来没有停止过。可以说，从胡适当初倡导文学改良并尝试白话新诗实践以来，近百年新诗的浮沉跌撞不仅最深刻和生动地呈现了20世纪以来中国现代文学许多丰富的历史细节，也在凸显着自身在这一历史进程中与文学文化、时代政治、民族国家以及现代中国人心理情感的牵绊纠结。不管是在"五四"文学革命当时有着启蒙期待的知识分子那里，新诗充当了新文学的"急先锋"，还是在十年文化动乱结束后，"崛起"的新诗潮对自我的呼唤与情感诉求，新诗都与现代中国人的人生世界如此紧密关切。应该说，作为现代中国文学文化的一部分，百年新诗的发展与20世纪以来中国文学文化的现代化是基本同步的；同时，也是与现代中国社会的历史实际互为呼应的。因此，不管新诗在其发生和发展过程中受西方文学文化和中国传统文学文化的"影响"如何深巨，对这种影响的分析都不能把其中千丝万缕的复杂关联简单化地描述为作家之间、思潮流派之间单向的模仿借镜和学习承继。对新诗的种种争论和探讨，更不能脱离我们对于现代中国的历史认知与感受，不能脱离于新诗作者自身的现代生存体验。

然而，新诗研究的实际情形告诉我们的往往与我们的阅读感受和体验相反：在一些诗歌研究文章中，不同诗人的诗作可以被置于同一西方理论观照下，得出几近相同的"现代性追求"的结论。或者，某诗人的诗较多关注日常人生、民间、口语，便说那是"世俗现代性"；如果诗里有了对田园自然的美赞，有了对现代都市的厌倦，便说是"审美现代性"。或者，将田园自然的书写认作诗人对"传统的回归""继承",要不就是"取其精华,去其糟粕"后达到对"传统的现代转化"等等。让人不禁顿生疑惑的是:这样的现代究竟是谁的现代?传统何以成为可以被任意捏揉的东西?或者,在一些诗歌研讨会上,论者对会议策划的相对集中的主题避而不谈而偏要"另辟疆土";或者即使讨论同一个主题,但各自的发言若即若离,表面上争论得热闹激烈,过后总感到都是似是而非的自说自话。这种热闹喧嚣背后的无语和失语状态,还表现为对与新诗相关的一些基本史实的漠视、撤弃和抽空。因此,这样的讨论从一开始也就缺乏一个基本的共同的话语平台。

21世纪已很快走完它的二十个年头,如何让新世纪诗歌研究不再重蹈以往新诗探讨中暴露出来的种种弊端,不再让新诗论争演变为新诗资源的不断内耗,这是新世纪每一个关心中国新诗的诗人和诗歌研究者都不应忽视的问题。我们究竟该如何对新诗说话?对于新诗,怎样的言说才是有效的?换言之,在讨论新诗这一对象时,我们能否寻求和拥有一些基本的立场和视角以便共享一个最基本的对话平台?我想这样的立场和平台是存在的,为之探寻既有可能,又意义重大。甚至,这样的寻求有的时候不在远处,它往往就在中国现代新诗发生的起端。

众所周知,我们现在通常称作的"新诗",在其开始更多的时候是以"白话诗""新体诗"的名目出现的;直到1919年10月10日胡适为《星期评论》"双十节纪念专号"发表了他那篇副题为《八年来一件大事》的《谈新诗》,"新诗"的叫法才普遍流播使用开来。尽管在这篇文章中胡适常常是把"新体诗"与"新诗"交替使用,尽管"新诗"在古典文学中也早已不是新名词,但用它来广泛指称20世纪中国文学革命以来的"白话诗""自由诗""现代诗"等,确实是自此以后的事。显然,在这样一些提法的背后,确有后来者对新诗倡导者们所指责的二元对立模式,如新与旧、白话与文言、自由与格律、现代与古典、西化与本土等等,但事情又不是如他们指责的那样简单。要指出并进而指责新诗倡导者们走了一条"打倒/重建"的二元对立之路是容易的,难的是如何厘清和辨析新文学先驱者基于怎样的自我感受和体验提出了以上种种对立范畴?换个角度来看,当初新文学运动先锋们在自身深厚的传统文化浸润中,承受着怎样的文化和语境压力才做出了与传统"背离"的选择,传统与现代在他们那里的矛盾,难道真的像后人指责他们的某些论说"偏激""极端""武断"那样的泾渭分明吗？只要深入到这些问题的细处，重读"五四"新诗发生期的那些文本，我们就会对这些指责大有怀疑，它们很多时候不过是似是而非的巨大的语言"漂浮物"。

二

究竟是谁最先提出自由诗、现代诗等概念，因为现代文学史料的浩繁恐怕难以一时查清，但问题的关键或许在于所谓的"自由""现代"乃至"新"是否仅仅是对旧文学、传统诗歌和西方文学的简单否定、超越和模仿？1917年2月，钱玄同在给陈独秀的一封信里同时提及了"新文学"和"现代文学"两个关键词："梁任公先生实为近来创造新文学之一人。虽其政论诸作，不能得国人全体之赞同，即其文章，亦未能尽脱帖括蹊径，然输入日本文之句法，以新名词及俗语入文，视戏曲小说与论记之文平等，此皆其实力过人处。鄙意论现代文学之革新，必数及梁先生。"[1]再次查阅现代文学发生期的那些文献，在当初新文学、新诗言说者那里，"新"与"现代"显然不只是一个表时间意义的修饰词，更是一种"现代性质"的焦渴、想象与锚定。

在初期新诗尝试者、鼓吹者那里，"新文学"是以一种历史进步性的姿态而对传统古代文学这一"旧"文学的超越，文学的进化观念几乎为当时普遍奉行的金科玉律。即使像"创造"这一具有质的穿越性的人类才能，也只能在他们进化观的视域内得到有限的褒奖。陈独秀说："新文化是对旧文化而言""新文化运动要注意创造的精神。创造就是进化，世界上不断的进化只是不断的创造，离开创造便没有进化了"。[2] 胡适倡导的新文学是要建立"白话的文学""国语的文学"；陈独秀高举新文学"三大主义"的文学革命军大旗，要推倒"贵族文学""古典文学"与"山林文学"，建设"国民文学""写实文学"和"社会文学"[3]。一时，"新文学"这一名称在报刊上频频亮相，以致当时有读者感叹："'新文学'的名词，已经是听得比'大烧饼油条'的叫

---

[1] 钱玄同：《寄陈独秀》，张若英编《中国新文学运动史料》，上海：光明书局，1934年，第54页。

[2] 陈仲甫：《新文化运动是什么》，张若英编《中国新文学运动史料》，前引书，第6页。

[3] 陈仲甫：《文学革命论》，张若英编《中国新文学运动史料》，前引书，第40—41页。

卖声更是讨厌了。为什么讨厌它呢？第一因为没有人明白解释新文学是什么东西。第二因为大家把新文学看得很神圣，不敢否认，甚至不敢对新文学发生一点疑问。"①这种看法确实代表了当时一般读者的普遍疑惑，可谓直抵新文学倡导者的软肋。

虽然胡适等人没有对新文学、新诗的"现代性质"做明白的解释，但我们能否就此推断他们连新文学史、新诗史之史的意识也没有呢？黄修己认为，像胡适、陈子展等早期"附骥式"文学史作者们"没有明白的'现代文学史'的概念，都把'五四'文学革命后的新文学，与近代文学，特别是戊戌维新时的文学改良运动联系在一起。这正如在 50 年代人们没有明确的'当代文学史'的概念，当代部分被视为1949年前的新文学的延续"②。与此相反，陈平原指出，"五四新文化人从一开始便有明确的'文学史'意识。……五四一代更喜欢在'文学史'框架中讨论问题"③。事实上，胡适、陈独秀等论者的许多文章把新文学与旧文学对立、比较而论，其命名本身就是一种新的"史"的意识，命名同时也是正名，表明他们对新文学的未来想象和理想预设，尽管这种构想在当时还十分模糊。胡适 1925 年在武昌大学演讲时说："实在讲起来，文学本没有什么新的旧的分别，不过因为作的人，表现文学，为时代所束缚，依次沿革下来，这种样子的作品就死了，无以名之，名之为旧文学。"④梁实秋曾说："文学并无新旧可分，只有中外可辨。"⑤鲁迅也以为"'新文学'和'旧文学'这中间不能有截然的分界，然而有蜕变，有比较的偏向"⑥。

在当代，郭志刚说新文学"'新'在和社会、和人生或者说和人民的关

---

① 孙福熙：《中国新文学的源流》，周作人著《中国新文学的源流》，上海：华东师范大学出版社，1995 年，第 92 页。
② 黄修己：《中国新文学史编纂史》，北京：北京大学出版社，1995 年，第 11—12 页。
③ 陈平原：《学术史上的"现代文学"》，《中国现代文学研究丛刊》，1997 年第 1 期。
④ 胡适：《新文学运动之意义》，《胡适学术文集·新文学运动》，北京：中华书局，1993 年，第 169—170 页。
⑤ 梁实秋：《现代中国文学之浪漫的趋势》，《梁实秋自选集》，台北：黎明文化事业股份有限公司，1981 年，第 3 页。
⑥ 鲁迅：《准风月谈·"感旧"以后（上）》，《鲁迅全集》（第五卷），北京：人民文学出版社，2005 年，第 307 页。

系，发生了重要的变化"①。冯光廉等则认为新在"新的文学价值观念，新的文学表现形态和新的文学审美品格"②。周锦把"新"的内涵定义为战斗性、民族性、社会性、思想性、时代性、美善性和感染性等③。而洪子诚认为新文学概念的提出和最初使用有两种含义，即"历时的"与"共时的"含义；一方面"表明它与中国'古典'的、'传统'的文学的时期区分"，另一方面又"显示这种文学的'现代'性质"。他还说"到50年代后期开始，'新文学'的使用已大大减少，并开始出现了以'现代文学'加以取代的趋向。"对此，他认为这是为了"给1949年以后的文学的命名留出位置"④。黄修已则一方面承认新文学与现代文学"这两个概念是有区别的，但现在已经混用"，一方面又不得不自我矛盾地勉力求其统一，"新文学又叫现代文学，因为这是发生于现代社会的文学"⑤。

其实早在20世纪80年代初期，唐弢、严家炎两位现代文学研究巨擘之间就对新文学的认识有所争议。严家炎呼吁："中国现代文学史的研究，首先要尊重事实，从历史实际出发。"他认为我们的学科名称与研究工作名实不符，名为"中国"，却只讲汉族；名为"现代文学"，却只讲新文学等等。⑥而唐弢先生认为"现代文学是从内容到形式，都具有真正现代意义的文学，它只能是近代思想影响下的'五四'运动的产物"，自然而然将旧体诗词和通俗文学因不具备现代意义而排除在外。⑦ 1983年，王富仁提出把中国现代文学"放在整个世界文学的发展中""放在整个中国文学的发展中"，放在"与当代文学的关系"中进行探索的"宏观研究"，⑧ 这可看作后来"20世纪中国文学""新文学整体观"等理论的滥觞。当人们越来越承认打通近代、现代和当代提法蕴涵的理论洞见时，龚鹏程却指出这种思路"实际上仍采用西力东渐、中国逐渐西化现代化世界化的历史解释模型"，"从社会意识上讲，并

---

① 郭志刚：《中国现代文学史论》，北京：高等教育出版社，1996年，第11页。
② 冯光廉、刘增人：《中国新文学发展史》，北京：人民文学出版社，1991年，"导言"。
③ 周锦：《中国新文学简史》，台北：成文出版社有限公司，1980年，"绪论"。
④ 洪子诚：《中国当代文学史》，北京：北京大学出版社，1999年，"前言"。
⑤ 黄修己：《中国新文学史编纂史》，北京：北京大学出版社，1995年，第3页。
⑥ 严家严：《从历史实际出发，还事物本来面目》，《求实集》，北京：北京大学出版社，1983年，第1—2页。
⑦ 唐弢：《求实集·序》，严家严著《求实集》，北京：北京大学出版社，1983年。
⑧ 王富仁：《开创新局面所需要的"新"》，《中国现代文学研究丛刊》，1984年第1期。

没有脱离政治的影响"。① 正因为这许多的"新"文学概念之间的缠绕纠葛，才有论者提出对这些术语应该谨慎使用。黄曼君说："只要中国现代过程仍在继续，中国现代文学'新'的特质仍会发展。因此，在这个意义上说，用20世纪中国文学的概念还不如用中国现代文学的概念。"②相反，范伯群则认为我们这个学科是"作茧自缚"，"我们其实不能叫作'现代文学'，应该恢复'新文学'这个学科的名称"。③

三

新诗作为新文学的急先锋、作为现代文学的重要一翼，如此缠绕的"新"和"现代"，自然也是现代新诗的纠结。当"现代性"这一舶来的术语成为我们讨论现代新诗的共同理论资源乃至似乎成为我们的共同平台时，我们仍然得追问：这究竟是谁的现代？

正如吴思敬指出的，"诗歌现代化"是贯穿20世纪新诗理论的中心话题之一，"可以这样说，中国新诗理论是伴随着'五四'前后诗歌现代化的声浪应运而生，同时又在诗歌现代化的进程中得到了完善与发展的"④。早在抗战时期，朱自清从诗与建国的关系方面就明确提出了"中国诗的现代化，新诗的现代化"，并强调新诗现代化的途径就是"欧化"，向外国诗歌借镜而"迎头赶上"⑤。抗战结束后，袁可嘉对此问题做了进一步的思考，认为"新诗现代化的要求完全植根于现代人最大量意识状态的心理认识，接受以艾略特为核心的现代西洋诗的影响"，其目的仍然在强调中国新诗与西方现代主义诗歌的接轨。在当代，诗歌现代化的探讨在新时期以来得以继续，比如徐迟在1979年诗刊社组织的一次诗歌创作座谈会上就做了题为《新诗与

---

① 龚鹏程：《"二十世纪中国文学"概念之解析》，中国古典文学研究会主编《二十世纪中国文学》，台北：台湾学生书局，1992年。

② 黄曼君：《"现代化"视野与现代文学"新"的特质》，《中国现代文学研究丛刊》，1997年第1期。

③ 范伯群：《危机主要不在于"人满为患"和"空间狭小"》，《中国现代文学研究丛刊》，1997年第1期。

④ 吴思敬：《二十世纪新诗理论的几个焦点问题》，《文学评论》，2002年第6期。

⑤ 朱自清：《诗与建国》，《新诗杂话》，北京：生活·读书·新知三联书店，1984年，第44—45页。

现代化》的发言,期待诗人们写出"社会主义现代化的新诗"。

确切地说,尽管胡适等新诗倡导者没有明确提出过新诗"现代化"的概念,但在实际上,这些初期白话诗尝试者意识里的"新""旧"之别与借镜西方,是包含着一种强烈的文学现代意识的。这种现代意识并非20世纪90年代以来如论者指责的新文学倡导者们对传统的"彻底否定""断裂"和因盲目"崇拜"外国文艺而"全盘西化"。应该看到,中国新文学、新诗现代意识的发生是随着近代以来中国的被殖民地化、半殖民地化,随着文学革命先驱在中国社会这一现实空间中自身的深切感受和体验基础之上发生的。这种感受和体验虽然受到了外部的刺激和触发,比如取道西方并向之学习,但在根本上是从中国知识分子内部生长起来的。他们自身浸润的国学传统素养,绝不因他们爱说几句"择破藩篱的话"就被断章取义地判定为对传统的取消和打倒,而是像梁启超指出的,他们对于"中国旧思想的束缚固然不受,西洋新思想的束缚也是不受","无论中外古今何种学说……不能把判断权径让给他"。[①] 把"判断权"交给自己,除了因"五四"前后由于"人"的发现而带来的"立人""扬己""任个人"之思想启蒙效果外,实际上更重要的是这些现代知识分子、现代诗人们自我生命体验的结果。胡适之刍议"文学改良",即在于秉持"今日之中国,当造今日之文学",不做"古人的钞胥奴婢""洒脱此种奴性""而惟作我自己的诗"。[②] 在当时乃至后来都颇受争议与指责的"古今中外这一件事上",周作人也是坚持从个人实际生活感受立论,对于新文学的反对阵营并非"单依自己的成见,将古今人物排头骂倒";对于中外,也"不必自以为与众不同,道德第一,划出许多畛域","我们偶有创作,自然偏于见闻较确的中国一方面,其余大多数都还须绍介译述外国的著作……实现人的生活"。[③] 被奚密誉为"五四"时期"先锋诗人"的俞平伯,更强调诗是个人的自我和个人心灵的总和,他把文学上的那些冷眼旁观者称为"硬心人","在硬心人底心里,物是物,我是我,好像链子断了一

---

① 梁启超:《欧游心影录》,《梁启超全集》第十卷,北京:北京出版社,1999年,第2981—2982页。

② 胡适:《文学改良刍议》,欧阳哲生编《胡适文集》(2),北京:北京大学出版社,1998年,第8页。

③ 周作人:《人的文学》,《文学运动史料选》(第一册),上海:上海教育出版社,1979年,第108页。

个环似的；只有一个冷冰冰的世界，爱和美底根叶都憔悴尽了，一味地冷笑，还有什么诗歌文学呢？"只有"个性还活泼泼在那边动"，才能"跳出一个活鲜鲜的文学"。所以对于传统与西方文学，俞平伯认为不可"学嘴学舌"，"说句 paradoxical 的话，可以给我们模仿的，只是一种特立独行的精神态度。除此以外，既不可；模仿成了也是糟粕"①。

显然，正是新诗开路先锋们在创作中的自我经验和在生活中的自我生存感受，新诗的现代意识才有了中国化的生长方式和特征，而不是对传统和西方的简单继承和学步。现代感、现代意识的中国化，不仅是一种时间意识，也是一种空间意识。恰如李怡指出的，现代中国知识分子的现代意识远不如西方的那么单纯，"它既包含了我们对于新的时间观念的接受，同时又包含着大量的对于现实空间的生存体验，而在我看来，后者更是中国社会与中国人自我生长的结果，因而也更具有实质性的意义"②。这种"自我生长"，就像抗战末期诗人袁可嘉在《论新诗戏剧化》时警醒不要把现代化与西洋化混为一谈时说的，"新诗之不必或不可能西洋化正如这个空间不是也不可能变为那个空间"③。或许新诗的开创者胡适自己说得更明白，当白话写诗已成事实，新诗的新就需要更丰富的意义来支撑。在1931年给徐志摩的一封信中，胡适这样写道："我当时希望——我至今还继续希望的是用现代中国语言来表现现代中国人的生活，思想，情感的诗。这是我理想中的'新诗'的意义。"④20世纪30年代文学月刊《现代》的主编施蛰存，在为读者关于《现代》中的诗不好理解作解答时说："《现代》中的诗是诗，而且纯然是现代的诗。它们是现代人在现代生活中所感受到的现代的情绪，用现代的词藻排列成的现代的诗行。"⑤这种源自现代中国人在现代中国这一空间的现代感受，事实上已经构成了现代新诗自己的一个传统。比如我们看到，由

---

① 俞平伯：《〈草儿〉序》，《俞平伯全集》（第三卷），石家庄：花山文艺出版社，1997年，第527—528页。
② 李怡：《现代性：批判的批判》，北京：人民文学出版社，2006年，第57页。
③ 袁可嘉：《新诗戏剧化》，杨匡汉、刘福春编《中国现代诗论》（上册），广州：花城出版社，1985年，第499页。
④ 耿云志、欧阳哲生编：《胡适书信集》，北京：北京大学出版社，1996年。
⑤ 施蛰存：《关于〈现代〉的诗》，王永生主编《中国现代文论选》（第一册），贵阳：贵州人民出版社，1982年，第149页。

钱理群、温儒敏、吴福辉著的《中国现代文学三十年》中对现代文学性质的定义即是"用现代文学语言与文学形式，表达现代中国人的思想、感情和心理的文学"。可以说，这一"现代"性质的规定是现当代一部分中国知识分子的心理默契和共同经验。不幸得很，这样的传统和现代却为20世纪90年代以来本身就很含混的"现代性"话语所包裹、覆盖，在另一部分中国学人那里，无论惟西力是尚还是罪责"五四"，必然都是对中国新诗历史处境和现实人生体验的脱离、疏远。

四

在新诗的合法性辩难中，还有一个问题可以说贯穿了近百年新诗发展的始终，即新诗之为"诗"的规定性。无论是郭沫若、王独清等对诗的"公式化"图解，还是宗白华、何其芳、吕进等对诗的"下定义"，也不论出于对"非诗化"的反动而有"纯诗"的倡导，对"自由"的警惕而有了对"格律"的不倦探求，都一一为着新"诗"鸣锣开道。

一般的看法是，初期白话新诗因其"白""浅""俗"而失去了古典诗歌含蓄、蕴藉、回味的美。就像周作人讲的，晶莹得像个玻璃球，而少了余香。对此的反叛，论者也常常追溯到并一再广为引用穆木天和梁实秋的话来加以证明。1926年，穆木天在给郭沫若的一封信中，以一种初生牛犊的盛气指出："中国的新诗的运动，我以为胡适是最大的罪人。胡适说：作诗须得如作文，那是他的大错，所以他的影响给中国造成了一种 Prose in Verse 一派的东西。他给散文的思想穿上了韵文的衣裳。结果产出了……不伦不类的东西。"[①]1931年，梁实秋在谈到早期新诗运动时说，"大家注重的是'白话'，不是'诗'，大家努力的是如何摆脱旧诗的藩篱，不是如何建设新诗的根基"[②]。较少论者引用的梁宗岱的批评可谓来得更彻底和决绝些：

> 我们新诗底提倡者把这运动看作一种革命，就是说，一种玉

---

① 穆木天：《谈诗——寄沫若的一封信》，王永生主编《中国现代文论选》(第一册)，前引书，第75页。
② 梁实秋：《新诗的格调及其它》，王永生主编《中国现代文论选》(第一册)，前引书，第109页。

石俱焚的破坏，一种解体。所以新诗底发动和当时底理论或口号——所谓"建设明了的通俗的社会文学"，所谓"有什么话说什么话"，——不仅是反旧诗的，简直是反诗的；不仅是对于旧诗和旧体诗底流弊之洗刷和革除，简直是把一切纯粹永久的诗底真元全盘误解与抹煞了。①

客观而论，穆木天、梁实秋和梁宗岱三人的批评并非空穴来风，但新诗也绝不是他们夸大的那样毫无建树。在胡适"诗体大解放"旗帜下的新诗创作者们，真的像他们乃至当代的一些批评者继续批评的那样一开始便着意于"否定一切旧传统""对传统的古典诗体采取了全面否定的态度"②吗？其实这样的批评并不完全符合历史实际。三人乃至后继者所批评的新诗的几个方面，其实在初期新诗倡导者和试验者那里早已意识到甚至不乏明确的认识。这里姑且不论传统能否说"否定"就真的被"否定"、被"断裂"得了，即便在胡适自己，他也说这种"初看去似乎很激烈"的解放实在只是"有意的鼓吹"③。早在1917年，胡适在给钱玄同的信中就曾说道："今日作'诗'，似宜注重此种长短无定之体。然宜不必排斥固有之诗词曲诸体；要各随所好，各相题而择体，可矣。"④1918年4月，他在《建设的文学革命论》一文中说得更明白："我想我们提倡文学革命的人，固然不能不从破坏一方面下手……对于那些腐败文学……个个都该从建设一方面用力，要在三五十年内替中国创造出一派新中国的活文学。"⑤同年8月，他在另文中写道："外面有许多人误会我们的意思，以为我们既提倡白话文学，定然反对学者研究旧文学。于是有许多人便以为我们竟要把中国数千年的旧文学都丢弃了。"⑥胡适有意鼓吹"诗体大解放"的真实意图由此可见。同时，胡适还看到当时"攻击新诗的人，多说新诗没有音节"，"有一些做新诗的人也以为新诗可以不注意音节"，并指出"这都是错的"，进而认为新诗的趋势与方向

---

① 梁宗岱：《新诗底纷歧路口》，《诗与真·诗与真二集》，北京：外国文学出版社，1984年，第168页。
② 朱德发：《中国五四文学史》，济南：山东文艺出版社，1986年，第212页。
③ 胡适：《谈新诗》，《胡适文集》（2），前引书，第138页。
④ 胡适：《答钱玄同书》，《胡适文集》（2），前引书，第33页。
⑤ 胡适：《建设的文学革命论》，《胡适文集》（2），前引书，第44页。
⑥ 胡适：《答黄觉僧君〈折衷的文学革新论〉》，《胡适文集》（2），前引书，第89页。

乃在"自然的音节",在创作中需要用"具体的做法"以造成"明显逼人的影像",使诗"越有诗意诗味"①。要追求诗意诗味,可见"诗体大解放"在胡适那里并不只是一个白话代替文言么表面和简单的事情。

如果说在胡适那里还因着新文化、新文学整体的宏大目标而无暇更多顾及新诗本身的建设,而在俞平伯这里却使这个问题有着较为明确的求索,甚至俞平伯的某些探讨本身就是对胡适的一个补充、矫正。可以说,在与新诗结伴不长的六七年时间里,俞平伯始终坚持对新诗本身建设的思考。在其写于1918年10月的中国现代文学史上第一篇新诗专论文章《白话诗的三大条件》中,针对当时新文学中"独以新体诗招人反对最力"的"非难",俞氏对那些"并不是从根本反对白话诗,不过从组织方面肆其攻击","却有点见识"的非难中反躬自省,从而引起对白话诗"遣词命篇"的思考,提出"雕琢是陈腐的,修饰是新鲜的"②观点。这种回到新诗本身的自觉,在其1919年写的可谓是前文姊妹篇的《社会上对于新诗的各种心理观》一文中有明显的体现:"我们顶要紧的事,就是谋新诗本身的进步:挂了一面新文艺的大旗,胡乱做些幼稚的作品敷衍了事,这真是我们的大罪过。"③在创作实践中,他便"力求其遣词命篇之完密优美",因为"用白话做诗……终与开口直说不同",如果没有对字、句、章的限制,"随着各人说话的口气,做起诗来,一天尽可以有几十首,还有什么价值呢"④。反对随着各人说话的口气随便做诗,明显是对胡适"有什么话,说什么话"做诗观念的积极反叛和纠正。因此,俞平伯较早注意到了新诗的语言媒介问题:"中国现行白话,不是做诗的绝对适宜的工具……但是一方面,我总时时感到用现今白话做诗的苦痛。"俞氏并不是否定白话,而是承认白话在当时情形下"实在是比较最适宜的工具",但他感到白话"缺点也还不少",尤其"缺乏美术的培养",导致新诗"往往就容易有干枯浅露的毛病"。所以他说"白话诗的难处,不在白话上面,是在诗上面;我们要紧记,做白话的诗,不是专说白话",警惕

---

① 胡适:《谈新诗》,《胡适文集》(2),前引书,第138页。
② 俞平伯:《白话诗的三大条件》,《俞平伯全集》(第三卷),前引书,第501页。
③ 俞平伯:《社会上对于新诗的各种心理观》,《俞平伯全集》(第三卷),前引书,第504页。
④ 俞平伯:《白话诗的三大条件》,《俞平伯全集》(第三卷),前引书,第501页。

"白话诗"不要"掉了底下一个字"①。此外，他还对新诗的音韵、新诗的做法、新诗的精神与形式等方面提出了具体的探讨，这些观点，无疑切中肯綮，都直指新诗"诗"的建设一面。

然而，新诗究竟该是什么样子，或者关于新诗标准的探讨，是新诗立稳阵脚之后令许多人一直困惑的问题。从陆志韦、闻一多、朱光潜、废名、林庚等到何其芳、丁芒、王珂、黄维梁、吕进等，诗体建设成为现代新诗进程中一股时隐时现的重要潮流。20世纪30年代废名在其专著《谈新诗》中一个核心的论点就是"新诗应该是自由诗"，因为它的内容是"诗的"，而其文字则是"散文的"，并说这正与旧诗相反，也与穆木天指责胡适"给散文的思想穿上了韵文的衣裳"之看法完全相对。何其芳在40年代也曾说"中国的新诗我觉得还有一个形式问题尚未解决"②；郭沫若在1948年对社会上指责新诗没有建立出一种形式来进行辩解："我要说一句诡辞：新诗没有建立出一种形式来，倒正是新诗的一个很大的成就。新诗本来是诗的解放，它是从打破旧形式出发的……因此，不定型正是诗歌的一种新型。"③到了世纪之交，陈仲义、林贤治、黄维梁等人还在呼应这一看法。陈仲义认为"自由诗将继续作为'正体'成为诗坛主流"④；林贤治认为只要诗歌的精神是自由的、诗的，甚至分不分行都不重要；⑤ 黄维梁认为"新诗既然发端于自由诗，不成型是它的一大特色"，"不成型的新诗，有自由但也需自律的新诗，已成了中国20世纪文学中的一个传统"。⑥ 另一方面，21世纪以来，新诗的格律化主张似乎有着较为强劲的势头，比如黄淮、万隆生等人皆有积极的推动。因此，对新诗这一形式问题的观点分歧和裂缝之大，依然使我们担心争论变成无效的诗歌内部的耗散。通常在对新诗的批评中是说自由诗"非诗"，虽然挣脱了格律的束缚，却是以失去诗之为诗的传统名义、失去诗的地位

---

① 俞平伯：《社会上对于新诗的各种心理观》，《俞平伯全集》（第三卷），前引书，第504页。
② 何其芳：《谈写诗》，王永生主编《中国现代文论选》（第一册），前引书，第222页。
③ 郭沫若：《开拓新诗歌的路》，《郭沫若论创作》，哈尔滨：黑龙江人民出版社，1987年，第58—59页。
④ 陈仲义：《世纪之交：走出新诗形式建设的困境》，《诗刊》，2000年第1期。
⑤ 林贤治编：《自由诗篇》，北京：中国工人出版社，2002年，"前言"。
⑥ 黄维梁：《二十世纪中国新诗传统的建立》，南京大学中国现代文学研究中心编《中国现代文学传统》，北京：人民文学出版社，2002年，第369页。

为代价的。对此，我们不妨换个角度来看，从文化学的意义讲，把诗从古代的金字塔尖拉到地面，是五四以来"人的文学"的发现和文类再生的必然，而20世纪90年代以来新诗的边缘化恰恰证明了边缘的活力。当自由诗的"自由"在文化上、思想上和文学上都获得新生，新诗也才会迎来自身真正自由的发展。

不管人们有多少理由埋怨和问责新诗与新诗人，新诗依然在它自己的路上行进着。需要问责和反省的或许恰恰是我们自己：当网络等现代传媒的普及带来了所谓民间与学院的"平等对话"，如何不使各论坛变为诗江湖的意气之争？当西方理论的轮番东进与海外汉学的"异样"视角不断冲击我们自身的学科建构，是否该仔细剔析那些异域观念与现实中国的疏隔而不必跟风？当"历史作为缺场的原因"而为现代人不断重构，我们是否还要有一点起码的历史意识？在这种种对于诗歌的众声喧嚣中，如何不再是"失语的喧闹"？一句话，在谈论现代新诗时，我们是否应该拥有一个共同的基本立场与平台？就像我们应该追问的，现代新诗究竟是谁的"现代"，怎样的"诗"？自然，只有那些真正关心诗而又有个性的人才懂得这"共同"是什么意思。

第二节 一个难题：何为诗？

近年来，学术界关于诗歌的文体边界问题一直颇受关注。其实，古今中外的许多诗人和理论家，都企图为诗歌定义做一恰如其分的解释。诗歌生存在对外部世界的激活中，是主观的存在、心灵的存在、体验的存在、音乐的存在、诗化的存在。诗歌表面的这种游移性决定了对其正名的众说纷纭，在各家言说中，何其芳的诗歌定义颇有代表性，在相当长的历史时期内被中国各类文学教科书所引用而具备某种经典意义。

1953年11月1日在北京图书馆主办的讲演会上，何其芳提出了这个具有经典性的诗歌定义：

诗是一种最集中地反映社会生活的文学样式，它饱和着丰富的想象和感情，常常以直接抒情的方式来表现，而且在精炼与和谐的程度上，特别是在节奏的鲜明上，它的语言有别于散文的语言。[①]

随着这个定义被广泛写入各类大学文学教材和理论书籍，人们开始对这一定义的诟病也言人人殊。20世纪50年代是一个文学外部因素大于诗歌的年代，也是一个诗性匮乏的年代。那个时期，诗歌界强调的是诗歌的社会功能、诗歌的思想正确、诗人的态度立场，理论界处于所谓"政治论诗学时期"[②]。何其芳诗歌定义在打上鲜明时代烙印的同时，其价值当然也有值得肯定的方面；六十多年过去了，笔者试图从当代诗学理论出发重新审视这一经典定义。

明显的是，责难者往往大都抓住何其芳诗歌定义中的"集中""想象""感情""精炼""和谐"等所谓诗的特点同样为其他文体样式所具备，而加难于何其芳。这一点，笔者倒是愿意为何其芳做一个辩护，因为我们必须回到何其芳诗歌定义的原初语境，联系上下文而不能断章取义。其实何其芳在这篇讲演中反复强调，"集中是文学艺术共有的特点。然而以诗为最"；又说"想象并不是诗所独有的特点。然而诗特别需要丰富的大胆的想象"；还说"文学的语言都应该是精炼的，和谐的，……然而诗的语言应该尤为精炼，尤为和谐"；最后，何其芳甚至谦逊地退一步说："是不是这些都可以说是诗的特点呢？有些好像是和别的文学样式所共有的，不一定都可以算作诗的特点。"

细读原文，这些表述在说明，何其芳如此定义诗歌时是很自觉到这些特点与其他文体形式的交叉性的。列宁早就告诉我们，判断一个人的历史功绩，要根据历史当时的情况，而不是站在以后变化了的历史情境去评判甚至要求前人应该怎样。客观地说，责难者们置疑何其芳诗歌定义时并没有看到该定义的合理性和亮点，而是以一种充满惰性的机械的"什么是什

---

① 何其芳：《何其芳文集》（第四卷），北京：人民文学出版社，1983年，第450页。
② 吕进：《对话与重建》，重庆：西南师范大学出版社，2002年，第2页。

么"的思维定式来要求诗,这恰与诗的本质相违背。还是何其芳自己说得好,"但诗是一种最集中地反映社会生活的文学样式,而且它的语言有别于散文的语言……这两项无论如何是应该算作诗的特点的。"言语之间相当自信,尽管这一表述依然不能令人心悦诚服,但似乎也难以有力地加以反驳。因为,这两项正好从两个不同的向度,而且也是理解诗歌本质必须的角度,提供了切近诗歌本质的可能性。下面论述从三个方面展开。

首先,何其芳诗歌定义最具可攻击性的是"诗是一种最集中地反映社会生活的文学样式"。毋庸置疑,"反映社会生活"几乎是一切文学样式的共同特点,何其芳在这里以"最集中"作区别和限制,笔者以为还是不能把诗歌和其他文学样式区别开来。在讲演中,虽然何其芳对诗歌定义做了如下一些说明:"集中不集中……主要是看这种生活在当时社会里有没有典型性,有没有较重要的社会意义"①,但这里有两点值得商榷:其一,"生活"的"有没有典型性"。典型是现实主义叙事文学尤其是小说的原则,用来界定诗歌显然不妥当;其二,"有没有较重要的社会意义",对社会意义的传达恰恰不应该是诗歌追求的主要目标。事实上,这样解释涉及的是一个审美视点的问题,吕进在《中国现代诗学》中,从审美视点观察,将文学分为两类:外视点文学和内视点文学,他认为"外视点文学叙述世界,内视点文学体验世界"②,而诗歌属于内视点文学。我们知道,无论在黑格尔还是在海德格尔那里,诗都被看作一种活动,至少是一种精神活动,它只为提供内心观照而工作。换言之,在诗与现实的审美关系上,因为诗人视点的内在性,现实本来怎样不是诗人关注和倾心的所在,只有现实与世界看来怎样才是诗人真正驻心所在。这样说并不表明诗和诗人对现实的逃避,恰恰相反,诗因为其反映现实的独特途径而达到一种更高的真实:诗意地反映现实真实或预言现实真实。至多,诗只是通过反映现实来反映现实的。文学作品对现实的集中反映关系正好是非诗文学(如小说等)在与现实的审美关系上表现出来的外视点文学的特征。

何其芳定义的中心"两项"之一的"诗是一种最集中地反映社会生活的文学样式"虽然也力图回答诗与现实的审美关系,然而其刚好说的是外视点文

---

① 何其芳:《何其芳文集》(第四卷),前引书,1983年,第451页。
② 吕进:《中国现代诗学》,重庆:重庆出版社,1991年,第21页。

学的特征。他自己在那篇讲演中对"最集中地反映"一语做了进一步说明，"集中不集中并不是可以根据作品所描写的生活的短暂或长久来判断的，而主要是要看这种生活在当时有没有典型性"，"文学艺术上的集中不仅表现在它的题材上，而且表现在它的写作方法上。这就是善于用生活中最有特征的形象来表现全体"。在诗与现实的审美关系上，何其芳用典型反映论取消了诗反映现实的独特途径，因为那是小说、戏剧等外视点文学的特征。恰如恩格斯在《致马·哈克奈斯》的信中谈及小说时所言："我以为，现实主义的意思是，除了细节的真实外，还要真实地再现典型环境中的典型人物。"诗作为内视点文学，必然地从心灵视角出发，并且无论在作者还是读者那里又回到心灵。黑格尔说："人一旦要从事于表达他自己，诗就开始出现了。"①海德格尔说："诗中所言说的乃是诗人由自身所阐明的。"②由此可见，诗歌独特的观照方式将诗与非诗文学在它们与现实的审美关系上区别开来。

何其芳诗歌定义所强调的"反映"恰恰是外视点文学的特征，"反映"二字既出，则重心几乎全落到了"社会生活"上，创作主体的体验，创作主体的心灵世界完全被放逐，诗性也被完全放逐。

其次，何其芳诗歌定义涉及诗歌"语言"这一根本问题，何氏定义的中心"两项"之二是"它的语言有别于散文的语言"。这一定义指出了诗与散文语言的不同，但何处不同却悬而未决。尽管用了两个长长的限定语，"在精炼与和谐的程度上，特别是在节奏的鲜明上"，何氏定义还是无法揭示诗歌语言究竟是什么，究竟如何区别于散文的语言，而且这样冗长的表达使诗歌语言的诗性荡然无存。既然语言的"精炼与和谐""节奏的鲜明"，不是诗与散文的本质区别，换言之，从这个角度不能把握住诗与散文在语言上的存在方式，那么诗歌言说方式下的诗歌语言以什么样的形式存在呢？怎样才是诗的言说方式呢？

诗作为一种最高的语言艺术，就要实现文字符号从推理型向表现型转

---

① [德]黑格尔：《美学》（第三卷下），朱光潜译，北京：商务印书馆，1981年，第21页。加点处为原文所有。

② [德]海德格尔：《诗·语言·思》，彭富春译，北京：文化艺术出版社，1990年，第172页。加点处为笔者所加。

换，要逃出千年来流行的语言概念的束缚，冲破传统言语观的牢笼，让诗意充溢并逸走。一般语言或我们常说的散文语言，是在逻辑中摄取任何被言说的材料，常常是作为"随着言说逝去的残余物与我们相遇"；而诗的语言是"此处现身，彼处隐去""它呼唤进入亲近"，并在被呼唤的仍然缺席的"远方"①。对普通语言进行有规则的违反，从而产生陌生化效果，这本是20世纪初俄国形式主义诗学遵循的一条原则，这里主要是指诗歌语言的超常结构，即对一般语言的语法结构和修辞法则的创造性破坏。总之，诗的内视点特征使得诗在向一般语言借用媒介时完成了自己独特的言说方式，它拒绝散文语言的价值标准，自由活跃在内视世界里。诗向一般语言借用媒介，最终使日常语言发生质变，"实现非语言化、陌生化和风格化"。诗歌语言不同于散文语言，它是内视语言、灵感语言。总的来看，何其芳用诗歌语言和散文语言的区别来界定诗歌的定义，其初衷是很有意味的，甚至可以说抓准了区别的着眼点，只是对二者本质区别的表述有欠妥当。

最后，在诗和生活的美学关系上，何其芳诗歌定义还是揭示了诗歌抒情本质：即直接性——"常常以直接抒情的方式来表现"。很大程度上，抒情是诗歌的生命力之所在，诗歌内容和形式两方面都离不开抒情性的特征。抒情在诗歌中又常常以直接抒情的方式出现，因为直接抒情是诗美本质的最佳表达，也最适合表达主体的心灵、主体的体验，最有助于诗歌传达情绪。在当代，评论家吕进也提出过一个简短的富于诗性的诗歌定义：诗是歌唱生活的最高语言艺术，它通常是诗人感情的直写。"直写"强调的，也就是直接抒情。应该注意的是，在20世纪50年代，政治抒情诗是一种主要诗体模式，何其芳诗歌定义中的直接抒情与之是否有关，就成为一个较为复杂的问题。无论如何，在今天，我们应该超越具体的时代政治的限制，从更广阔的角度对之加以把握和理解。下面试以20世纪40年代"中国新诗派"著名女诗人陈敬容的《雨后》为例，说明"直接性"如何勾连诗和生活的美学关系。

雨后的黄昏的天空，
静穆如祈祷女肩上的披巾；

---

① [德]黑格尔：《美学》（第三卷下），前引书，第173页。

树叶的碧意是一个流动的海,
烦热的躯体在那儿沐浴。

我们避雨到槐树底下,
坐着看雨后的云霞,
看黄昏退落,看黑夜行进,
看林梢闪出第一颗星星。

有什么在时间里沉睡,
带着假想的悲哀?
从岁月里常常有什么飞去,
又有什么悄悄地飞来?

我们手握着手、心靠着心,
溪水默默地向我们倾听;
当一只青蛙在草丛间跳跃,
我仿佛看见大地在眨着眼睛。

诗歌标题给出的是司空见惯的现实生活日常现象——雨后情景,但陈敬容抒写的却是不一样的"雨后"。诗人的情绪体验如何独特地流动在诗篇中?"祈祷女肩上的披巾"如何能够等同"雨后的黄昏的天空""天空""披巾""树叶""海",这些意象之间的距离昭示着诗人极具跳跃性的思维,读者又不得为诗人为之建立起来的神秘联系而惊叹;而最后两行诗中"青蛙"的"跳跃"和"大地""眨着眼睛"也似乎无理据性可言。然而这些"无理"的组织非但不影响我们的阅读,反而更好地揭示出雨后神秘的静,伴随着隐隐的躁动与生命的律动,看似无痕的静早已被悄然侵扰。于是,一种无法在日常生活中一一验证的雨后状态,鲜活地生长于诗人的文字间。诗歌究竟如何做到这样的"无理而妙"呢?

诗,不必一定要指向具体的对象,相反,诗歌跳过对象,直指解释项。诗歌自身携带的元语言允许诗行以及诗歌中的词语以某种方式组合,同时这种元语言强迫意义的被解读,因此,直接抒情在这里就不只是通过感叹词完成,而更主要地强调抒情主体的直接生命体验。诗和生活,不是一组二元对立，而是相互融汇的统一体，词语和词语所指向的意义之间的"直接性"是促成二者达成无间融合的重要因素。

综上而言，诗歌诗性的实现方式变幻万千，中国新诗在诞生初期就缠绕着诗歌功能的论争，持续至今仍无定论。即使是在21世纪的今天，为诗下定义既是文学理论家的难题，又不得不与之面对。著名的马克思主义文论家特里·伊格尔顿在2007年出版的诗歌理论专著《如何读诗》中煞费苦心地为诗下了这样的定义："诗是虚构的、语言上有创造性的、道德的陈述，在诗中，是作者，而不是印刷者或文字处理机决定诗行应该在何处结束。"[①]为了解释这个定义，伊格尔顿用了整整一章的篇幅，而这一章的标题就是"什么是诗？"在开门见山为诗下了如上定义之后，伊格尔顿如此宣称，"这听起来有点沉闷的定义，了无诗意，却很有可能是我们所能界定得最好的"。伊格尔顿的话听起来似乎有些自大，但通读全书后，在某种程度上，你不得不为何其芳与伊格尔顿诗歌定义的相通感到惊奇：两人都是在"诗和散文"的对照视野下展开界定。实际上，任何一种定义诗歌的企图都是相当危险的，也近于是自讨苦吃。六十多年了，何其芳诗歌定义也不过仍处在言说的路上。其实，何止六十年！可以推想，六百年，甚至六千年，诗歌定义都在沉入语词的途中。或许，这正是诗之为诗的不归路，它永远在路上，在亲近，在远方……

---

① [英]特里·伊格尔顿：《如何读诗》，陈太胜译，北京：北京大学出版社，2016年，第32页。

第二章
20世纪初：新诗诗体的确立

第一节　胡适《尝试集》与郭沫若《女神》：
　　　　符号双轴的开启

从符号学的角度说，任何表意活动都在符号双轴上展开，即组合轴和聚合轴构成符号文本的两个基本向度。雅柯布森对双轴功能做了界定，组合轴为"结合轴"，其操作围绕接近性关系展开；聚合轴为"选择轴"，其操作围绕相似性关系展开。以诗歌为例：四言、五言、七言以及其他长短句的句式为组合，而字词之间、诗行之间乃至诗节之间的张力，则取决于聚合轴上的选择。双轴关系中，组合显而聚合隐，因此组合轴操作的结果更容易引起注意。

从旧体诗到新诗的变化中，使用白话，打破诗行固定的字数，被更多地关注，并自然地被当作支撑新诗诗体的主要因素。至于新诗文本间的各种张力——深隐一层的结构形式，就成为早期新诗讨论中较少涉及的部分。本节以胡适《尝试集》和郭沫若《女神》两部诗集为中心，结合早期诗学论争和新诗创作，重绘新诗探索轨迹，试图使诗体演变中新诗之不同于古典诗歌的决定性因素得以凸显。

《尝试集》与《女神》，在不同的叙述中，代表着对于初期新诗发生的不同判断。从出版时间上说，《尝试集》占得先机，而《女神》略晚一年半。1920年3月，新诗史上第一部个人诗集——胡适的《尝试集》，由上海亚东图书馆出版；时值新旧文学论争异常激烈之际，诗集一出，即引发各方争论。而与之相反的是，1921年8月，上海泰东书局出版的郭沫若的《女神》，则伴随着各种推崇备至的美誉。1922年7月，郁达夫在"《女神》生日纪念会"前夕，特别指出："有一件事情，我想谁也应该承认的，就是'完全脱离旧诗的羁绊自《女神》始'的一段功绩。"①对《女神》的评价中，类似的观点很多，那么《女神》是否对《尝试集》"第一"的地位构成了威胁呢？

把新诗的发生提前到晚清诗界革命，抑或将新诗的发生后推至《女神》的出版，又或者坚守《尝试集》的开创性地位，各种新诗史叙述众说纷纭。时至今日，精确选择哪一种答案并不重要，要紧的是，对新诗起点之不同认知所隐含的问题和思路。

一、《尝试集》论争

胡怀琛和胡先骕先后从整体上对《尝试集》进行批评。尽管胡怀琛多次强调，批评是为着诗的前途，无关文言和白话、旧体和新体的问题，其诗歌批评却始终未曾进入新诗的逻辑世界。从为胡适改诗到明确宣称"我的批评，是标明旗帜，反对胡适之一派的诗"②，胡怀琛早已选定传统诗学的立场。因而，出现如下评断也就不足为怪了："《尝试集》的第一编，大多数是完全好的，第二编便不对了，据他自序说，是听了钱玄同先生的话，叫他如此做的。新诗能成，便是靠着第一编里的几首诗，新诗不能成立，也是坏在第二编里的几首诗。"③采用"新诗"的称谓，却以五、七言痕迹鲜明的"第一编"里的诗作为支撑，胡怀琛制造的悖论值得深思，细究之下，这一悖论又或具有某种普遍性。

对于胡适和胡怀琛就《尝试集》音节方面的争论，朱执信专门撰文参与讨论，一方面批驳胡怀琛不懂音节，另一方面认为胡适对音节高下的解释太过抽象。朱执信提出音节的使用应当与诗歌的意思相契合，即"声随意转"。音节和意义，构成朱执信的新诗观："我们要求用很浅的字眼，很少的字数，表出很深很复杂的情绪。所以看了好懂的，都是很难做的。这难做的原因，音节要占大部分，易懂的缘故，还有一部分在音节。"④浅与深对照间，朱执信意欲突出深刻复杂的情绪意义，而音节在很大程度上保证了

---

① 郁达夫：《〈女神〉之生日》，《郁达夫全集》（第5卷），杭州：浙江文艺出版社，1992年，第40页。
② 胡怀琛编：《〈尝试集〉批评与讨论》，上海：泰东图书局，1923年，"序"第2页。
③ 胡怀琛：《〈尝试集〉批评》，《〈尝试集〉批评与讨论》，前引书，第12页。
④ 朱执信：《诗的音节》，《朱执信集》（下），上海：民智书局，1925年，第470页。

意义的实现。按照这一思路，意义被圈定在音节的限制中，所谓"声随意转"，自然而然转化为"意由声定"。事实上，无论"声""意"关系如何，只"音节和意义"还远无法确立新诗，朱执信的分析仍未能划出新诗与旧诗的界限。

对《尝试集》批评更尖锐、影响更大的文章，当数胡先骕的两万余字长文《评〈尝试集〉》，该文连载于1922年出版的第一期和第二期《学衡》上。胡先骕在翻检《尝试集》诸诗篇之后，得出断语："无论以古今中外何种之眼光观之，其形式精神，皆无可取。即欲曲为胡君解说，亦不得不认为'不啻已死之微末之生存'也。"①此可谓对胡适尝试的白话新诗的最彻底的否定。其实在这之前，针对胡适倡导"白话文运动"，胡先骕就已提出："诗家必不能尽用白话""故居今日而言创造新文学，必以古文学为根基，而发扬光大之，则前途未可限量，否则徒自苦耳。"②

在文白之论、古今之说间，同胡怀琛一样，胡先骕同样据守传统诗学的立场。从传统诗学观念出发，堂而皇之地将古今中外诗歌一统化："诗之有声调格律音韵，古今中外，莫不皆然。诗之所以异于文者，亦以声调格律音韵故。"③诗与文的区别，被过度简化，照此标准，"诗体大解放"的新诗在诗之外。当然，胡先骕诗学观念太过局限：以建立在古典诗歌基础上的批评观，评判《尝试集》无任何可取之处，继而否定新诗。

与胡适在同一战壕并肩的钱玄同，在为《尝试集》初版作的序中，强调："适之这本《尝试集》第一集里的白话诗，就是用现代的白话达适之自己的思想和情感，不用古语，不抄袭前人诗里说过的话。我以为的确当得起'新文学'这个名词。"④钱玄同对"尝试"的肯定，集中于白话和思想，这种观点在新诗诞生初期的各种讨论中极具代表性。

许德邻编选的《分类白话诗选》于1920年8月出版，其在自序中谈道："我们要研究白话诗，要先晓得白话诗的'原则'是'纯洁'的，不是'涂脂抹粉'，当作'玩意儿'的；是'真实'的，不是'虚'的；是'自然'的，不是'搅

---

① 胡先骕：《评〈尝试集〉》，《胡先骕文存》（上卷），张大为等编，南昌：江西高校出版社，1995年，第25页。
② 胡先骕：《中国文学改良论》，《胡先骕文存》（上卷），前引书，第3—6页。
③ 胡先骕：《评〈尝试集〉》，《胡先骕文存》（上卷），前引书，第27页。
④ 钱玄同：《尝试集·序》，胡适《尝试集》，上海：亚东图书馆，1920年，第9页。

扰造作'的。有了这三种精神，然后有做白话诗的资格。"①与旧诗相对，许德邻给出白话诗的"三种精神"，皆自内容说起，有此内容之确立，才有旧诗形式之突破。在"刘半农序"之后，编者许德邻更是明确肯定了新诗的思想和感情："总而言之，要做诗，必须要有高尚真确的意想和优美纯洁的感情，才有做新诗的资格。"②实际上，仅从白话和思想上，很难确立新诗之为诗。

从上面的史料回顾可以看到：新诗的反对者对新诗有本质性的误解，因此当他们一味以旧观念衡量新的文学现象时，所作的论述和批评只能是隔靴搔痒；而新诗的支持者看重白话的使用和诗歌传达的情绪、思想、精神等，也未触及新诗的实质，因此无法告诉我们"什么是新诗"。

二、《文学旬刊》对新诗的辩护

1921年10月26日，旧派文人发起一次文学活动，东南大学和南京高师日刊出版一期《诗学研究号》，发表旧体诗和反对语体诗的文章。同年至次年，郑振铎主编的文学研究会刊物《文学旬刊》，刊发了二十余篇论争文章。其中不乏谩骂之作，这里无意全面还原当时的情形，只想就斯提(叶圣陶)、吴文祺、王警涛、郎损(茅盾)等对新诗的辩护略作论说。

由于《诗学研究号》这一具体论争对象的存在，《文学旬刊》上刊发的辩护文章自然将矛头直指"旧诗"，掀起一次"新诗"与"旧诗"的尖锐对抗。斯提的《骸骨之迷恋》为此次新诗辩护定下基调。斯提称"旧诗"为"骸骨"，原因有二："(一)用死文字，(二)格律严重拘束"，并强调，"要用他批评或表现现代的人生，是绝对不行的。"③对"旧诗"进行彻底否定，显然有悖诗体演变规律，除去这一层不论，新旧对立中，语言问题和诗歌所表达的内容，仍被放置在首位。

"新内容"和"新精神"决定诗体演进，在下面的表述里更为清晰："诗是和时代精神相表里的，时代精神既变动不息，那么诗也应当跟着变迁。'旧

---

① 许德邻编：《分类白话诗选》，北京：人民文学出版社，1988年，"自序"第3页。
② 许德邻编：《分类白话诗选》，前引书，第7页。
③ 斯提：《骸骨之迷恋》，《文学旬刊》，1921年11月2日，第19号。

壶不能盛新酒'，已死了的文字决不能表微妙的情绪；印板式的诗体，决不能达活泼的想像。若想有一种新内容和新精神的诗出现便不得不先打破那束缚自由的严重格律！"①诚然，不能说诗体演进和时代精神毫无关系，但诗歌是否抒写"新内容"能够作为区分新诗与"旧诗"的关键因素吗？如果把内容的新作为新诗之为新诗的保证，那黄遵宪已可算作新诗人了？他的《以莲菊桃杂供一瓶作歌》，写出现代时空距离的变化：

> 飙轮来往如电过，
> 不日便可归支那；
> 此瓶不干花不萎，
> 不必少见多怪如橐驼。

该诗也呈现着主客体对立与转换的现代意识：

> 千秋万岁魂有知，
> 此花此我相追随；
> 待到汝花将我供瓶时，
> 还愿对花一读今我诗。②

此外，其《出军歌》一诗具有鲜明的时代精神：

> 四千余岁古国土，
> 是我完全土。
> 二十世纪谁为主？
> 是我神明胄。③

梁启超在同时代诗人中，最欣赏黄遵宪，其《饮冰室诗话》有大量篇幅涉及黄遵宪的诗，对他评价颇高："要之，公度之诗，独辟境界，卓然自立

---

① 吴文祺：《对于旧体诗的我见》，《文学旬刊》，1921年12月21日，第23号。
② 黄遵宪：《以莲菊桃杂供一瓶作歌》，《人境庐诗草笺注》，上海：上海古籍出版社，1981年，第602—605页。
③ 黄遵宪：《出军歌》，北京大学中文系近代诗研究小组编《人境庐集外诗辑》，北京：中华书局，1960年，第57页。

于二十世纪诗界中,群推为大家,公论不容诬也。"①本节开始已经提到,梁启超看重的是诗界革命的精神,而非形式,在确保精神革新的前提下,形式上的创新才能被容忍和接受。黄遵宪诗歌在内容上含有多种新的因素,但就像上面读到的两首诗,一望而知为旧体诗。可见,只是内容的新,并无法区分新诗与旧诗。

另外一种辩护的切入点,是对"自然"的强调,重心落在情绪上,实际上关注的还是内容:"我以为我们要做新诗,当注意那'自然'二字。我们在情绪冲动的时候,我们只要顺着动机,用文字把他很自然地写出来,就成了很自然的诗……断乎不能因字句的关系致失掉原有的诗意。"②论者把"字句"放在"诗意"的反面,认为讲究字句会影响新诗的"自然",看似有点道理,其实不然,所谓"自然"不应该是对情绪或内容不加修饰的处理,而是通过字句的挑选组合,形成一种艺术化的自然活泼的节奏。

为新诗辩护的文章里,茅盾署名郎损发表的《驳反对白话诗者》一文,影响较大。"声调格律"乃茅盾辩护的紧要之处,他反问:如果只认形式是诗,那么:

仄仄平平仄　平平仄仄平

仄平平仄仄　平仄仄平平

便是极好的诗了!请问通么?③ 此一极端反问,无疑为初期白话诗挣脱传统诗歌形式减小了压力,但茅盾所批评的"只认形式",其实是个被悄然置换的问题。"形式"提喻式地替代了传统诗歌,而我们关心的诗之为诗的本质也被悬搁起来。

上述早期新诗的两次论争,都和新诗的生存直接相关,又都没能给出新诗立足的充分理由。比《尝试集》稍晚出版的《女神》,似乎为新诗赢得更多的支持,那么从《女神》的被推崇能否找到"何谓新诗"的答案呢?

---

① 梁启超:《诗话》,《饮冰室合集·文集之四十五(上)》,上海:中华书局,1936年,第20页。
② 王警涛:《为新诗家进一言》,《文学旬刊》,1921年12月21日,第23号。
③ 郎损:《驳反对白话诗者》,《文学旬刊》,1922年3月11日,第31号。

三、《女神》为什么被推崇？

《女神》自1921年8月出版以来，多次再版，在今天看来，创造了新诗集的销售神话。有论者研究过这本诗集的出版周期，得出的规律颇有意味，"在1921年到1935年之间，有两个再版高峰期：1921—1923年与1927—1929年，毋庸多言，这恰恰是重大的社会运动发生之际，换言之，《女神》阅读与某种普遍的'历史经验'的生成是有同步关系的"①。《女神》的出版周期，显示了它与特定时代精神气质的两相契合，诗集洋溢着的激情和蕴含着的巨大能量，成为其备受关注的原因。

首先，郭沫若的性情人生渗透在他的诗作中。比如，创作《地球，我的母亲》时，"索性倒在路上睡着，想真切地和'地球母亲'亲昵，去感触她的皮肤，受她的拥抱"②，不可抑制的强烈情绪爆发而成诗篇。其次，田汉、宗白华作为郭沫若诗歌的"经验读者"，渲染和凸显了情绪的力量。《三叶集》通信中，田汉不无激情地对郭沫若说："你的诗首首都是你的血，你的泪，你的自叙传，你的忏悔录啊。"③再次，《女神》出版后，各种评论纷纷聚焦于诗集对时代精神、"五四"精神的彰显。闻一多在《〈女神〉之时代精神》一文明确指出，郭沫若的诗才配称新诗，其最重要的原因即是，诗人抒写的完全是20世纪的时代精神。1940年代，周扬高度肯定《女神》"称得起第一部伟大新诗集"，相对于胡适、沈尹默、刘半农、康白情、周作人、俞平伯等出现更早的诗人，郭沫若的诗更"出色地表现了'五四'精神，那常用'暴躁凌厉之气'来概说的'五四'战斗的精神"④。

实际上，学界对郭沫若诗歌的评论，一直难以摆脱"时代之子"的影子；又或者郭沫若过于鲜明的时代意识，像一把双刃剑，既带来无限声誉，又或多或少地遮蔽了真正的艺术成就。郁达夫、闻一多、周扬等给予《女神》至高的评价，不管论者出于什么目的，应当说，《女神》担得起新诗真正的

---

① 姜涛：《"新诗集"与中国新诗的发生》，北京：北京大学出版社，2005年，第62页。
② 张澄寰编选：《郭沫若论创作》，上海：上海文艺出版社，1983年，第204页。
③ 郭沫若、宗白华、田汉：《三叶集》，上海：亚东图书馆，1923年第3版，第79页。
④ 周扬：《郭沫若和他的〈女神〉》，《周扬文集》（第1卷），北京：人民文学出版社，1984年，第350页。

起点的称谓。《女神》为什么被推崇？几乎所有把《女神》推到"第一"的论者，都把"精神"作为推崇诗集的充分理由。对"精神"的重视，是早期新诗评论的普遍现象，俞平伯如此标示新诗的"革命"之处：

> 新诗和古诗的不同，不仅在于音节结构上面，它俩的精神，显然大有差别。我们做诗的人，也决不能就形式上的革新以为满足；我们必定要求精神和形式两面的革新……中国古诗大都是纯艺术的作品，新诗的大革命，就在含有浓厚人生的色彩上面。①

以"人生色彩"总结新诗革命显然有失偏颇，时代精神无法决定新诗，前面已经论及黄遵宪诗歌就极具时代精神。

《女神》"为什么值得推崇"和"为什么被推崇"之间，发生了错位；后一个"为什么"已然存在，而对前一个"为什么"的追问，则有利于辨明早期新诗诗体探索的轨迹。"女神"精神固然重要，但作为新诗集，《女神》的突破性更体现在诗体形式建设上——同时打开组合、聚合双轴。

四、双轴渐次打开：诗体演变的符号过程

古典诗歌的强大传统，在滋养新诗的同时，成为缠绕新诗近一百年的梦魇，"新、旧"对立散布其间；"新、旧"二元对立，在新诗诞生之际尤为突出。救亡图存、走向现代化的五四爱国运动和新文化运动，决定着新诗的使命意识；新诗的倡导者、支持者们，在社会语境元语言的强迫下，二分诗歌的内容和形式，并且极为看重时代精神和诗歌内容的契合。早期新诗和传统的痛苦纠葛，以及特定社会语境元语言压力，都无疑增加了新诗诗体探索的困难。本节前面三部分内容显示了早期新诗论争未能说清新诗的诗体演变过程，下面试着将诗体演变作为符号表意过程来考察，重新定位《尝试集》和《女神》。

有论者指出，"要弄清文学的演变，必须不再把这演变问题同那些情节片段问题和那些不是在系统研究中提出的问题搅和在一起"，系统观念对于

---

① 俞平伯：《社会上对于新诗的各种心理观》，孙玉蓉、乐齐编《俞平伯诗全编》，杭州：浙江文艺出版社，1992年，第605页。

文学演变的研究至关重要,"仅仅将同时并存的各种现象随意地串到一起是不够的,更重要的是要看到它们在某一特定时代的文学中不同等级的意义"①。比如押韵在古典诗歌的构成系统中占据主要地位,而在新诗中地位等级明显下移,但没必要彻底把韵从新诗中剔除出去。

诗本身是一个价值系统,如同任何价值系统一样,具有自身的低级价值和高级价值,这个系统不是艺术手段的简单堆积,其内部一定有一个最主要的价值,即主导成分,来确定诗之为诗。雅柯布森对"主导"的定义如下:"一件艺术品的核心成分,它支配、决定并改变其余成分的性质。正是主导保证了结构的完整性。"②想要确立新诗诗体,就不得不搞清楚从旧体诗到新诗演变的符号表意过程中,主导发生了什么变化。笼统地说,旧体诗的主导是清楚的,指整齐的句式、押韵、对仗、平仄等构成的形式特点。胡适的《谈新诗》抓住了旧体诗的主导,由此切入,点明新诗要打破和推翻的对象:

> 直到近来的新诗发生,不但打破五言七言的诗体,并且推翻词调曲谱的种种束缚;不拘格律,不拘平仄,不拘长短;有什么题目,做什么诗;诗该怎样做,就怎样做。③

从《三百篇》到骚赋,到五言七言诗,到词曲,再到新诗,中国诗歌历经四次诗体大解放,只是胡适为之呐喊的第四次诗体解放,尚未找到"诗该怎样做",胡适并没有给出新诗的主导。新的诗体形式的缺席,致使当时的诗歌创作步入两种误区:其一,依赖旧体诗词的形式;其二,放长的诗句散文化。成仿吾批评"《尝试集》里本来没有一首是诗"④,如此下断语的前提乃认定诗歌排斥理智,强调情感的重要。他引证的几首诗《他》《三溪路上

---

① [俄]尤里·特尼亚诺夫、罗曼·雅各布森:《文学与语言研究诸问题》,赵毅衡编选《符号学文学论文集》,天津:百花文艺出版社,2004年,第4—5页。

② Roman Jakobson, "The Dominant" in Krystyna Pomorska and Stephen Rudy, eds., Language in Literature, Cambridge, Mass.: University of Harvard Press, 1987, p. 41.

③ 胡适:《谈新诗——八年来一件大事》,欧阳哲生编《胡适文集》(第2卷),北京:北京大学出版社,1998年,第138页。

④ 成仿吾:《诗之防御战》,《成仿吾文集》,济南:山东大学出版社,1985年,第77页。原载《创造周报》第1号,1923年5月13日。

大雪里一个红叶》《我的儿子》《乐观》等，的确很难说是新诗。如：

> 你心里爱他，莫说不爱他。
> 要看你爱他，且等人害他。
> 倘有人害他，你如何对他？
> 倘有人爱他，更如何待他？"

——《他》

> 雪色满空中，抬头忽见你！
> 我不知何故，心里很欢喜；
> 踏雪摘下来，夹在小书里；
> 还想做首诗，写我欢喜的道理。
> 不料此理很难写，抽出笔来还搁起。

——《三溪路上大雪里一个红叶》

成仿吾批评新诗的说理倾向，胡适的诗成为第一块靶子，但"说理与否"无法和"是否是诗"画等号。"诗的本质是想象，诗的现形是音乐，除了想象与音乐，我不知诗歌还留有什么。"[①]不得不说，这一场诗的防御战，成仿吾走偏了。他引证的几首诗，最大问题正在于形式，呼吁"诗体大解放"的胡适，所做新诗并未摆脱旧体诗的五、七言句式。有论者谈到新诗字句欠锤炼，并以蒋光慈和杜甫的诗句作对比：

> 虽然是有许多往日的朋友肥马轻裘地显得多么威荣。

——蒋光慈《写给母亲》

> 同学少年多不贱，
> 五陵衣马自轻肥。

——杜甫《秋兴》

"像这类二十几个字一句的诗，势必降低其审美价值，使任何人都会感

[①] 成仿吾：《诗之防御战》，《成仿吾文集》，前引书，第88页。

到诵读困难,更不用说做到鲁迅所要求的'动听''易记'了"①。相比之下,《秋兴》的凝炼精粹确是蒋光慈的长诗行远不能及的,但"诵读"不应成为限制诗句长度的原因。诵读是否上口,关系诗歌的音乐性,若以此决定建行,那评判的逻辑还是囿于古典诗歌的诗体要求。

新诗诗句可以写得长,打破整齐的诗行乃新诗迈出的第一步,接踵而来的问题是如何构建长的诗行。放开字数限制,组合轴就打开了;接下来,选取怎样的字词入诗,诗人需得在聚合轴的操作上下一番功夫,长句子的聚合问题更为重要,也更显功夫。蒋光慈的那句诗,毛病在于啰嗦松散,字词之间缺少张力。艾青的诗最多长句,同样是二十余字的诗行,《吹号者》中有的诗句不仅不嫌冗长,反而不断渲染、逼近诗意的内核:

> 在那些蜷卧在铺散着稻草的地面上的困倦的人群里,
> 在那些穿着灰布衣服的污秽的人群里,
> 他最先醒来——②

困倦苦难的人群,在密集的词语间被具象化:蜷卧于地面上,且地面上铺散着的只有稻草。如此的困倦者,"醒来"了:

> 看,
> 天地间在举行着最隆重的典礼……

困与醒,长长的困倦与简炼到极致的一个"看",从"困倦者"的状态到诗行长与短的尖锐对照,艾青的《吹号者》无疑是出色的。因此,我们再次强调,诗行能否写长,关键在于一行内字词的组合,以及整首诗内这一行与其他诗行的关系。

诗集《女神》中长诗行并不少,如《笔立山头展望》中"一枝枝的烟筒都开着了朵黑色的牡丹呀",《立在地球边上放号》中"无限的太平洋提起他全身的力量来要把地球推倒",《演奏会上》中"狂涛似的掌声把这灵魂的合欢惊破了",《夜步十里松原》中"都高擎着他们的手儿沉默着在赞美天宇",《太

---

① 陈邦炎:《从新诗运动上探析我国诗体演化的轨迹》,《文学遗产》,1987年第1期。
② 艾青:《吹号者》,《艾青全集》(第1卷),石家庄:花山文艺出版社,1991年,第258页。

阳礼赞》中"从我两眸中有无限道的金丝向着太阳飞放""我心海中的云岛也已笑得来火一样地鲜明了",《胜利的死》中"穹窿无际的青天已经哭红了他的脸面",《春之胎动》中"暗影与明辉在黄色的草原头交互浮动",《日暮的婚筵》中"恋着她的海水也故意装出个平静的样儿/可他嫩绿的绢衣却遮不过他心中的激动"等等,这些长句并不冗赘,既在一行内部实现了有效的组合,又与诗中其他诗行扣合。即便是较短诗行,《女神》中的许多诗也做到了双轴的同时打开。以《我是个偶像崇拜者》为例:

> 我是个偶像崇拜者哟!
> 我崇拜太阳,崇拜山岳,崇拜海洋;
> 我崇拜水,崇拜火,崇拜火山,崇拜伟大的江河;
> 我崇拜生,崇拜死,崇拜光明,崇拜黑夜;
> 我崇拜苏彝士、巴拿马、万里长城、金字塔,
> 我崇拜创造的精神,崇拜力,崇拜血,崇拜心脏;
> 我崇拜炸弹,崇拜悲哀,崇拜破坏;
> 我崇拜偶像破坏者,崇拜我!
> 我又是个偶像破坏者哟!
>
> 1920 年 5、6 月间作①

整首诗句式虽然单调了些,但在组合与聚合双轴上灵活变化。既有太阳、江河、山岳等自然物与万里长城、金字塔等人工建筑的组合,又有精神、力等抽象物与血、心脏等具体物的组合;既有生与死、水与火、光明与黑暗的对立,又有炸弹崇拜与悲哀崇拜的混合;既有标题的"偶像崇拜者",又有诗行的"偶像破坏者";行行以"我"开头,"我是个偶像崇拜者",而"我崇拜偶像破坏者","我""崇拜我","我"又"破坏""我"。矛盾、激情、毁灭、无意识的深渊、歇斯底里、虚无、自信等等,诗作的繁复显然为同时期其他诗人力不能逮。

现在回到《尝试集》和《女神》的问题。胡适的"诗体大解放"打破格律形式的壁垒,为新诗组合轴的操作提供了空间,但胡适的新诗创作却留有太

---

① 郭沫若:《我是个偶像崇拜者》,《郭沫若全集》(第 1 卷),北京:人民文学出版社,1982 年,第 99 页。

多的古诗词痕迹,《尝试集》中大部分诗篇未能达到诗行长短的自由组合。康白情的诗歌虽达到长短句的组合要求,但选择轴太小,诗行几乎没有张力。直到郭沫若,新诗才真正实现组合轴和聚合轴的完全打开,《女神》既有自由的形式,又具备耐人琢磨的张力结构。

新诗如何从旧体诗中脱胎而出?一般论者只注意到诗歌形式的自然、自由,属于组合问题;而常常忽视隐在的聚合问题,即选择轴操作带来的张力效果,保证新诗文本结构自由而同时不流于松散。从《尝试集》到《女神》,随着符号双轴的逐渐打开,新诗基本完成了诗体演变过程。通过观察这个过程,新诗的主导因素也凸显出来:长短不拘的诗行,字词间、诗行间的张力,大体上是新诗之为新诗的最重要方面之一。

第二节 "先锋诗人"俞平伯:"白话诗可惜掉了底下一个字"

奚密曾在《现代汉诗》一书中称俞平伯为"先锋诗人"[1],赞誉其新诗的开拓精神。其实不只新诗创作,俞平伯在五四时期还对新诗理论提出了一些建构性的思考,甚至最早地对胡适的一些观点进行纠偏。但由于他在红学及古典诗词研究方面的杰出成就,作为新诗诗人和诗论家的俞平伯往往被遮掩了。即便有人谈及其诗及诗论也大都一笔带过,或者袭用朱自清《中国新文学大系·诗集导言》《冬夜序》及闻一多《〈冬夜〉评论》中对俞氏的评价。王瑶主编的《中国文学研究现代化进程》一书中有刘扬忠《俞平伯学术成就简论》一章,作者认为俞氏的"学术史地位"及其成就"完全可以盖棺定论"[2]了,但全章对俞氏的新诗研究只字未提,俞氏新诗理论的被忽视可见一斑。俞氏的新诗理论将思考的触须延伸到了现代诗的许多方面,本文只

---

[1] [美]奚密:《现代汉诗:1917年以来的理论与实践》,奚密、宋炳辉译,上海:上海三联书店,2008年,第21页。
[2] 刘扬忠:《俞平伯学术成就简论》,王瑶主编《中国文学研究现代化进程》,北京:北京大学出版社,1998年,第481页。

拟就其对新诗本身所作的探索进行归纳和评介，冀能让其理论的光亮烛照新诗。俞氏诗论的出发点和归宿，可以用他在《社会上对于新诗的各种心理观》一文的话来说，即"要新诗有坚固的基础，先要谋他的发展……我们顶要紧的事，就是谋新诗本身的进步"。这种从新诗自身出发的思路，显然比同时代一些诗人或论者只以盲目的热情或苛刻的判语来论新诗更具建设性意义。

说起新诗与五四新文学时，人们往往爱用一个比喻：新诗充当了新文学的"急先锋"。这种说法，恐怕就源自俞氏。他在1919年写的《社会上对于新诗的各种心理观》中这样说道："现在的新诗，虽不是新文艺的'中坚'，总是个'急先锋'。"新诗究竟"先锋"何在？"新"在何处？一般认为，在胡适"诗体大解放"旗帜下的新诗创作者们一开始便着意于"否定一切旧传统"、打破并"砸碎旧诗格律镣铐"、"对传统的古典诗体采取了全面否定的态度"①，其实这并不完全符合历史事实。这里姑且不论传统能否割断得了，即便在胡适自己，他也说这种"初看去似乎很激烈"的解放实在只是"有意的鼓吹"②，也即是一种策略了。正如有论者指出的，"在新文化运动中，提倡全盘西化和彻底地反叛传统，都是有其根由的，不管人们愿不愿意承认，那都是一种策略""承认这种策略的必要性，并不是说这种策略所包含的东西都是合理的"③。早在1917年，胡适在给钱玄同的信中就曾说道："今日作'诗'，似宜注重此种长短无定之体。然宜不必排斥固有之诗词曲诸体；要各随所好，各相题而择体，可矣。"④1918年4月，他在《建设的文学革命论》一文中说得更明白："我想我们提倡文学革命的人，固然不能不从破坏一方面下手……对于那些腐败文学……个个都该从建设一方面用力，要在三五十年内替中国创造出一派新中国的活文学。"⑤同年8月，他还在另文中写道："外面有许多人误会我们的意思，以为我们既提倡白话文学，定然反

---

① 朱德发：《中国五四文学史》，济南：山东文艺出版社，1986年，第212页。
② 胡适：《谈新诗》，胡适编选《中国新文学大系·建设理论集》，上海：良友图书公司，1935年，第299页。
③ 蒋登科：《全盘否定传统：一种策略及其后遗症》，《西南民族学院学报》，2000年第4期。
④ 胡适：《答钱玄同》，《中国新文学大系·建设理论集》，前引书，第87页。
⑤ 胡适：《建设的文学革命论》，《中国新文学大系·建设理论集》，前引书，第127页。

对学者研究旧文学。于是有许多人便以为我们竟要把中国数千年的旧文学都丢弃了。"①胡适有意鼓吹"诗体大解放"的真实意图由此可见。然细读胡适原文，发现其"建设论"也只是对于文学的一个笼统的提议，至于诗体解放之后新诗又怎么办，他却没更具体地谈及。倒是俞平伯较早地注意到了这个问题，在与新诗结伴为数不多的六七年时间里，他始终坚持对新诗本身建设的思考。在其写于1918年10月的中国现代第一篇新诗专论文章《白话诗的三大条件》中，针对当时新文学中"独以新体诗招人反对最力"的"非难"，俞氏对那些"并不是从根本反对白话诗，不过从组织方面肆其攻击"，"却有点见识"的非难中反躬自省，从而引起对白话诗"遣词命篇"的思考，提出了"雕琢是陈腐的，修饰是新鲜的"②这一观点，可以说开启了他关于新诗建设思考的理论之门。这种回到新诗本身的自觉意识，在他1919年写的可谓是《白话诗的三大条件》的姊妹篇的《社会上对于新诗的各种心理观》一文中有明显的体现："我们顶要紧的事，就是谋新诗本身的进步：挂了一面新文艺的大旗，胡乱做些幼稚的作品敷衍了事，这真是我们的大罪过。"③具体说来，俞氏新诗理论建设主要包括以下一些方面：

一、对新诗音韵的打量

从诞生之日起，新诗是否讲究音韵，一直是个被争议的话题。在提倡"诗体的解放"的胡适那里，最初是要推翻"一切束缚诗神的自由的枷锁镣铐""不赞成诗的规则"④，要"推翻词曲谱的种种束缚；不拘格律，不拘平仄"⑤。客观地说，胡适早在1917年就对新诗音节有着初步的认识，他认为"词之重要，在于其为中国韵文添无数近于言语自然之诗体"，并在括号中

---

① 胡适：《答黄觉僧君折衷的文学革新论》，郑振铎编选《中国新文学大系·文学论争集》，上海：良友图书公司，1935年，第71页。

② 俞平伯：《白话诗的三大条件》，乐齐、孙玉蓉编《俞平伯诗全编》，杭州：浙江文艺出版社，1992年，第593页。

③ 俞平伯：《社会上对于新诗的各种心理观》，《俞平伯诗全编》，前引书，第603页。

④ 朱经农、胡适：《新文学问题之讨论》，《中国新文学大系·文学论争集》，前引书，第54页。

⑤ 胡适：《谈新诗》，《中国新文学大系·建设理论集》，前引书，第299页。

注明这样的话："今人作诗往往不讲音节。沈尹默先生言，作白话诗尤不可不讲音节，其言极是。"①虽然这些认识为他后来在1919年写的总结性的《谈新诗》中提出"自然音节"有帮助，但在当时，这种初步认识于他还是较模糊的。其"自然的音节"的理论，无疑也受益于刘半农、俞平伯的相关论述，从而对自己以前的观点有所纠偏。俞平伯认为："做白话诗的人，固然不必细剖宫商"，但"音节务求谐适，却不限定句末用韵""对于声气音调顿挫之类，还当考求"②。俞氏所说的音节，不是古典诗词中的"可以合风琴的""咿咿呀呀"唱的音节，而是一种自由的音节，"因为新诗句法韵脚皆很自由"③。这些都对胡适后来的"自然音节"论中"每句内部所用字的和谐""至于句末的韵脚，句中的平仄，都不是重要的事"④等的提出，自然产生影响。此外，俞氏还在其他文章中陆续谈及此问题。在《做诗的一点经验》中，他认为"诗律既不难，而且有很精严的规则——自然的规则——存在"，自己对于修饰调子这一做诗经验便是"读在嘴里听在耳里，改到无可改为止"⑤。直到1924年，他还在《诗底格律》中声明自己"决不全称地反对诗律底凝成""如果不碍我们心灵底活跃"，它"决不是一件可怕可嗟的事"⑥。此文中，他还详细论述了诗为何要有律以及新诗无诗律的缺憾，并且具体列出了制作诗律的五项措施。

综观俞氏关于新诗音韵的观点，用他自己的话来说就是，"我并不以韵律为诗之唯一要素"，但"我觉得律之为物在诗中应当有个位置"⑦。新诗不应抛弃音韵，但又不拘于音韵，在俞氏之后，有许多大家都还在积极响应，如1928年汪静之在《水晶座·序二》里说："近年来我国谈新诗的人大都非常轻视韵律，以为韵律是不必要的，这是大大的错误，须知韵律乃诗歌不可缺少的根本要素。"⑧1931年3月梁宗岱给徐志摩的信中写道："至于新诗

---

① 胡适：《答钱玄同》，《中国新文学大系·建设理论集》，前引书，第86—87页。
② 俞平伯：《白话诗的三大条件》，《俞平伯诗全编》，前引书，第394页。
③ 俞平伯：《社会上对于新诗的各种心理观》，《俞平伯诗全编》，前引书，第602页。
④ 胡适：《谈新诗》，《中国新文学大系·建设理论集》，前引书，第303页。
⑤ 俞平伯：《做诗的一点经验》，《俞平伯诗全编》，前引书，第612页。
⑥ 俞平伯：《诗底新律》，《俞平伯诗全编》，前引书，第669—670页。
⑦ 俞平伯：《诗底新律》，《俞平伯诗全编》，前引书，第670页。
⑧ 汪静之：《水晶座·序二》，陈绍伟编《中国新诗集序跋选》，长沙：湖南文艺出版社，1986年，第193页。

底音节问题,虽然太柔脆,我很想插几句嘴,因为那简直是新诗底一半生命。"①司马长风干脆把由音韵表现的"音乐的美"看作"诗的第二生命"②。郭沫若在30年代中期也说:"有些人以为铿锵的音节是诗的桎梏,这是知其一而不知其二的见解。"③朱自清也认为,"韵是有它的存在的理由的"④。臧克家曾经说过:"韵,应该是感情的站口,节奏回归的强力的记号,韵,不是也不能叫它是坠脚石。"⑤俞氏关于新诗音韵的见解,我以为对于目前太自由的新诗仍具有理论的生机和活力。

二、先觉于"白话"与"诗"的断裂

俞氏一开始便"力求其遣词命篇之完密优美",因为"用白话做诗……终与开口直说不同",如果没有对字、句、章的限制,"随着各人说话的口气,做起诗来,一天尽可以有几十首,还有什么价值呢"⑥。反对"随着各人说话的口气"随便做诗,明显是对胡适"有什么话,说什么话"做诗观念的积极反叛。因此,俞氏一开始便注意到了新诗的语言媒介问题,他在稍后的一篇论文中更有明确的表述:"中国现行白话,不是做诗的绝对适宜的工具……但是一方面,我总时时感到用现今白话做诗的苦痛。"俞氏并不是否定白话,而是承认白话在当时情形下"实在是比较最适宜的工具",但他感到白话"缺点也还不少",尤其"缺乏美术的培养",导致新诗"往往就容易有干枯浅露的毛病"。所以他说"白话诗的难处,不在白话上面,是在诗上面;我们要紧记,做白话的诗,不是专说白话""白话诗可惜掉了底下一个字"。同时他主张"限制文言的借用",尽管"在做诗的时候,比较散文借用文言更多,因为白话太质朴了,用它来做诗,那不适宜不够用的地方要比散文多,那种

---

① 梁宗岱:《诗论》,《诗与真·诗与真二集》,北京:外国文学出版社,1984年,第35页。
② 司马长风:《中国新文学史》(上卷),香港:昭明出版社,1980年,第192页。
③ 郭沫若:《红怃·序》,陈绍伟编《中国新诗集序跋选》,前引书,第286页。
④ 朱自清:《诗韵》,《新诗杂话》,北京:生活·读书·新知三联书店,1984年,第106页。
⑤ 臧克家:《十年诗选·序》,陈绍伟编《中国新诗集序跋选》,前引书,第397页。
⑥ 俞平伯:《白话诗的三大条件》,《俞平伯诗全编》,前引书,第593—594页。

天然的缺憾，我们也'无可奈何'"①。这些观点，无疑是切中肯綮的；其"无可奈何"的遗憾中，分明透出作者内心的焦灼。特别是其"感到用现今白话做诗的苦痛"的体验，实在是说出了当时甚至现在一些用汉语写作的有着新诗使命感的诗人的心声。

我们知道，新诗在草创期受到非难最烈的问题，也是胡适在国外与反对他的几个朋友争论最多的问题就是白话能否入诗。在当时，白话工具论的思想不仅在倡导者那里，且在赞成新诗的人们那里都是普遍存在的。胡适说："我们要创造新文学，也须先预备下创造新文学的'工具'。我们的工具就是白话。"②当大家普遍沉浸于白话工具的任意性中，即等同于口语，进而有些"神话白话"的时候，俞平伯却感受到了这种来自内部的对于母语的"疼痛"等力不从心之感。无可否认，白话仍是现今创作占统治地位的语言媒介，然仅以工具论视之，必然存在无论是创作还是文论的失语。这种失语更多的来自与传统的断裂，把白话工具化、体制化、秩序化之后，方块字本身的活力及其与中国文化传统紧密结合的亲和关系便荡然无存了。而当汉字失去了本土的鲜活的生命力而大量采借欧化语言，新文学内在的生命必渐趋枯竭。因此，语言自觉的问题从五四以来远未完成。俞氏本人古典学养非常深厚，后来转向古典诗词研究并多用文言并不是没有原因的。他在《清真词释·序》中说："近来动笔用文言稍多，似有开倒车的嫌疑……倘深求之，知亦非偶然。"③俞氏在这篇序中虽说的是关于古诗词的解释，实际上却道出了白话诗在发轫期"白话"与"诗"的隔离，直到现在，新诗的这个问题也没有完全解决。即使一些有较大影响的论述，如香港的王翊、康铻在《新诗三十年·导言》里认为："新诗之所以新，乃在于它有了新的内容，有了新的内容，才要求适合于表达、普及和发展的新的形式和工具，这绝不是一个单纯的诗体上的变化或文言白话更替的问题。"④这种观点仍然未脱新诗语言工具论的窠臼。

---

① 俞平伯：《社会上对于新诗的各种心理观》，《俞平伯诗全编》，前引书，第599—607页。
② 胡适：《建设的文学革命论》，《中国新文学大系·建设理论集》，前引书，第133页。
③ 俞平伯：《清真词释·序》，孙玉蓉编《俞平伯研究资料》，天津：天津人民出版社，1986年，第178页。
④ 王翊、康铻：《新诗三十年·导言》，陈绍伟编选《中国新诗集序跋选》，前引书，第461页。

三、寻求精神和艺术两面革新，倡导新诗"无为"效用

虽然俞氏比较看重新诗形式建设，但他并不是形式论者。事实上，他多次提到新诗"要增加它的重量"而不是"数量"，做一首诗便有一首诗的"价值"，可见其对新诗诗质的重视。"以后我们勉力做主义和艺术一致的诗，不要顾了介壳，掉了精神"，他说，"我们做诗的人，也决不能就形式上的革新以为满足；我们必定要求精神和形式两面的革新。主义是诗的精神，艺术是诗的形式""新诗不可放进旧灵魂"。① 俞氏没有简单地以"内容决定形式"的传统模式来论新诗，实在可敬。尽管他没对其"主义"和"艺术"做具体说明，但无疑的，他已经隐约感到以形式和内容的传统二元范畴来论新诗有着局限性。他说："我最讨厌的是形式。"②"我不愿受一切主义底拘牵。"③要注意的是，俞氏虽然在形式建设方面颇多主张，但他坚决反对束缚自由的那些"音韵句法底老谱"的形式，这虽与其做诗的两个信念——即自由与真实——分不开，更与他对诗的效用的看法密切相关。

"为人生的艺术"与"为艺术的艺术"之争，说到底，即是艺术的指归问题。二者可谓皆滥觞于周作人1918年12月写的两篇文章：《人的文学》与《平民文学》。一般认为，俞氏主张诗是平民的，倡导"为人生的艺术"，理由是他在1921年写的《诗底进化的还原论》一文中说"诗是人生的表现，并且还是人生向善的表现"，还明确表态，"艺术本来是平民的"。④ 在《社会上对于新诗的各种心理观》中他也说过："文学家老老实实表现人生，是他惟一的天责，要拿这个来归罪，他是决不肯承认的。"⑤一般论者多以此判定俞氏主张"为人生的艺术"，实在是误解了他的意思，误解的根源即是忽略了他说的"表现"二字的真正内涵。他说："其实诗是人生表现出来的一部分，并非另有一物，却拿他来表现人生的；故我宁说：'诗是人生的表

---

① 俞平伯：《社会上对于新诗的各种心理观》，《俞平伯诗全编》，前引书，第603—605页。
② 俞平伯：《诗底自由与普遍》，《俞平伯诗全编》，前引书，第614页。
③ 俞平伯：《冬夜·自序》，《俞平伯诗全编》，前引书，第641页。
④ 俞平伯：《诗底进化的还原论》，《俞平伯学术精华录》，北京：北京师范学院出版社，1988年，第395—403页。
⑤ 俞平伯：《社会上对于新诗的各种心理观》，《俞平伯诗全编》，前引书，第601页。

现'。"其实在更早些时候,他在为康白情《草儿》作的序中对此就有所思考,他对"文学是否仅仅一种表现"进行质疑,认为"文学原不仅是表现人生,是在人底个性中间,把物观世界混合而射出来底产品"①。他在给周作人的信中更明确地说明了自己关于诗的效用的本意:"我所主张的文学,是人生底(of life),不是为人生的(for life)。"并引自己另一短文的话说,"文学是源于一种热烈的冲动,是无所为而然的;一有所为,无论为的是什么,都不算是文学"②。

俞氏在20世纪50年代末期写的一篇关于中国现代文学史上第一个诗歌刊物《诗》杂志的回忆文章中提起《诗底进化的还原论》时说:"以现在看来,论点当然不妥当,但老实说,在我的关于诗歌的各种论文随笔里,它要算比较进步的。"③可见他本人对这篇文章的珍视。毋庸置疑,俞氏在这篇论文中确实有些论点不够周延,而他自己所评的"进步"也可能有时代政治因素的成分,但其重文学自身建构、不"为"什么的内核,于我们今天参考文学的功用仍然显示着思想的力量。

四、新诗的作法

像"五四"时期其他新诗人一样,尽管俞氏没有专文讲述新诗的作法,但他在其诗论中多处涉及与此相关的问题。归纳起来,俞氏新诗创作论主要包括以下几点:

1. 字、句、章的讲究。字、句的推敲和提炼,安章、布局的完美与和谐本是古典诗词的追求,在新诗倡导者胡适"有什么话,说什么话""诗该怎样做,就怎样做"号召下的新诗所出现的散文化倾向和当时较普遍存在的欧化倾向的双重形势下,俞氏向传统诗美学的回归在当时"打破一切"的时代氛围中无疑是需要有独当一面的智识和胆魄的。俞氏反复强调,"用通俗的话做美术的诗"不仅"用字要精当、做句要雅洁、安章要完密"④,而且"造

---

① 俞平伯:《草儿·序》,《俞平伯诗全编》,前引书,第619页。
② 俞平伯:《与启明先生谈诗》,《俞平伯诗全编》,前引书,第647页。
③ 俞平伯:《五四忆往》,孙玉蓉编《俞平伯研究资料》,前引书,第114页。
④ 俞平伯:《白话诗的三大条件》,《俞平伯诗全编》,前引书,第593页。

句安章"要活泼变化，层叠"错综"，不特求"文法"①，正是看到了诗与文的不同，"文可以直说者，诗必当曲绘，文可以繁说者，诗只可简括"②，故而"做诗最怕平铺直叙没有包含"，"用迷离惝恍的话头"却"弄得思想非常笼统"，结果自然是读起来似乎"层层叠叠趣味深长"，其实呢"空无所用"，简直是"冒牌的新货"了③。俞氏的追求"精当""雅洁"和"完备"，并非"雕琢"，而是"修饰"。因为"雕琢是陈腐的，修饰是新鲜的"④，这种"修饰"观正是现代做新诗的人所缺乏的一种打磨和沉浸精神。"新诗呢，似乎有很多作者不注意修辞"⑤，虽然"新诗的姿采比旧诗词丰富；但旧诗词里仅仅用一个锻炼得精妙的字就能表现出生动意象的那一种写法，新诗里却不易发现"⑥。五四诗人刘延陵半个多世纪之后的话似乎还在回应着俞氏"修饰论"的理论生命力。

2. 材料的择取与调和。俞氏主张"多采取材料，少用材料"，这样才能厚积薄发，以一当十。缺乏材料固然难以成诗，但不加择取也会贬损诗的价值，应选那些真切适宜的材料入诗。他告诫我们道："大约幻想的最要不得，听来的勉强可以，目睹身历的最好。"而且，光占有材料还不够，只会择取材料也不行，还必须讲究"使用材料的调和"⑦，这样才能避免诗的单调。

3. 新诗的客观化描写与主观化抒情。一般说来，传统诗歌在抒情特质上主要表现为一种客观化描写和客观化抒情，主观化抒情更多的属于新诗在抒情特质上的一种表征。对此，叶维廉解释道：中国古典诗的传释活动通常要"设法保持诗人接触物象、事象时未加概念前物象、事象与现在的实际状况"，使读者在诗人"引退"的境况下重新"印认"诗人对这些物象、事象的"戏剧过程"⑧；而新诗则因为"自我"的强行进入和无所不在，伴随主观

---

① 俞平伯：《社会上对于新诗的各种心理观》，《俞平伯诗全编》，前引书，第606页。
② 俞平伯：《白话诗的三大条件》，《俞平伯诗全编》，前引书，第593页。
③ 俞平伯：《社会上对于新诗的各种心理观》，《俞平伯诗全编》，前引书，第605页。
④ 俞平伯：《白话诗的三大条件》，《俞平伯诗全编》，前引书，第593页。
⑤ 刘延陵：《谈新诗》，葛乃福编《刘延陵诗文集》，上海：复旦大学出版社，2002年，第136页。
⑥ 刘延陵：《我对中国新诗的杂感》，《刘延陵诗文集》，前引书，第132页。
⑦ 俞平伯：《社会上对于新诗的各种心理观》，《俞平伯诗全编》，前引书，第606页。
⑧ 叶维廉：《中国诗学》，北京：生活·读书·新知三联书店，1992年，第230页。

化抒情特征的常常是说理及知性的浅露干枯。诗主情本是中国诗歌美学中的一条红线，然而新诗在初创期却显露了抒情的贫乏。鲁迅在1919年4月16日写的《对于〈新潮〉一部分的意见》一文里就说："《新潮》里的诗写景叙事的多，抒情的少，所以有点单调。"①关于新诗叙事、描写、抒情、说理等，俞氏的看法前后有一个变化。在1918年他还强调诗歌"说理要深透、表情要切至、叙事要灵活"②，但1920年初去英国留学在海途中给新潮社同仁的信里对自己的观点就有所转变了：

> 我现在对于诗的做法意见稍稍改变，颇觉得以前的诗太偏于描写（descriptive）一面，这实在不是正当倾向。……诗人的本质是要真挚活泼代表出人生，把自然界及人类的社会状况做背景，把主观的情绪想象做骨子；又要把这两个联合融调起来集中在一点，留给读者一个极深明的 image……我是反对仅仅描写自然。我相信主观方面在文学上要比客观更重要。③

俞氏的这一"改变"，反映的实际上不只是对新诗客观化描写与主观化抒情的主客观关系看法的变化，好诗自然是"没有物和我底分别的，是主观客观联合在笔下的"，这一"改变"同时涉及新诗创作中与此相关的因素如动机、知性等。俞氏说："凡做诗底动机大都是一种情感（feeling）或是一种情绪（emotion），智慧思想，似乎不重要。"④无疑地，俞氏并非要在诗歌中反知识、反思想，他的新诗"动机理论"与古人"不涉理路"观念较多一致，强调新诗"不是仅有些哲学家科学家分析出来底机械知识"⑤，而是以为"做诗只是做诗，不是要卖弄学问"⑥，这给我们目下的某些诗歌创作实起着警醒作用。诗人袁水拍就说："依靠知识，思想，哲学……来写诗，我看是不

---

① 鲁迅：《对于〈新潮〉一部分的意见》，《鲁迅全集》（第七卷·集外集·集外集拾遗），北京：人民文学出版社，2005年，第235页。
② 俞平伯：《白话诗的三大条件》，《俞平伯诗全编》，前引书，第594页。
③ 俞平伯：《与新潮社诸兄谈诗》，《俞平伯诗全编》，前引书，第608页。
④ 俞平伯：《做诗的一点经验》，《俞平伯诗全编》，前引书，第610页。
⑤ 俞平伯：《草儿·序》，《俞平伯诗全编》，前引书，第619页。
⑥ 俞平伯：《诗底自由与普遍》，《俞平伯诗全编》，前引书，第614页。

行的。"①

此外，俞氏还有其他新诗建设方面的理论，如关于新诗的定义，俞氏主张要将"诗解作广义的，就是包有民间的作品在内"，提出不能把"民间的诗"和"作家的诗"对立起来，这似乎为20世纪90年代"民间写作"与"知识分子写作"提法的先声；还有关于新诗的创新等等，不拟在此详述。

1923年，朱自清的长诗《毁灭》发表，俞氏在关于此诗的评论文章中有一段意味深长的话："从诗底史而观，所谓变迁，所谓革命，决不仅是——也不必定是推倒从前的坛坫，打破从前的桎梏；最主要的是建竖新的旗帜，开辟新的疆土，超乎前人而与之代兴。"②尽管俞氏诗论并非全是别启疆土，但他在新诗诞生一开始就表现出较自觉的新诗建设意识，与同时代人相比，对新诗进行了更多方面的理论探索，而且他所提出或谈及的这些理论也一直为大家在新诗近百年的历程中所探讨着。今天，当我们回头打量新诗及新诗理论的发生时，不仅不应绕过俞平伯这位"先锋诗人"，而且还不应忘记这位致力于白话新诗理论尤其注重新诗诗性建设的先行者。

---

① 袁水拍：《沸腾的岁月·后记》，陈绍伟编《中国新诗集序跋选》，前引书，第426页。
② 俞平伯：《读〈毁灭〉》，《俞平伯诗全编》，前引书，第655页。

第三章

20世纪末：新诗精神重建（上）

第一节　20世纪90年代诗歌言说的大众文化语境

一般说来，大众文化在中国出现于20世纪80年代中后期，是一种"以大众传播媒介为载体并且以城市大众为对象的复制化、模式化、批量化、类像化、平面化、普及化的文化形态"①。随着90年代市场经济的全面启动，以影视文化为代表的大众文化迅速发展，冲击着我们的文化传统、文学传统。90年代文化分化为主流文化、精英文化、大众文化；文学也打破惯常的小说、诗歌、散文、戏剧的板块结构，影视剧本等泛文学向文学渗透。与此同时，文化、文学在面对新出现的大众文化时也呈现出极其复杂的特点，接受和反驳并存，学术界关于"人文精神"的大讨论某种程度上可以说是对大众文化波涛的一次抵制。哲学学者邓晓芒曾经指出"寻根意象和漂泊意象的矛盾"②构成了中国当代文学最根本的矛盾。作家一方面向彼岸世界寻求归宿，一方面又满怀忧伤地对传统深情回望。邓晓芒指出，这种矛盾给作家的内心带来撕裂的痛苦。90年代作家在吸取"后殖民""后现代"的同时回望"人文精神"，其间的对立、分裂和痛苦是难以言说的。显然，大众文化向文学的渗透导致了作家角色的转化和读者阅读期待的改变，作家、作品、读者都需要重新定位。在众声喧哗的大众文化语境中，90年代诗人以何种姿态存在，90年代诗歌又如何言说呢？

一

过去时代的诗人总能看到时代的中心话语，认同抑或背离这个中心，不仅仅是一种选择，更是一种精神寄托。主流诗人和非主流诗人怀抱着各

---

① 潘知常、林玮：《大众传媒与大众文化》，上海：上海人民出版社，2002年，第6—7页。
② 邓晓芒：《关于〈从寻根到漂泊〉》，《文论报》，2001年5月15日。

自做诗的信仰，充满激情地投入创作。而90年代关于"知识分子写作"和"民间写作"的论争，不存在意识形态的分歧，论争关涉的是诗歌的内部问题，撇开表面的争吵、攻击甚至谩骂不谈，这场世纪末的诗歌论争有利于诗歌朝向自由、多元的格局展开。

90年代诗人在远离政治意识形态的同时，被无情地卷入消费时代的市场经济大潮。放下沉重的十字架，并不意味着诗人获得了独立独行的姿态。王家新在90年代初写道："终于能按照自己的内心写作了/却不能按照一个人的内心生活。"[1]在大众文化语境中诗人身份呈现出多重姿态，传统观念中的那种穷酸落魄或者超凡脱俗的诗人形象悄然隐退。诗人真正成为一个普通意义上的人，写诗在很大程度上不是他们惟一的职业，他们同时经营商业、做大学教授、在文化部门或政府部门谋个一官半职等等。诗人从精神之巅跌落到芸芸众生当中，同其他人文知识分子一样面临着社会认同的尴尬。

诗人头顶不再有昔日耀眼的光环和桂冠。一方面，诗人在面对这个社会时，日落山头般的凄凉袭上心头。于坚站在人生的边上思索、写诗，在蓝天大地的广阔间诙谐地宣称："活着，我写点诗。"另一方面，诸般冷遇给诗人提供了自由自在的写作空间，相对小说而言诗歌更具犀利性，90年代诗歌完全是一种淋漓尽致的抒写。诗歌精神呈现出自由、芜杂、多样化的形态，几乎没有什么素材不可以写入诗歌。语言的自由达到空前的高度，颠覆性的语言策略大量出现在诗歌文本中。需要注意的是，90年代诗歌所表现出的一些特征是80年代中后期后朦胧诗潮的一种延续。伴随着美术界的"85新潮"先锋艺术作品展，音乐界摇滚乐在大陆正式登台亮相，文学界出现"先锋小说""后朦胧诗""探索戏剧"等。"中国诗坛1986现代诗群体大展"，成为新诗坛一个标志性的事件，"非非""他们""莽汉""海上"等60余家诗派打着自家旗号粉墨登场。"后朦胧诗"关于自我意识的觉醒、"语言意识的觉醒"[2]，到90年代都得以继续发展。不同的是诗人们更彻底地离开了

---

[1] 王家新：《帕斯捷尔纳克》，程光炜编选《岁月的遗照》，北京：社会科学文献出版社，2000年，第50页。

[2] 陈旭光：《中西诗学的会通——20世纪中国现代主义诗学研究》，北京：北京大学出版社，2002年，第306页。

种种形式上的流派，完全以个人身份写作。

二

在大众文化语境中，在诗人的身份变化中，90年代诗坛出现了以下几个关键词：

（一）"民间"

于坚是对"民间"强调最有力的诗人之一，他指出："当代诗歌的回到民间的趋势，实际上早已转移了诗歌的在场。"他接着说："诗歌与小说不是在同一个场上生效。"①大众传播媒介客观上促进了诗歌的民间性，其中以报刊和网络为最。90年代报刊界的一个突变现象是，体制外的文学刊物蔓延生长。民间刊物如雨后春笋般在这个年代的大地上生长，从最初的内部刊物内部交流到进入公共流通渠道，媒介促使更多的诗人诗歌浮出水面。民间刊物与官方刊物在90年代形成对垒，而且力量日渐强大。网络更以其迅捷、方便、自由的优势加速了诗歌的发表、交流、评论，网络诗歌俨然成为一道靓丽的风景线，发表在网络上的各种诗歌排行榜在诗歌界也激起浪花朵朵。

报刊媒介的迅速发展，网络媒介的出现，从话语方式、内容维度、阅读对象等多个角度改变着诗歌。"民间写作"的高涨有其复杂的原因，大众传媒不失为一种有效的促进方式。在"五四"时期康白情、俞平伯、周作人等有过"诗歌是贵族的还是平民"的争论，仅就诗歌发表而言，当时刊物有限，的确不是一般百姓能够奢望的。在90年代的今天，诗歌显然不存在什么贵族、平民之争，它自然而然地融入大众文化之中。应该注意，"民间"一词的凸现在激活诗歌界的同时，也带来一些诸如"媚俗""炒作"之类的弊端。

（二）"消解"

"消解"是大众文化中出现频率较高的一个词语，后朦胧诗潮以来直到90年代，诗歌中的"消解"现象成为谈论诗歌时绕不过的一个话题。

---

① 于坚：《当代诗歌的民间传统》，《当代作家评论》，2001年第4期。

朦胧诗后，伴随着众生喧哗，"消解"现象出现在诗歌中，评论界概括为消解深度、消解历史、消解崇高、消解伟大等等。"消解"一词基本上是作为贬义词使用的，那些把诗人的使命神圣化，期待着诗人的笔拯救大地的虔诚者，面对此种现象更是痛心疾首。

消解何以在20世纪末大量出现在诗歌中，的确是极为复杂的现象。消解既来自现实的存在，也来自诗人的表达，需要注意的是，不能简单地把消解归结为诗人的表达。于坚在《读康熙信中写到的黄河》一诗里描绘的景象可谓触目惊心，但是除个人化的言说方式之外，诗人能让河床袒露在阳光下吗？诗人只是在表达现实的消解，绝不是主观意义上的率性而为，尽管如此，诗人的这种表达应该吗？如果因为历史造就了消解，诗人就去表达消解，诗人存在的意义似乎真的就找不到了。

诗人和诗歌在遭冷遇的同时，也被一部分人格外地看重，认为诗歌具有类似于宗教的拯救意义，在这种意义上来说，对传统的消解无论如何是不应该写入诗歌的。然而，赋予诗歌以拯救精神的光辉，这种认识自身都是站不住脚的，它悄悄地滑入一个极端——一个类似于革命年代诗歌作为政治工具的极端。诗歌是文学的子集，回归宗教与回归政治一样，不是诗歌的归途。作为文学的诗歌显然可以表达多元化语境中的"消解"现象。

言说消解，并不就是让人认同颓废和荒芜，事实上，"消解"现象在增加诗歌表现多元和丰富的同时，也为诗歌提供了另外一种深刻和力量。诗人心中积淀的沉重在诗歌文本中释放出来，呈现的是表现的深度。一方面诗人不能因为历史造就了什么就表现什么，但另一方面如果诗人感受到这样那样的恶，敞亮在诗歌文本中的却只是童话般的美丽（西川如此评说童话诗人顾城），那么这对于诗人、读者以及文本都无疑是一种伤害。写作者表现的世界和其内部心灵错位的现象越来越多，自我的心理不断被掩饰，在这个过程中诗人的心灵被扭曲，甚至无法面对现实。同时诗人的不真诚阻断了他和文本、读者的互动关系，文本和读者也不能建立正常的交流。诗人以超乎常人的敏感度捕捉到现实中的"消解"现象，包括伟大之物无意识中被损害，包括现代人情绪中的淡薄倾向；以适当的言说方式把此种荒芜、颓废推到大众面前，让大家认清而不是认同。认清"消解"现象的意义非同小可，唤起的是一种对时代最根本、最清楚的关照。在我们当前纷纷攘攘的现实中，消解悄无声息地存在、演化，惟有清醒地面对才可以挽救局面，掩饰是无济于事的。

（三）"叙事性"

"反抒情"作为一个与"抒情"相对的概念出现在诗歌批评中，始于"后朦胧诗"的出现，到了20世纪90年代，"反抒情"现象愈演愈烈。90年代诗歌究竟是抒情抑或反抒情？争吵是无济于事的，而且"抒情"这个词语弹性过大，在批评的语境中很难做到合理的界定。公允地说，诗歌中的反抒情现象的确存在。换句话说，通常意义上的抒情诗中夹杂着一些叙事性的成分。考虑"反抒情""叙事性"这样的问题时，诗歌语言在大众文化冲击下的变异转化是不容忽视的一个重要因素。"球星"（陈东东《炼狱故事》）、"李宁牌"（王家新《送儿子到美国》）、"新型铝合金旋转门"（孙文波《在西安的士兵生涯》）等词语，是追求娱乐、讲究品牌效应的消费时代、技术化时代的产物。这种带有鲜明"时代特色"的词语入诗，只是一个非常直观表面的现象，那么叙事性出现的深层原因植根于何处呢？

从诗人的精神维度来说，怀旧成为一个特征，这使得诗歌抒情需要叙事做必要的补充。生活在这样一个到处弥漫着金属质的环境里，社会流行着怀旧病，报纸杂志、广播、电视、网络娱乐版津津乐道于"小资"话题，"小资"不可或缺的一个特征是怀旧。怀旧点染小资情调：时装屋随意摆放着一些制作逼真的塑料苹果、橘子，周璇、邓丽君的歌曲重现昔日辉煌，牛仔流行色被称作"怀旧版"……然而，诗人的怀旧不仅是一种潮流的浸染，更是精神的需要——用以平衡、对抗当下环境中的非诗因子，而"橘黄色的落日余晖给一切都带上一丝怀旧的温情，哪怕是断头台"（米兰·昆德拉《不能承受的生命之轻》）。王家新在《挽歌》一诗中这样叙述怀旧之情："你从旧货市场找到了/一些旧画片（七十年代的美女李铁梅）/和一盏结满油垢的马灯/你是否就在这盏灯下思念过谁/或是写出了插队后的第一首诗/一盏马灯带回了一个峥嵘的时代/然而，当你试着点燃它时/已失去了旧日的激情。"思维在怀旧中进行，节奏缓慢，情绪忧伤，叙事的口吻比抒情更适合表达这种缓缓推进的淡淡的情怀。90年代的诗歌中最具怀旧色彩的是张枣和柏桦的诗，他们善于感受细微处，在回忆过往或遥想历史时，往往能够找寻到负载情感的具体物件，以此展开叙事，作为抒情的补充。叙事性因素的介入，对于带有怀旧色彩的抒情无疑是必要的和有益的，叙事长于营造怀旧氛围、拉缓节奏、点染诗思意蕴等。

从诗歌在大众文化冲击下受影视的影响而言，影视手法给叙事性的介入提供了契机。90年代诗人对语言表现出极大的兴趣，各种各样的语言包括俗语、俚语，都成为他们试验的对象。诗歌语言的这种口语化倾向与影视剧本中诗话语言的使用几乎同时出现，诗歌与影视的相互渗透是多方面的，单从语言角度，从诗歌语言受影视影响的角度来看，诗歌在叙事语言、叙事策略上有许多得益于影视剧本、影视镜头的处理方式。张曙光在《楼梯：盘旋而上或盘旋而下》一诗中设置了一小节有情境的独白镜头："它像冬天的太阳，苍白，却温暖着我/或我的生活。你会忘记一切吗/当我离开你？"开愚的《献给阮籍的二十二枚宝石》也是一个很好的例子，诗很长，举最后一节为例："秋风吹，树枝折断/缓缓走出书房（伴随着画外音拉近镜头）/四野裸露着（远景镜头）/太阳——一个白点——移动/出云层/像要砸下来（特写镜头）/诗、亡灵，就像白色的芽尖/一个僵死的冬季后/会破土而出（从我的喉咙）。"诗人借助电影蒙太奇手法，以叙事的方式为"破土而出"的诗思做好铺垫。剪辑镜头的手法是影视对诗歌叙事有效的刺激因素之一。诗歌的文体特征决定了在诗歌中即使是叙事也具有很强的跳跃性，这一点使诗歌中的叙事更靠近影视而不是小说，这样也使诗歌比其他文体更容易受到影视手法的影响。

另外，日常语言在诗歌中的大量使用，也为诗歌叙事提供了表达的媒介，这一点比较清楚，不再赘述。

三

90年代诗歌生存在纷繁嘈杂的大众文化语境中，无论说大众文化向诗歌渗透，还是说诗歌突入大众文化，一个既定的事实是，两方面都感受到了对方的气息。以上从诗歌受大众文化影响的方面，概括了90年代诗歌的三个关键词："民间""消解"和"叙事性"。这三个词语分别从三个角度——诗歌的立场、诗歌的精神、诗歌的语言策略等方面描述了90年代诗歌在大众文化语境中的一些变化和特点。用几个词语来概括诗歌的特点显然是不自量力的，做这样的探索只是为了观察诗歌的走向，从而逐渐靠近诗歌的本体。

王岳川曾说："诗人惟有退守在自己心性上，在骚动不安的世界中保持一种宁静的姿态、素朴的思考和总体性超越，才有可能真正坚守住现在并获得某种程度上的超越性。"①诗歌受到大众文化冲击是毋庸讳言的事实，但我们这个时代既有一批坚守诗歌精神的诗人，又有公正严谨的批评家，诗歌定然将在荆棘丛生中开辟出一条属于自己的道路。

第二节 20世纪90年代以来新诗的精神生态

中央电视台主办的"新年新诗会"从2005年到2010年坚持了六年后，在2011年突然停办了。由央视这样的主流媒体来传播新诗，无疑会有力促进新诗在社会中的播撒，更有效地引导新诗的文化和审美走向；然而它的停办，也再一次彰显了新诗面临的尴尬生存形态。事实上，自20世纪90年代以来，诗歌在容纳多元的精神取向和艺术追求的同时，也导致了更多阅读受众在面对诗歌时无所适从。人们久已习惯的对于诗歌与现实、诗歌与社会人生关系的理解发生了巨大变化；在多元的掩饰下，诗歌精神的各个层面出现了较为醒目的缺失。评论家吕进指出："新诗出现的精神危机主要表现为新诗的社会身份和承担品格的危机。在艺术上有了长足进步的同时，新诗又在相当程度上脱离了社会与时代。诗回归本位，当然是回归诗之为诗的美学本质，但绝不是回归诗人狭小的自我天地。"②本节谈论的诗歌精神生态问题，主要指的就是这种精神危机的呈现。

李怡曾在《传统：中国新诗问题的一个关键词》一文中谈到：中国新诗，它依然是中国的诗人在自己的生存空间中获得的人生感悟的表达，新诗的

---

① 王岳川：《中国镜像：90年代文化研究》，北京：中央编译出版社，2001年，第245页。
② 吕进：《三大重建：新诗，二次革命与再次复兴》，《西南师范大学学报》（人文社会科学版），2005年第1期。

价值观既不依靠古典的因素来确定，也未臣服于西方文化霸权。① 这一思路提醒我们，讨论近二十年诗歌精神缺失的原因，不能落入任何形式的二元陷阱，因为新诗在发展过程中逐步确立起来的自身新传统不断受到多方面因素的挑战和纠缠。本节拟从大众文化语境、后现代主义的简单套用和二元对抗思维模式的影响等几个方面，探析近年新诗的精神生态。

一

在上一节中，我们已经分析过1990年代的大众文化语境，可以说，90年代以来，诗歌生存在纷繁嘈杂的大众文化语境中，无论是说大众文化向诗歌渗透，还是说诗歌突入大众文化，一个既定的事实是，两方面都感受到了对方逼近的气息。大众传媒作为大众文化的传承工具，它是现代技术和商业社会共同的产物；大众传媒在带给文学自由、快捷、多元的存在方式时，也把文学淹没在自由多元的泡沫之中。

王干在《90年代文学论纲》中对当时文学生存的背景进行了详尽的描述，他强调的多元语境实际上包含了大众文化和大众传媒："多向发展的杂体经济与暧昧的世界形势慢慢消解了强大的意识形态话语，在文化上便表现为占绝对主流的话语不在场，多种话语对峙、冲撞乃至消解。传媒成为90年代文化的'主频道'。"② 大众传媒的种类很多，仅以网络为例，"界限""诗生活""诗江湖""唐""橡皮"等诗歌网站，为1999年以来的诗歌发表、诗人论争提供了纸质媒介时代所没有的自由交流平台。

网络媒介以其虚拟性、自由性和互动性的特点区别于传统媒介，由此带给诗歌独特的优势：自由书写，互动交流，迅速传播，还发展出新的诗歌形态，如超文本诗歌和多媒体诗歌等。与此同时网络带给诗歌的隐患也浮出水面：虚拟和自由使诗人可以无所顾忌地书写，当然书写的自由给了诗人表达真实想法的机会，也给了诗歌拥有多元风格的可能，但是不负责任的随意书写却是不能排除的。由于不存在发表的问题，游戏般的嬉笑怒

---

① 李怡：《传统：中国新诗问题的一个关键词》，《西南科技大学学报》（哲学社会科学版），2006年第2期。

② 王干：《边缘与暧昧》，昆明：云南人民出版社，2001年，第5页。

骂常出现在网络诗歌中,更有一些所谓"垃圾派"诗人出言非常不逊。同时,诗人渴望提高诗作点击率,往往注重当下的事情,有时诗歌变相地成为小报花边新闻报道,在平面化的话语狂欢中,诗歌似乎只是为了满足某种欲望。

二十年来诗歌的叙事性因素的增多和大众文化也不无关系。诗歌中的叙事不是一个新出现的问题,不过每一次叙事的增多似乎都和外部因素密切相关,比如当代诗歌史上塑造某种典型形象。自20世纪90年代以来,意识形态对诗歌的影响减少,但身处消费社会,与之相关的一切却悄无声息地向诗歌渗透,其中大众文化是重要的一个方面。消弭日常和艺术的界限,满足大众的欲望,使大众在片刻的麻醉中得到所谓的享受,是大众文化产品的重要特征之一。高雅和通俗、生活和艺术的区别消失了,生活被直接放进诗歌。顺便提一点,大众文化和后现代主义有相通之处。肥皂剧的逼真,音乐录影带的煽情,通俗报刊书籍的趣味等都以享受、轻松、娱乐的方式吸引着大众的注意力。

诗歌如何安慰现代人在快节奏社会里生活的疲惫的心?纯粹的抒情不够用了,诗歌越是高雅就越和大众隔绝——这里的"大众"围绕消费展开,指主要的消费对象——于是大众文化诱惑大众的手段派上了用场,放低姿态、努力贴近对象的需求。诗歌絮絮叨叨地书写普通人的日常生活;诗歌满怀深情地怀念从前的日子甚至遥远年代的生活;诗歌骂骂咧咧地发泄满腹牢骚……日常、怀旧、抱怨是现代人生活中必不可少的部分,而叙事比抒情更能传达这些情绪。日常和抱怨自不必说,怀旧在叙事拉缓了的叙述节奏中意味更浓。如此,叙事成为近些年谈论诗歌的一个关键词,一定程度上消解了诗歌的抒情传统。

由此可见,大众文化和大众传媒的确在各个方面改变了既有的诗歌秩序与形态,在带来优势的同时也不可避免地损害了诗歌精神。陶东风指出:"在大众文化的语境中,文化工业不可能不用自己的价值规范与操作法则来把精英文化、先锋文化纳入自己的体系中。"[1]生活在这个语境中就得抵挡被消解和融化的危险,诗歌也不例外。

---

[1] 陶东风:《欲望与沉沦:当代大众文化批判》,《文艺争鸣》,1993年第6期。

二

一般认为,后现代主义在西方崭露头角始于20世纪五六十年代,80年代中期传入中国,继而很快影响到各个领域。文学界尤其是诗歌界反响很强烈,当时理论界着力地翻译介绍后现代理论,创作界跟风式地模仿后现代主义风格。进入90年代之后,"后学"之温有所下降,学界较为冷静地对待这一思潮,但这丝毫没有影响后现代主义的活动范围。它渗透在各种文学样式当中,使文学中出现一些后现代主义的变体文本。

西方学者丹尼尔·贝尔、哈贝马斯、杰姆逊、利奥塔等对后现代主义都有不同的看法,关于它的起源、它与现代主义的关系、具体内涵等问题没有统一的说法。总体上说,后现代主义具有以下一些基本特征:不确定性、消解、无中心、削平深度模式、历史意识消失、主体性丧失、游戏、反讽、戏谑、消弭日常和艺术的界限等等。后现代主义从根本上说是反传统的,反对既有的一切。现代主义无论多么大胆放肆都没有脱离艺术审美的界限,而后现代主义则抹煞了艺术形式,"'事件'和'环境'、'街道'和'背景',不是为艺术,而是为生活存在的适当场所"①。这是就文学艺术中的后现代主义而言的,其最大的反叛莫过于放弃艺术形式本身。

从西方到中国,后现代主义发生变化是在所难免的,比如后工业社会或者晚期资本主义社会的特点,在中国还没有言说的对象;文学方面对后现代主义的理解主要偏于简单的反叛,而有时反叛的对象才刚刚起步或者根本就不存在。郑敏在一篇文章中谈到过"知识",她说:"仇恨知识也是西方后现代的一个现象","他们是在知识普及的情况下诅咒科学的残酷,而我们的弄潮儿却在缺乏知识,失去受正规教育的痛苦心态下转向仇视知识和知识阶层。"②由于后现代主义本身具有很多驳杂的成分,又由于对新引进的这一理论认识不够全面深入,有简单套用之嫌,因而给我们的文学带来很多消极因素。

---
① [美]丹尼尔·贝尔:《文化:现代和后现代》,王岳川等编《后现代主义文化与美学》,北京:北京大学出版社,1992年,第7—8页。
② 郑敏:《诗与后现代》,《文艺争鸣》,1993年第3期。

当后现代主义的反叛姿态涌入诗歌时,精神缺失现象随之出现。"反字当头"就是后现代主义反叛姿态的集中表现,诗歌的生存、传统、意义、艺术各个方面被彻底颠覆。诗人伊沙写道:"伟大的诗人 YISHA/如此写道/我是我自个儿的爹。"(《野种之歌》)YISHA,五个大写字母,作为一个符号文本,借助"根据性"突然降级,触及了物的坚硬的切实性,这就使得"我是我自个儿的爹"对传统的颠覆更具体,感知性更强。再联系诗题,一种猖狂的背后是传统支柱坍塌后的虚无,YISHA 的宣告也是自我的放逐。

后现代主义对传统的彻底反叛、历史意识的退隐是导致诗歌中的"消解传统"倾向出现的原因之一。"消解意义",来自后现代主义的不确定性、主体性丧失、削平深度模式、游戏等特征,"后现代文学理论的要点是,'无法确定的东西'决定着一篇文章将如何被人阅读"[①]。对"无法确定的东西"的追求表现在诗歌中就成了意义芜杂凌乱。"消解技巧"则是对艺术形式的消解,形式都可以不要了,如丹尼尔·贝尔所言"溢出了艺术的容器"。总之,一些诗歌中出现的肆意嘲弄、贬低、破坏既有的一切,具有浓厚的后现代主义意味。

与此同时,后现代主义对当下中国诗歌的影响,已经不像 80 年代中后期那样痕迹分明了,这既得自于对理论的进一步冷静吸收和理解,也是先锋诗歌艺术不断成熟的表现。进入 90 年代之后,学界对西方思潮的狂热和走向世界的期望,都明显低于国门初开之际,冷静下来的思维有利于各个维度的建设。70 年代末以来,西方思潮尤其是当代流行的理论被大量译介进来。面对如洪水般汹涌而来的西方文论,中国学界掀起一阵阵学习的狂潮,在短短几年间走完了西方近百年的历程。另外一个 80 年代瞩目的现象是,走向世界的深切期望或者叫"影响的焦虑"。随着《百年孤独》获诺贝尔文学奖,拉美文学成功地走向世界,国内文学界纷纷效颦,极力寻找和世界文学接轨的可能。理论和创作在 80 年代都处于狂热状态,对刚译介进来的西方文论还来不及细细消化就断章取义地开始使用。90 年代以来这种状况稍有好转,对西方理论的狂热降了下来,国内出现许多反思现代性、后现代性的研究文章。

[①] [美]约翰·W. 墨菲:《后现代主义对社会科学的意义》,王岳川等编《后现代主义文化与美学》,前引书,第 176 页。

理论界在 90 年代发生"人文精神"大讨论不是偶然现象，既有对后现代主义和大众文化的抵制，也有对传统的反思；而新旧世纪之交的"国学热"是对传统文化的回望和重新审视。小说中有张承志、张炜等对新人文精神的追求；诗歌中同样有昌耀、西川、郑敏、牛汉、苏金伞等诗人继续坚持严肃的探寻。"非非"诗派的走向很可以说明问题，80 年代较早倡导后现代主义式的写作，周伦佑还写出了《自由方块》那种拼贴组合和令人费解的所谓后现代主义文本；而 90 年代以来"非非"的"红色写作"和周伦佑的写作都发生了较大的转变。换个角度说，90 年代之后诗人生活的社会文化语境比 80 年代平静得多，外部压力也没那么大。一些诗人自觉规避 80 年代的浮躁和对轰动效应的热衷，转入相对深沉和冷静的发展阶段，以更加贴近现实生活的姿态和更加个人化的写作方式走向诗美。面对外部，浮躁和狂热的心态确实不利于诗歌的发展，因而 90 年代以来的转向，在一定程度上进行着对诗歌精神缺失的补救。

新世纪诗歌在诸种纠葛中前行："消解深度与重建新诗的良知并存，灵性书写与低俗欲望的宣泄并存，宏大叙事与日常经验写作并存"[①]。这种两两并置的描述绝不是简单的对立，而是从不同考量向度显示了新诗的后现代姿态及其深度挣扎。在泛艺术化、泛诗性的语境中，有些诗人将自己的行为艺术化，以此换取某种聚焦；2006 年的"裸体读诗"事件背后，其实隐含着的正是诗人的巨大无奈。

三

"二元对抗"作为一种思维模式，这个概念借自郑敏 1993 年发表于《文学评论》第 3 期的那篇著名论文《世纪末的回顾：汉语语言变革与中国新诗创作》。郑敏在文中批判了一系列"拥护/打倒"的二元对抗的文学批评和创作的思维模式。在这种二元对抗的思维模式里，诗歌中反传统、反文化、反历史、反技巧、反意义等一系列"反字当头"的现象大肆蔓延。令人啼笑皆非的是，倡导多元的解构主义却滋生出扩大了的"二元对抗"，消解受西

[①] 吴思敬：《中国新诗：世纪初的观察》，《文学评论》，2005 年第 4 期。

方的解构主义影响而产生，而解构主义直接针对的是结构主义的"二元对立"。在传统/现代、历史/今天、崇高/低俗、大我/小我等系列对抗中，消解掉的都是前项，表面上看似打破了对抗的状态；实际上，文学现象远不是几组"二元"所能概括的，消解不是解决问题的方式，它恰恰是另一个极端的对抗。也就是说，喊着打破二元对立的消解仍没有逃离"二元"的藩篱，相反，它要"反"这个"破"那个的思维逻辑同样处于"二元对抗"思维模式的框架里。近二十年来诗歌中的诸多精神缺失现象都和"二元对抗"思维模式相关，这里仅就以下两点加以说明。

第一，日常生活被简单地移入诗歌。诗歌原本是对日常的反映、提升、概括，而不是直接照搬生活；当生活的碎片堆积在诗歌中时，这些碎片折射出某个人在某个瞬间的生活，而这正是诗人所津津乐道的，他要用独特的"这一个"取代所谓的时代与社会中的人。"自从为了解放个人的自由心灵而提出文学的主体性后，中国新诗在这方面走过了一段很长的道路，主观（主体）与客观（客体），个人与群体相对立的情感成为一部分年轻诗人创作的动力，这种切断主客对话，个人与群体互动的倾向，使得很多诗人陷于狭窄的二元对抗思维，其中心就是一个无边膨胀的'我'。"[1]诗歌中大我、小我一直是一对没有讨论清楚的问题，抒情主体究竟应该以一种什么样的视角切入诗歌？诗歌从来没有严格的规则，但毫无疑问，一堆不知所云的东西堆积起来至少不能算作好诗。

新世纪出现的"打工诗歌"现象，就值得我们深入思考：一方面，有些"打工诗歌"把现实等同于诗歌；另一方面，部分评论者一度热衷于抬高"打工诗歌"中比较现实的一面，结果使得诗人与评论者无意地达成了合谋，即用现实遮蔽了诗性。

第二，与抒情相对抗的叙事性因素的介入。诗歌中的叙事性因素在近二十年来的新诗创作中异常醒目，如前分析，这和社会文化语境等多个层面都有扯不断的关系，但毋庸置疑的是，二元对抗思维模式的存在在很大程度上促使这一现象更加突出。抒情在集体无意识中被确认为强烈情感的表达，或欢快或悲伤或缅怀等等，总之情感是强烈的、鲜明的；于是就有

---

[1] 郑敏：《我的几点意见》，《当代作家评论》，2001年第2期。

了叙事性因素在 90 年代以来诗歌中的凸显。如《把小说写得有命运感》："作为一个艺术家/特别是搞大众艺术的/成功的基础是把自己当小人物。"这几行诗几乎没有什么诗的感觉，完全是一种干巴巴的叙述。很多时候，人们把抒情、叙事作为对立的两方面理解，而实际上抒情不仅是强烈的、鲜明的情感，也包括"冷抒情""后抒情"等。如："小杏 当那一天/你 轻轻地对我说/休息一下 休息一下/我唱支歌给你听听/我忽然低下头/许多年过去了/你看我的眼眶里充满了泪水"。在这首名为《给小杏的诗》中，虽然呈现的是一种琐碎的叙述，与诗歌的精神审美似乎关系不大，但细细体味，又能够感受到某种触及内心柔软处的情绪。正如评论家谢有顺所言："真正的抒情就是对具体事物的真实感受，对自己内心的探测和展开，它在表面上可能是反抒情的……这种感情不是刻意抒发出来的，而是从每一个具体的词语中渗透出来。"[1]

四

20 世纪 90 年代以来，新诗的无数现象似乎都被囊括在"多元"的美丽口袋中而被包容，但我们不妨追问：那些"多元"在什么意义上能真正成为一个"元"？众声喧哗是这个时代的特点，纷纷攘攘中许多东西被泛化，"过去所崇尚的纯审美，如今已经和正在泛化到日常生活过程中去，变得生活化、实用化、通俗化和商品化，从而我们见到的是泛审美"[2]。正确理解、对待多元和泛化，关系到对新诗精神生态的客观把握和分析。多元化和泛化不是单纯简单的现象，表面的多彩中潜伏着一些杂质。需要注意，多元"不是放纵……不是借着诗歌的名义进行着非诗歌艺术的事情，而应该是在诗歌的基本艺术规律中寻找、探索诗歌发展的多种可能性"[3]。多元语境中表面的热闹，也掩盖了一些真正的问题，比如诗歌生存的空间，"诗歌生存的空间可以分为两类。一类是作者群体的，一类是读者群体的；前者是圈内，

---

[1] 谢有顺：《当代诗歌：抒情，还是反抒情》，《中外诗歌研究》2001 年第 1—2 合刊。
[2] 王一川：《从诗意启蒙到异趣沟通——90 年代中国审美精神》，何锐主编《前沿学人：批评的趋势》，北京：北京图书馆出版社，2001 年，第 159 页。
[3] 蒋登科：《警惕多元语境中的误区》，《诗刊》2003 年 3 月号上半月刊。

后者是圈外。现在的事实是，圈内热闹，圈外冷漠，即作者群体的空间急剧膨胀，而读者群体的空间却日益萎缩"[1]。

于坚有一首短诗这样写道："汽车在高原上飞驰/原始森林的边缘出现的时候/一头虚构的野鹿/窜进我的内心/但我没有草地和溪流/让它长久地逗留。""没有草地和溪流"，可以说正是当下中国新诗精神生态恶化的象征，诗人在困惑迷惘中露着几份忧伤和无奈。

然而不可忽视的是，90年代以来的诗坛，还有一批精神坚守者仍在默默耕耘，下面的几行诗句就凝聚了一位老诗人复杂的心绪和认真的思考：

>   深夜的诗照亮心扉
>   找不到开始也难有结束
>   既是起程又是归程
>   仍然走向灵魂的衔接
>
>   ——蔡其矫《夜涛》

这当中包含的情感和精神因素，超越了简单的困惑与无奈，更多的是"仍然走向灵魂的衔接"的慨然担当和执着。与前面"虚构"野鹿而惋惜不能让它"逗留"相比，二者之间的精神姿态与灵魂向度的差异一望可知。

更重要的是，如何留住"内心的野鹿"？如何"走向灵魂的衔接"？寻找诗歌精神缺失的原因，探讨新诗的精神生态，正是为了从不同角度趋近诗歌内核。本节锚定90年代以来诗歌的精神生态问题，正是因为它显示着当下诗歌需要迫切走出的精神窘境。时至今日，拨开解构、坠落、众声喧哗等词语的尘灰，这一切依然只是一个开始。

第三节　20世纪90年代诗歌消解倾向的呈现

朦胧诗后，"消解"现象大量出现在诗歌中，评论界概括为消解深度、

---

[1] 北塔：《诗歌的公共空间》，《社会科学报》2003年1月9日。

消解历史、消解崇高、消解伟大等等。"消解"一词基本上是作为贬义词使用的。消解何以在20世纪末大量出现在诗歌中，的确是一个极为复杂的现象。消解既来自现实的存在，也来自诗人的表达，需要注意的是，不能简单地把消解归结为诗人的表达。

一、"反"字当头：诗歌世界的随意书写

消解力度最大的一部分诗作以叛逆的姿态存在，这些作品呈现出驳杂多元的状态：民族和世界的传统包括历史传统、文化传统、文学传统等都被远远地抛开或者随意嘲讽；情感、意义和思想或者在话语狂欢中流落，或者在冷漠书写中被表面化，没有深度追求；诗歌艺术形式方面则无技巧可言，技巧的混乱和无技巧无疑伤害了诗歌的艺术美。"反"字当头，反传统、反意义、反技巧，绝对化地反叛而不是辩证地分析和面对诗歌既有的一切。诗歌中"叛逆的姿态"在增加多元表达的同时，带来了由于随意书写而造成的混乱。毫无疑问反叛的姿态越大越引人注意，因而这一种消解现象在当下被谈论得最多，谈论消解不得不谈"反叛"话题，这里主要从以下三个方面展开论述。

(一)消解传统：无家以归

在西方消解哲学产生之初，传统就是其针对的一个重要目标，深受后现代思潮影响的90年代先锋诗人面对传统也采取打破的方式。"我们是文学传统的孤儿。民族传统已经作废，西方传统和我们隔绝，而所谓的人类传统仅是一个幻觉。"[①]这是一个诗人对传统的发言，其中的武断和过激不言自明。传统在这里包括两个层面的意思：作为文学的诗歌传统和民族的历史传统、文化传统。诚然传统一直是在继承和打破中流传下来的，正确对待传统是以辩证的方式处理传统留下的遗产，消解传统错在不假思索地一味打破，把传统视为和创新格格不入的对立面。

第一，就诗歌传统而言，诗人形象和诗歌书写都被改变。中国古代诗

---

① 韩东：《古闸笔谈》，《作家》，1993年第4期。

歌一直到朦胧诗时期，都很看重诗人的使命意识，诗人在人们心目中往往具有一定的神圣性。80年代中后期，尤其是90年代以来，随着消费社会的到来，一方面，诗人的处境开始边缘化，他们寂寞地写诗、默默地生存；另一方面，诗人的队伍严重分化，专门从事诗歌写作的诗人逐渐减少。这是客观的社会语境造成的影响，与此同时，在一些诗作中出现另类的诗人形象描绘。伊沙讽刺的是继海子之后，诗人们对"麦子"神话的仿写，他在消解"麦子"神话的同时也把诗人形象消解得体无完肤。刘纳说："一声'饿死他们/狗日的诗人'颠覆了以往的诗情，而使这一位伊沙成为现时中国少有的能够毫无困惑地面对'后现代'的诗人。"①消解使伊沙极具后现代的特点，但后现代并不简单的等同于消解。

诗歌书写在选取主题、提炼语言、结构诗篇、艺术修饰等各个方面都被颠覆。在消解诗作中，没有什么题材不可以入诗，琐碎的、肮脏的、下流的事情都堂而皇之地安放在诗歌的艺术世界中。恰当地化用日常口语、谚语等可以增加诗歌语言的活力和形象性，但一些诗作却偏偏要使用骂人的脏话、梦中的呓语，甚至结巴的病态语。伊沙写于1991年的《结结巴巴》对诗歌语言的颠覆可谓达到了极致："我要突突突围/你们莫名其妙/的节奏/急待突围//我我我的/我的机枪点点点射般/的语言/充满快慰。"结构诗篇方面，或者松散凌乱或者简直就是记叙文的分行排列，根本无所谓诗歌的形式，形式美就更谈不上了。例如："1990年，七月或八月的一天，/我们聚集在学四食堂，不分宾主/为镀完金的陈建祖和非莫饯行。/席间，只有韩毓海穿着消闲的/短裤，使夏天准确地服务于人体；/并使我现在的回忆有根有据。"②这是一首诗中的一小部分，可略见一斑，整首诗是写给戈麦的怀念文章，回忆中有时间、地点、人物、事件等等，而且诗人有条不紊地缓缓叙述了某次聚会的全部经过，随后表达了对死者的评价和一种特殊的缅怀。诗歌的结构虽然没有严格的要求，但写成这种分行排列的记叙文却是不可取的。此外，拥挤而私人化的意象使用、随意拼贴的形式、牵强

---

① 刘纳：《诗：激情与策略——后现代主义与当代诗歌》，北京：中国社会出版社，1996年。

② 臧棣：《割麦》，程光炜编《岁月的遗照》，北京：社会科学文献出版社，1998年，第203—204页。

附会的比喻等都是艺术修饰方面对诗歌艺术的消解。

第二，历史传统、文化传统被肆意歪曲。任何一个社会的历史、文化发展都是前后相继的，"……在时间上具延续性，无疑地是构成'传统'意义的首要元素，乃定义上不可分割的一部分"[1]。而部分诗作恰恰相反地表现出似乎从天而降的神话，肆意歪曲传统的历史、文化；又好像对历史都没有了记忆，信口开河地在诗歌中表达自己的想象。最突出的表现是一些代表中国形象的名胜古迹被重新书写，耳熟能详的像80年代韩东的《有关大雁塔》《你见过大海》，伊沙的《车过黄河》等对大雁塔、大海、黄河等过去诗人笔下崇高伟大之物的戏谑、嘲讽。90年代诗作中也有这方面的例子，渭河的水被描述成这样："灞桥下的渭河水像小孩子的尿一样细，/它要汇入黄河，到达大海，你的/所谓的黄金岁月对它没有什么诱惑力。/就是李白和王维，在灞桥上/流下泪水，狂歌低吟一番又怎么样？"[2]借像小孩子的尿一样细的渭河水，表达一种无奈的情绪，在消解渭河的同时，更消解了"黄金岁月"，这一段岁月永远地成为过去，任你如何痛哭如何狂放都无济于事，李白、王维尚且如此，其余等闲之辈就更不用说了。这一长串意思靠"渭河水"联系在一起本无可厚非，但用尿形容渭河水就带上了消解的意味。

剥离烈士陵园、历史纪念馆和"崇高"语词，歌剧院和"高雅"语词的"被修饰—修饰"对应关系，同样消解了历史、文化传统。"革命"这个词语充满了激情和神圣，革命烈士以热血换来幸福明快的生活画面，然而，烈士的身影和魂魄只是在现代球星漫不经心中被"瞥见"，庄严肃穆的烈士陵园被现代娱乐、赚钱的场所挤压、包围。于是历史被现实取代，崇高被日常颠覆："一个球星更衣时瞥见，有身体和灵魂/打体育馆不夜的天窗上路过"，"还有那承包了斋堂的和尚/在厨房洗他的脏旅游鞋"[3]从常规意义上讲，"纪念馆"是一个严肃而庄重的词语，厚重的历史、曾经的辉煌、英雄的荣耀等等令后人敬仰的对象栖居在纪念馆里。孙文波《地图上的旅行》也许只是虚假的旅行吧，诗人在假想中这样描述"传统的纪念馆里"的活动情形："在传

---

[1] 叶启政：《"传统"概念的社会学分析》，姜义华等编《港台及海外学者论传统文化与现代化》，重庆：重庆出版社，1988年，第4—7页。
[2] 孙文波：《在西安的士兵生涯》，程光炜编《岁月的遗照》，前引书，第127—128页。
[3] 陈东东：《炼狱故事》，程光炜编《岁月的遗照》，前引书，第250页。

统的纪念馆里,只有患病的头脑,/还在凯旋的仪式中沉迷,/为闪烁着陈旧的光芒的刀剑寻找证据,/并且渴望,它们像蝙蝠一样飞舞起来。"只有不正常的人才会在无聊的仪式中自得其乐,"患病"和"沉迷"是直接叙述;"凯旋"则是反讽的运用。闪烁着光芒的荣耀不过是一些不正常的头脑在主观臆造证据而已。在诗人看来,纪念馆无非容纳一些想入非非中虚无缥缈的东西,像儿童吹出的五彩泡泡。相对于电影院、歌剧院更像是一种身份表征,它代表高雅和上层的情趣。陈东东《炼狱故事》中"歌剧院"却以虚伪、阴暗和日常消解掉了美好的修饰词:翩翩起舞的少女们"表情庸俗",身轻如蝶的鬼魂"更像是肥胖的蛾子";歌剧院里高高在上的指挥家不过是一个"谢顶的新鳏夫",指挥家生活中具体的身份得以归还。欧阳江河在《男高音的春天》里则抒写了厌倦了唱歌的男高音,而且这种倦怠之深达到难以恢复的程度。惯常对历史和文化传统的看法,在以上的例子中被改变,崇高的不再崇高,优雅的不再优雅。

我国有着源远流长的民族传统和诗歌传统,对传统的彻底反叛和丢弃只会使诗歌在远离优秀遗产的同时走上一条不归路,而"90年代的中国新诗只有将优秀传统作为拥抱当代的立足点,才可能更彻底更有效地自我刷新"[1]。

(二)消解意义:无度为界

对意义的消解,大致包括消解中心和还原本质。一般来说,任何文本都有某种言说的中心,艺术手段围绕中心展开,读者理解意义也要建立在寻找中心的基础上,没有中心的言说似乎是不可能的。随着后现代主义的出现,情况发生了变化。后现代的核心概念是"无中心",消解哲学在"游戏""原初书写""原初踪迹""延异"等概念基础上产生了对"无中心"的追求,这些哲学思想投射到文学实践中就出现了意义的游移不定和没有意义可言。后现代主义的影响不可避免地波及小说、戏剧、散文,但诗歌在语言、建行、分节、意义等方面原本就有较大的跳跃性,因而它比其他文体更易于受到"无中心"的影响。90年代诗歌在五光十色中,表现得正是众说纷纭而没有中心的主题。

---

[1] 吕进:《对话与重建——中国现代诗学札记》,重庆:西南师范大学出版社,2002年。

阅读诗歌如同旅行一样，会碰到许多靓丽的风景，但风景都是靓丽的吗？下面谈到的风景和它的本意相去甚远，意义狂欢中风景成了行走的风景，行走意味着没有定数。《与风景无关，仅仅是即景》，诗题在轻描淡写中颠覆了"风景"的涵义，文本在似是而非的含混中展开。一群鸽子扇动着翅膀，飞向湛蓝的天空，多么美妙而动人的画面；臧棣的视线却被它"投下的阴影"遮蔽，诗人感到"暮色骤然晦暗"。孙文波的《在无名小镇上》带给我们另一种风景：何谓风景？首先风景不纯粹是自然，风景至少产生于人和对象物和谐、愉悦的交流之中，应该说自然造化和人之力量共同组成"风景"一词的内涵。现实中的无名小镇和传说相差太远，宛若爱情总没有想象中的甜蜜，于是诗人觉得"现实不过是梦幻的影子"，而且还是扭曲变形的干瘪影子。由于这种反差，诗人悲哀地感到：

> 似乎是这样：风景的美丽不是人的美丽。
> 因为无论是爱还是仇恨，都
> 得不到呼应，就如同绝对的一厢情愿。[1]

一方面，因为和人的想象相左，风景的美丽显得孤单寂寞；另一方面，由于未能看到期望之美，人面对自然难免感到失落、苦楚。风景的美丽在这里变得无足轻重，风景也就失却了本身负载的意义，轻飘飘地在读者的视线中游走。欧阳江河则采用破碎式的诗行排列形式，解释风景的意义：

> 风景以尖锐的骨头切入
> 一个词
> 自寂静抓紧
> 通过破碎与内心毗邻
> 由来已久的瞬间呈现
> 生存的
> 高把位态度[2]

---

[1] 孙文波：《在无名小镇上》，程光炜编《岁月的遗照》，前引书，第145—146页。
[2] 欧阳江河：《风景》，程光炜编《岁月的遗照》，前引书，第80—81页。

在理性思维的切割组合中完成对风景的定位:"寂静"的沉思中,"破碎"是客观景物与主体对象的契合点,有了这一契合点,生存的姿态被"瞬间"地呈现出来,而且所谓的"瞬间呈现"是"由来已久的",只是需要等待时机成熟方才展示出来。风景的意义在诸多描述中行走,颠覆也罢,解剖也罢,意义以一种"无中心"的状态呈现。

和消解中心一样,还原是消解意义的另外一种方式。《剑桥百科全书》解释"deconstruction"时,认为消解"不仅强调符号与所指概念之间的任意性,而且强调它们之间的高度不稳定性"①,能指和所指之间的不稳定关系决定现象和本质之间也是游移滑动的,现象就是现象,其背后不是必得有某种意义,比如花朵不一定代表美丽,乌鸦也不一定具有"它的象征 它的隐喻或神话"(于坚《对一只乌鸦的命名》)。于是,诗歌中出现大量语词的罗列,简单自然而原始地堆积在一起,这被一些诗人认为是最好的表达世界的方式。任何判断都是主体主观加上去的,那么最好的办法就是什么都不去解释,只是简单地把现象移入诗歌中,这就是所谓的还原本质。

> 不知道叫它什么才好　　刚才它还位居宴会的高处
> 一瓶黑啤酒的守护者　　不可或缺　　它有它的身份
> 意味着一个黄昏的好心情　　以及一杯泡沫的深度②

这是题为《啤酒瓶盖》一诗的开头,诗人于坚尽量地想要还原对这个东西的命名,他描述"它"所处的位置、职能、身份等看似客观的表征,实际上这种描述视角偏偏是最主观的。接着诗人明确地写道"词典上不再有关于它的词条　　不再有它的本义引义和转义",试图抹煞掉对"它"的已有命名。整首诗没有出现一次"啤酒瓶盖",诗人企图把"它"的本质全部还原给现象,尽管如此还是要借助"啤酒""啤酒瓶""啤酒厂"等与之紧密相关的词语来表达,最具讽刺意味的是诗题不得不用了"啤酒瓶盖",这样一来整首诗就好像是一个冗长的名词解释。从这个还原的努力中,我们看到还原的不可能性。诗意原本就不是完全昭明的,适当的弹性、跳跃性和含蓄性可以使诗

---

① [英]克里斯特尔(Crystal, D.)主编:《剑桥百科全书》,丁仲华等译,北京:中国友谊出版公司,1996年。

② 于坚:《啤酒瓶盖》,《于坚的诗》,北京:人民文学出版社,2000年,第132页。

意更加丰富,但过于追求现象的随机组合只会带来意义的凌乱。形象地说,还原本质构成了诗歌世界的一片冷风景。90年代诗歌中的这一倾向主要从"他们"诗派的日常化追求发展而来。

(三)消解技巧:无序可循

诗歌是一种精致的艺术,非常讲求诗美的创造,形式的重要性在诗歌这里体现得最为明显,诗歌艺术技巧的采用可以使诗歌的内容和形式达到完美统一。吕进说过:"总起讲来,内容的抒情美,形式的音乐美,语言的精炼美,这三者的融合就是诗美的本质。"[1]从诗歌的内容、形式和语言多个方面对诗美进行立体扫描,精炼而集中地阐明"什么是诗美"这个命题。由此看来,对抒情性、节奏感和语言组合的强调直接关系到诗美本质的实现。但90年代一些诗人在消解哲学、后现代哲学反叛姿态的横扫下,头晕目眩地过度发挥,连诗歌艺术美必不可少的组成内容也一概推翻。他们以粗制滥造的艺术手法代替美的追求,还振振有词地宣称自己多么高明,对诗歌艺术技巧的消解可谓多种多样,例如:

第一,破坏抒情性。"诗可以叙述生活,但主要是歌唱生活,是敞开直面生活的人(主要是诗人自己)的心灵。"[2]"歌唱"是抒情的形象说法,抒情对诗歌而言至关重要,虽然任何文学都是作者感情的抒发,但唯有诗歌把感情作为直接言说的对象。"诗是歌唱生活的最高语言艺术,它通常是诗人感情的直写。"[3]吕进这一"诗化"的诗歌定义,更突出了诗歌的抒情特质。"反抒情"作为一个与"抒情"相对的概念出现在诗歌批评中,始于"后朦胧诗"的出现,到了90年代,"反抒情"现象依旧存在。以叙事对抗抒情是"反抒情"的一个重要表现,过多的絮絮叨叨的叙述让诗歌拥挤不堪,流水账式的排列还有什么诗美可言?"擦窗,扫地,用湿布抹去厚厚的积尘,整理/房间,书桌,扔掉无用的纸箱,空瓶,/旧电视报,买年货,拿着500元钱,街上的/人如此之多,节日对于忙碌一年的人来讲,/是准备多一点吃的和

---

[1] 吕进:《给新诗爱好者》,重庆:重庆出版社,1984年。
[2] 吕进:《给新诗爱好者》,前引书,第68页。
[3] 吕进:《中国现代诗学》,重庆:重庆出版社,1991年。

玩的,'来点糖果,瓜子,/和花生,水果也要一些,最好是红富士……'"①。节日的抒情就这样被这些琐碎的叙述埋没,省略号是笔者加上去的,诗人总是在诗行太长的情况下断开诗行,所以引用不得不硬行截止,否则就得引用整首诗。其实这些诗行如果连续不断地写下去,而不分行排列,就成了真正的日志。诗歌并不排斥叙事,适当加入一点叙事性的因素,作为抒情的补充在有些情况下颇为有用,叙事长于营造怀旧氛围、延缓节奏、点染诗思意蕴等。

以叙事对抗抒情之外,诗歌中还出现了滥抒情现象,滥抒情一方面专意反对过去的抒情对象和抒情方式,用戏谑、反讽的方式对待现实世界,例如对祖国好山好水、名胜古迹以及个人美好爱情的消解式表达;另一方面以语词的随意堆积破坏抒情的可能性,读者只有在凌乱中捉寻点滴意义,"抒情美"变得遥不可及。另外,后面将要谈到的对语言诗意的破坏、对意象的破坏等也同样破坏了诗歌的抒情性。

第二,破坏语言的诗意。从某种程度上说,文学是语言的艺术,诗歌又是所有文学样式中最重视语言艺术的,上面提到的吕进的诗歌定义前半句指明"诗是歌唱生活的最高语言艺术"。然而当消解横扫诗坛的时候连诗歌的语言也不放过,破坏语言诗意的方式非常多,主要是不加选择和修饰地把日常口语移入诗歌中,具体形态包括病态语、碎片语、肮脏语、下流语等。病态语指日常生活中的结巴语、呓语等,典型的是伊沙的《结结巴巴》,应该说这首诗是对诗歌语言最激烈的反叛。碎片语是支离破碎的语言,诗人故意将语言割裂,以为可以增加跳跃性,以为看不懂就说明诗歌有深度。肮脏语也就是通常说的骂人的脏话,有一首诗名字叫作《大好年华》,多美好啊,我们都这样想,但诗人却说:"我当时真愤怒呵/这就是/他妈的人们所说的'大好年华'。"②《枯燥》中孙文波一声粗野的"他妈的",把诗歌从想象带回到日常现实,一切依然单调乏味,这"就是我的生活"。日常的多元和丰富在诗人口语化的叙述中迅速萎缩,干巴巴的如同枯树的

---

① 非亚:《传统节日》,杨克主编《1999 中国新诗年鉴》,广州:广州出版社,2000 年,第 134—135 页。
② 徐江:《大好年华》,侯马、徐江《哀歌·金别针》,北京:中国华侨出版社,1994 年,第 121—122 页。

老皮。下流语则是诗歌中肆意使用和性相关的语言，而且谈得裸露直白，这是有意丑化诗歌的行为，也是对诗歌最大限度的消解。

第三，破坏意象。意象在不同时期不同国度的诗歌中有较大的差别，重意或者重象也不尽相同，但它在古今中外的诗歌中同样占有重要地位，叶嘉莹说："中国文学批评对于意象方面虽然没有完整的理论，但是诗歌之贵在能有可具感的意象，则是古今中外之所同然的。"①90年代诗歌对意象的破坏力度之大是前所未有的，以至于后朦胧诗以来诗歌中有没有意象都令人怀疑。对意象的破坏主要体现在堆积意象和意象过于私人化两个方面。

堆积意象，顾名思义就是将大量的意象不加选择地堆积在一起，而且往往是丑恶的意象或者普通的意象组合成丑恶的现象。中国古代诗词讲求含蓄美，有时两句诗全由意象组成，例如："枯藤老树昏鸦，小桥流水人家"，这些意象的组合和整首词的意蕴完美契合，诗人的情绪缓缓流淌而出，带给读者的是一种淡远清净的美，丝毫没有拥挤的感觉。使用意象的作用之一是使"意"变得形象可感，然而意象的堆积却使"象"像垃圾一样堆放在诗歌中，非但没有起到什么好的作用，反而让诗歌拥挤不堪，大大伤害了诗歌的艺术世界。一个诗人通过一个精神病者的视角带来了一片混乱的意象："蘑菇云""猫和老鼠""小公马""太阳""枪""星星"②，这首诗的其中六行里就包含了这么多的意象，这些意象随意组合在一起，勉强地说可以表现世界的混乱，但表现混乱的方式很多，这样表达又有什么特殊的意义呢？如果没有，为什么还要破坏读者的审美呢？诗歌可以表现丑的意象，但引入丑的事物只是出于某种策略的考虑，最终目的并不是让人们认同和接受世界本来就是丑恶的，丑恶才是真实等等看法。罗振亚说："在生活未得完满仍残缺之前，隶属于美的诗歌女神完全可以观照丑恶的事物，波德莱尔、李金发乃至朦胧诗等现代主义琴师都曾将恶之花大胆引入，将丑的事物大胆引入。但总是把它作为被征服、被超越、被弥合的对象；而第三代却是……要以粗鄙态袒露人的本原状态。"③这段话同样可以用来说明90

---

① 叶嘉莹：《迦陵论诗丛稿》，北京：中华书局，1984年。
② 东川：《一个精神病者的手记》，杨克主编《1999中国新诗年鉴》，前引书，第284—285页。
③ 罗振亚：《中国现代主义诗歌史论》，北京：社会科学文献出版社，2002年。

年代诗歌中一些丑恶意象的堆积和波德莱尔等诗人诗作的区别。

由于知识结构、生活经历、兴趣爱好等方面的不同，不同诗人对意象的选择和营造可能会有较大的区别，每个诗人都有他独特的艺术视角。但如果意象过于私人化，只有诗人自己才能理解，那么诗歌阅读就无法正常进行，也即过于私人化的意象阻断了文本和读者的交流。吕进在一篇文章中强调了诗人和读者的互动关系，他说："从诗歌鉴赏的角度着眼，最好的诗人总能将读者变为合作者，变为半个诗人。""诗人只把自己的诗篇看作诗美的创造的阶段性成果。他同样看重下一个阶段性使命——给诗篇读者足够的鉴赏暗示，怂恿、鼓励读者到'象外'、'景外'、'味外'、'诗外'、'笔墨之外'去漫游。"①过于私人化的意象将意象系统封闭起来，读者失去了和诗人合作的机会，更谈不上创造性的鉴赏阅读了，这种意象也就失去了它存在的价值。

二、缺乏提升的言说：诗人只是在表达

很长时间以来，反映论不再能概括文学和世界之间的关系，文学不是简单刻板地描述现实世界。但无论如何描述，都无法彻底斩断文学和世界的关系，文学不可能凭空产生，曲折也罢，扭曲变形也罢，世界归根结底是文学赖以生存的土壤。换言之，现有的存在或多或少总会影响到文学世界的景观，诗歌也不例外。物质技术文明就像一把双刃剑，近代社会以来技术文明在带来物质丰富、社会迅速发展的同时，也带来了人类精神家园的部分荒芜。一切尚还在发展中，一切尚还在完善中，对于中国90年代的社会更是如此：现有的存在得到大幅度改善的同时，的确出现了一些新的问题，一定程度上损害了过去的美好，西川写于1994年的诗行深深地震撼了现实和艺术："为什么如此之久／我抓住什么，什么就变质？"②与此同时，一些创作者看到这种现象，发牢骚般地将其表述出来；不错这不过是表达现实，但任何时代的诗人和诗歌都应该具有一种时代使命感，诗人的言说不应该处于缺乏提升的平面状态。言说的缺乏提升，造成了诗意的流失，

---

① 吕进：《对话与重建——中国现代诗学札记》，前引书，第105页。
② 西川：《午夜的钢琴曲》，程光炜编《岁月的遗照》，前引书，第250页。

从这个角度看，这仍然是诗歌中的一种消解现象。

(一) 驳杂凌乱的现实家园

现实世界永远都以多元的姿态存在，有美好也有缺陷，纯粹的美好如同冬天里的童话一样只是想象中的故事。随着消费时代的到来，90年代的社会在增加繁荣热闹的同时，也增加了些许冷漠。诗人较常人更锐敏地感触到时代的气息，加上诗歌在市场经济大潮中处于边缘化的地位，诗人的视角有时难免夸张了现实冷漠和不足的一面。因而，驳杂凌乱的现实家园意味着两个层面的交织组合，既有实实在在的现实，又有诗人想象中的漫游。显然两个层面的内容在诗歌中无法准确分辨，实际上也没有必要做出区分，只需要清楚90年代诗歌中确实营造了一片驳杂凌乱的景观。驳杂凌乱包括技术文明直接带来的负效应、精神的颓废堕落、人与人之间的冷漠、过度的怀旧等，书写的方式有戏谑、反讽、夸张、黑色幽默等等。

从于坚的《哀滇池》可以读出诗人对环境污染破坏问题的不满，现代工业文明的确给人类带来了一些消极的影响包括物质、包括精神，这是毋需讳言的事实。诗人在该诗第五节这样表达：

> 出了什么可怕的事？
> 为什么我所赞美的一切 忽然间无影无踪
>
> 我从前写下的关于你的所有诗章
> 都成了没有根据的谣言！
>
> 诗人啊
> 你可以改造语言 幻想花朵 获得渴望的荣辱！
> 但你如何能左右一个湖泊之王的命运①

的确如此，当下存在的环境问题、河流污染等事实改变着滇池的命运，破坏着属于滇池的那些美好的形容词；诗人能改变什么，又能消解什么呢？诗人无法改变湖泊的现实处境，我们甚至读出了某种凄凉和无奈，在艺术的世界中诗人可以幻想可以渴望，但现实丝毫不为之所动。诗歌中充斥着

---

① 于坚：《哀滇池》，《于坚的诗》，前引书，第178页。

不无夸张的语气，也弥漫着一个诗人逼真的情绪，悖反中看似无意地传达出消解的意味。于坚后来写的《读康熙信中写到的黄河》也是如此，今昔对比阅读中今人唯有黯然神伤，并且诗人明确地写到"安装着电池的幽灵"如何"趁虚而入"。诚然，诗人的使命不止于简单直接地表达现实，而应该给人以憧憬和希望。上面例子中，消解掉的并不只是表面的工业文明，深层上看还消解了诗人的意义、诗歌艺术的意义。

当百无聊赖、颓废沮丧、色情淫秽这样的情绪充斥在诗歌中时，即使这是诗人作为常人一面的表现，也让人无法接受。如果不谈消解这个词语，作为一种现象的消解并不是90年代或者"后朦胧诗"独有的特征，应该说诗歌发展过程中一直伴随着消解因素，所不同的是表现的力度和广度的区别，以及引人注意的程度的区别。还需要补充一点，什么样的情绪都可以表达，关键如果只是为表达而表达就没有任何意义了。精神颓废在90年代诗歌中之所以大量出现，原因是多方面的。总的来说，一方面，现实社会影响了诗歌，另一方面，90年代诗人深受后现代主义艺术影响，难免不去表达所谓的颓废美。徐江对"青春""大好年华""俺这十年"统统抱着调侃的态度戏说：青春是人一生中非常值得怀念的一段经历，诗人在"关于青春"这个美好诗题下，却写了一些不知所云的东西："关于青春/你们总不停地去追赶它们/而我则把那些留下来/去吃今天的大队蚊子"；一句粗野的"他妈的"把"大好年华"丢在了千里之外："我当时真愤怒呵/这就是/他妈的人们所说的'大好年华'。"十年不短的人生经历在诗人的回忆中似乎只剩下"可怕"的感觉："这样多可怕！/这样十年就过去啦。"①另一位诗人则在《小俗谣》的标题下写了几首情爱方面的诗歌，但丝毫没有民歌所表现出来的纯朴健康的情调，反而写不文明的语言、事情。前面在论述对诗歌语言的消解时提到过，类似这样的淫秽诗歌是对诗歌艺术最大限度的消解。

在消费社会中人与人之间的冷漠司空见惯，不同于现代主义艺术中荒诞抽象的孤独冷漠，90年代诗歌书写的是大众具体可感的冷漠。费瑟斯通说过，在艺术中与后现代主义相关的关键特征之一就是"艺术与日常生活之

---

① 东川：《一个精神病者的手记》，杨克主编《1999中国新诗年鉴》，前引书，第120页。

间的界限被消解了"①。90年代诗歌涉及的人与人的冷漠，往往是最普通的人都能感触到的，像是日常生活的缩影，没有多少艺术改编，逼真的生活呈现给人最真实的感觉。

从诗人的精神维度来说，怀旧成为一个特征，生活在这样一个到处弥漫着金属质的环境里，时代流行着怀旧病，报纸杂志、广播、电视、网络娱乐版津津乐道于"小资"话题，"小资"不可或缺的一个特征是怀旧。怀旧点染小资情调：时装屋随意摆放着一些制作逼真的塑料苹果、橘子，周璇、邓丽君的歌曲重现昔日辉煌，牛仔流行色被称作"怀旧版"……然而，诗人的怀旧不仅是一种潮流的浸染，更是精神的需要——用以平衡、对抗当下环境中的非诗因子，正如米兰·昆德拉《不能承受的生命之轻》所言：橘黄色的落日余晖给一切都带上一丝怀旧的温情，哪怕是断头台。当诗人在现实中无法找到昔日的感觉时，只好把目光放回遥远的过去，在怀旧中聊以慰藉。

90年代诗歌中出现如上所述的驳杂凌乱现象绝不是偶然的，主客观方面都有复杂的原因。客观方面，现有的存在消解过去的美好；主观方面，诗人未加提升的心性造成了肆意书写和夸大现实的凌乱。

(二)未加提升的主体心性

"主体这个哲学范畴虽然具有多义性，但它总是含有同客体的被动性、消极性相对立的积极创造的、能动的意思，确立目标和意识自身的自觉的意思，有选择可能并因而有待完成乃至有某种不可预言性的自由的意思，独具特色和不可被同类其它客体取代的唯一意思。"②然而，在技术文明语境中，当代人不得不面对体制、文化、工具等方面的制约，人的主动性、自由性与独特性都受到了不同程度的限制。先锋精神也发生了变化，"在他者对个人生命经验压抑太久而技术理性又对生命经验进行脱水压缩式的处理的时代里，先锋精神追求一种个人生命经验的放纵，即任由直觉、梦幻、意志自由活动，从中体味到个别主体对自我存在和意义的拥抱"③。先锋精

---

①[英]费瑟斯通：《消费文化与后现代主义》，刘精明译，南京：译林出版社，2000年，第11页。
②科恩：《自我论》，佟景韩等译，北京：生活·读书·新知三联书店，1986年，第46页。
③冯黎明：《技术文明语境中的现代主义艺术》，北京：中国社会科学出版社，2003年，第136页。

神追求的是个人生命经验的放纵，放纵包含了不负责任的涵义，诗人对谁负责，诗人对什么负责呢？于是，思维停泊在原初状态，主体心性无升华，诗人只是在世界的表层徘徊。商品经济大潮汹涌而来，走向世界的呼声此起彼伏，面对五光十色的现实世界，90年代的诗人难免不会头晕目眩。生活的本质被掩盖在纷纷攘攘的表层下面，诗人需要拒绝越来越多的诱惑。

诗歌在社会上中心地位的丧失，使诗人产生了严重的自卑感，还夹杂着难以言说的自负和自大，因而诗歌言说出现了自暴自弃和虚无缥缈两种不负责任的形态。于坚在一本诗集的后记中写道："我的主要作品是在一个普遍对诗歌冷落的时代写作的，伴随着这部诗集的是贫穷、寂寞、嘲讽和自得其乐。"[1]诸多评论者给"边缘"赋予了积极的意义："'边缘'的意义指向是双重的：它既意味着诗歌传统中心地位的丧失，暗示潜在的认同危机，同时也象征新的空间的获得，使诗得以与主话语展开批判性的对话。"[2]诗人尽管处于社会的边缘，也还是可以争取新的领地和话语空间。说到话语空间很自然地联想到20世纪末"民间"和"知识分子"之间的那场诗歌论争，论争本无可厚非，但谩骂、攻击却不是诗人们应采取的策略。实际上，双方争夺的是话语权利，这说明90年代的诗人还没有学会在多元语境中生存，换句话说，诗人缺乏真正的多元共存意识。

无升华的主体心性表现在艺术追求上，就是或者醉心于所谓的艺术试验，而不考虑实际效果，或者干脆随心所欲地乱写。阿坚在《饿是犯罪》的第一节这样写：

> 吃了么，没呢
> 吃了么，吃了
> 吃了么，快了
> 吃了么，怎么着[3]

---

[1] 于坚诗歌经历了命运多艰的出版过程，很长时间以来没有得到认可，1989年他出版第一本诗集《诗六十首》，自行销售；1993年，在朋友的资助下出版另一本诗集《对一只乌鸦的命名》，自行销售。
[2] 奚密：《从边缘出发：现代汉诗的另类传统》，广州：广东人民出版社，2000年，第1页。
[3] 阿坚：《饿是犯罪》，程光炜编《岁月的遗照》，前引书，第120—121页。

语言游戏式的语词组合和干巴巴的排列，既没有美感也没有什么深刻独到的意义，这就是阿坚形而下的消解追求。诗歌的语言、建行、分节、音乐美、修辞等艺术追求，在忽视艺术修养的诗人笔下都成了无稽之谈，被抛在九霄云外。伊沙对自己的处女作深表遗憾，他说："它要酸倒我今天的后槽牙并且浑身直起鸡皮疙瘩，带着钻的冲动，满地寻找着地缝。"[1]伊沙对自己曾经写过的"柔和而宁静"的夜、"美好的早晨"，感到"酸"且羞得无地自容，他无法面对自己居然使用过这些优美的形容词。

(三) 诗意的流失

90年代文化和经济、技术、消费等词语结下了不解之缘，文化明显受到经济大潮的冲击和影响。经济社会讲求实效性、轰动性和快捷性，一切无时无刻不处在变动和更新当中，人们感觉中只剩下当下生活的碎片。快节奏的紧张生活和现实竞争的残酷让人筋疲力尽，而无暇顾及缓缓流淌的诗意；大众传媒的迅猛发展又为疲惫的人群提供了方便简洁的文化快餐，让他们在视觉、听觉的强大刺激中享受短暂的快乐。90年代的社会是一个缺乏诗意的社会，王岳川如此描绘诗意在90年代的处境："无论如何，当现代化变成世界惟一的未来途径之时，快捷化、竞争化、目标化、焦虑化、技术化将成为这个时代的全部文化表征，而诗意将变得不合法，那种优雅潇洒的过程化人性化的和谐而具有生命性的东西成为多余。"[2]在这样的文化背景下，诗歌生存空间受到多方挤压，诗人和诗歌处境的艰难也就不足为奇；但文化方面的变化只是构成诗意流失的一种可能，它们之间没有必然的联系。准确点说，驳杂凌乱的现实家园和未加提升的主体心性，这二者在相互影响中共同导致了诗意的流失。

影片《楚门的世界》讲述了一个让人触目惊心的故事：男主角楚门一出生就被监视，三十多年来他生活世界里的一切都是导演设计好的，他居住的小镇是一个巨大的摄影棚，亲戚朋友全是职业演员。楚门在混沌中和那些演员共同演出了全球最受欢迎的肥皂剧，令人吃惊的是全球上亿观众如痴如醉地关注着楚门的生活，当他们不能如期看到楚门的活动时竟然像丢

---

[1] 伊沙：《十诗人批判书》，长春：时代文艺出版社，2001年，第256页。
[2] 王岳川：《中国镜像：90年代文化研究》，北京：中央编译出版社，2001年，第243页。

了魂似的不能自已。这部黑色幽默式的喜剧片反映了观众对日常肥皂剧的热爱,导演不惜花费巨资投其所好,终于获得空前的成功。后现代主义要消泯日常和艺术的界限,当新写实小说、小女人散文之类和日常琐事密切相关的文学文本出现并受到欢迎时,诗歌也不失时机地用口语唠唠叨叨地写些通俗易懂的事情。下面一首诗像给老朋友的电话或者更像是一封邮件:"喂,老库,小青好吗?/听说出门脚崴了/她总不小心/冬天他们来过一次/老样子/那年街头那件事/我忘不了/许多年我有心事/走路慢了/常看天/变化一直不大"①。如此,诗人写诗不过像日常交往一样随意,日常因素过多地向诗歌渗透,渗透的过程恰恰是对诗歌无声消解的过程。把日常等同于诗歌,也和诗人的艺术追求有关,诗人写诗仅仅是一种行为而已,和艺术没有什么关系,于是诗人在日常对艺术的过度渗透中充当了催化剂的角色。诗歌在这个过程中不但没有什么诗意可言,而且几乎要失去作为一种文学艺术的身份了。

诗歌成为枯燥无味的语词拼贴组合,是诗意流失的另外一个重要表现。前文两次引用到吕进的诗歌定义对诗歌语言的高度评价,语言的确是诗歌艺术中至关重要的一个方面。诗歌语言讲求弹性美,语言的弹性是增加诗性的因素之一,当语言变成平面化的语词组合,诗意从何谈起?语词的随意组合从两个极端伤害了诗意:其一,诗歌中除了语词一无所有,像语言游戏一样没有什么意义可言,换言之,只有能指没有所指。其二,诗歌中的语词组合像密码语言一样无法理解,所指完全脱离能指。没有意义和意义混乱都不是诗歌应有的言说方式,基本的意义都被消解了,更不用说诗意世界。

现有的存在确实在一定程度上消解了过去的美好,从这个角度看,消解既来自现实也来自诗人的表达,简单地归于哪一方都不公正。从创作主体方面看,诗人只是在表达现实的消解,绝不是主观意义上的率性而为,尽管如此,诗人的这种表达应该吗?需要注意的是,如果诗人看到什么就表达什么,那诗人存在的价值真的就找不到了。缺乏提升的言说最终导致诗意的流失,这种代价是惨重的,现实虽然驳杂凌乱,诗人的艺术追求不应受其所限。

---

① 侯马:《小青走后》,侯马、徐江《哀歌·金别针》,前引书,第56页。

第四节 消解中的重构

自后朦胧诗潮以来直到 90 年代，诗歌中的消解现象成为谈论诗歌时绕不过的一个话题。这里的消解，主要指对基本认同的道德观念、审美观念和诗歌艺术观念持反叛、嘲弄和贬低的态度。很长一段时间以来，评论界较多关注 90 年代诗歌的消解性，而对其重构倾向重视不足乃至忽视。90 年代以来诗歌不仅有着重新认识历史的诉求，且在一定程度上收敛了消解姿态。

一、反思历史，虚构神话溃然解体

历史不能离开人而存在，可以说历史是人类发挥能动性的产物，但正由于历史和人有扯不断的联系，有关它的叙述常常夹杂着一些人为的虚构神话。进入 90 年代后，诗人在诗歌与诗人双重边缘化的失落感受中，却获得了相对独立的空间和冷静思考的机会，反思历史乃成为 90 年代诗歌的一个重要指向。"90 年代在世界范围内似乎都是一个由'大'到'小'、由'雅'到'俗'的时期。就西方而言，有罗蒂的从大哲学到小哲学之说，有哈贝马斯的从大写真理到小写真理之说，有福科的从大写的人到小写的人之说，有洛奇的从大世界到小世界之说，有利奥塔德的从大叙事到小叙事之说，有新历史主义的从大写历史到小写历史之说，有后殖民主义的从大写话语到小写话语之说。"[1]研究视角的转变随着这些理论的传播同样影响到中国，苏童、莫言等的新历史小说就是在新历史主义的影响下出现的，虽然新历史小说的"新历史"不能等同于新历史主义的内涵。从大到小、从公共视角到个人视角，历史的神圣和庄严的确被消解得七零八落。

---

[1] 王岳川：《中国镜像：90 年代文化研究》，前引书，第 3 页。

面对历史，尤其面对历史中那些荒谬岁月时，诗歌中以往那种激昂的情绪渐趋淡化。"你是否就在这盏灯下思念过谁/或是写出了插队后的第一首诗？/一盏马灯带回了一个峥嵘的时代。/然而，当你试着点燃它时/已失去了旧日的激情。"（王家新《挽歌》）失去的是年轻时对一个时代的狂热，沉淀下来的是冷静的思考。当代诗歌自朦胧诗始，对"人"的呼声越喊越大，道德理性、非人性在这里受到较大冲击。而第三代诗人喊着"Pass 北岛，Pass 舒婷"登上前台，随后在90年代有些诗人对朦胧诗人冷嘲热讽，然而他们忘了，恰恰是朦胧诗为他们提供了某种可能，朦胧诗人所作的艺术尝试在各个方面都具有开创性的意义。舒婷的诗行"与其在悬崖上展览千年/不如在爱人肩头痛哭一晚"（《神女峰》），"宣告了对于彼岸的虚幻的神的信念的'背叛'"①，这种惊人的转换速度和对历史的重新认识，令人震撼，也令人感动。自后朦胧诗以来直到现在，先锋诗歌面对历史反叛大于反思，而彻底的反叛无疑是对历史的消解。90年代诗歌对历史的消解，这种姿态本身就包含着对历史的反思，可以说就是一种建构。另外，一些涉及历史事件的诗篇，为了达到内容和形式的和谐而有意识地采用某种形式，比如对一个荒谬的时代抒情，适当采用"非诗"的形式（包括语气、修辞、建行等方面）更能确切地表达内心的感觉，和对那个年代的戏谑、反讽，以消解的手法消解掉了虚构年代的梦想。

二、对80年代中后期消解姿态的收敛

90年代诗歌和80年代有着扯不断的联系，年代的转折不是生硬绝对的结束和开始。尤其是80年代中后期以来后朦胧诗进行的艺术尝试，一直延续和影响到90年代。1986年，这个年份对先锋诗歌来说具有重大的意义："早在1986年，便出现了一场震动诗坛的'现代主义诗歌大展'，这次由《诗歌报》和《深圳青年报》联合主办、由'崛起的诗群'的理论旗手徐敬亚策划的大展被认为是一场具有'后现代'色彩的诗歌运动，在我看来，它至少体现了一种新的对新时期现代主义诗歌所苦心建构的中心位置的一个解构与逃

---

① 谢冕：《中国现代诗人论》，重庆：重庆出版社，1986年，第299页。

逸倾向，它是一个过于焦躁的策略性举动，使诗歌运行的脚步提前踏进了解构主义时代……"①的确，从"两报大展"开始，先锋诗歌正式大量地和解构结缘，它们登台的方式就以商业化的炒作消解了诗歌的生存语境，诗作中的消解姿态非常激烈。消解在80年代中后期的诗歌中存在并延续到90年代，90年代许多消解姿态、方式都可以在80年代找到影子。这两段时期之间就存在较为含混的关系，有些诗歌现象并没有本质的区别，但它们之间最大的不同，是从社团流派向个人化方式的转变。相对80年代中后期的狂放姿态而言，消解在90年代得到了收敛，诗歌在更大程度上走向个人、走向日常。

在理论上，80年代中后期的诗歌流派一般都有响亮的理论宣言，开宗明义地呈现他们的消解理论。而90年代诗人不再热衷于理论倡导，少了一分狂肆，消解仅仅是个人选择的一种表达方式而已。"非非"诗派的理论是有代表性的，"非非"的主要倡导人周伦佑说："'非非'对理论的重视是基于中国新诗理论的缺乏，以及'朦胧诗'自身的理论准备不足。……立志创立中国本土的，独立于世界文化思潮的当代诗学和价值理论。"②雄心和气魄值得敬佩，但"非非"在80年代不断强调"反文化""反价值""反美""语言破坏""形式破坏""感觉破坏"等，反叛和破坏彻底而决绝。1992年《非非》③复刊，它的影响已远不能和当年同日而语，《红色写作》是伴随着复刊出现的理论文章，从这篇文章我们看到，在90年代"非非"的理论姿态不像80年代那样狂肆了。它强调诗歌创作对生活的介入，强调"现在和正在"即当下性，强调语言的开放性，它在对"白色写作"的批判中完成自己的建设，其消解姿态确实比先前缓和多了。"'非非'作为那个特定时代精神表征的某种偏激，直到它中断两年之后，于1992年《非非》复刊时才得到了纠正，当然是时间对我们的纠正。"④在80年代，诗人对西方当代思潮包括后现代主义的顶礼膜拜，也影响到他们的理论宣言，急于标榜某种属于自己的理论，又过多地吸收了后现代主义的怀疑、反叛和消解等破坏性的一面。

---

① 张清华：《新时期文学的文化境遇与策略》，《文史哲》，1995年第2期。
② 周伦佑选编：《打开肉体之门——非非主义：从理论到作品》，兰州：敦煌文艺出版社，1994年，"前言"第6页。
③ 此为"非非"派诗歌的刊物。
④ 周伦佑选编：《打开肉体之门——非非主义：从理论到作品》，前引书，第9页。

在语言上，90年代的"口语化"追求没有新生代诗人的"语言试验"那么激进，可以说"口语化"是对"语言实验"的一种收敛。韩东的"诗到语言为止"为人熟知，这个关于语言的宣言曾给先锋诗歌带来了很大的影响，诗歌不追寻意义的有无，似乎只剩下语词的堆积，诗歌在回归语言的途中已被风干。然而从韩东在90年代对这个说法进行补充的努力中，我们看到诗人对语言的看法较前有所改变，他说："'诗到语言为止'仅是一种说法……问题在于在这个文化垃圾堆积如山的环境里我们必须有清除的信念。"[①]90年代诗人们对口语的追求，更多地来自社会语境和个人心性的影响，而不是某种理论的渗透。他们对口语的选择是个体的选择方式，有对生活妥协的意味，这种消解力度已远不如新生代诗歌。"我们本就是/腰上挂着诗篇的豪猪"（李亚伟《硬汉们》），90年代最具消解性的诗人伊沙的《饿死诗人》，比起这个比喻语言对诗人的辱骂，还是略低一筹。

就诗歌文本而言，80年代中后期李亚伟的《中文系》、周伦佑的《自由方块》、伊沙的《车过黄河》，早一点的韩东的《有关大雁塔》等都是典型的消解文本，或者嘲弄侮辱或者不知所云或者彻底颠覆，90年代的消解基本上没有超出既有的"高度"。以李亚伟写于1987年的《岛·陆地·天》为例，我们只感到一片混乱的世界，乱糟糟的词语组合、乱糟糟的意义拼贴："今夜和你。闪电和鬼。风和肩膀。让房门大开！""去年。我从床上滚下来去找职业和爱人。/去年。我的脸在笑容的左边。牧民在马上。孩子在乳齿/中。手在事物里。朋友在岛上。"这些诗句没有逻辑、不讲语法、诗行随意断开，诗歌成了疯言疯语。还有诗人近于撒泼的发泄，"怎么啦？怎么啦？我它妈今儿个到底怎么啦？！""远方走过来喘着粗气，就你妈近得要命"。骂骂咧咧中属于诗歌的还剩下什么呢？荡然无存的不是诗意，而就是诗歌本身。

总的说来，90年代诗歌对消解的收敛主要体现在：理论上的狂肆大大减少，语言的难解性有所缓和，诗歌中"非诗"形式的因素如莫名其妙的图形和文字组合游戏等也较少出现。

艺术的发展没有明确的界限，文中已反复强调消解在90年代的收敛是相对而言的，不能一对一地去生硬比较80年代中后期和90年代诗歌文本的

[①] 韩东：《古闸笔谈》，《作家》，1993年第4期。

消解现象，也不能一对一地去比较一个诗人在这两个不同时期创作的变化，这里谈论的只是一种大的趋势。

三、重构何以可能？

重构在90年代之所以成为可能，和当时的社会文化语境、诗歌自身的发展轨迹等都有密切的关系。

首先，进入90年代之后，学界对西方思潮文论的狂热和走向世界的期望，都明显低于国门初开之际，冷静下来的思维有利于各个维度的建设。改革开放以来，西方思潮文论尤其是当代流行的理论被大量译介进来，改变了中国理论界长期以来只有苏联经验可供借鉴的单一局面。面对如洪水般汹涌而来的西方文论，中国学界掀起学习的狂潮，在短短几年间走完了西方近百年的历程。另外，随着《百年孤独》获诺贝尔文学奖，拉美文学成功地走向世界，国内文学界纷纷效颦，极力寻找和世界文学接轨的可能，有着走向世界的深切期望或者叫"影响的焦虑"。理论和创作在80年代都处于狂热状态，对刚译介进来的西方文论还来不及细细消化就断章取义地开始使用。90年代这种状况稍有好转，对西方理论的狂热降了下来，国内出现许多反思现代性、后现代性的研究文章；折腾了这么久终于没有成功地走向世界，这方面的期待也慢慢减弱。理论界在90年代发生"人文精神"大讨论不是偶然现象，既有对后现代主义和大众文化的抵制，也有对传统的反思。换个角度说，90年代诗人生活的社会文化语境比80年代平静得多，外部压力也没那么大。"众多诗人规避80年代的浮躁和对'轰动效应'的热衷，转向相对深沉和冷静的发展阶段，以更加贴近现实生活的姿态、更加个人化的写作方式走向诗美。"[①]面对外部，浮躁和狂热的心态确实不利于诗歌的发展，90年代的转向一定程度上促成消解中的建构。

其次，从诗歌自身的发展来看，当代诗歌在经历了强调政治、社会和强调诗人自我、诗歌自身两个极端之后，势必会有某种程度的融合。新中国成立后文学为政治服务的强调，使诗歌世界充满了单调的声音和情绪，

[①] 杨匡汉：《"90年代文学观察丛书"·总序》，见张志忠《九十年代的文学地图》，太原：山西教育出版社，1999年，"总序"第8页。

诗歌承载了太多不该承载的责任。六七十年代文学几乎是一片空白,虽然有地下诗歌的发现并且意义还不小,但总体上说这段时期诗歌没有得到正常发展,诗歌史和文学史都留下了巨大的缺憾。80年代前后"归来者"和"朦胧诗"的出现鼓舞人心,吕进称其为"抒情诗发展的正题阶段"[①]。但"朦胧诗"短暂的足迹很快就被"第三代"诗淹没,他们以反叛的姿态登上前台,"自我"在诗歌中被大肆书写,突出了个体的生命体验,生命意识在这里占据至高无上的地位。包括"第三代"诗在内的"后朦胧诗"中很大一部分诗作都特别强调自我体验的呈现,诗歌中充斥着感觉的碎片;同时它们把诗歌和时代、历史、文化等隔绝起来,单纯强调诗歌自身,甚至不断地剥离诗歌固有的艺术形式。这时诗歌发展也就从过于注重社会功能走向过于脱离社会和时代,诗歌的艺术表现空间大大缩小。无论偏向两个极端的哪一端,都会伤害诗歌艺术的正常发展。尽管90年代诗歌并没有中断后一个极端的发展,但拉开距离之后,增加了冷静思考的机会,不再热衷于激进的诗歌试验。

将90年代和80年代对比,并不是要把两个年代对立起来。尽管90年代诗歌消解中的重构倾向还很薄弱,尽管寻求生命意识与使命意识的和谐,文体自觉与时代自觉的和谐的诗歌艺术追求也还在过程中,但90年代诗歌在特定的社会文化语境和诗歌发展历程之中进行的重构努力,对后来的新诗发展,都是值得肯定的。

---

① 吕进:《中国现代诗学》,重庆:重庆出版社,1991年,第216页。

第四章

21世纪：新诗精神重建（下）

第一节　喧闹、焦虑和遗忘的诗性：
21世纪三种诗学论争的考察

21世纪十多年来，基本延续了20世纪90年代的文化语境，主流文化、精英文化和大众文化三分天下，商业、媒体、网络、官方意识形态等不同层面的因素依然作用于诗歌。1999年的"盘峰论争"拉开了新世纪诗学论争的帷幕，并且从这一向度延伸出去，无限渗透，踪迹散乱但意义深远。新世纪初十年，社会语境有一个较大的变化，诗性滋生、蔓延于想象力能及的各个角落。表面看来，新诗立身于自由、宽松、氛围极佳的处所，然而，新诗更面临着被淹没的危险：如何在泛诗性中保有自身的品质？有一种办法是以不断花样翻新的文本实验拨动读者的神经，实验的极端是行为艺术，展现出诗人的浮躁、无奈、挣扎。诗歌的老话题——伦理与美学的关系问题，被迫再度出场，这一话题囊括了对"打工诗歌""地震诗歌""底层写作"等方面的讨论。

这一时期，评论家和诗人对诗歌理论做了冷静探索，其中围绕"新诗标准"产生的争议影响较大。什么样的标准？谁的标准？甚至，该不该有一个标准？问题本身充满了问题，但并不是说，这个问题难以讨论，反过来，诗歌研究还真无法绕过这个问题。

一、从"盘峰论争"说开去

"盘峰论争"的核心是"知识分子写作"与"民间立场"的论争，时至今日，这场论争被染上了过多的传奇色彩，号称诗歌界的武林大会。无论是置身其中的诗人、评论家，还是旁观者，谈论此事时，都沉浸在话语权力争夺的激情中。一本《岁月的遗照》，一本《1998中国新诗年鉴》，又一本《中国诗歌90年代备忘录》，还有更多，任何一个经过选择的本子都隐含了编选者的意图，一味偏执于所谓"垄断"，并无裨益。

值得思索的是，"知识分子写作"与"民间立场"之分，从何而来？指向何处？分节，在符号学研究中至关重要，巴尔特建议把符号学称作"分节学"，赵毅衡指出"能指分节造成所指分节""只有能指分节清晰，相互不重叠，合起来覆盖全域，表意才会清晰"①。"不重叠"和"覆盖全域"是分节的基本要求，任何分节若达不到此要求，必定混乱不堪。

"知识分子写作"与"民间立场"的区分出现之前，相关写作现象早就存在，只是没能引起注意。一旦90年代诗歌被突兀地分为两块，争论、恐慌、焦虑等立即出现。诗歌圈内圈外许多人在质问：谁的90年代？如此质问的前提是，"知识分子写作"与"民间立场"分节的符号全域是90年代诗歌。那么，这两方究竟能不能覆盖整个90年代已不再重要，分节成功地形成了所指优势的骗局，论争双方都以不可侵犯的姿态，牢牢守住自己的领域，并不断证明对方想要代表一个年代，对方无法代表一个年代！这一场论争之所以激烈，之所以一些冷静的学者都不惜以大量笔墨做集中而单一的质问，原因正在于所指制造的现实幻觉遮盖了现实，没有人去考虑真正的意义。

"知识分子写作"的代表诗人有：王家新、西川、欧阳江河、臧棣、唐晓渡、张曙光、陈东东、肖开愚、孙文波等；其关键词为：技巧、智性、精神、西方资源等。"民间立场"的代表诗人有：于坚、伊沙、徐江、韩东、侯马等；其关键词为：口语、体验、先锋等。从对论争双方的关键词描述可以见出，各自不同的诗学倾向并非完全对立，换种说法，"民间立场"一方的关键词有时也适用于"知识分子写作"，反之亦然。公孙龙《名实论》讲道："谓彼而彼不唯乎彼，而彼谓不行；谓此而此不唯乎此，则此谓不行。"这就是说，分节必须清晰而"不重叠"，"知识分子写作"与"民间立场"在能指层面上太过胶着，先天地决定了这两个概念意义指向的模糊性。

从符号分节来看，"盘峰论争"经不起仔细推敲，但不能因此抹煞论争的重大意义，就像20世纪初的"白话文运动"，其意义远在具体观点之上。

与90年代不断强调的"个人化写作"相背离，世纪末论争却暗含流派意识，一种由能指分节促成的流派意识。早在1986年，"现代诗群体大展"就

---

① 赵毅衡：《符号学原理与推演》，南京：南京大学出版社，2011年，第94页。

充分显示了策划的力量,《深圳青年报》和安徽《诗歌报》为"非非""莽汉""他们""撒娇""海上""大学生诗派""整体主义"等六十多个流派提供了集体露面的机会。之后,诗歌流派由显而隐,大体上说,90年代诗歌不以流派而论,而"盘峰论争"激活了流派观念。

沿着这个路向下去,1999年11月在北京举行的"龙脉诗会"上,莫非、树才、车前子等诗人提出"第三写作"的主张,用以拆解"知识分子写作"与"民间立场"的二元对立格局。会后,谯达摩等编选《九人诗选》,并发表多篇论文集中阐述"第三条道路"理论:莫非的《反对秘密行会及其它》《第三条道路写作工具箱》,树才的《第三条道路——兼谈诗歌写作中的"不结盟"》,谯达摩的《第三条道路写作,或21世纪中国新诗的开端》等等。由谯达摩等主编的《第三条道路:21世纪中国第一个诗歌流派》于2005年出版,公然标出"第一个诗歌流派"的称谓。

"第三条道路"的理论阐释者之一,庞清明预言:"中国诗人以流派或圈子相聚首,中国诗歌通过流派或圈子传播的时代真正到来了,只有流派才能让业已迷失方向迷惘无助的诗人找到歇脚、使力、弹跳的支点,诗歌流派将更加'名目繁多'风起云涌在中国大地上。"[1]其用意无非在于聚集更多的诗人和理论家。虽然"第三条道路"理论阐述文章非常之多,但事实上,所谓"第一个流派"目前还未能提出站得住脚的诗学主张,其理论核心走向了诗性的反面。在不断强调各种"神圣使命"[2]的同时,庞清明们流露出过多的焦躁不安。

"盘峰论争"是新世纪十年诗歌挥之不去的记忆,沈浩波与韩东、伊沙、于坚的论争都带有这场论争的影子。后文将谈到的"草根诗学"发生的一个重大语境即世纪末诗学论争带来的撕裂:"一部分继续寻求新诗现代化,侧重于向西方学习,但他们寻求西方诗歌技巧与自身个人生活的联系,探索'叙事性';另一部分主张要与中国普通民众相联系,吸纳中国本土资源,他们主张'口语化',自称'民间',其实他们并非民间,他们只是想代言民

---

[1] 庞清明:《第三条道路与流派精神》,《文学自由谈》,2007年第1期。
[2] 庞清明:《第三条道路:重建当代诗歌的核心价值》,《文学自由谈》,2007年第4期。文章论述"第三条道路"的五个关键词"独立、多元、传承、建设、提升"时,无一例外地讲到承担神圣使命、提升国人精神等。

间。"①在李少君对"知识分子写作"与"民间立场"的界定中,他已经有倾向性地首先强调"民间立场"与普通民众相联系,强调本土资源。更有意思的是,李少君断定"民间立场"是非民间的,只是想代言民间,至此,"草根性"概念的提出可谓水到渠成,"草根诗学"关乎另一场重要论争。

二、伦理与美学的关系论争

围绕"打工诗歌"和"地震诗歌",依托《天涯》《文艺争鸣》《上海文学》《星星》《南方文坛》等期刊,评论界展开了"底层写作""草根诗学""在生存中写作""苦难书写"等话题的讨论。

"底层写作"在2004年被集中关注,《天涯》刊发了一系列"底层与关于底层的表述"的文章,如刘旭《底层能否摆脱被表述的命运》、蔡翔、刘旭《底层问题与知识分子的使命》、高强《我们在怎么表述底层》等。这一问题找到了肥沃的现实土壤,种子一落地便疯长起来,底层问题在小说、诗歌、理论等多个领域蔓延。诗歌的"底层"讨论主要集中在"打工诗歌",问题的焦点在于:生活现场、个人的疼痛体验与诗歌的艺术性如何完美对接?这一焦点确实难以言说清楚,因此在相关讨论中它一再被悬置。

"底层写作"依然像"打工诗歌"一样,只是一种现象描述式的命名方式,难以体现出独特的理念,相比较而言,随后出现的"草根诗学"和"在生存中写作"则有了一套属于自己的体系。

当时任《天涯》杂志主编的李少君通过对整个新诗发展史的考察,指出"中国新诗自诞生之日起就始终被一种观念性诗歌主导,不断陷入误区",针对观念性诗歌,他提出"草根性"诗歌的概念,"草根性"指"一种立足于个人经验、有血有肉的生命冲动、个人地域背景、生存环境以及传统之根的写作"②。个体、体验、地方性和传统,构成草根性的内核,打开了底层写作讨论的视野。最大的问题在于,西方与中国的二元对立被过度强调,因而诗歌中的中国形式、中国性以及使命意识被无限放大。李少君断言:"针

---

① 李少君:《草根性与新世纪诗歌》,《南方文坛》,2009年第4期。
② 李少君:《草根性与新诗的转型》,《南方文坛》,2005年第3期。

对新诗完全从国外移植引进过来,因而水土不服,无法深入普通中国人心灵的状况,当代诗歌应该完成其草根化、本土化的进程"①。无须继续引文,西化与本土化的冲突,新诗在诞生之初面临的尖锐问题,在底层写作的讨论中再次被提出来。

2005年第3期的《文艺争鸣》开设《在生存中写作》专栏,张未民、蒋述卓、柳冬妩、张清华等,对不同于文坛常规写作的《在生存中写作》给予很大程度的肯定。张未民对生存做了限定和说明:"指那种在为衣、食、住等基本生存目标而奋争的人们的意义上的生存,或者说是第一生存。"②在这里,个人的真切体验、生活的痛感、为生存而斗争的时代精神显得弥足珍贵,但这些就是诗歌的全部吗?

显而易见,底层写作的讨论,在精心策划中开始,因此相关批评概念提出之际,基本以阐发为主,论争的真正展开来得稍晚一些。反对方的观点异常尖锐:"草根性"说法、"底层生存写作"被称为"道德归罪与阶级符咒:诗歌批评的危险之旅"③。更有一些评论家指出,底层批评概念的使用和阐发,是对"打工诗歌"的盲目吹捧,也是批评者的自我炒作。

有一首写民工的诗,格调很奇怪:"在春夏之交的时候/迎春花开遍了山岗/在通往北京的铁路线旁/有一群民工正走在去北京的路上/他们的穿着显得有些不合时宜/有的穿着短袄,有的穿着汗衫",诗人用一种欢快激昂的语调自说自话,后面的诗行将欢快放置在孩子们身上,"他们快乐,他们高兴,他们幸福,仿佛他们要坐着火车去北京"(辰水《春夏之交的民工》)。这首诗可以代表底层诗歌的一种类型,诗中浮泛着虚假的热情,想象力极度匮乏,笔者想问"鲜明的伦理倾向性和咄咄逼人的批判锋芒"④在哪里?由此可见,底层写作评价中确实存在批评者盲目吹捧的现象。一方面,有些"打工诗歌"把现实简单挪入诗歌,另一方面,部分评论者热衷于抬高"打工诗歌"对现实生存状态的介入,结果使得诗人与评论者无意间达成合谋,即

---

① 李少君:《草根性与新世纪诗歌》,《南方文坛》,2009年第4期。
② 张未民:《关于"在生存中写作"》,《文艺争鸣》,2005年第3期。
③ 钱文亮:《道德归罪与阶级符咒:反思近年来的诗歌批评》,杨克主编《2007中国新诗年鉴》,广州:花城出版社,2008年。
④ 冯雷:《从诗歌的本体追求看"底层经验"写作》,杨克主编《2006中国新诗年鉴》,广州:花城出版社,2007年。

用现实遮蔽了诗性。

回到那个被悬置的焦点，诗歌写作和批评共同面临的难题是：如何处理伦理与美学的关系？

伦理与美学的关系，不只是新世纪诗歌面临的问题，也不只是诗歌面临的问题，其他各种门类的文学艺术也存在这样的问题。1994 年获得普利策新闻大奖的照片《饥饿的苏丹》，尖锐而痛楚地演绎了伦理和美学的冲突。凯文·卡特花了 20 分钟的时间，捕捉到秃鹰展开翅膀扑向因饥饿而昏倒的苏丹女童的瞬间图像。照片在《纽约时报》刊出后，反响强烈，一件有深刻寓意的艺术品和一个小女孩的生命，孰轻孰重？卡特无力回答，他用自身生命做了悲壮的妥协。诚然，灾难和对灾难的表述，不会都如此剧烈冲撞，这一问题有多种相对平缓的延伸，比如：如何对地震发言？如何对"地震诗歌"发言？

汶川大地震一度掀起了诗歌创作热潮，网络和纸质期刊上发表的"地震诗歌"不计其数。《汶川，今夜我为你落泪》，在博客上贴出后，十多天点击率就达到 600 多万次，该诗被几十家报纸杂志刊登，被配乐朗诵，在多家电台和电视台播出。中国诗歌学会在地震发生一周内，就出版了第一部诗集《感天动地的心灵交响》，随后，全国各地的多种地震诗歌选本纷纷面世。一切都来得太快，一切都来不及仔细思索，"地震诗歌"带来的心灵震撼和艺术粗糙同样明显。如同摄影记者凯文·卡特曾面临令人窒息的谴责，地震的毁灭性让地震诗学无比尴尬，任何讨论看起来都有点矫情，就像一首诗里写到的：

> 今夜，我必定也是
> 轻浮的，当我写下
> 悲伤、眼泪、尸体、血，却写不出
> 巨石、大地、团结和暴怒！
> 当我写下语言，却写不出深深的沉默。
> 今夜，人类的沉痛里
> 有轻浮的泪，悲哀中有轻浮的甜
> 今夜，天下写诗的人是轻浮的
> ——朵渔《今夜，写诗是轻浮的……》

面对大地震，写诗是轻浮的，诗人是轻浮的，语言是轻浮的，一切的一切都是轻浮的。当灾难发生，生命石化，真正的沉默排列在苍凉大地上，一个巨大的悖论出现了：沉默一旦诉诸语言，就不再是沉默，但诗歌要触及沉默，就必须把它变成语言符号。"沉默"在这里是个隐喻，指向那些比看得见的悲伤、眼泪、尸体、血更抽象更让人痛苦的东西。这时候，无力感挤压着诗人，如果诗人的笔尖只在痛苦的表层滑过，那么这样的写诗是轻浮的。

阿多诺有句名言：奥斯维辛之后，写诗是野蛮的。他在《否定的辩证法》中对"不再写诗"做了清晰而深入的阐述："日复一日的痛苦有权利表达出来，就像一个受酷刑的人有权利尖叫一样。因此，说在奥斯维辛集中营之后你不能再写诗了，这也许是错误的。但提出一个不怎么文雅的问题却不为错：在奥斯维辛集中营之后你能否继续生活，特别是那种偶然地幸免于难的人、那种依法应该被处死的人能否继续生活？"[①]显然，写诗不只是具体的写诗，阿多诺的文本有其深远的哲学背景，"在奥斯维辛集中营之后，任何漂亮的空话，甚至神学的空话都失去了权利"[②]。奥斯维辛显示了形而上学和现实的分离，集中营里的苦难早就摧毁了理性、精神的绝对性、崇高以及美对人的作用。因此，阿多诺名言旨在质疑、否定传统形而上学，进而思索大灾难过后"写诗"的合法性问题。灾难不只是可见的死亡或伤害的统计数字，如何让灾难表述得更有深度，更真切地贴近灾难的内核，成为所有灾难过后诗学应该思考的问题。

针对地震诗歌的专题讨论文章很多，如《我们会不会错读苦难》《苦难的书写如何才能不失重》《为什么普遍写得这么差》《大灾难中的诗歌悲凉》《没有诗》《地震诗歌照见当代新诗的痼疾》《自由写作与时代担当：再造诗歌浪潮的神话想象》等。讨论的核心问题依然是伦理和美学：倾向于伦理的一方看重诗歌的精神承担，为大量文本的涌现欢欣鼓舞；倾向于美学的一方难以忍受文本中空泛的叫喊、抒情和粗制滥造等。更多的讨论是对二者的调和，谢有顺把诗歌的写作语境一分为二，分别论之："在个人的领地，诗歌

---

① [德]阿多尔诺：《否定的辩证法》，张峰译，重庆：重庆出版社，1993年，第363页。
② [德]阿多尔诺：《否定的辩证法》，前引书，第368页。

可以是语言的结晶体,诗人可以在那里对一个词反复打磨,但面对一个紧迫的公共语境说话时,诗歌毫无疑问承担着一个伦理问题,这是它的使命,也是它的意义所在。"①个人领地和公共语境的区分或许是权宜之计,很多情况下,伦理施于美学的压力确实太大,借多多《你在哪里》中的几行诗来表达美学的困境:

  死亡,继续投入

  所有的世代都在投入

  以回答深夜旷野的焦虑:

  你在哪里?

底层写作和"地震诗歌",因其现实感而比其他诗歌更容易卷入伦理话题,但这并不是新出现的问题,20世纪中国新诗在启蒙与革命的语境中,几乎一直难逃这一问题的纠缠。诗歌抒写苦难,通过诗歌完成审美救赎,期待诗歌对大众进行感化,这都没有问题,但诗歌与世界的关系应该是多元化的,诚如蒋登科所言:"应该全面打量历史与现实,辩证地对待其中的一切,通过诗人自己的思考,张扬对人的发展具有意义的思想与精神,批判、解构对人与社会发展具有阻滞作用的内容。"②诗歌有其艺术的本质要求,"诗家之景,如蓝田日暖,良玉生烟,可望而不可置于眉睫之前",从古诗到现代诗一概如此,诗意讲究不露。诗歌的主导功能不是宣传,不是解释,任何情况下都不必明白如话,而诗性才是确定诗之为诗的主导因素,围绕"诗歌标准"展开的讨论正是对诗性问题的探索。

三、"新诗标准"讨论

新诗存在命名混乱的问题,"白话诗""新诗""现代汉诗""现代诗歌"等名称都曾经出现或正在使用,名称混乱的背后隐藏着许多问题,白话与诗,

---

  ① 谢有顺:《苦难的书写如何才能不失重?——我看汶川大地震后的诗歌写作热潮》,《南方文坛》,2008年第5期。
  ② 蒋登科:《诗人的艺术姿态及其艺术效应》,《江汉论坛》,2011年第11期。

新与旧，现代与传统，新与现代等等纠缠不清。王光明指出，"'新诗'这一概念的含混及其意识形态上的迷思，实际上转移了诗人和诗歌批评对诗的本体问题的关注"①，他在对新诗的反思中，提出一种新的命名方式——"现代汉诗"，强调从语言和形式入手，建构汉语诗歌的发展。的确，"新诗"概念一直是含混游移的，这显然影响到诗歌批评的展开，但如何使"新诗"概念清晰化呢？如果只是以一种称谓代替另一种称谓，能够解决问题吗？恐怕问题得反过来思考，被称为"新诗"的这样一种诗歌，它的实质是什么？

自胡适的《谈新诗》始，康白情、俞平伯、郭沫若、宗白华、朱自清、茅盾等等都讨论过新诗的标准问题，一直延续到21世纪初，各种观点依然很难达成共识。新世纪对此问题的关注，有其独特背景，90年代以来新诗的边缘化和冷风景，"知识分子写作"和"民间立场"论争，伦理和美学关系的讨论等，促使人们不得不思索：什么样的诗歌是好的诗歌？怎样的写作才有价值？

《诗刊》(2002年)、《江汉大学学报》(2004年)、《海南师大学报》(2008年)等期刊，均集中发文讨论新诗标准。新诗可以有客观的标准吗？这是讨论无法绕过的问题，姜涛谈到"新诗的历史却证明，在'标准'的问题上保持一定的神秘感，似乎是更为可取的态度，因为任何标准的'确立'，即使在一定的时空内，赢得了认同，但在根本上，都具有某种'权宜'性质"②。实际上，"标准"确实很难得到认同，有些文章个人化到令人难以卒读的情状，而且"标准"的说法过于宽泛，因此，论者往往执着于自己感兴趣的一个方面，相互之间并无交集。王毅讲道："在事实层面关于什么是新诗或者新诗的标准，在目前的现代汉语写作中，能够确定的大概只有分行排列的文学创作这样的一个基本标准……虽然这个形式主义的标准，其巨大的宽容性看起来有些像一个笑话，但除此以外，确实找不到一个更具效用意义的新诗标准。"③判定新诗的标准，筛选来筛选去竟只剩下分行排列这一最直观的印象，究其原因，或与新诗论说多偏向内容有关。对形式的探索又集中于新诗写作技巧，而形式论方面的思考太少。

---

① 王光明：《现代汉诗的百年演变》，石家庄：河北人民出版社，2003年，第658页。
② 姜涛：《"标准"的争议与新诗内涵的歧义》，《江汉大学学报》，2004年第5期。
③ 王毅：《新诗标准：谁在说话？》，《江汉大学学报》，2004年第5期。

给新诗冠以"标准"的说法不甚妥当，笔者认为标准问题的提出实际上是新诗认同危机的体现，更准确的说法应该是：新诗何以为诗？如果用诗歌符号学中的"诗性"代替"标准"来探讨新诗的诗性何在，或许更方便和有效一些。

"主导"是"一件艺术品的核心成分，它支配、决定并改变其余成分的性质。正是主导保证了结构的完整性"[1]。雅柯布森的"主导"概念可以帮助定位诗歌，诗歌的主导成分，即诗的功能或者说诗性，确保了诗之为诗。诗的功能，通过符号的自我指涉，加深了符号同对象之间的分裂，强调符号文本本身的意义。诗歌的表述，往往跳过实指对象，直接从符号指向解释项，然后开始解释项的无限衍义。底层写作讨论过于关注诗歌和现实的关系，其实是对诗的功能的背离，在雅柯布森的"六功能说"当中，诗的功能和元语言功能相对，但新诗讨论中却最容易用后者取代前者，底层写作讨论便是如此。此外，各种想要给新诗附加及时性承担的观点也在和诗性背道而驰。

符号和对象的分裂使得诗歌和现实的关系变得微妙起来，我们无法用现实约束每一行诗，但整体的诗歌却在跳过现实之后，对现实做更深刻的理解、诠释和重写。徐江在《读一则关于哈尼葬礼的报道》中这样写：

    我注视那照片
    心头一丝疲惫
    傍晚在窗外渐渐黑下来
    黑过了树
    黑过了春天
    黑过了我的眼睛与爱情

"黑"，是这首诗的核心语（hypogram），在诗中有多条延展线索：哈尼是南非黑人领袖，葬礼的指代颜色是黑色，黑色更隐喻着伤痛的情绪，这些符合现实世界，符合常规。然而，诗意远不止于此，更具感染力的恰恰是在模仿意义之上的部分，至少有两个层面：其一，死亡描述的极致，一

---

[1] Jakobson, Roman, "The Dominant" in Krystyna Pomorska and Stephen Rudy (eds.), Language in Literature, Cambridge, Mass.: University of Harvard Press, 1987: 41.

般是静、沉默、死一般的沉寂，但所引诗行中的"黑"全部是动词，动起来的"黑"超过了外界其他事物留下的痕迹。其二，树、春天和爱情，无一例外地和绚烂色彩相关，三个"黑过了"，把黑下来的傍晚和绚烂联系在一起，两极并置，相反相成。"即使对树干的描述碰巧是忠实于实际情况的，深层含义的因素仍是基于根本的、不变的主题上的多声部乐曲似的变异。"[①]诗歌文体的一大特点即超规定性，超越对现实的一般模仿，突破种种约定俗成的东西。

新世纪的新诗标准讨论，是对始终含糊不清的新诗概念的回溯，是对新诗元命题的关注。不谈标准，但要论诗性，这一问题能否讨论清楚的关键就在于，能否找准新诗的主导因素。

新世纪有影响的诗学论争基本都可以归入上文提到的三种类型。由"盘峰论争"引发的系列论争，最贴近创作现场，参与论争的诗人也最多，流派意识、创作走向、诗歌的具体写法等均在其讨论范围之内。这类论争声势浩大，夹杂着江湖习气，有时由诗歌论争转向谩骂和人身攻击。最大的问题有两个：有着持续影响力的"知识分子写作"和"民间立场"，概念分节不清，导致实质问题难以言说清楚；有些诗人、评论家功利心太重，表现出渴望进入文学史的焦虑感。

"伦理与美学的关系"论争，介入现实的姿态最明显，诗歌和现实社会的关系是其关注的焦点，具体内容包括：以"打工诗歌"为代表的底层诗歌、地震诗歌、地域诗歌、泛诗性语境等。有些论者过多倾向于诗歌的元语言功能，掉入工具论或泛工具论的圈套，从而失去基本的判断标准，刻意吹捧诗作。

"新诗标准"讨论，涉及的是诗歌最本质的问题，意义重大，但论争中存在的问题也很多。部分讨论停留在需不需要标准的质疑上，部分讨论朝向某一个路子自说自话，即便是争鸣，在实质问题上也少有碰撞。新诗标准只是个命名的问题，实际上讨论的就是如何确立一首诗，如何判断什么样的诗是好诗。说到底是诗性的问题，上面的分析已经展示出雅柯布森的

---

① [法] 米歇尔·里法泰尔：《描写性诗歌的诠释》，李书端译，赵毅衡编选《符号学文学论文集》，天津：百花文艺出版社，2004年，第375页。

诗性功能理论，里法泰尔的超规定性等，能够帮助分析这一问题。

三种论争之间有一定关联：首先，"盘峰论争"几乎构成了它们共同的背景，比如"草根性"和"民间立场"，精神承担和"知识分子写作"，再如具体的口语写作、后口语写作、泛口语写作、叙述等等问题都和"盘峰论争"留下的影响有关系。其次，"新诗标准"讨论又是它们最终无法回避的问题，诗性必须得到确立。新世纪诗歌刚刚过去十余年，围绕它产生的论争已经很多，但表面的喧闹隐藏了一些问题，集中于社会语境、精神承担层面的讨论，对新诗本质的确立而言，多少有点隔靴搔痒之感。20世纪初白话诗草创期，新诗合法性的问题就被提出来，实际上，上述三种论争承继着现代新诗前三十年诗学论争的思索，但基本没有超越出去，问题不断缠绕的症结在于诗学研究清晰化的程度不够。

第二节　精神重建与"后非非"写作

三十多年前，在由《深圳青年报》和安徽《诗歌报》联合举办的当时中国现代诗历史上规模空前的"中国诗坛1986'现代诗群体大展"中，"非非主义"曾以其激进的反文化、反价值、非理性和非崇高的宣言在当时备受瞩目，乃至它也一直是"朦胧诗"后第三代诗歌研究难以绕开的存在。对这次大展，最重要的发起者徐敬亚后来颇有感触："然而，冷酷地说，我们一直在辜负着这个国家！我们一直白白地流逝了那么多具有世界意义的精神苦难与精神迷津！中国新诗在它一面追随自身的生存空间、一面追随西方现代艺术的优美前倾姿态中，几十年来并未能产生与它的复杂苦难充分相适应的成果。"[①]

21世纪以来，诗学家吕进提出的新诗"三大重建"（诗歌精神重建、诗体重建和诗歌传播方式重建）也引起学术研究界广泛关注。吕先生指出，新

[①] 徐敬亚编：《中国现代主义诗群大观1986—1988》，上海：同济大学出版社，1988年，第1页。

诗精神重建问题暴露出来的偏颇,"主要表现为新诗的社会身份和承担精神的危机",因此,"当前诗歌精神重建的中心,是对于诗歌和社会、时代关系的科学性把握",这种把握并不排斥诗人的个性张扬,因为对于诗人来说,"自我观照和内省的过程就是以社会与时代的审美标准提炼自己,提升自己,实现从现实人格向艺术人格的飞跃与净化的过程"①。

然而,历史终将收割一切。二十多年来,《非非》在两度停刊又两度复刊中从油印到公开出版,挺过了种种艰难而坚持至今,这本身即是中国当代诗歌史上的一个重要文学现象。2006年,西藏人民出版社又推出沉甸甸的两本巨册《悬空的圣殿:非非主义20年图志史》和《刀锋上站立的鸟群——后非非写作:从理论到作品》。以1993年《非非》第一次复刊为界,"后非非"写作正以一些坚实的文本成果,掮起我们这个时代的精神苦难并驰驱于精神迷津。

一

但首要的问题:什么是"后非非写作"?

当西方各种"后"主义与"新"理论在中国仍然展呈着话语优势和理论诱惑时,"后非非写作"的命名是否不过是又一个逐潮而动的新的"后"学术语?抑或,就像"后新时期"等的提出一样,多少有些是在西方影响的焦虑下做的貌似本土的努力?不!高扬"非非主义"旗帜的周伦佑以不容置疑的否定坚决宣称:"不是对西方'现代主义'、'后现代主义'的模仿移植,不是从艺术到艺术的偷渡和置换"②,并"宣布西方中心话语权力无效"③。正因为有了这种决绝,《非非》才在一度停刊后复刊,再度停刊后又再度复刊。自然,这不是《非非》复刊的全部因由,而"非非主义"却由此在坚持中迈向了新的阶段:"后非非写作"时期。

翻开"非非主义小词典"的"后非非写作"词条,于是我们读到:

---

① 吕进:《三大重建:新诗,二次革命与再次复兴》,《西南师范大学学报》(人文社科版),2005年第1期。
② 周伦佑:《红色写作》,《非非》,1992年第5期。
③ 周伦佑:《中国当代文学向何处去》,《非非》,2000年第8期。

非非主义的最新写作方式，既是非非主义的强势延伸，也是后政治条件下一部分中国诗人和作家选择的写作立场。理论上承续艺术变构论、非非主义诗歌方法、反价值理论、红色写作理论、体制外写作理论绵延不断，贯彻始终的坚持体制外先锋写作的不断革命思想。在创作中，强调对当下现实的关注，倡导并全力推动深入骨头与制度的红色写作。在绝不降低艺术标准的前提下，更强调作品的真实性、见证性和文献价值。可替换词：红色写作、体制外写作。①

有"后非非写作"，就一定有"前非非写作"。而这里所说的在理论上"承续"的艺术变构论、非非主义诗歌方法和反价值理论，正是前非非写作时期反文化、反价值、非崇高与非修辞等表述的理论内容。自1986年7月《非非》创刊以来，非非主义就以其理论上的雄辩和激情，尤其是它的舵主周伦佑一次次的理论倡导，令人侧目。由此也曾使"非非主义"遭遇到了不可避免的普遍置疑：理论大于创作？其实只要读过每一期《非非》作品的人很快就会明白这确实多少是一个误解。笔者并不想为《非非》遮掩什么，它也并无什么需要遮掩。事实上，"非非主义"正是在各种自身矛盾的缠绕中，不断否定和自我否定，不断开拓和承继，裸呈自己的同时为自己赢得了丰富和发展，从而义无反顾地扛起先锋这面艺术的旗帜。

当时间强行在历史的深处开裂一条尖锐鲜红的口子，曾经一度燃烧的激情，知识分子高蹈的理想，指点江山的意气，连同那一线人道自由与尊严的最后曙光，一起消逝在这深巨的豁口。这是一道难以逾越的伤口，它深深地扭折了知识分子的脊梁。随着人们普遍地对于物质现实的攫取，精神现实荒芜成为没有硝烟的存在。然而，真正的先锋，恰如尤奈斯库所言，是对现存的拒绝。于是我们听到一个坚韧的声音："时间在鲜明的石头上割一道口子，血流不止的地方便是新的开始。"②

"后非非写作"，就是这样一个新的开始。简单地说，它就是指进入20

---

① 周伦佑：《非非主义小词典》，《悬空的圣殿：非非主义二十年图志史》，拉萨：西藏人民出版社，2006年，第384—385页。

② 周伦佑：《拒绝的姿态》，《非非》，1993年第6—7合辑。

世纪 90 年代后，以《非非》复刊号为标志的"非非主义"的后期写作，或后期"非非主义"的写作，一种历险和磨砺在锋刃上的孤独的先锋写作。"后非非写作"既是思想的先锋，也是艺术的先锋。

进入 20 世纪 90 年代以来，无论文学创作还是艺术批评，相较于 80 年代都已明显发生了深刻的转变。80 年代的人道诉求、启蒙导向以及未来希冀，已被 90 年代以来的平庸日常、搞玩赖痞和缺乏提升的言说替代。平面化，图像化，市场化，消费化，没有理想的激情，只有欲望的无限制的膨胀。笔者曾用"灌图时代"来描述这个表面多元而实际非常单一的生存景观：影视报刊传媒以及商品包装以眩惑的图像冲撞着我们的眼球，拒绝或接纳都已身不由己。如果说"读图时代"的提法还强调了接受者一定的主动选择，那么"灌图时代"更似乎抹平了人的主体性。不仅图像强制性地灌入，而且人们甘愿在图像制造的符号帝国的瞬时娱乐中沦陷。文字与图像对垒，谁最容易产生审美疲劳不言而喻。

诗歌作为文学中的文学，作为语言中的语言，它绝不是也不可能是大众的艺术，更不代表诗就比其他文类位高一等。把诗置于文类的金字塔尖，那虽是中国古典诗歌的历史荣耀，却也是顺应主流意识形态的结果。当"五四"文学革命以新诗充当急先锋，其最大的革命收获却不在诗，而在白话小说。"五四"白话小说的胜利，第一次真正地突破了中国传统文化秩序对于小说的严格规范，尤其是在叙述形式上，完成了古代文言小说和古代白话小说想做却做不了的事情。当然，1920 年代新诗的自由多样也算是"五四"文学革命的另一功绩，但对于诗歌来说，这一功绩远不如说把诗从文类的金字塔尖拉下来这一功绩更大。从此，自我意识在文学和诗歌中才得到了真正自由的展示。在这个意义上，"五四"也划开了一道历史的豁口，这个"断裂"及时而显得弥足珍贵。遗憾的是，这个自由在后来很多时候被自觉或不自觉地中断，直到 1980 年代才又完全浮出历史地表。1980 年代诗坛的繁复，今天看来已是奇迹，却有其显明的文化、政治和社会环境。回头打量中国 1980 年代的诗坛，与其说一片繁荣，还不如说一片混乱更恰当。那个年代，谁都雄心壮志，混乱就是秩序。1990 年代社会文化的大转型，诗歌的边缘化，恰如赵毅衡先生指出的，与其说迫不得已，不如说是正得其位，因为它正可以用边缘的活力达至真正的文化批判。

或者用一些论者常用的表述，就是：思想淡出，学术登场。只是恐怕登场的既无学，也无术。如果一定要称誉学院的出场，倒不如说是技术、是规范的上演。创作与批评便在技术与规范中耗散了活力，损磨了锋芒。在某种意义上说，它们便只能顺应体制与意识形态，丧失了批判的功能和职责。

"后非非写作"恰恰在这方面是一个必要的提醒。它鄙弃闲适的白色写作，力倡介入的红色写作。白色写作以逃避与和解为特征，作者的弱力人格构成它的内在条件，在形式上表现为模仿与闲适，缺乏活力的中庸与雅正。它把实验性变成惰性，把尖锐性变成中性，钝化先锋艺术的锋芒，与世俗的暴力结构相妥协。而红色写作将自己深置于伤口，深切存在的敏感核心，触碰灵魂的痛处。它以人的现实存在为中心，深入骨头与制度，涉足一切时代的残暴，接受并正视人生的全部难度与强度，有着大拒绝、大介入和大牺牲的勇气，拒绝伪价值系统，拒绝权势与谎言，拒绝思想专制的任何形式。在直面严峻与真实的同时，在物质的强暴中与艺术同在。

恰如后非非认为的："从白色转向红色，便是从书本转向现实，从逃避转向介入（对生命的介入和对世界的介入），从天空转向大地，从模仿转向创造，从水转向血，从阅读大师的作品转向阅读自己的生命。"[①]

二

周伦佑的《刀锋二十首》正可谓90年代红色写作或"后非非写作"的标志性文本，语言水晶般洁净，有着坚硬的质感，诗思绵韧而又充满割锋：

> 让刀更深一些。从看他人流血
> 到自己流血，体验转换的过程
> 施暴的手并不比受难的手轻松
> 在尖锐的意念中打开你的皮肤
> 看刀锋契入，一点红色从肉里渗出
> 激发众多的感想
> ——《在刀锋上完成的句法转换》

[①] 周伦佑：《红色写作》，《非非》，1992年第5期。

这是用自身肉体的禁锢与伤口在体验刀锋契入的残酷,"再没有比这更残酷的事了/看一支蜡烛点燃,然后熄灭/小小的过程使人惊心动魄","死亡使夏天成为最冷的风景/瞬间灿烂之后蜡烛已成灰了/被烛光穿透的事物坚定的黑暗下去"(《看一支蜡烛点燃》)。死真的很简单,甚至死反而与黑暗合谋而增大黑暗的堆积,因而活着才需要更多的粮食。这支在石头构图中点燃的蜡烛,把身上的每一处创伤"照得更亮",在与自由的桎梏、欲望的漩涡等种种戕害人性与艺术的事物的较量和搏斗中坚守住自己:"深入老虎而不被老虎吃掉/进入石头而不成为石头/穿过燃烧的荆棘而依然故我"(《石头构图的境况》)。

这份坚守是一种创伤地活着,疼痛既是一种沉重的物质,又是一种永远的深度,因为"在伤口中,在一滴血里/我们坚持着每天的水晶练习"。这练习需要"用喜悦的心情体会痛苦/在自己的骨头上雕刻不朽的作品"(《永远的伤口》)。由此我们乃看到,这种坚守所磨砺而来的信念,它不会在被围困中退弃,而是坚持以生命做抵押,使暴力失去耐心,并把希冀与天空之大鸟一起灼烧:

> 现在大鸟已在我的想象之外了
> 我触摸不到,也不知它的去向
> 但我确实被击中过,那种扫荡的意义
> 使我铭心刻骨的疼痛,并且瞑想
> 大鸟翱翔或静止在别一个天空里
> 那是与我们息息相关的天空
> 只要我们偶尔想到它
> 便有某种感觉使我们广大无边
>
> ——《想象大鸟》

这大鸟可能是悬在空中的鹤,它"在不可见的深处";这只"很远的鹤/曾是马儿深处的某一部分"(《画家的高蹈之鹤与矮种马》),由于体制的网络同样广大无边,顺应、钝化并受役于网体的曾经高蹈过的"马儿",也需要在对这种信念的期待中被唤醒往日独来独往踏过天空的马蹄。这大鸟也可能是抽象的鸟,"能被捕杀的只是具体的鸟/而纯粹的鸟是捉不到的/因为那不过是一种抽象的飞/不是鸟在飞,是天空在飞/抽象的鸟在一切射程之外/抽象的鸟是射杀不了的"(《从具体到抽象的鸟》),不信请看,那自由的天空,"枪声响过之后/鸟儿依然在飞"。

在负重中坚守,在坚守中承担,在承担中提升;拒绝不再是一种姿态,而是行动,是介入,是坚守,也是希望。不仅《刀锋二十首》,在跨入新千年后,周伦佑又以三部倾心长诗《遁辞》《变形蛋》和《象形虎》,一起构成"后非非写作"的动人景观。

陈亚平的组诗《网体的语言制度》直接介入和处理当下现实和题材,"在字,词,句上落脚,大面积勾勒"日常生活表象背后"那字词中的织物,网体的语言制度"(《总编日志》),冷静、不动声色的纯客观视角同样动魄惊心,在避开花语句式的叙述中直抵事物的真相。《房产广告风波》写以女人身体和尊严来吸引消费者眼球的房产广告,在商业轴心的运动中,道德已经失去了"本源和界限",女人在广告中变形为"修辞的消费品"和"肉欲的符号"。另一首《芙蓉的陷阱》同样直击楼盘"广告幅员中的修辞天空"不过是美丽的谎言,在无事的悲剧中以冷白的书写透出无可奈何式的反讽:

> 我透过窗外枯骨的树端,核实暗行的言传
> 缺水,停电? 与广告词矛盾的无穷数集合
> 词饰将现实和痛感强加给梦想,一颗心
> 发挥其美,可以使处境
> 超俗,而又附加
> 致幻中的田园风光,乡镇闲展的德克斯。
>
> ——《芙蓉的陷阱》

当一切成为商品,在物质与金钱的漩涡中,人们的心灵深处是否应该还有一道最后的底线?"仿真,是市面风行的自然气氛/深入到与表面均等的内在部分"(《农贸的在场》),而"那些看不见的不合理的组体/在移离的,不透明的空气之内"(《急诊室走廊》)。这个时候,无论对于消费者还是被消费者而言,"欲望的中心是双重黑暗"(《欲望的中心》)。而可怕之处就在于,对市场与欲望趋之若鹜的人群,双重黑暗成为心照不宣的共谋,那些

强大的"不合理的组体"被合理化。

陈小蘩大型组诗《正午的黑暗》，从自身多年的中学教育工作体验出发，反思当下教育体制的积弊。在把"成功积在分数冷酷的光芒里"的校园中，教师的脸在严肃中含着深深的疲倦，"这张格式化的脸上写满作业、试题和校规/红的脸色已被面具埋葬"；更令人心痛的是，在学生们更年轻的面孔上，"面具开始留下生长的痕迹"（《带着面具穿过校园》）。学生就是那棋盘上的棋子，"游戏规则在全部棋局开始之前已经制定"，一旦"智慧的棋子走出棋盘，它发现在棋盘之外"的自己就无所适从，因为规则在棋盘之外失去了意义，而制定规则的人却以"棋盘外的存在"控制和操纵着棋局（《中国象棋》）。分数的刀子既决定教师教学的优劣，又割伤学生的心灵；搏杀出刀林的，成为天之骄子，但更多的学生只能生活在分数的阴影中（《分数的刀子》）。这实在是一个积弊难返的噩梦啊：

> 面对鲜活的生命，你知道任何失误都不容许发生
> 可很多事并不按你最初的设想
> 你的心总在迟疑，事物的发展与良好的愿望
> 做着飞快的离心运动。你在其中
> 无法停止
>
> ——《一双明亮的眼睛日渐黯淡》

如果说陈亚平《网体的语言制度》与陈小蘩《正午的黑暗》等组诗是从形而下切入当下现实，那么孟原的《南方歌词》则企图从形而上来一次对黑暗事物的穿越。然而，在孟原那里，黑不仅是一种破坏性和压制性的形式，更多的是一种抽象乃至理想主义的信念。"黑在黑暗的背后，吞噬整个的黑""刀锋的光/是对某个中心的破坏，一种黑的继续/延伸到黑暗的内部"（《黑暗的风景》）。

> 一粒种子的内核，最终是旋动
> 世界的力，突破黑的中心。把这粒种子
> 抛向世界的任何一个地方，都能看见
> 或听见，它破裂成长的声音。某种
> 对种子逆反的力，使种子变得强大

> 正如我生命的内核被世界反动
> ——《我对力的一种理解与阐述》

以黑为黑，以黑进入黑，这既是战斗的对象，又是坚持战斗的动力。意识形态作为元语言，总是企图为自身所在文化的一切问题提供解决方案，并相信自己无所不能。但正由于阿尔都塞所谓"缺场的原因"，一切意识形态、欲望和历史必然性等都只能是文本化的再现，并且不是真实的再现。或如阿多诺指出的，并不是说意识形态本身不真实，而是说它自命与现实相符相一致这一点是不真实的。后非非诗人坚持以美学形式去揭示那被压抑、被掩埋和被伪装的历史和现实，比如袁勇《一只豹子闯进广场》《蜂巢从灰色的树枝上跌落》，雨田《黑暗里奔跑着一辆破旧的卡车》，蒋蓝《酷刑及其他》，龚盖雄《小康社会的花朵》等等，都是"后非非写作"中这方面难得的文本。

三

有一个误会有再加以澄清的必要：即认为后非非主义时期尤其是二度复刊后倡导"体制外写作"，是与现行政治意识形态的对立。姑且不论我们人人都处于一定的政治文化和文化政治之中，那种政治对抗论未免也太高估了非非主义的武器功能，其骨子里仍然是把文学紧紧捆绑于政治战车上的陈旧思维在作怪。非非主义只是一个颇具实力也大有潜力的先锋诗歌流派，它对文化和体制的质疑和批判恰恰是在履行先锋艺术的职责。用赵毅衡先生常常讲的一句话来说就是，没有一个文化不需要批判。"一个无须批评的文本，不是正常的文本；一个无须批判的文化，不是正常的文化。"[①]可以说，诗人就是文本化的工具，因为他生产出文本，生产出美学形式。而意识形态从根本上说是封闭的，是沉默的，我们只能通过文本形式，并在文本的缝隙和沉默处发现被意识形态掩藏的真实。

皮埃尔·马歇雷在其《文学生产理论》一书中就曾谈到意识形态是由没有说出的东西构成的，"它之所以存在是因为有不可说的东西存在"。所以要理解它的含义，我们必须站到意识形态之外，"从外部攻击意识形态，尽

---

① 赵毅衡：《两种经典更新与符号双轴位移》，《文艺研究》，2007年第12期。

量赋予无形的东西以形式"①。后非非写作者有着自觉的文体意识，他们每每以自己的形式生产出文本，以美学形式的变构体现着真正自由创造的充沛激情，《变形蛋》《诗史：当代诗歌经典》《黑暗之书》等文本都是很好的说明。百年新诗从其诞生始，形式建设背后一直隐藏着一个文化问题。

其实，这一点早在1992年《非非》复刊号中就写得相当明白："红色写作强调的则是形式的介入，在纯化艺术的前提下，通过写作激活人类的自由梦想，以形式更新的革命使人们对生活更新之必要保有坚信并做好充分的思想准备。"②在21世纪的第一个年头里，周伦佑再次正面回答了这一问题，《非非》对政治的关注"主要是在写作中，即在把'政治'作为一种写作素材和其他的写作素材同等处理时，决不回避政治。所谓的'承担'，所谓的'介入'，所谓的'深入骨头与制度'也就是这个意思"，并明确地说："我们必须介入——但我们只能以写作的方式介入；我们当然要承担——但我们只能以诗人的身份来承担。"③"后非非写作"的立场已昭然若揭，它必然是以文学为形式的文化批判和思想建构，以自身的表现形式警醒主流文化体制不要一条直路走到头，因为直路常常是通向历史的陷阱。

最后，我们想指出的是，"后非非写作"在坚持以诗歌言说的同时，有着一定的泛批评倾向，即在改变《非非》杂志的纯流派刊物性质时，"使《非非》成为21世纪坚持体制外写作的民间思想者的自由论坛"。这本身没有什么错，因为这种改变显然流露了"后非非写作"一定的理想主义情结，即"非非主义源于诗，包含诗，但高于诗，也大于诗。它的更高目标是文化与价值——即通过语言革命和价值革命以期最终实现的文化与价值的彻底变构"④。虽然非非主义流派的作品会不定期地集中推出，但由于更高目标和更多理想的旁骛，可能影响"后非非写作"的纯度和质量，也由此导致它的乌托邦色彩。当然我们也看到非非无门，它的开敞与通透拒绝任何条条框框的束缚和限制，其内部成员的创作也是各显神通，彰显着不同的创作个

---

① Pierre Macherey, A Theory of Literary Production, London: Routledge and Kegan Paul, 1978. p. 132.
② 周伦佑：《红色写作》，《非非》，1992年第5期。
③ 周伦佑：《高扬非非主义精神，继续非非》，《非非》，2001年第9期。
④ 周伦佑：《高扬非非主义精神，继续非非》，《非非》，2001年第9期。

性与才华，使我们对"后非非写作"期待更多。毕竟，当"写什么"和"怎么写"不再是一个问题时，"写得怎么样"的重要性便日益凸显出来。

先锋往往是孤独的，而孤独却有其自身的必要。我们期待："后非非写作"必将生长起21世纪汉语文学写作的更大空间，并为着新诗的精神重建而继续"非非"。

第三节 公共空间、历史意识与主体重建：以胡丘陵长诗为例

诗歌究竟如何进入公共空间？如何介入并书写其所处的时代？这既是一个问题和难题，又是诗歌本有的重担和承担。21世纪以来，胡丘陵长诗写作，为此提供了佳例。

胡丘陵曾说，长诗是一个诗歌时代的里程碑。尽管他多次告诫自己不要轻易付诸写长诗这一艰辛而又近乎危险的劳作，但在新世纪的第一个十年里他就以《拂拭岁月》《2001年，9月11日》《长征》和《2008，汶川大地震》四部长诗[①]，掀起了诗坛一个不小的震动并赢得评论界格外的关注。于是，"后政治抒情诗""新政治抒情诗""第三代政治抒情诗""咏史诗""史诗"等称谓便成了这些长诗的不同命名。事实上，这些称谓的内涵在各自的表述中不尽相同，笔者也无意于纠缠其间的关联，倒是诗人自己的这样一种精神冒险的自我警戒与读者和批评界的关注之间，一种欲说还休、于无声处的症候更让人思考。换言之，对那些公共社会、历史、政治和文化事件，由于时间的不可逆性和文本的叙述性，即阿尔都塞强调的历史作为缺场的原因，诗人乃至批评者究竟该如何对它发言？

[①] 胡丘陵：《2001年，9月11日》，北京：台海出版社，2003年；《长征》，北京：昆仑出版社，2007年；《2008，汶川大地震》，北京：中国文联出版社，2009年；《拂拭岁月：1949—2009》，长沙：湖南文艺出版社，2009年。

一

仅从这四部长诗的标题，我们就知道诗人将把读者引入发生过的重大事件的叙述中。无论是曾经波澜壮阔而今尘埃落定的历史画卷长征、风云变幻而又悲喜交叠的共和国六十年岁月，还是天悲地怆难以承受的天灾人祸汶川大地震与"9·11"，这一切都指向我们历史记忆与现实经验的公共空间。从中国新诗近百年的发展进程来看，在个体与群体、个人世界与公共空间的诗歌书写中，既获得过现代人深刻的个体独立性、生命意识和现代感受，又曾经迷失于公共空间对个体世界的生存挤压和意志剥夺。20世纪90年代以来，当私人化写作借着创作自由与个性独立的旗子越来越走向写作者一己的狭窄天地，新诗也愈来愈琐碎轻飘和自说自话。因此，胡丘陵长诗的重返公共空间，需要的不仅是勇气，关键在于这种重返已不再是简单地回归宏大叙事语境，而在于这种重返的方式与不可逃避的选择。

面对那场突如其来的地震袭击，全国上下积极赈灾，投身救援的时间抗战中。"我用早晨的目光/寻找废墟里的萌芽"，迫切的焦虑、善良的愿望与真诚的祝福，在骨头的疼痛中，在废墟与萌芽的撕扯中，成为诗人之笔"轻轻一戳/就决堤的/堰塞湖"。所有的目光与心灵被同一个时间和空间牵引，"那些指挥的、被指挥的/和没人指挥的手/同时伸向这片废墟"，但却是以"如此残酷的方式/同时教会全国人民/读准汶字的声调"。在所有的人还没有到达汶川之前，诗人"已经通过诗歌的秘密通道/与废墟里的孩子，交谈了三天三夜"。这一"秘密通道"既是胡丘陵长诗特有的功能，也是诗人进入公共空间秘密而又公开的方式。表面上，这种进入在历史与记忆的惯性中容易带给读者一种错觉，仿佛诗歌只是对时代政治与社会大事及时反映的传声筒。20世纪五六十年代的政治抒情诗不用说，即便是70年代末、80年代初"朦胧诗"这一崛起的新诗潮，大片大片个人创伤的抚慰与倾诉仍然指向的是一个宏大的集体记忆和公共空间。在这个意义上，五六十年代政治抒情诗与朦胧诗的抒情方式和指向在本质上并没有什么根本的不同。然而胡丘陵长诗对公共领域的关涉却是在清醒而富于理性的个体反思中滑行；没有粉饰、夸饰和伪饰，也无意于再现一种现实主义的"真实"，而是企图以诗性言说对社会、历史与政治等公共空间的超越性洞穿。

> 集体的无能为力
> 不论歌唱得多么美丽
> 那条锯掉的腿不再是一条腿
> 那只锯掉的胳膊
> 不再是一只胳膊
> 那个重建的家园
> 也不是过去的家园

集体是一个庞大的力量和空间，有时它庞大到无形；但往往也因庞大而失去力量或者内耗于无，成为"无能为力"的空洞的能指。公共空间对个人的忽略和个人对公共空间的渴盼，有时成为双重的梦魇强行把我们抛出生活的轨道。"集体毁灭时间/每一个生命都有同样的挣扎/老师已经喊不出张三李四的名字"，在时间的黑洞漩涡里，生命加入时间的黑，成为黑的一部分。与其说时间毁灭了生命，不如说是集体吞没了个人，公共空间抹去了张三李四等每一个来不及显现的名字，一双双手"抓住的只是生命的沙粒/从指缝间/慢慢漏尽"。

胡丘陵曾说："诗人必须是人类命运峰值的独行者，但又必须与芸芸众生共享空气、雨露和阳光。诗，永远不能游离于社会之外歌唱。"[①]他这样说，也这样做了。难道这就是他的长诗以如此恒久之毅力执着于公共空间的动力吗？答案显然并非这样简单，因为类似的表述在中外不同的作家那里我们也会读到。更何况在本质的意义上，正如当代西方著名的新马克思主义者詹姆逊所言，"一切事物都是社会的和历史的，事实上，一切事物说到底都是政治的"[②]。或许对胡丘陵来说，持久地关注公共空间既来自他身在政途的意识形态生活与生命体验，又来自他心系诗神、坚持自觉写作的多年追求。因此，其诗才会在"直面现实，紧贴时代，具有思想和道德深

---

① 胡丘陵：《一次精神历险》，胡广熟编《解读岁月——胡丘陵诗集〈拂拭岁月〉评论集》，北京：中国文联出版社，2002年，第126页。

② [美]詹姆逊：《政治无意识》，王逢振、陈永国译，北京：中国社会科学出版社，1999年，第11页。

度"的同时,"又解构意识形态的写作方式";既承载"大生命大灵魂",又不乏"个人人格的独立与坚韧"①。这二者对他都非常重要,甚至在某种程度上,构成了他诗歌的全部秘密。而作为批评者,我们的任务之一就在于追踪诗人在文本断裂或空白处的踪迹,把那些被压抑被掩埋的现实重现于文本的表面。

在长诗《拂拭岁月》里,诗人以编年的方式截取年度大事为创作题材,在诗意的生成中完成对新中国六十年巡礼。六十年大事自然也是公众熟悉或亲历的社会、政治和文化事件,构成人们记忆的、生活的或者知识的公共空间。从新中国成立、大炼钢铁、庐山会议到"文化大革命"、唐山大地震、北京奥运会等,从西藏解放、抗美援朝到尼克松访华、克林顿访华、宋楚瑜回乡等,公共空间的不断位移、扩展也显示着六十年的沧海桑田,时间的空间化与空间的时间化,带出了生活其中的人从物质到精神,从肉体到心灵的纷繁变奏。从当代诗歌自身的发展来说,"写什么"的题材决定论早已成为历史陈迹而不再享有中心和唯一的权威,"怎么写"也在先锋的旗帜下一度流行之后而渐趋沉寂;毕竟,一个诗人最终还得靠他"写得怎么样"的文本交出最后的答卷。

以一个小姑娘的名字命名的"郝建秀工作法",或许只有时代才能注释其内涵,"这是一个只有国家没有自己的命名/共和国太多的先天不足/创造了太多的人间奇迹/包括后来无法解释的自己"。由一个具名具姓的命名走向"只有国家没有自己"的无名,在国家的宏大规划中,公共空间的人间奇迹覆盖了太多的"不足",也模糊了每一个创造奇迹的"自己"。同样,那个"年轻得一代又一代少年/都称之为叔叔"的公众人物,成为道德与模范的象征,以一顶冬帽的符号被一颗螺丝钉"钉在全国/所有的教室"。在这里,有着红五角星的冬帽变身为巨大的文化资本和象征资本,他巨大到可以延伸至全国的"教室";而"教室"的意义在此也发生了双重的增值,由青少年学习的场所变成了全国人民学习的公共空间。"螺丝钉"的内涵不仅很容易让人想起"革命的齿轮与螺丝钉"般的虔诚与忘我,也容易让人看清其紧紧铆在国家机器上的吸附性和被动性:

---

① 胡丘陵:《一次精神历险》,胡广熟编《解读岁月——胡丘陵诗集〈拂拭岁月〉评论集》,前引书,第127页。

>国家与集体，塞满了
>记忆的仓库
>忘记的
>只有
>"私"字和自己

当国家与集体塞满记忆的仓库，个人世界也就成了公共空间。然而诗人并不止于看到并指出公共空间对个体的笼罩和压缩，也不是简单地抒发一种愤懑与怨恨。胡丘陵诗歌往往在一个叙述的尾声透出理性的清醒，这种清醒有如 T. S. 艾略特所言：诗不是表现个性，不是表现情感，而是对个性与情感的双重逃避，但也只有那些真正有个性和感情的诗人才懂得这"逃避"是什么意思①。笔者以为，胡丘陵长诗在对公共社会、政治、文化事件的掘进中，始终很好地贯穿着一种严格的历史意识。

二

历史意识包括一种感觉，"不仅感觉到过去的过去性，而且也感觉到它的现存性"，这种历史意识"既意识到什么是超时间的，也意识到什么是有时间性，而且还意识到超时间和有时间性的东西是结合在一起的"②。胡丘陵长诗在叙述历史的冷静面孔背后，总掩抑不住一个个在历史瞬间定格的惊心动魄的场景和记忆。二万五千里长征的壮举，不知有多少可歌可泣的故事结晶为民族的传统和精神遗产，并成为创作的题材。但胡丘陵更多选择那些充满偶然性和残酷的一面，拆除历史线性链条，戳破历史必然性的假面具，在无限接近历史真实的企图中丰富对历史的理解。

湘江一役，毛泽东"秋收回来的三万颗种子／来不及发芽／更不能茂盛和结果一回／就被冲动的指挥者／撒手扔在湘江里"，更悲壮的或许在于，"流

---

① [英]T. S. 艾略特：《传统与个人才能》，赵毅衡编选《"新批评"文集》，天津：百花文艺出版社，2001 年，第 35 页。

② [英]T. S. 艾略特：《传统与个人才能》，赵毅衡编选《"新批评"文集》，前引书，第 28 页。

淌了三天血液的湘江/血,流进母亲河里/却没有流向生产这些血液的母亲"。历史前行的每一小步,往往都有着不可计量的付出,甚至巨大的代价也并不保证劳而有获,"若干年后/长沙水还有血的腥味/还有那武昌鱼"。历史的蛮横与残忍,就像挥之不去的魔影一再闪现。

面对长征途中那些物是人非和物非人非的"阵地",有多少"石头"就有多少"痛苦",因为"阵地就是一山石头/一山沉睡的/不愿被枪声吵醒的石头"。而历史终究以枪炮强行炸开了一山的沉默,于是"两种不同颜色服装的尸首/为了这一山石头/躺在这石头上/不同的领章帽徽/流出的,竟然是同一种颜色的血液"。在极具现场感的意象组合中,诗人再次暴露了历史的无序与野蛮:

  为了这一山石头
  两个用不同刺刀刺倒对方的战士
  四只鼓胀的眼睛,发现对方是自己的兄弟
  一个被抓走的,不得不上战场的哥哥
  一个因为哥哥被抓走
  毅然上战场为哥哥报仇的弟弟

偶然、荒谬与残酷只因为兄弟间的"仇杀"才被"发现",可想而知,在我们司空见惯和视之为必然、正统与合法的一切现象背后,无不有着意识形态虚假的力量在拒绝和阻碍真实的再现。诗中的"兄弟"不仅指向战争中相互刺死对方的亲兄弟,也喻指国共双方、红军与蒋军同为中国一家人的血脉根源,却不得不生死相向,悲怆与反思自诗中赫然而出。胡丘陵长诗彰显的历史意识并不是通常所说的"返回历史"或"历史还原",因为那种"返回"和"还原"本身是不可能的。诗人看清了历史的文本性,同时也看到了文本的历史性,于是,作为文本化的工具,诗人生产出新的文本,生产出美学形式。这个生产过程既是诗人的阐释过程,也是与虚假意识形态的调和、斡旋过程。

历史的同情是胡丘陵长诗历史意识的又一表现。遵义会议在中共党史上和军史上都可堪称是有着伟大转折意义的事件,然而诗人之笔并不落在其辉煌的历史意义,而是对准遵义这一地名,围绕会议牵引出一段段历史的底片，并在这些底片上显影着历史本身缠绕纠结的关系。"受伤的红军，疲惫地躺在遵义/这个青砖黑瓦的手术室/自己给自己会诊/和疗伤"，因为"盲目地燃烧激情"使红军"大出血"，这成为中央红军党内领袖胸口难化的"结石"。于是"毛泽东用手术刀开始解剖/张闻天细心地缝着伤口/然后，用中药固本/用西药消炎"。疾病在此成为一个绝妙的隐喻，党和红军的前途命运问题这一剂"难熬的药"，终于在文火与武火的双倍煎熬中"使红军渐渐地恢复元气/并且增加了，许多抗体"。如果说历史曾经并一再以一种野蛮的方式显示过它暴力无序的一面，那么诗人胡丘陵却以一种诗歌的张力术重新组织那些无序和无羁的历史。但这种重组并非对历史暴力美学的屈服和再建新的历史法则，而是在不动声色的叙述中达至了历史的理解与同情。同样，《拂拭岁月》中对年度大事的选择与拂拭的过程本身就是一种历史的同情态度，因为选择本身也意味着价值判断，尽管拂除擦拭去的多是历史岁月的尘埃与锈迹。

　　长诗《2001年，9月11日》则把这种历史意识的过去性、现存性和未来性有效而集中地加以体现。当一次恐怖袭击的灾难降落在地球上另一国家和民族的家园，意识形态的幽灵常以狭隘的民族主义为表征飘然而至。可在作者这里，他看到并想到的是整个人类的运命，并以一个知识分子的反思批判精神掮起了黑暗的闸门。"当生命和使命，同时撞上/美利坚，美丽而坚固的大厦"，吞进了用圣水与仇恨浇灌的粮食的两只"鸽子"，把回家的方向当成了"毁灭的方向"。鸽子的和平象征在民族仇恨与宗教意识形态的灌铸中发生了意义的颠倒与翻转，"良知的浓烟/湮没世界上/所有笑声"，连"一向只关心农作物收成和病虫害的农夫/也开始关心/两幢大楼里人们的命运"。事实上，无论作为天灾的汶川大地震还是人祸的"9·11"事件，无论国内和国际，灾难把人们连在一起，灾难最大限度地展示了人性的同一面。但或许应该追问的是：人类的苏醒竟不得不以如此残忍的方式吗？作者乃警醒道：诗人啊，千万别大彻大悟。是的，一切的自以为是，就等于关闭了通向真理与思想之门，可在这个世界上，"到处都是医院/却不能医治灵魂的创伤"。如果用无辜者的鲜血来证明正义与非正义、战争还是恐怖，"不论战争多么正义/任何炸弹，都不可能/炸出文明"，否则不管是用个人的躯体还是用国家的机器，"撞倒的/都是自己家园的一部分"。

我们看到，诗人在处理这些题材时的开阔意识，同时清理着历史河床上的珍珠与贝壳、卵石和淤泥，并着眼当下，放眼于未来。更引人注意的是，胡丘陵长诗关注的许多重大事件，并不是他亲历的；长征与新中国前十七年的历史，对他来说完全是知识和文本的历史，即便"9·11"与汶川大地震，也是资讯与传媒时代才可以及时达到的公共空间。这就不免让人惊奇：诗人何以有如此巨大的一贯热情去追逐那些逝去的历史场景？又在此一追逐中投注饱满而鲜活的历史意识？换言之，胡丘陵长诗在对公共空间的长驱直入中，在对历史、政治意识形态合法性的质疑和撞击中，究竟想要做什么呢？这或许正是其长诗的最重要意义：重建主体。

三

中国新诗在近百年的历史进程中，对主体的建构一直是一项未竟的工程。"五四"新诗和新文学的最大功绩，或许可以借郁达夫之评就是"人的发现"。当年胡适因写下"两个黄蝴蝶，双双飞上天。不知为什么，一个忽飞还。剩下那一个，孤单怪可怜；也无心上天，天上太孤单"，而被人讥称为"黄蝴蝶"。或许胡适孤单又可怜的"那一个"觉醒注定了新诗中主体确立的艰难历程，废名准确地捕捉到了这一点，他说读《蝴蝶》这首诗很能感受到其中的内容与别的诗不一样，至于到底怎样的不一样又很难说出，只是觉得"为什么这好像很飘忽的句子一点也不令我觉得飘忽，仿佛里头有一个很大的情感，这个情感又很直质"[①]。我理解废名的意思，那是一个巨大的寂寞，成为"那一个"主体的寂寞，也是老黑格尔所谓"这一个"的寂寞。当沈尹默写下《月夜》："霜风呼呼的吹着，/月光明明的照着。/我和一株顶高的树并排立着，/却没有靠着。"这首被废名赞之"不愧为新诗的第一首诗"时，我们似乎已看见一个独立、孤傲而又坚强的主体从初期白话诗中慢慢站立起来。然而不幸的是，它却被一次次阻断了生长。在90年代以来诗歌与文学普遍性的边缘存在处境中，诗歌标举的"民间"立场和私人化写作并没有为主体赢得真正的求援。相反，我们从那些私人化叙述中读到的是主体的

[①] 废名：《论新诗及其它》，沈阳：辽宁教育出版社，1998年，第4页。

矮化、羸弱和消颓。诗歌的边缘处境（非边缘"化"）本来为主体自由而自然的生长提供了绝佳的条件，但太多的写作者误把这种自由变成了随意乖戾和欲望展览。胡丘陵长诗却努力经营起主体的位置，显示出严厉的自我审视意识。

由"9·11"灾难暴露的不仅是地球另一边民族与宗教的问题，诗人想到的是，在科技日益发达的现代社会，"我们用技术打垮了我们"，"坑坑洼洼的地球，每个人都是/巴比伦之囚"。技术理性在盲目的泛滥中囚禁了我们，或者说我们自囚于现代高科技的种种神话，"在歪曲的目光里/许多道理再也直不起来了"。自然，一个"歪曲"的主体，也"直不起"脊梁和思想，重建两座大厦是容易的，可"重建心中的理想太难"。诗人于是警悟：

> 人危险，处处也都危险

一个残缺的主体注定只看见并不完整的"真实"："镜子里的人很不真实/真实的只是镜子"。这种主体焦虑其实也反映了在后现代社会多元文化众声杂陈中对真实自我的惶惑与求索，胡丘陵以主体重建的努力穿行于公共空间和历史场景里："我在这冬天被撞成三个我/一个在高楼的坟墓里/一个要十年后/被我的智慧包裹/一个要百年、千年后/再勃发青春"。破碎主体对自我的反观有可能弥缝思想、精神的裂隙和伤口，"在被废墟压得不能动弹的日子/我只能饮历史缝隙的泉水/维护生命"。一种令人肃然起敬的历史意识与现代人的责任感油然而生：高楼的存在与否，只是证明眼睛是否存在；大楼也正因为被撞倒，"才成了历史永恒的大楼"，因为"伤痕累累的时候/如果不倒下来/纵使修复得天衣无缝/也难以光彩依旧"。如果信仰与思想的大楼百孔千疮，再冠冕堂皇的主体也撑不起半个家园。在普遍的喧嚣与浮华里，"勇敢者不是敢于死亡/而是敢于生存"，用鲜血、真实和凌厉的生命浇灌田园的庄稼，而非"将军肩上的花朵"。敢于生存，直面生存，一个强大的主体才能赫然挺立：

> 窗子倒下了，月光站立着
> 父亲倒下了，儿子站立着
> 高楼倒下了，土壤站立着
> 人体倒下了，思想站立着

门槛倒下了，身子站立着

电梯倒下了，双腿站立着

只因为：

世界上最精确的制导不是卫星

而是思想

那么何以保证精确的思想不再是误入歧途的暴力统治和新的桎梏？答案仍在于那一个个强大的完整的主体的站立！

仅从体式上说，《拂拭岁月》的编年体、《长征》的散点辐射、《2008，汶川大地震》的聚焦式写法和《2001年，9月11日》的纵横捭阖等，都是对现代新诗长诗写作的丰富和创新。尤其在处理这类具有宏大"史诗"性的题材时候，用长诗一不小心很容易流于叙事的干涩弊端。但胡丘陵多以意象流转和语词的警觉来抒情达意，尽管出现了某些生硬，也尽管在如何处理长诗和组诗的差别时还应更细致些，但瑕不掩瑜，其长诗创作在当代诗坛有它不可替代的位置。

评论家蓝棣之曾提请读者注意胡丘陵诗作的"潜文本"，即其诗作与他个人的联系。本来，在更广的意义上，任何一个诗人的写作都与其自身的生存经验和生命体验密切关联；但胡丘陵的多重"身份"（从乡镇党委书记到市委书记、市作协主席）与他的诗歌创作之间明显呈示出饶有意味的距离，这也是笔者面对其文本曾有过的困惑。问题根本不在于诗与政治的联结，政治生活本就是我们文化的一部分，而这困惑也随着对其文本的进入而消释。胡丘陵凭借自己主体的强健，以清醒可贵的历史意识穿行在公共空间。既然历史本身谁也无法返回，那么重建那一个个历史的"瞬间"则是更切实际的接近和可能，这是胡丘陵长诗对这个表面上众声喧哗实际上却普遍失语的时代的馈赠。或许诗人胡丘陵要警惕的只是，不要让自己那已显强健的主体成为自制的偶像而变成新的乌托邦和虚假主体，以便确保诗歌反思和自我反思的深刻与锋芒。

第五章

形式的意味：意象、张力与访谈

第一节　同曲异工：中西意象论比较

　　作为中国土生土长的重要学术概念，无论在中国古典诗歌还是中国现代新诗创作和批评中，"意象"理论无疑都占据着相当重要的地位。但是，自20世纪80年代中后期以来，随着新生代"诗歌拒绝比喻"等口号的提出，意象在现代新诗中的效用也开始遭到质疑或贬低。但不论怎样贬抑，一个难以忽略的事实是，意象仍然是新诗圈内、外人士谈论新诗，甚至是新诗教学中最易上口且频繁使用的词汇。本节不拟讨论意象之于新诗的功用，而从最基本的概念运用出发，比较中西方相关的意象论述。

　　尽管余虹在其专著《中国文论与西方诗学》中指出：中国古代文论与西方诗学具有"不可通约性"，并提醒我们正视将"文论"视为"诗学"样式的"学术后果"，警惕那种"制造诗学普遍性的神话"的"跨文化共名的做法"①，但这并不妨碍中西文学在理论上所进行的有益比较。《文学评论》2002年第3期和2003年第2期曾发表了蒋寅《语象·物象·意象·意境》和韩经太、陶文鹏《也论中国诗学的"意象"与"意境"说——兼与蒋寅先生商榷》的争鸣文章，前文就意象"通用"概念的理论规定做有益探讨，后文作为互动、互补性的响应，在"专用"方面做了较详尽的界说。无疑地，两文都想阐释和确认中西诗学的一些通用概念，沟通中西诗学批评，确实有理论建设的积极意义。但两文基本上都只论述了中国古代意象理论，基本上未涉及西方意象理论，也没有谈及中国现代意象理论。既然二文都有沟通中西诗学批评的目的和愿望，舍弃西方意象理论和中国现代意象理论而不顾，这种目的和愿望能否实现不免让人怀疑。笔者不揣浅陋，想在此就三者做一个比较，以期为沟通中西诗学批评纳采芹之献。

---

①余虹：《中国文论与西方诗学》，北京：生活·读书·新知三联书店，1999年，第2页。

一

　　诚如叶嘉莹先生指出的："中国文学批评对于意象方面虽然没有完整的理论，但是诗歌之贵在能有可具感的意象，则是古今中外之所同然的。"[1]但什么是意象？中外古今论述者颇多。在中国，古人是把意和象分开说的，象是形式，意是内容。《易·系辞》引孔子的话"圣人立象以尽意"，即通过象的形式，表达意的内容。将意象作为合成词最早使用的，是东汉王充的《论衡》："夫画布为熊、麋之象，名布为侯，礼贵意象，示义取名也。"意象一词从其诞生之日起，就是与熊、麋等个别的具体的物象联系在一起的。而正式将意象作为文论用语的是南朝刘勰《文心雕龙·神思篇》的"窥意象而运斤"，并将此视为"驭文之首术"。此后，千余年来，意象一词被广泛使用于各艺术门类中。而意象理论的成形，则是王弼《周易略例·明象篇》中的一段话："夫象者，出意者也；言者，明象者也。尽意莫若象，尽象莫若言。言生于象，故可寻言以观象；象生于意，故寻象可以观意。意以象尽，象以言著。"论者大多引用这段名言以此说明意为象本，象为意用。在这里，象、意、言三者的关系，说得很清楚。有人指出，"意象这个词的涵义不确定，有游走性"[2]。但不管其如何游走，意象最一般的意义却没有逸走，它"包含客观的'象'和主观的'意'两方面内容"[3]，用目前一般的说法，即表意的象。

　　在西方，传统的意象理论视意象为一种化妆品、点缀品，其功用无非是装扮行文。亚里士多德将语言分为普通语言和诗的语言，将隐喻视为语言的附加品，而隐喻在西方文论的语汇里，按汪耀进的说法，是"最具代表性的意象，并不一定囿于修辞学上的明喻/隐喻的机械化分"。而在维柯看来，意象不是现实的装饰品，而是实际体验事物的具体形式，是一种思维方式和生存方式，是想象力对真理的投射。浪漫派对传统意象理论则进行了全面挑战，浪漫派作家敏锐地洞察到具有想象力的意象所具备的无穷的

---

[1] 叶嘉莹：《迦陵论诗丛稿》，北京：中华书局，1984年，第240页。
[2] 流沙河：《十二象》，北京：生活·读书·新知三联书店，1987年，第184页。
[3] 敏泽：《中国古典意象论》，《文艺研究》，1983年第4期。

意蕴，他们认识到用意象性语言表达的经验绝非理性语言可以替代，从而将意象解放出来。理恰兹系统阐述了隐喻意象在语言及现实中的作用，语言与经验相互交融，而所有的语言里又深嵌着隐喻意象的模式。一个棘手的悖论是：意象语汇诉诸人的想象，是浑成有机的，而意象批评又恰恰诉诸理性的逻辑语言来解析非理性的意象。诗歌意象的剖析，在英美新批评那里有着足够的理由：寻找潜隐在意象深层的、被表层文字省略的语义关系。此外，神话原型批评、结构主义符号学、心理分析、解构主义等都对意象情有独钟。尽管各家各派都有些醉翁之意不在酒，但意象一定蕴涵着某种"意"，是"意"与"象"的结合这一本质却与中国无异①。对此，我们可以举几个西方诗人、批评家对意象的描述。弗·科莫德认为："从柯尔律治到 A. 海勒姆及随后的评论家一直建议以意象进行思想。关键在于意象必须是肉体和灵魂的统一，它们的意义在于它们的存在……具有有机的生命力。"②康德说："审美意象，我所指的是由想象力所形成的一种形象显现。在这种形象显现里面，可以使人想起许多思想，然而又没有任何明确的思想或概念与之完全适应。"③艾略特说："表情达意的唯一艺术方式，便是找出'意之象'，即一组物象、一个情境，一连串事件；这些都会是表达该特别情意的方式。如此一来，这些诉诸感官经验的外在事象出现时，该特别情意便马上给唤引出来。"④关于意象定义，流沙河在《十二象·意象》一文中列举了中外十家之言，而这十家之言"只有表达方式上的差异，而其指归则一。……确实可以互相璧合。"⑤然而指归的一致，并不能抹煞中西意象理论的民族文化差别以及意象在各自的诗歌文本中的功能。

二

事实上，我们打开中西文学的卷轴，涌现眼前的可说是那绵延不断的

---

① 汪耀进编选：《意象批评》，成都：四川文艺出版社，1989年，"前言"。
② [英]弗·科莫德：《意象的有机浑成性》，汪耀进编选《意象批评》，前引书，第62页。
③ [德]康德：《判断力批判》，邓晓芒译，北京：人民出版社，2002年。
④ [英]T. S. 艾略特：《艾略特诗学文集》，王恩衷编译，北京：国际文化出版公司，1989年，第13页。
⑤ 流沙河：《十二象》，前引书，第189页。

意象流。但在中国古典文学(主要是诗歌)创作中,意象实际朝着一条单行道发展着:即通往"象"的不归路。中国诗学的开山纲领"诗言志"以及后来"止乎礼义"的抒情规定使得诗只能在官方的意识形态里滑行其"意",这种"意"又往往必得借助"象"方能合乎礼义。无论歌功颂德抑或讽喻时政,无论乐已之归隐田园还是慨已之壮志难酬,浅唱低吟也罢,壮怀激烈也罢,入禅悟道也罢,一切湮于纷繁的意象之中。翻开古典文学,一个个意之象四面扑来,冲击着你的视觉神经,中国天人合一的古老而宏大的思想在这些意象中可谓体现得淋漓尽致。据流沙河"偏低"的统计,《诗》"三百八十九个兴象,取材于自然界的有三百四十九个,取材于人事的只有四十个"①,难怪他不免"思之泣下"了。可以说,意象在古典文学中既是一个审美对象,更是一种创作手法。如无意象,几无诗矣。意与象,在古典文学创作中明显朝"象"偏移,这其实同样可用天人合一思想来解释。古人感于山川人事,大都"感物而动",源于象,归于象,正是在这种"大象"的混沌朦胧中悟"道"、释"道",天人合一,意被象有所遮蔽,且又合乎礼义,何乐而不为呢?

　　在西方和中国现代诗歌中,意象的情形就不一样了,二者明显重意轻象。在西方,单从前面所列定义中就可窥见一斑,更何况在意之象背后,总是有着象征、主题、隐喻、母题等深刻内涵或模式隐藏着。辛·刘易斯说:"意象定式可以使读者的心理有准备,去接受主体的直接影响。"并认为"一首诗中的意象就像一系列放置在不同角度的镜子,当主题过来的时候,镜子就从各种角度反映了主题的各个不同侧面。……它们不仅反映了主题,而且也赋予主题以生命和外形,它们足以使精神形象可见。"②寻觅"象"背后的最大"意"义,这可说是西方与中国现代诗歌的共同追求。敏泽说:"诗中的意象应该是借助于具体外物、运用比兴手法所表达的一种作者的情思,而非那类物象本身。"③谢冕曾说:"意象是这样一种生存状态:它是通过人对客观世界的直接感觉以传达人的精神经验的艺术方式。"④诗人艾青则干脆

---

① 流沙河:《十二象》,前引书,第110页。
② [英]辛·刘易斯:《意象的定式》,汪耀进编选《意象批评》,前引书,第69页。
③ 敏泽:《中国古典意象论》,《文艺研究》,1983年第4期。
④ 谢冕:《诗人的创造》,北京:生活·读书·新知三联书店,1989年,第30页。

说："意象是具体化了的感觉。"当代评论家程光炜在肯定舒婷、北岛、江河等朦胧诗人对80年代诗坛的贡献所创造的"太阳""鸽子""雨夜""陶罐""河水"等意象时说，这些意象"打通了与一度落满积极尘的民族意象诗的艺术性联系……它们本身的集体意象，本质地取消了不同语言之间的隔阂，并赋予其'人类精神'的共时性特征。"[1]无疑，这些表述都着重"象"后面的"意"，意象在诗歌文本中不再以夺人眼目的"象"先"象"夺人，人们追寻的是那绵远幽深的"意"。即便是追求"意象本身就是语言""直接处理无论主观的或客观的'事物'"的意象派诗歌，也绝非在诗中只是意象的拼贴组合。对庞德的有名的《在地铁车站》一诗，李英豪便解说出"展示一种美丽的人性（花瓣）在地下隧道（时空）如雪纷如鱼跃如海潮如狂漩的群众中颤栗式的醒觉"[2]的深"意"来。

尽管意象理论在中西诗学中有相同点，但意象在文本中达到的诗歌的最终艺术境界却不相同。很明显，中国古典诗歌因意象而构成的艺术意境，西方和中国现代诗歌却无法企及。对此，陈本益认为，从文化根源看，中国现代文化已从古代"天人合一"的德性文化转型成为与西方等质的主客二分的智性文化了[3]，这无疑是很有洞见的。

三

意象对于诗歌的功能已如前述。必须明确的是，意象并不是诗的全部。鲁迅曾说，诗到唐人已做尽，其实这里面就包含着诗歌意象的老化问题：意象的递相沿袭带来的意象定式、思维模式限制了诗的象与意的丰富和拓展，特别是如果诗歌竭力追求意象，必然走向意象派后来为意象而意象的套路。就像中国古典诗意象一样，有人指出："因过分强调以主观精神归同于大象物宜，回归自然以达到天人合一，主观精神的力量被削弱、被放置在第二位，便缺乏以精神世界去变形重组世界的人格勇气。"[4]同样的意思，

---

[1] 程光炜：《朦胧诗实验诗艺术论》，武汉：长江文艺出版社，1990年，第5页。
[2] 参见流沙河：《十二象》，前引书，第206页。
[3] 陈本益：《中外诗歌与诗学论集》，重庆：西南师范大学出版社，2002年，第171页。
[4] 经建灿：《诗歌意象批判和诗学建设新构想》，吕进主编《中国诗歌年鉴》（1996卷·理论部分），重庆：中国新诗研究所编印，1997年，第509页。

约翰·弗莱契在批评意象派时说道:"意象派……经常使它的门生误入一种贫疾的美学思想。……仅仅如此描绘自然的诗篇,无论多么鲜明,在我看来也还是不够的,必须加上人的判断、人的评价。"①人的判断、评价于诗确是不可少的,只不过这种判断、评价可隐可显,但它与宋人主张"以议论为诗"又绝不相同,而更强调诗的人文、社会内涵。艾布拉姆斯批评原型批评"通过一首诗的文字、特征和设想去挖掘一个更重要的潜在结构,即原始的、带有普遍意义的、不是出于作者本意的潜意"(即意象原型)的阅读法会取消诗的个性,"甚至于完全抹杀了它作为一个文学作品所具有的本质"②。同时,意象批评也可能因某一统摄全局的作品主题的需要,批评家会强行用意象将文本中不连贯的地方接缀起来,意象有沦为"意向"的任人宰割的危险。

以上对中西意象理论做了一个粗糙的比较。意象在中西文学中皆可谓源远流长,恰如西方批评者批评意象派"见木不见林""挂一漏万"一样,这种比较也不免挂一漏万。对于意象,我们应该记住"九叶诗派"老诗人郑敏的话,其大意是说,意象是对现代诗人想象力的挑战。同时,我们也别忘了韦勒克、沃伦的提醒:"意象是诗歌结构的一个组成部分。……它不能与其他层面分开来研究,而是要作为文学作品整体中的一个要素来研究。"③无论对于反意象论者还是崇意象论者,我想这种提醒都是必要的。

第二节 抽丝织锦:绘制现代诗语的张力关系

可以说自百年前中国新诗诞生之日起,有关现代新诗的研究也就如影随形。与新诗在其自身发展历程中的每个时代常常处于风口浪尖而受到的

---

① [英]彼德·琼斯:《意象派诗选》,裘小龙译,桂林:漓江出版社,1986年,"导论",第34页。
② [美]阿布拉姆斯:《意象与文学时尚》,汪耀进编选《意象批评》,前引书,第218页。
③ [美]韦勒克、沃伦:《意象,隐喻,象征,神话》,汪耀进编选《意象批评》,前引书,第55页。

种种非议与危机相比，新诗研究似乎幸运得多。这倒不是说我们的新诗研究如何客观、公正、学理地反映了新诗的创作实践，事实上百年来有关新诗的批评与论争从来就没有止息过，甚至有时候其尖锐激烈的程度已危及到新诗存在的合法性。但是问题也可能恰恰就在这里：新诗研究，尤其是新时期以来的中国新诗研究，无论在宏观打量还是微观解析方面都取得了不容抹煞的成绩；回到诗歌自身、回到语言本身的呼吁也得到了更多诗人和批评者的应和与实践；然而有如此观念和实践的自觉是一回事，实践的过程与结果当是另一回事。或许受儒家思想哲学影响的中国批评界，向来缺乏认真做形式批评的传统，而诗歌更是一种讲究形式的艺术，过分重视内容批评的新诗研究也就显得有些面目可憎。

近读陈仲义诗学专著《现代诗：语言张力论》，全无较多新诗研究著作沉闷滞重、老气横秋、把诗歌变成社会历史文件资料的流弊，而处处带给读者新奇快慰之感。全书以现代诗语的张力为核心结点，在关系主义的开阔视野和思维方法下重绘现代诗语的张力关系网路图，发现或重新标出为我们所遗忘而又本不应该被忽略的那些节点和结点；这不是一本关于现代新诗张力诗学的那类所谓皇皇巨著，而是关于现代诗语张力关系的精致之书，一本关于现代新诗形式探析的拓展之作。

一、现代新诗形式研究的意义

现代新诗形式探析的意义何在？这个问题重要吗？

如果说形式—内容的二元对立观早已被讥为陈词滥调，有意味的形式、文学是形式的构成物等等说法现如今也不是什么新鲜的见解。但是，被我们讥为"形式主义""为形式而形式""徒有形式"的"形式"，早已在惯性的使用中蒙上厚厚尘垢乃至锈迹斑斑。世间万物，哪一样不以形式呈现？我们所谓的各种意义，不同样是各种形式编织出来的？看起来这是阐释循环，而事实就是：形式是意义的意义。即使今天我们说文学的意义组织方式不止于文本形式，我们强调意识形态、文化历史等等都要加入文学意义的组织方式，但意识形态和文化历史本身依然是形式的编织物。

从文类分层的角度来看，中国古典诗歌在传统文学中处于金字塔的顶端,不学诗无以言和学而优则仕的规训都使得诗文学样式成为最高也是最难掌握的形式之一,以至于统治者用之科举取士,庙堂与江湖的等级就像诗歌与小说的文体地位判然有别。正如赵毅衡所指出:中国通过考查掌握文本形式的能力来赋予一部分人文化的控制调节权力,"只要掌握困难的高级文类,就上升入意义控制阶层,即士大夫阶层",而这种"困难的形式,少数人弄得通的形式,也就是文化权力采取的形式"①。可见,一切形式都必然是关于意义的意义,没有纯然形式的形式。在福柯看来,权力制造知识,同时也只有建构一种知识领域才有权力关系。诗之为"经"为"典",何尝没有权力—知识的运作?不管"诗三百,一言以蔽之曰:思无邪"是风道化德也好,是绝然之美赞也罢,从诗经到楚辞,从唐诗到宋词,每一次诗体的转变,每一次形式变化的背后都必不可少文化政治的意义。

毫无疑义,中国现代新诗是对古典诗歌的一次叛逆,在诗体形式上,这一逆反当是成功的,意义是不可低估的。如果我们不执拗于对形式的偏狭理解,将一切表意活动都看作某种文本形式时,百年中国新诗的多次运动、论争和现象依然可以在形式范畴中取得合理的解释。现代新诗的问题往往也出在这里,许多次的论争和探讨往往惯性地逃离形式而滑向社会的历史的政治的等等非诗的一面。在这个问题上,《现代诗:语言张力论》的作者陈仲义先生是相当自觉的:"诗语研究,既然针对的是诗歌本体的主要部位和特殊部位,那么侧重以文本形式为中心的研究势所必然,这种重心'倾斜'也并非决然排除文本形式与意义之间的关联。一方面要防止重新落入以前意识形态的暴力附加,让大量的社会内容变相覆盖真正的'诗性',从而轻慢了诗歌文本特征。另一方面,也要适当将历史语境作为背景,警惕唯文本是瞻——只迷恋于语词、声音、修辞手艺,导致诗语研究完全滑向'材料美学'和纯形式主义。"②"警惕"是必须的,但在向来忽视甚至不太容忍形式批评的中国文学批评界,"以文本形式为中心的研究"本就匮乏,尤其还有大力倡扬的必要,更何况诗歌的"形式"远远不止于声音、语词和修辞等等外在材料呢。

新诗形式背后的文化意义,早有部分现代新诗人和批评者作出了深刻

---

① 赵毅衡:《好一双中国眼睛》,合肥:安徽教育出版社,2012年,第286页。
② 陈仲义:《现代诗:语言张力论》,武汉:长江文艺出版社,2012年,第4页。

的洞见。在评价中国新诗的诞生或初期白话诗时,我们的教科书和新诗研究论著喜欢引用梁实秋1931年发表的观点,即所谓"新诗,实际就是中文写的外国诗","新诗运动的最早几年,大家注意的是'白话',不是'诗';大家努力的是摆脱旧诗的藩篱,不是如何建设新诗的根基"①。姑且不论早期新诗是中文写的外国诗这样的看法多么浮于表面,且给整个新诗带来多少负面形象;单就白话与诗的貌合神离论,早在1919年,作为早期新诗尝试者之一的俞平伯就比梁实秋更切身地感受到了其中的痛苦与无奈。俞平伯说,"白话诗可惜掉了底下一个字";这底下一个字当然是"诗"字,他还坦承自己"总时时感到用现今白话做诗的苦痛"。但俞平伯并不是否定白话,而是承认白话在当时情形下"实在是比较最适宜的工具";他觉得白话"缺点也还不少",尤其"缺乏美术的培养",导致新诗"往往就容易有干枯浅露的毛病"。所以他说:"白话诗的难处,不在白话上面,是在诗上面;我们要紧记,做白话的诗,不是专说白话。"②

因此,与其简单指责新诗开创者们如何断裂了古典诗歌传统,不如正视这一断裂的创造性价值和意义。如果说中国古典诗歌"建立于均衡对举的基础之上:每个步骤从一开始就守候着其结果的出现"③,那么古典诗歌给新形式的现代新诗让路就应是早晚的事情。冯文炳清楚地看到了这一点:"大凡一种新文学,都是这些新文学的作者有一种欲罢不能的势力,然后他们的文学成功,至于他们是有意的或是无意的或者还没有关系,词与小说我想都如此。这种欲罢不能的势力便成为文学的内容,这个内容每每自然而然的配合了一个形式,相得益彰,于是沛然若决江河莫之能御。"④"一种欲罢不能的势力",或许让我们更加明白冯文炳当年的著名论断:旧诗是诗的形式散文的内容,新诗是诗的内容散文的形式。朱光潜则从理论上强调

---

① 梁实秋:《新诗的格调及其他》,杨匡汉、刘福春编《中国现代诗论》(上编),广州:花城出版社,1985年,第141—142页。

② 俞平伯:《社会上对于新诗的各种心理观》,乐齐、孙玉蓉编《俞平伯诗全编》,前引书,第599—607页。

③ [美]宇文所安:《迷楼:诗与欲望的迷宫》,程章灿译,北京:生活·读书·新知三联书店,2003年,第122页。

④ 废名:《新诗问答》,《招隐集》,北京:中国文联出版公司,1998年,第20页。原文初载于1934年11月5日《人间世》第15期。

这个问题，1928年，他在《诗的实质与形式》一文中认为，"在各种艺术中，实质和形式都是在同一刹那中孕育出来的"，并大胆宣称"意就是言，言就是意"①。"同一刹那"意味着偶然、创生，既打破了内容/形式的先后论、决定论、二元对立论，也有着对我们习惯和热衷的必然性、连续性的纠偏。梁宗岱更直截了当地将"表现方式或形式问题"视作新诗存在的"唯一"理由，"形式是一切艺术底生命，所以诗，最高的艺术，更不能离掉形式而有伟大的生存""形式是一切文艺品永生的原理，只有形式能够保存精神底经营，因为只有形式能够抵抗时间底侵蚀"②。此外，穆木天、邵洵美、路易士、朱自清、袁可嘉等等，关于新诗形式的深刻见解，这样的名单可以在新诗史上继续开列下去。

可以说，新诗形式论是有其传统的，遗憾的是，这一传统很多次被中断了，或者用陈仲义在书中的话说，"让大量的社会内容变相覆盖"了。这种覆盖、遮蔽，有些时候是掩耳盗铃，更多时候其实就是抹煞和清除。在此意义上，将陈仲义《现代诗：语言张力论》这本专著奉为21世纪以来新诗研究在形式论建设方面少有的拓展之作，其意义与价值也就不言自明。

二、现代诗语张力的"关系"研究

张力作为文学批评的术语和分析范畴，是美国新批评派对文学作品尤其诗歌进行形式分析的关键词之一。可以说，现代诗的张力研究，完全可以构成一门恢弘的张力诗学。张力所牵涉的范围，"从内在的情感张力、结构张力到形式张力应有尽有。而文本与外部世界（历史、社会、时代、现实）所构成的话语意义上的思想张力、精神张力、思维张力等'庞然大物'，同样指不胜屈。"或许正是意识到张力本身具有如此的繁复性，陈仲义有意避开了大量社会内容和意识形态等等"庞然大物"的"变相覆盖"和"暴力附加"。他写道："与其野心勃勃朝着理想中体大虑周的'张力诗学'挺近，毋宁毅然割舍，紧紧抓住根底，集中于语言的张力——这块最难啃的本体性

---

① 朱光潜：《朱光潜全集》（第8卷），合肥：安徽教育出版社，1993年，第281页。
② 梁宗岱：《新诗底纷岐路口》，马海甸编《梁宗岱文集》（第2卷），北京：中央编译出版社，2003年，第159页。

骨头——并且尽可能作为本书的'龙头'。"①这一选择无疑是睿智的，清醒而又自信。惟其清醒，《现代诗：语言张力论》一书才能纲举目张，将现代诗语言的张力这一"纲"贯穿得彻底，贯穿得透晰，并把现代诗语的"张力属性""张力特征""两极动力"和"修辞张力"等众"目"以及众"目"之间的关联节点置于一种"关系主义"的视域里加以检验和析解。惟其自信，作者陈仲义才能从现代诗语张力的复杂网络"关系"中抽丝剥茧，左右逢源地织就现代诗语的"张力关系"这匹缎锦。

在笔者看来，作者放弃体大虑周的张力诗学，直奔现代诗语的张力或张力关系，倒不是作者力不能逮，一方面固然是作者自谦，另一方面却使得该书的特点和贡献变得更加豁亮起来：不是关于诗歌张力的中外搜罗和泛泛之论——这在目下许多著作中几成惯例，不"言必希腊"式的掉书袋似乎就不"现代"，就不"后"，而论述往往又是教科书式的重复或改写——而是有效地驾驭着现代诗歌语言的张力这唯一的龙首；更为重要的是，这一龙首也不是自足的，它必须在各种"关系"中存在，并在这些存在关系中显示自己的位置和效果。与其说这是作者的策略安排，不如说是《现代诗：语言张力论》在研究方法论上的意义。

"关系"是一个被我们用脏、用滥而黯淡了汉语光泽的词，文学的"关系"研究也可说是在现代科技革命影响下发生的。传统理性主义分析思考一切的出发点是客体实在，而现代物理学、量子力学对实在做出了新的阐释，认为实体出现了非实在的现象，这些非实在现象对实体而言又是相当重要的，例如能量。这种自然科学的认识带来了人文科学的变化，让人们意识到人文科学的研究对象是"事件性"的，事件就是实在。巴赫金认为小说中的每一句对话都是一个事件，而事件是不断流动的、变化的，事件构成了文化。由此，人就存在于日常生活的事件之中，存在于事件的过程之中。换言之，这种事件性宣告了一种关系性，存在是一种关系。法国科学哲学家彭加勒甚至定义科学"是一种关系的体系""实在的客体之间的真关系是我们能够得到的唯一实在""唯一的客观实在在于事物之间的关系""唯有在关

---

① 陈仲义：《现代诗：语言张力论》，前引书，第6页。

系中才能找到客观性"①。这就提醒我们：以往对于文学研究中本质主义、整一性、连续性、必然性等的迷信，都将在关系主义的观照下重现发现并重视片段性、断裂性、偶然性的重要意义。因为在一个关系的网络中，任何一个异质的、片段的、偶然的因素的加入或消除，都将引起整个网络关系的改变。甚至对张力本身的定义方式，陈仲义在书中也坚持了一种"关系"式的视角和理解：

> 我们重申可将张力从对立统一说（张力是内涵与外延的矛盾统一）解放出来，转移到更科学的**关联说**：诗语的张力是对立因素、互否因素、异质因素、互补因素等构成的**紧张关系结构**。且进一步扩展、补充为：
> 张力是诗语活动中**局部大于整体的增殖**，诗语的自洽能力（即"自组织"状态）以最小的"表面积"（容量）获取最大化诗意。②

这一定义无疑是颇具说服力的，其显著的特征正在于从"关系"（引文中加着重号的词语可以见出）中来界定现代诗语的张力。那么在具体的阐释过程中，作者又是如何来呈现现代诗歌语言的"张力关系"的呢？其实，我们依然可以看到作者对于诗语张力牢不可破的"关系"情结。在第二章，作者挑出"能指与所指""纵聚合与和横组合""隐喻与转喻""意象与非意象"四对关系，分别从现代诗语的存在秘密、运动方式、纽带功能和基本构件四个角度来阐述现代诗语的"张力属性"；第三章从获取诗意最大化的五大手段：即含混、悖论、反讽、变形和戏剧性，围绕它们与陌生化效应的关系展开，同时也构成现代诗语的五大"张力特征"；第四章则从"语感冲动与语义偏离""由内象到外化""祛魅与返魅"的关系探讨张力诗语的"生成动力"和"生成机制"；最后一章即第五章，作者摒除传统关于修辞即形式装饰的偏见，站在"修辞的本质也是一种张力关系"的高度，对现代诗语中的"非语法"（不合语法）、语词搭配、词性转品、语音、分行、跨行等现象加以例析，以揭示现代诗语的"修辞张力"。章章谈张力，章章皆关系，全书就是现代诗语

---

① [法]昂利·彭加勒：《科学的价值》，李醒民译，北京：光明日报出版社，1988年，第340页。

② 陈仲义：《现代诗：语言张力论》，前引书，第88页。

"张力关系"的长长卷轴与立体画幅。

张力诗语的关系研究,以张力统摄现代诗语关系,是对现代诗内部关系的一次探险。无论能指与所指、纵聚合与横组合的张力属性,悖论、变形等张力特征,还是语感冲动的生成动力和各种修辞本身,这些看起来非常"形式"的东西,都已经很难跟诗歌的内容和意义割裂开来,甚至可以绝对地说,诗歌形式本身就是意义,理所当然也是诗歌内部关系的构成物。恰如俄国形式主义者雅柯布森在《语法的诗和诗的语法》一文分析的:"对一首诗中纷繁复杂的词类和句法结构的选择、分布和相互关系,进行任何不带偏见的、专注的、透彻的、全面的描述,结果一定会使分析者本人也感到惊讶,他将看见那些不曾预料的、醒目的匀称和反匀称,那些平衡的结构,那些别具效果的同义形式和突出反差的累积,最后,他还会从诗中运用的全部词句结构所受到的严格限制中,窥见出种种已被省略的东西,正是这些被抹去的部分,反而能使我们逐步在那已经形成的诗作中各成分之间巧妙的相互作用。"[①]也可以说,只有诗歌语言的"关系研究"才能收获如此美妙的效果。

三、本土、当下与问题意识

如果仅从《现代诗:语言张力论》的章节目录来看,读者很容易被其中若干的新批评术语和概念的表象欺骗:难道这是西方理论加中国材料的又一个组装?细读全书之后,你从中不仅很难见到时下论著引为"时髦"和"模式"的"中外组装",反而为作者的绵密针脚、精工细作留下深刻印象。这就不仅得益于一个学者长期的知识储备和严谨训练,更与陈仲义秉持的学术立场和问题意识相关。这一点,他在该书的"导言"部分有相当自觉的认识,在写作此书时一开始就有意给自己规定了以下"若干守则":

从功能结构出发,集中地拎出纠结而搁浅着的问题;
从文本出发,避开空泛的演绎,专注于形式的分析"细读";

[①] [美]乔纳森·卡勒:《结构主义诗学》,盛宁译,北京:中国社会科学出版社,1991年,第95页。

> 从活生生的"在场"实践出发,借西洋的"外壳",孵"中国经验"的蛋。①

本土与外来,历史与当下,传统与现代等的关系,是20世纪以来中国诗学一直纠结缠绕、讨论不休的问题,甚至流为某些论著在表述上的滥调陈腔。对这个言人人殊的学术问题,陈仲义去除了那种阔论高谈式的演绎,从中国新诗的具体文本出发,从中国新诗的当下存在和中国学者的当下感受出发,既回眸历史与传统,又打量西洋资源与中国经验,通过诗歌文本的细读式分析,把那些长期"纠结而搁浅"的问题"拎出"来做出自己的尝试性解答。以第一章第二节"现代诗语与文言诗语的分野"为例:

> 现代诗语与文言诗语是否具有可通约性?或许这样的提问本身就有问题,因为既容易误导将二者置于对立的向度展开,也容易在"继承与创新"的言说中简化对象的复杂性和丰富性。比如有人认为,古典诗歌是"以体验事物为表达的核心""总体上专注于审美感受,偏重个人化的文化体验",而现代诗歌是"以认知事物为表达的核心""倾向于揭示事物的真相,侧重于传达诗人对世界的独特的认知"②。这种类似二元对立的判断是很冒险的,"个人化的文化体验"难道不是现代诗歌具有的特质之一?"体验事物""认知事物"也很难对号入座,古典诗歌与现代诗歌都拥有这些因子。但另一方面,这并不意味着二者可以简单融合。"融合"也是被我们用滥且乱用了的词,试问:现代新诗与古典诗歌"融合"后是什么呢?是新诗吗?是旧诗吗?还是融合成了一个新生命"新新诗"?即便是中国现当代的大量旧体诗词,它还是原来意义上的古典诗歌吗?更不用说中国现代新诗与外国现代诗的差异了。作为同一母语中的诗体样式,其通约性不言而喻,现代诗语与古典诗语天然地有着沿袭、交汇的部分,但更有着隔膜与全然不同的部分。古典诗歌与现代诗歌在诗语的生长方式上,有着各自的形式动力。

所以,在陈仲义的探究中,他更愿意把文言诗语与现代诗语"看做两种不同制式的诗歌,分属于两种相对独立的言说语系",二者是"等价的、并

---

① 陈仲义:《现代诗:语言张力论》,前引书,第6页。
② 臧棣:《"诗意"的文学政治》,《新诗评论》,2007年第1期。

行不悖的"①。这样的看法无疑更为公允和富有见地,毕竟,现代诗歌相对于古典诗歌来说已经形成了自身的诗歌传统。现代汉语也好,古代汉语也罢,从古代汉语到现代汉语的变化,很难用进化论加以简化言说,而是政治、经济、社会、文化等各种压力共同作用的结果。正如贝特森于1934年在牛津出版的《英诗与英语》中认为的:文学是一般语言史的一部分,是完全依赖语言的。他在谈到文学的时代风格时指出,"我的论点是,一首诗中的时代特征不应去诗人那儿寻找,而应去诗的语言中寻找。我相信,真正的诗歌史是语言的变化史,诗歌正是从这种不断变化的语言中产生的。而语言的变化是社会和文化的各种倾向产生的压力造成的。"②同理,现代诗歌与古典诗歌的分野,也只有在这种种压力的差异中才能寻求合理的阐释。

为了说明这种分野,陈仲义以古今诗歌中读者最为熟悉的"月亮"为例进行比照。在古典诗歌中,"月亮拥有强大的文化象征功能,是爱情、怀乡、时间、阴性、自我鉴照的极好喻指,是最富亲和力的题材",因此后人很难对这个几乎写滥的母题加以创造性发挥。然而现代诗歌中对月亮的书写,陈仲义胪列了9种古典诗歌没有的写法,为月亮的诗歌形象增添了新的质素。这样比照的目的并非为了说明现代诗人如何超越了古人,而正是要证实文言诗语与现代诗语的不同制式,而这个不同,归结到该书的研究核心,至少一半就来自现代诗语"张力"的布设。

最后,笔者想说的是,《现代诗:语言张力论》中时时可见作者在论述某一问题之后的自我反诘与警示:如在论及非意象化的"事实诗意"时指出,口语诗为避免沦为口水诗,还得在张力上做文章,若让"'口水'原封不动流涎诗行,失却起码的诗意戒备,'事实诗意'也会很快走向反面的"。又如在论析张力是含混的魔力后却不忘写道,"张力并非法力无边",一旦无限膨胀也会导致"多向关系之力互相抵消"而变成无用功,甚至"诗意面临不可避免的晦涩"。这些都是辩证而深刻的洞悉,正如作者在后记中还在强调的,虽然对张力情有独钟,但并未爱屋及乌,"张力不是诗歌的全部""本书专门从内部讨论诗语张力,无意否定语言与思想、语言与时代、语言与社会、

---

① 陈仲义:《现代诗:语言张力论》,前引书,第39页。
② [美]韦勒克、沃伦:《文学理论》,刘象愚等译,北京:生活·读书·新知三联书店,1984年,第186页。

语言与文化、语言与现实的密切关联"。陈仲义的这份严谨辩证着实令读者感佩，恐怕也恰是这份学术清醒令他自己对张力着迷，以致他的学术语言本身就充满张力，顺手摘录其中一段话："现代诗学从来都是鼓倡诗人从事一切语词的'边贸'活动，纵有霸行占道、违规犯章，也视为正常。作为语词的蒙面人、盗墓贼，诗人习性难改，总是游荡于密林灌丛，坊间巷里，或明火执仗，或半路拦劫，攫取语词的最大财富，上帝不但不生气还竖大拇指呢。"①读这样本身充满张力语辞的关于现代诗语张力的学术著作，岂不快哉？

第三节　作为"新诗文献学"的诗人"访谈"

自20世纪80年代中期"重写文学史"提出以来，各种文学史、艺术史甚至历史学本身的"重写"蔚成风气。然而，在"重"之又"重"的重重"写制"下，有多少真正突破前人文学史的成果，倒是大可质疑与甄别的。何谓"重写"？为什么"重写"？怎么样"重写"？谁来"重写"？在"各自有理"的"复写"喧哗中，忽略了的是到底"写"得怎样。而另一方面，一个显得严峻的事实是，百年新文学、百年新诗史上的一些开路者、建设者、亲历者，在时间的河流上不得不先行离我们而去，如何在其生前抢救、保存他们珍贵的还未形成文字的遗产，可谓今日一项重大的学术工程。在此意义上，近年来，建立中国现代文学文献学的呼声和实践顺应而生。其中，口述与访谈，从时间上来说是最为便利的方式和途径之一。尽管这并非新出现的形式，但要把学者、诗人访谈作为一种事业与志业来做并非易事，而王伟明却多年自觉坚持，以诗人访谈的形式，为我们建立另一种"诗歌史"的"新诗文献学"而孜孜矻矻。

王伟明先生是香港著名诗刊编辑，其《诗人诗事》与《诗人密语》是关于

---

① 陈仲义：《现代诗：语言张力论》，前引书，第315页。

海峡两岸及港澳以及海外华文诗人的访谈录的两部结集。前者于1999年8月由诗双月刊出版社出版，书前有羁魂、谭福基的序各一篇，被访者计有羁魂、王良和、路雅、黄灿然、陈德锦、辛笛（2004年1月逝世）、郑敏、袁可嘉（2008年11月逝世）、杜运燮（2002年7月逝世）、屠岸（2017年12月逝世）、顾城（1993年10月逝世）、许世旭（2010年7月逝世）、陈剑、余光中（2017年12月逝世）、向明、张默、林焕彰、郑愁予和冯至（1993年2月逝世）等十九位诗人。后者于2004年12月由玮业出版社出版，已故九叶派诗人辛笛和海外华文诗人洛夫（2018年3月逝世）分别作序，被访诗人计有十五位，包括周梦蝶（2014年5月逝世）、思果（2004年6月逝世）、夏菁、灰娃、辛郁、吴岸、绿原（2009年9月逝世）、痖弦、商禽、江枫、管管、西彤、岭南人、尹玲、秀实。两书问世后受到学界瞩目，尤其为诗学研究者重视。

准确地说，这是两部笔访录的结集，因为里面的绝大部分并非面对面的访谈，而是由作者事先设计好问题，然后以书面形式求得被访者书面形式的回答。面对面访谈的优点在于亲切感和现场感，并逼迫对方直接答问，其缺点在于被访者不能对某些问题做深入思考，尤其对某些重要而又有价值的史料的回忆。而笔访录可以避免这一缺点，加之王先生在设问上的技巧，许多笔访同样让人有身临其境之感。比如在上下问题之间连接词的选择，话题与话题之间转换时的过渡等，都能收到现场访谈之效。何况，集子中本就不乏现场访谈，如对顾城和郑愁予的访谈。访谈录这一颇感亲切的文体其实并不好写，正如辛笛先生在序中所道："要写得精彩，当行本色，并非易事。"原因何在？"由于这一文体随意舒卷，有如行云流水，容易陷入泛泛而谈，浅尝辄止。再若笔者自有主张，对某一流派有所偏爱，对于所提问题就会钻牛角尖，不能客观洒脱。"[①]于王先生，这两个弊病却似乎与他无缘，这首先得归功于他对这种文体的清醒认识以及对于做学问的谨严态度。他曾谈及做一篇言之有物的访谈"准备工夫之多，根本难以量计"。首先需要得到受访者的允可受访，然后耗时一两个月甚至更长时间"广泛搜集有关资料"，然后要把资料（尤其受访者的全部作品）"仔细通读一遍"，再

[①] 辛笛：《诗人密语·序一》，王伟明《诗人密语》，香港：玮业出版社，2004年，第 i 页。

"参考"与之相关的评论。这个步骤"决不能马虎了事",否则便无法"引发受访者侃侃而谈其内心世界"①。据我所知,王伟明先生诗歌创作并不丰;然而作为一名经验丰富的诗刊编辑,三十多年来,他却始终如一地关注诗歌、关注诗人、关注诗坛。从《诗风》到《诗双月刊》,到如今的《诗网络》,王先生"网络"了不少海峡两岸及港澳以及海外华文诗人,为华文诗歌的发展所作的贡献应是有目共睹的。我想,这也正是《诗网络》刊名的含义之一吧。难怪羁魂称他"以'香港'这个瞭望站作为驻足点",为华文诗坛"肩负起沟通、交流的重任",这些笔访录"如一页页由诗人自行申报的感情资产负债表""构筑出海内外华文诗坛当前真确的面面"②。也正如洛夫所言,"伟明可说是当今诗坛的一位奇人""数十年来大面积地与两岸三地和海外诗人交往联系,构成了一个以他为轴心的诗坛互联网",其"辐射的能量相当惊人"③。正是这种锲而不舍的坚执与敬业精神,使他获得了大量至为宝贵的第一手资料,也才能提出许多有价值的"看似简单轻松"实则"暗藏杀着"的问题。而于受访者,如果"没有能耐",或者"答非所问,意图蒙混过关",实难脱读者之眼。之所以采用笔访录,就在于受访者"亲笔作答""少了遭断章取义之虞,却多了下笔时轻重孰属之虑"④。顾名思义,《诗人诗事》与《诗人密语》,一方面"是诗人作品中的心灵独白""心灵密码""非散文语言能说清楚的内心世界"⑤;另一方面,两书"部分答题"确实"涉及诗人'私事'",然而"寻幽探秘与揭隐泄私,相差一线",作者自会"拿捏"而"宁不慎哉"⑥?

《诗人诗事》《诗人密语》内容广博,涉及被访诗人身世际遇、诗潮诗派、重要诗歌刊物、诗歌翻译、诗与散文、诗与传媒、诗的传统与现代、诗的本土化与西方关系、诗体建设、古代诗话词话与新诗理论建设、文社运动、创作与理论、诗刊的编辑、诗人事件等等诗歌现象,甚至与诗相关的文化、

---

① 王伟明:《诗人密语·代后记》,前引书,第333页。
② 羁魂:《"难得"的"挥霍"》,王伟明《诗人诗事》,香港:诗双月刊出版社,1999年,第Ⅰ-Ⅱ页。
③ 洛夫:《诗人密语·序二》,王伟明《诗人密语》,前引书,第iv页。
④ 王伟明:《诗人密语·代后记》,前引书,第334页。
⑤ 洛夫:《诗人密语·序二》,王伟明《诗人密语》,前引书,第v页。
⑥ 参见王伟明《诗人诗事·代后记》及《诗人密语·代后记》。

文学、政治、社会、历史及思想史问题，真可谓一次诗人的盛会，一盘文化的大餐，一席精神的盛宴。提问者时而单刀直入，干净利索，毫不留情面；时而诱"敌"深入，一问紧扣一问，不到黄河心不甘；时而又宕开一笔，峰回路转，风景这边独好。而回答者呢？大多亦侃侃而谈，以诚相待。无论酸甜苦辣还是高谈宏论，或出以诗句的直呈，或显以诗意的蕴藉，或示以逻辑的表述。尽管是笔访录，访问者的挑剔、求实和睿智以及受访者各自差异显明的个性，皆如现场对谈一样得到了充分的展示。在《访灰娃》中，作者开门见山："您为何选择'灰娃'这个较土气的笔名？"灰娃回答了这个名字"在那广袤无边、粗朴厚实的西部"所具有的"亲切、微妙的内涵"，并由此触及灰娃那段"一言难尽"的疼痛，自己"理想被异化成了偏狭的意识形态而面目全非"，现在想来"就像在荒原里遇到一头无可理喻的怪物""追忆、祭祀，在绝望年份，与其说向世界，不如说向着虚空"①。看似不经意的轻松一问，却引出了多少历史的深深慨叹，多少人性的彷徨、挣扎与呐喊，多少历史落幕之后的无尽苍凉与执着。又如，《与绿原访谈》里，当作者首先问到诗人为何选择诗歌作为人生的奋斗目标时，同样触摸到绿原关于自己隐隐作痛的记忆的伤口。"尽管我的诗可比作一只受伤的精灵，只是一时休克在我心中，并没有完全断气""我自幼就是孤儿，尤其是精神意义上的孤儿"②。诗人真诚的心灵剖示，又该给我们多少灵的震颤？有时，被访者干脆以诗化的语词来传递那份难以言说的独特感受。当王先生问及周梦蝶诗歌的色彩意象时，诗人答道："我爱白色！其次黑色，甜死人不偿命的黑色。又其次为深紫、嫩黄、柔绿。至于红，至于红，则酸甜苦辣，远近高低皆不是，仿若刺猬之与刺猬。"③先出以一个惊叹号，继之以视觉与味觉的通感，再至以语词的反复，诗人之于色彩的敏锐更显诗人之于人生的繁复，而坚决、执拗之形象又似乎历历可画了。这样的例子，全书并不少见，无论思想的交锋还是曲径通幽的轻婉，都让人沉思玩味。

---

① 王伟明、灰娃：《记忆敲响那命运底铜环——访灰娃》，《诗人密语》，前引书，第43—45页。

② 王伟明、绿原：《抚着那隐隐作痛的回忆——与绿原访谈》，《诗人密语》，前引书，第113页。

③ 王伟明、周梦蝶：《事求妥帖心常苦——周梦蝶答客问》，《诗人密语》，前引书，第11页。

诚如作者自己所道："集子中有些问题或许相近，但从文学的角度看，不同地域、不同年代的诗人，对同一问题作出不同的回应，也许更可以探究问题的症结所在。"①两书中涉及的带普遍性的共同问题并不少，比如关于诗的翻译、新诗的传统、诗刊的编辑、诗人所受的影响等。作为诗刊编辑，王先生有自己酸甜苦辣的亲历体会，故他在访谈中对有着创刊和编辑经历的诗人都要问及此问题。诗的翻译也是一个新鲜而又永不衰竭的课题，集子里甚至与屠岸和江枫的访谈只谈诗的翻译问题。这些问题笔者无能也无须再次赘述，只想就书中另一个同样重要且有待继续深入的老话题不惮辞费：那就是传统。在与三十四位诗人的访谈中，至少有一半文章都关涉此一问题。黄灿然认为，"之所以发明'新诗'，也是为了摆脱传统沉重的压力""现代诗史上重要的诗人，都不是那些有旧诗情意结的诗人"，而是"最西化的诗人"②。郑敏在访谈中一方面肯定"五四"的"功劳是走出传统的阴影，传统的权威"，认识到"一个民族的改革必须把它的传统带着走"，另一方面她又将"埋葬传统，甩开传统"归咎于"自从陈独秀发表了新文化的宣言以后"③，未免有些简单化。这使人想起历史上曾经出现过的传统"断裂论"，说"五四"断裂了传统，同样是不负责任的简单判语。笔者无意抹煞"五四"一代言辞上的偏激，但我们需看到言辞偏激与实际思想认识和实际文学事实之间的距离，更应看到这代人"对于传统的理解，一定程度上实际也是对他们自身的理解，或者说他们要在对传统的新解释中来发现和肯定自己"④。传统必须与我们每一个当代人对话，它是我们心灵的一种质素，因而不是谁想割断就能割断得了的。顾城的回答让人满意，他说："传统在我们身上生长、挣扎、变得弯曲，最后将层层叠叠开放出来，如同花朵。"⑤传统如花朵层层绽放，多贴切而新鲜的比喻！艾略特曾说："传统的意义实在要广大

---

① 王伟明：《诗人诗事·代后记》，前引书，第302页。
② 王伟明、黄灿然：《出入于多个语境——与黄灿然对谈》，《诗人诗事》，前引书，第54页。
③ 王伟明、郑敏：《遮蔽与差异——郑敏答十二问》，《诗人诗事》，前引书，第106页。
④ 王瑶：《"五四"时期对中国传统文学的价值重估》，《中国现代文学史论集》，北京：北京大学出版社，1998，第344页。
⑤ 王伟明、顾城：《诗话录——顾城访谈录》，《诗人诗事》，前引书，第205页。

得多。它不是继承得到的,你如要得到它,就必须用很大的劳力。"①可见传统实在是比我们想象的要复杂得多。

我们知道,往往提出一个真正的问题要比解决一个问题更困难,也更显重要,它不仅"突显于访问者与受访者双方智力与学识的互动与平衡"②,更是对提问者自身学术视域和知识阈限的挑战。正是在这个意义上,《诗人诗事》与《诗人密语》彰显了一重最最不应忽视的文学史/诗歌史价值。以往的文学史要么为主流意识形态所笼罩,遮蔽了某些诗人或作家或流派作为鲜活个体所构成文学活动的许多并非无足轻重的细节;要么单以打捞作家、作品或经典的重置为目的和创新;要么企图以宏大的文化史、思想史叙述取代文学史、诗歌史。不可否认,这些文学史在不同历史时期在不同的点面显示了自身的意义和价值,但作为文学史,更应是关于文学作品的关系史,离开文学作品,任何文学史只能是向壁虚构。《诗人诗事》《诗人密语》本身当然不是文学史,也不是诗歌史,但它们通过笔访录这一独特的文体,钩沉了许多曾被掩埋的文学事件,展示了一些重要诗人此前从未公之于众的重要文学"关系"。而且,受访者中许多诗人年逾古稀,这些访谈录无疑为我们保存了弥足珍贵的第一手资料。如灰娃对延安文艺的回忆,再现了特殊时期"鲁迅文学艺术院""文艺界抗敌协会"以及"作家俱乐部"蓬勃多姿的文化文学活动。用灰娃的话说,就是"一派欣欣向荣,文艺人带给延安浓郁的、活跃的艺术文化气息""物质贫困,但精神振奋,又绝对罗曼蒂克;山沟又土又封闭,但文化绝对前卫"③,远远不是我们以前想象的那样单调乏味。又如绿原对40年代《诗垦地》《文群》《诗创作》等,秀实对香港《秋萤》《诗风》《罗盘》《诗双月刊》等以及其他诗人对台湾《蓝星》《创世纪》《现代诗》《龙族》等诗歌刊物的评价,同样极大丰富了中国文学史、诗歌史的写作。至于像诗与传播媒介、1950年代以来港台诗坛状况等,只有读者亲临其中,才知个中滋味。两书虽不具备传统文学史、诗歌史的严密体系,然

---

① [英]T. S. 艾略特:《传统与个人才能》,赵毅衡选编《"新批评"文集》,天津:百花文艺出版社,2001年,第28页。

② 洛夫:《诗人密语·序二》,王伟明《诗人密语》,前引书,第vi页。

③ 王伟明、灰娃:《记忆敲响那命运底铜环——访灰娃》,《诗人密语》,前引书,第48—50页。

而却以一种散点式的辐射呈现了华文诗歌的另样风景,也难怪有人称之为"诗歌方面的百科全书"①。

此外,两书所显现的作者的比较意识,也给读者难忘的印象。这种比较意识主要体现在两个方面,一是在提问中广泛引征外国诗人与被访诗人创作的影响关系,一是涉及大陆、港、台之间在某些时期诗歌创作、诗坛现象等的异同。

读《诗人诗事》与《诗人密语》,就像一次精神的长途旅行。其间,或驻足凝思,或目悦心赏,或以为聊备一格,或引为至诚之言。然而也不是没有遗憾。笔者以为最大的不足在于,除与顾城、郑愁予、夏菁、绿原的访谈外,其余皆没有标明访谈时间,从史料的价值上说,无疑会有一定妨碍的。另一缺憾,我以为对大陆诗人的访谈,从量上说较港台诗人少了许多,也隐隐透出海峡两岸及港澳文学交流还不够深入。当然,这或许与作者所处地理位置及文学环境有关。幸好,王先生一直在坚持诗人访谈的工作,笔者也相信他的第三本诗人访谈不会让我们等得太久,因为我们可以看见《诗网络》上几乎每期都有他的一篇诗人访谈,上面的两点遗憾也正可以在他以后的访谈录中避免吧。

最后,引用诗人鲁藜的诗句对王先生从事的这一事业加以赞美:

太阳光里,花朵消溶了
有种子掉在大地里②

《诗人诗事》与《诗人密语》,亦当受之无愧。

---

① 王常新:《好一盘精神大餐——读王伟明的〈诗人密语〉》,《诗网络》,第二十二期,第113页。
② 鲁藜:《红的雪花》,绿原、牛汉编《白色花——二十人集》,北京:人民文学出版社,1981年,第39页。

第六章
诗人的地理根系与诗歌谱系

第一节　衡阳与青海：甘建华地理诗初探

当甘建华将他近年的140首诗以"地理诗"为总题发给我的时候，着实让我有些好奇、疑惑与意外。让人首先疑惑的是：在进入21世纪以来中国新诗坛蔚为壮观的地理与诗歌联姻的风潮中，甘建华这些总题为"地理诗"的诗，又有何不同？由此，我们能否进一步探求在所谓"地球村"和"世界文学"时代地理诗写作的意义与限度？

甘建华被广为所知，是在20世纪90年代中后期以深度报道《衡阳少了一个好人》《愤怒的好人》《被侮辱与被损害的好人》以及长篇新闻调查报告《中国医疗纠纷备忘录》《江湖游医》等为中央及地方各大新闻媒体播发转载后，并在21世纪初年结集为《天下好人》《铁血之剑》由人民日报出版社推出[1]，成为一些大学新闻系学习研究的文本对象。几乎同时，他的小说、散文集《西部之西》及随后的文史笔记《江山多少人杰》《蓝墨水的上游》等相继出版[2]，引发创作与评论界关注。"湖南省首届十佳青年记者"（1999年）、"湖南省第三届十佳新闻工作者""第二届中华铁人文学奖"（2004年）、"荣耀中国·2010全国文艺创作年度人物"（2010年）、"第七届冰心散文奖"（2016年）、"首届丝路散文奖"（2016年）等荣誉皆是对其笔耕与文才的嘉许。但这些文字无涉诗歌，所以当看到他的140首地理诗时着实有些意外。意外之余，又才发觉乃情理之中：这不就是那个1983年在青海师范大学牵头创办青藏高原历史上第一个大学生文学社团"湟水河"文学社及同名社刊，从而汇入了1980年代大学生诗歌运动洪流的大学生诗人甘建华吗？

读完这140首诗，包括"衡岳湘水"24首、"茅洞桥记"18首、"衡山之

---

[1] 甘建华：《天下好人》，北京：人民日报出版社，2003年。甘建华：《铁血之剑》，北京：人民日报出版社，2003年。

[2] 甘建华：《西部之西》，广州：广州出版社，2001年。甘建华：《江山多少人杰》，北京：中国文联出版社，2011年。甘建华：《蓝墨水的上游》，北京：中国文联出版社，2011年。

南"14首、"青海在上"31首、"浙中之旅"15首、"奇人志异"16首、"四海八荒"22首。我们发现，直接与其故乡衡阳相关的诗作56首，占比三分之一强；其学习和工作过的青海高原31首，占比五分之一；如果读者再细致一些，就会发现与青海相关的31首诗作，绝大部分创作于衡阳。因此，把这两部分加起来87首，占比三分之二。这让人一下想起一个问题：诗人的地理根系。

根系本来是植物学上的术语，指的是一株植物的主根和全部侧根的总称，一般有直根系和须根系两类之分。在甘建华的地理诗中，包括衡阳、青海、浙中等在内的四海八荒之地，共同构成了其诗的地理根系；显然，衡阳（包括青海）是直根系，其余地方构成了诗的须根系。这种根系概念的借用，当然显得有些生硬，尤其是对作为独特精神活动和最高语言形式之一的诗歌来说，简单地套用确实相当危险。比如，在植物学上，主根只有一个，它与多级侧根组成直根系，那么，对甘建华地理诗来说，如果说衡阳是主根的话，难道青海成了侧根？非也，只有衡阳下辖的各地处所才是侧根，而青海是另一意义上的主根，这既是甘建华地理诗别有意义之一处，下文第二部分将做详细阐释；同时，又是文学和诗歌作为一种情感活动与科学有所区分的所在。

华中师范大学博士生导师邹建军教授近年对文学地理学颇有研究，也曾提出"地理根系"这一术语："什么叫地理根系呢？是说作家在自己一生中所到过的地方，所形成的一个系统，包括出生地、成长地、客居地、祖居地、流放地、流亡地、写作地（就是作品在哪些地方写的）、发表地（发表地可能是另外一个问题）等。'地理根系'主要是针对作家所提出来的一个术语，所以准确地说叫作作家的地理根系。对某一类经典作家、大作家，也许都是管用的，而对于一般的作家与诗人，也许是不管用的。"[1]在邹教授那里，其地理根系的概念强调的是一个作家与"外"在世界地理范围广阔的联系，一个作家不可能封闭在一个小圈子里自我成长与完成，"地理根系越发达的作家，其视野的广度与深度超越同时代的作家，成为一流大家的可能性就越大，反之就越小。"而我所谓的地理根系，更强调的是一个诗人和作

---

[1] 邹建军：《文学地理学关键词研究》，《当代文坛》，2018年第5期。

家"内"在的地理与世界,无论其笔下的现实地理世界有多宽窄,却有一个"根"本的处所。在此意义上,甘建华地理诗的地理根系之"根",毫无疑问非"衡阳"莫属。那么,在甘建华笔下,诗人究竟如何呈现这个有着两千多年历史的衡阳面孔?

一、地理根系1:衡阳面孔的乡间美学

> 它不是玩物
> 而是一种乡间美学
>
> ——《菖蒲》

在甘建华诗中,酃县、酃湖、石鼓书院、柘里渡、界牌、雨母山、福严寺、耒阳、罗荣桓纪念园、新塘镇、欧阳海人民公社、红旗水库、祁东、衡东、云水湖、岳屏公园、白云路、蒸水、常宁、大义山、衡州府、官陂曹家、白沙古街、春陵江、茅洞桥、栗江、斗山桥、杨梅阜、南湾村、白鹤铺、雷公坪、文魁塔、字纸塔、蒋氏岭、井冲、赤足坪、荞麦阜、相公堡、清泉县、八石村、官家岭、谭子山、泉溪、茶山坳、头塘、老虎阜、泉湖、宝盖、龙溪湖、烟塘、车江、仙根书院、云集、归园、岐山庵子等等,这一个个地理场所,从衡岳到湘水、从城市到乡村、从庵寺到公园、从路街到冲坳,仿佛正从氤氲的历史尘烟中倒逼而来。它们也如一个个发达饱满的侧根,支撑并丰富着衡阳这个现代省域副中心城市,从而让衡阳呈现出既传统又现代的斑斓面孔。

"历史幽暗中的一朵绿荷,悄立一隅/似一颗古莲蓬,放射琥珀般的光芒/像一枚巨型钻戒,镶嵌翡翠色的宝石/幽幽孔雀蓝,瑰丽青铜之美誉/仅有数件,灿烂了中华远古文明"(《酃与酃县及酃湖》)。诗人由酃这一鲜为人知的青铜器酒具,想象西汉高祖刘邦"在蒸湘耒三水交汇之地,设置酃县",这正是衡阳最早的历史建制。酃湖的水、酃湖的酒与酃湖的葡萄,千百年来温润着其子民后裔。然而诗人没有写的是,酃县因邑有圣陵炎帝陵,在1994年更名为炎陵县。这种因着或借由某个历史名人而更名或争归宿地的现象,进入21世纪以来愈演愈烈,且又司空见惯。那么,诗人是如何看待

的呢？他没有写，但又写了，写在了结尾的两行："鄢湖车站的豪华大巴，载着衡阳人/周游四海八荒，并写此诗以纪"。豪华大巴是现代文明的产物，也是当下旅游热的转喻（"周游四海八荒"），它与整首诗在鄢、鄢县、鄢湖"琥珀般的光芒"中散发出的悠长深厚的历史文化底蕴极不协调，甚至单是"鄢"这个汉字本身，都散发着一种历史的诗意与吸力，豪华大巴一下子成为此诗的"刺点"[①]，诗人欲说还休，不言而尽言，否则"写此诗以纪"还"纪"念什么呢？纪念总是对过去、历史而言，正是在这一点上，甘建华地理诗的衡阳面孔透露出浓郁的历史底蕴，并以此对庸俗、功利的现实加以反拨和嘲谑。就像《蔡伦故宅考》一样，故意在严肃与学术的"考"字标题下，幽人一默："郴州桂阳争什么呢？毕竟郡县有别/伟大的蔡伦，只与一张纸宏旨有关"。

正是衡阳人文历史的光芒，抵御了一次次现实的冰冷入侵，也给予诗人一种"亲缘"与"思念"："前天冒着倾盆大雨来看你/今夜洪峰过境又来陪你"，洪水在石鼓书院一寸寸上升，但诗人相信："今夜无月/但有星光闪耀在我的心头/清风拂过衡阳的夜空/石鼓书院——/这方中国的风水宝地/祝你安详入梦"（《洪水中的石鼓书院》）。泉水江段氏三雄、莲塘孙氏昆仲、狮子坪王之春、茶山坳申道发、头塘陆成祖、老虎皀江福山，这些晚清时期的"吾乡先贤""赫赫当时，垂誉无穷"（《清泉县湘军名将志》）。怀着这种"永远难以望其项背"的仰慕与虔敬，诗人笔端才有了衡阳面孔的正直、正气与正大。这种品质，不也同样体现在我们看到的那个写作了《天下好人》《铁血之剑》的新闻工作者甘建华身上吗？这不也是一个诗人、作家更为内在的"根"吗？

然而，甘建华对人文历史的偏爱，并非拒绝对现实的观照，更不是全然依赖和陷入历史。或许可以这样说，其对历史的回望，正是对现实的进入。其笔下的历史，也不全是距离我们较远的古代，也有我们熟悉的当代史与现实生活。"欧阳海人民公社""红旗水库"等地名，带有中国当代特定

[①] 这里借用罗兰·巴特在其最后一部著作谈论摄影的《明室》中的术语"punctum"，译法不一，赵毅衡先生建议译为"刺点"。刺点"有刺伤、小孔、小斑点、小伤口的意思，还有被针扎了一下的意思"，它是"一种偶然的东西，正是这种偶然的东西刺痛了我（也伤害了我，使我痛苦）"。参见罗兰·巴特：《明室——摄影纵横谈》，赵克非译，北京：文化艺术出版社，2002年，第40页。

历史时代的印记。"一位年仅廿三岁的解放军战士/因为一匹驽马和一列火车/成为家庭深切之痛和/时代最响亮的名字/而着力描写他的金敬迈/短暂的大红大紫过后/旋即羁押秦城监狱/七年没有见到头顶的星光",这就是历史的吊诡与辩证! 尽管诗人明白,"偶然知道别人的秘密/或许会成为一根针一棵刺",但他依然"重返庄严的历史现场",仰望也好,低首也罢,来自生命的真实感喟是:"生活啊,远比小说惊险刺激"(《在新塘镇读〈欧阳海之歌〉》)。同样,在面对红旗水库这个"祁东县城的大水缸/演绎过众多小吏绯闻的山水",诗人从山顶俯瞰水库,"就像天神从云端打量人间/没有谈论后稷稼穑/却纠结于儿女的婚事/我们正缓缓老矣"(《红旗水库》)。可以说,现实与日常生活才是诗人的出发点与回归地,而其间的历史旅程既与现实有了参差的对照,又指明或许诺了一个可期的未来。因此,甘建华地理诗在垒砌一个个地理的城堡时,实际上早已将地理的空间化作过去、现在与未来之历史的时间。

  这意味着什么呢? 在我看来,这意味着甘建华地理诗构筑的衡阳面孔呈现出的一种独特乡间美学。无论郡、县、州、府,不论公园、路街、书吧、书院,我都更愿意将之视为一种"乡"的书写:乡土中国的"乡",家乡、故乡的"乡",但并不完全等同城乡的"乡"。"茅洞桥记"18 首,应该是诗人对出生地故乡的散点式记忆,而茅洞桥在今天早已更名为茅市镇,但诗人对此只字未提。就像不提酃县已被炎陵县替代,就像诗人提醒读者"车江的古音是掐光(qiā guāng)"(《车江垂钓记》),与其说甘建华是要还原一个历史真实的衡阳面孔,不如说诗人是要为自己保留一份真诚的精神故乡的面孔。"提及这三个字,我的心头忽地一热/我的父亲生于斯,我的祖父葬于斯/我的先祖,六百多年前迁徙于斯"(《茅洞桥颂》),先祖—祖父—我,不仅仅是血缘的根系,更重要的是供给这个根系六百年的地理处所茅洞桥,它远远超越了一个地理名称的能指而无限衍义,乃至诗人抑制不住地直抒情意:"是我的爱与乡愁""我的每一次放声歌唱,都是家乡茅洞桥";而流经故乡八十公里的栗江,就像古老的谣曲,"汤汤流过茅洞桥/流过泉水江、石滩和小新桥/各色鸟儿在水面上滑翔/也不拒绝牛蹄和每一朵浪花"(《栗江谣》);"垂钓者,荷锄者,挈妇将雏归乡者/都是生命中注定要遇到的人/都是菩萨,都是山中的草木和繁花"(《在斗山桥水库大坝读心经》)。这种读心经的"空"与"虚无",却正是诗人生命中满贮大爱的"有"与"实在",是诗人对日常的用心与热爱。只有如此,我们才不难理解甘建华地理诗中,忽然一闪的日常生活细节,所充盈的诗意和乡间美学。请看《福严寺的福》:

  山门前的三株唐朝银杏
  一场秋风冷雨之后
  披上了杏黄色的袈裟

  树下的老娭毑双手合十
  向着银杏各作一揖
  菩萨啊,感谢你赐我以福

  她沧桑一样的掌心
  握有三枚
  饱满如月亮的白果

  此诗写得节制而又精致,当能经受时间的检验而成为优秀之作。第一节"三株唐朝银杏"因为历史的辽远而自带"福"寿与尊"严",这虽然逸出了以僧人福严命名此寺的本意,但这正是诗歌语言非对称的功能。"秋风冷雨"之后,杏叶变黄,银杏树仿佛披上了"袈裟",既呼应了地理自然之所在的"寺",又铺垫或曰开启了接下来第二节人物(老娭毑)的出场。正因为"秋风冷雨","寺"的功能才得以显现,才有人来此祈福消灾。于是,我们看到了日常生活的一个断面:一位老娭毑双手合十,向着三棵银杏分别作了一揖;我们也听到了她祈告的声音:"菩萨啊,感谢你赐我以福"。显然,这不是一个正式的香客,她不必走进寺门,更不必持香以焚,而只到"山门前""树下"。这样的一个老奶奶,更显日常生活之平常与凡常。而诗歌不同于小说、散文的重要地方,正在于从日常生活里看到非常的一面,或者说变的一面,发现并照亮日常。试想,把老娭毑换作任何其他人物,还有如此效果吗?甚至,换作老奶奶都不可,汉字就是这么奇妙。一个"老"字,又额外多了些意味:既与唐朝银杏的树龄呼应,又暗示了人世与人事的"沧桑";还指向地理位置(福严寺)存在的必要性:连老娭毑都需要祈福,况于他人呢?如果光有日常生活,没有细节,此诗也将大打折扣。结尾第三节就是一个细节，忽然亮了："她沧桑一样的掌心/握有三枚/饱满如月亮的白果"。白果是银杏果的俗名，这又是母语汉字的奇妙，设若互换，定将减色。老娭毑到底经历了怎样的"秋风冷雨"与"沧桑"，那是小说与散文的任务；诗歌以四两拨千斤的巧力，完成一个无限想象的结局。白果之白，正如月亮之亮；白果之圆，正如月亮之满；白果从银杏果的还俗，何尝不是老娭毑从福严寺的还愿？在更高的意义上，不论经历多少"秋风冷雨"，人总会功德圆满。这既是那个记者甘建华个体流淌着的慈悲之气，也是诗人甘建华不厌其烦描画地理衡阳面孔时绵延着的人文乡间美学。

二、地理根系2：青海，那另一块天空下的风景

> 你也仿佛走进花土沟的阳光
> 然而那是另一块天空下的风景
>
> ——《阿拉尔河小唱》

青海是诗人甘建华诗歌中另一个关键、核心的地理锚定，更准确地说，是青海高原，再精确地说是"西部之西"。毕竟，诗人在这里学习、生活和工作了11年，一个人一生中最为珍贵的青春时期就在这里刻下了难以磨灭的生命记忆，"西部之西"这个热络的语词也正是由他提出的。在他那里，西部之西既是其小说中虚构的一个文学地理①，又是一个实有所指的现实空间："具体说来，我的'西部之西'有着地理学上的明确界限。它应该是自玉门关以西，阿尔金山是它的北缘，沿着当（当金山）—茫（茫崖）公路或青（青海）—新（新疆）大道一直西进，当金山口和唐古拉山口之间是它的东轴，将柴达木盆地一分为二，昆仑山和阿尔金山巨大的三角形内，冷湖、花土沟、格尔木、茫崖、大柴旦，成为远荒大漠中的都市，也是我小说中的安纳尔兰。"②

---

① 如甘建华小说中虚构的都市"安纳尔兰"等。参见甘建华：《西部之西》，广州：广州出版社，2001年。
② 甘建华：《夸父逐日：另一块天空下的风景——关于甘建华及其西部之西的访谈》，《柴达木开发研究》，2016年第6期。

"青海在上"31首诗中，戈壁荒漠、湖泊河流、矿产资源、动物植被、气候变迁等，理所当然成为其诗歌的环境与背景；诗中的大柴旦、塞什腾山、茶卡、大风山、南翼山、日月山、柏树山、阿尔金山、柴达木盆地、花土沟、阿拉尔、苏干湖、冷湖、尕斯库勒湖、那棱格勒河、湟水河、察尔汗盐湖、甘森、格尔木、野牛沟、油砂山、扎哈北山、英雄岭、地中四、老茫崖、狮子沟、千佛崖、涩北、大乌斯、大头羊、鹅喉羚、赤狐、白茨、柽柳(红柳)、胡杨林、乌图美仁草原、托拉海沙梁、郭勒木德、祁曼塔格雪峰、诺木洪、德令哈、塔尔丁、台吉乃尔湖、花草山等，可以说构建了一副大异于衡阳面孔的青海面孔。然而这个"异"也只是表面的地理位置与自然物征之异，是另一块天空下的风景；在本质上，在诗核与诗意上，青海面孔依然指向和呈示了甘建华地理诗的"乡"间美学。

《西部之西·重返梦境》四首，是诗人2014年夏季重访故地大柴旦、冷湖、花土沟、格尔木时的现场之作，是对美好青春与爱情的追忆与伤逝，"以及明亮的青春/与年少的忧伤/究竟是怎样穿过了我的身体/错失了一段美丽的沧桑"(《花土沟的梦》)；还有，"辽阔的夏季那棱格勒河/如果当年也有八座桥/或许洪水就不会阻隔/那一次期待许久的远行/我们的故事/也可能不会成了钗头凤"(《格尔木故事》)。"岁月的记忆时而模糊时而清晰/真的有那样一个人吗？/真的有那样一张笑靥吗？"与其说时间岁月模糊了记忆，不如说岁月时间增强并清晰了记忆："今夜在大柴旦/却因为突如其来地一个名字/轻轻地念叨一声/齿有余香，却又/心如刀割似地疼痛"(《大柴旦情思》)。一个名字，不论人名、地名还是其他物名，总是和某些特殊的事件、经历、情感缠绕在一起，一旦诗人说出，就必然让围绕在这个名字上的"余香"与"疼痛"在回忆中放大，记忆由此变得并不真实，它只记住你能记住和你愿意记住的东西，这正是回忆的美好，哪怕"心如刀割"。在《回到冷湖》中，诗人写道："风，依然那么刚硬/水，依然那么咸涩/八千里外，物是人非"。其实，时间之伤不只在于"物是人非"，它更无情的地方在于物非人是与物是人是，而你却再也回不去了，只能"在世界上日照时间最长的地方/曝光了一张情感的底片"。

正如标题的"重返梦境"，重返可能吗？重返的，不过是梦境。也正如甘建华在接受《香港商报》记者唐中兴访谈时说的，"一个作家所描写的地域，肯定存在着现实和虚构这样两种情况。我是学地理的，后来却搞起了文学，实际上一直从事着新闻记者这个行当。所以我在小说中所描述的地方，都是客观真实的存在，它们又常常混淆不清，让我也一时无法分辨。这些地方都曾是我亲自到过，或者说亲身生活过。我的西部的岁月，似乎从未离开过这些地方。"①这里虽然谈的是小说，实际上对其诗亦然。其诗中的青海标记既是地理的实在，更是记忆选择与加工的结果。可以说，记忆的不真实，却反过来凸显和证实了人、事、物的真实，这正是记忆与真实的悖谬之处，也是甘建华地理诗青海面孔不同于衡阳面孔更本质的地方。

其实，早在20世纪80年代大学生诗人时期，甘建华对于西部的诗歌书写，就已预言并预演了三十年后同样的西部精神与高原诗情。《西宁：四月的主题及其变奏》四首是他1984年的诗作，所谓"主题"，正是四首诗共有的小标题"拓荒者"，即一代大学生"为了共和国版图上的一抹荒寂/为了脚下这一块苦难和厚实/为了风沙弥漫中的伤心和抽泣"而在高原上"进军的气魄和胆识"，以此"填写青春壮美的履历"，"高原上的拓荒者/连同他的事业和爱情/在现实和未来的天幕上/将要占有一个位置"(《拓荒者·雪思·诗的旗帜》)。这种自信与担当的拓荒者形象，除了来自自我的年轻，显然也受惠于父辈的影响。作为柴达木油田职工的子弟，甘建华大学毕业后主动选择了"我为祖国献石油"而留在了大漠深处的小城冷湖。"就在这样人迹罕至、滴水贵如油的地方，在天上看不到飞鸟、地上见不到小草的大漠戈壁，七年艰苦卓绝的新闻记者采编经历"②，形塑了"一代人的精干和力量""青春和时代的交响"(《重逢时，我凝望一尊塑像》)。在这里，并没有多少浪漫的异域情调，甚至猝不及防与野狼遭遇："互相打量着，空气在火中缄默/人从它的眼神，看出这不是一条狗/而是一匹狼，一匹凶猛的野狼/狼从人的眼神中，看出了他的意外/目光愈加狠毒，直勾勾的邪念/脸上的肌肉与胡须，颤抖个不停/牙齿龇了三次，嘴唇舔了八遍/丰盛的大餐啊！它得意地笑了/不停地变换着四足，随时/准备扑过去，将人一举拿下"，然而那个

---

① 甘建华：《夸父逐日：另一块天空下的风景——关于甘建华及其西部之西的访谈》，《柴达木开发研究》，2016年第6期。
② 甘建华：《地理学让我们拥有诗和远方——在母校青海师范大学地理科学学院客座教授聘任仪式上的演讲》，打印稿，2018年11月1日。

石油地质队员的父亲"所凭借的武器,只有一柄地质锤/一个军用水壶,一把螺丝刀""摆好了战斗姿势,迎面向着它/狼明白了人的意图,冷冷地哼一声/扭转身体,朝着右侧的红柳丛/横向移动十几米,溜之乎也去了/剩下懵怔的人,望着它消失的方向"(《乌图美仁草原》)。生命就在狼的邪念与人的胆气方寸之间,父亲——更准确地说,代表了一代西部开拓者的意志、奉献、威严——与雪山戈壁大漠合一,"哦,我的父亲,我的祁曼塔格雪峰/父亲已仙逝,但与雪峰一样耸峙"(《祁曼塔格雪峰》)。在更高的意义上,这是一种"根"与"乡"的寻觅,是我与父辈在精神根系上的接续。

也必须在这个意义上,我们才能发现甘建华地理诗的矿质含量,也与一般的旅游诗区别开来。但这种根系的寻找,已经不完全同于20世纪80年代寻根文学的寻根,而在"西部大开发"的新时代有了新的时代内涵,但又不是与寻根文学毫无关系,尤其在今天,文学多少有些萎靡、小气的境况下,甘建华诗歌中的风沙扑面、豹狼晃动是能让我们时代的脆弱为之一振的。可我们别忘了,当年举寻根文学大纛的旗手之一韩少功,不也是湖南人吗?这当是另一个话题,但也并非与此无关,其间的关联本文不便展开。也是在此意义上,我们再强调一遍,甘建华地理诗的青海面孔与衡阳面孔不是一个简单的互补,而是一个根系,主根与侧根的关系。明白了这一点,或许就能理解诗人为什么否定记者所谓"西部之西是你的第二故乡?"的提问:"西部之西是我精神成长的地方,它教会了我许多东西,但不能说她就是故乡什么的。故乡只有一个,它是祖先的血脉大地,无论好与坏,富裕或贫穷。"[①]

三、地理诗谱系:意义与限度

苍茫的远古洪荒
独立于中国传统山水的诗意

——《火星小镇》

[①] 甘建华:《夸父逐日:另一块天空下的风景——关于甘建华及其西部之西的访谈》,《柴达木开发研究》,2016年第6期。

地理诗并不是中国现代新诗的特产,在古典诗歌中,以地理成为其诗歌的一个显著标记的诗人并不在少数,比如屈原、李白、杜甫、范成大、苏轼等等。如果说古代知识分子或因为贬谪升任,或因为自我放逐,在舟车劳顿、颠踣流徙或任情山水中与广阔的地理有了不解之缘,而产生了大量的古典地理诗,那么,在今天全球化浪潮下的"地球村"时代,距离不再是问题,现代新诗中地理诗的合法性安在?现代地理诗如何可能?怎样看待其意义与局限?

这样的问题并非空穴来风。诗人欧阳江河就对现代诗歌中的地理与地域性表示怀疑:"互联网时代的地方性和地理,是个值得深究的问题。互联网时代,地方性搁到互联网上去了以后,变成什么了,全球化吗?"并以范仲淹为反证:"700年前写《岳阳楼记》的范仲淹根本就没去过岳阳楼,没去过洞庭湖,但他写下这个传世千古的文章。"[1]诗人西川同样持怀疑态度,并表示诗歌中的地方性也可能会是一种"假的地方性""所以地方性这个说法真是左右逢源,就是赞成全球化的人也喜欢地方性,反对全球化的人也喜欢地方性。这样一来,这个问题就变得非常复杂了。在今天,地方性就成了一个所向披靡的概念"[2]。张桃洲直陈:"对于那些孜孜于开掘地域经验或拘泥于地域因素的做法,都有可能会在观念和实践上对诗歌造成伤害。"[3]尤其是21世纪初年开始的"中国诗歌万里行"活动影响深远,计划行走全国一百个城市,从2004年在湖北秭归启动以来,诗人们足迹遍及东西南北,每到一地,便有数量可观的当地地理诗产生,而有关地方与地理的诗歌集、诗歌专辑纷纷推出,成为当下地理诗的一时代表。以至于有论者不得不对地理诗所连带的文化功利主义表示如此的警醒:"当下大多数地理诗都成了旅游宣传的工具,其意义与价值是极其有限的。现在很多地域题材的创作,尤其是命题作文的地理诗,都是地方政府出资搞一个诗歌活动,以稿费、出场费等形式邀一帮诗人写跟当地有关的一批作品,然后集中发表或结集

---

[1] 欧阳江河:《诗歌地理的逻辑、结构与线索》,《文艺争鸣》,2017年第9期。
[2] 西川:《全球化视野中的"诗歌地理"问题》,《文艺争鸣》,2017年第9期。
[3] 张桃洲:《地域写作的极致与囿限——读雷平阳的诗》,《当代作家评论》,2007年第6期。

出版，被当作当地文化建设和旅游宣传的一张名片，甚至被领导当作文化政绩。"①可以说，这些质疑与提醒确有相当的道理，甚至在一定程度上点中了当下大多地理诗的症结。然而，甘建华地理诗恰恰在这些质疑之外显示了不同的意义。

甘建华与大多数地域性诗人或写地方性的诗人明显不同。他的不同，最显著地来自他的知识背景，一个地理学系专业出身的人。正如上文第一、二部分所涉及的，他的地理诗不仅以地理学相关知识和背景诗写青海面孔的西部自然地理景观，也诗写衡阳面孔的前世今生，甚至于本文未做主要分析的其余近三分之一诗篇（包括"浙中之旅"15 首，"奇人志异"16 首，"四海八荒"22 首），在地质、水纹、岩层、植被、经纬度、显生宙、古生代、寒武纪、地壳运动等地理术语之外，所有的地理都有了一张历史的面庞。衡阳面孔如此，西部之西如此，"浙中之旅"组诗中的"灵隐寺""断桥""西泠印社""兰亭""鲁迅故居""苏小小之墓""乌镇"等等何尝不如此？"奇人异志"组诗中的生者与死者何尝不如此？历史理论家爱德华·W. 苏贾认为，"在 1980 年代，学者们一致呼吁对（历史的）批判想象需要进行广泛的空间化……因此，一种具有明显特色的后现代和批判的人文地理学正在形成"，它"重新将历史的建构与社会空间的生产紧密地结合在一起，也将历史的创造和人文的构筑和构形结合在一起。从这种富有创造性的结合中正生出各种新的可能性"②。当历史的线性时间连同现代化自身一起越来越受到质疑和被打破之时，被压抑了的 20 世纪以来的文学与地理空间的纽结早应得到应有的重视。因此，甘建华地理诗既与传统地理诗的借景抒情相区隔，又与传统地理诗的咏史感今隐隐相连，借用其诗句来表达正好："苍茫的远古洪荒/独立于中国传统山水的诗意"（《火星小镇》）。

值得注意的是，甘建华地理诗在形式上也是有讲究的。除了前文提及的"刺点"方法，其诗往往在叙事与抒情、现实与历史中求得恰当的平衡。《日月山辞》中从《山海经》、汉家公主和蕃、唐蕃古道、箭簇、古堡，到甲

---

① 罗小凤：《"诗歌地理"作为一种传播方式——论新媒体时代的诗歌地理》，《文艺争鸣》，2017 年第 11 期。
② [美]爱德华·W. 苏贾：《后现代地理学》，王文斌译，北京：商务印书馆，2004 年，第 17 页。

午马年、农牧区、山的东西两面、湘人昌耀，历史与现实交错，简约的叙事与隐约的抒情皆很微妙，尤其结尾的戏剧性，"高速路边，一头白牦牛/驮着一个妖艳的游客——吔！/它木呆的神情，令人瞬间无语"，读之不禁让人莞尔。这种戏剧性，在其诗中并不少见，可谓一大特点。如观赏寒武纪虾的化石，整个过程充满时间的庄严和沉思，到现实的结尾："转瞬之间，又是几千万年/可怕的大魔头，恐怖的奇虾/已成城市夜宵摊上的新宠：店家/再上两瓶啤酒，一盘小龙虾"（《寒武纪的虾》），给人的感觉恍若隔世，又不乏后现代的嘲谑。又如在火灯节"七彩斑斓之河"的热闹中，一个"跟在后面的小和尚/调皮自拍——谁是他的巧云呢？"（《界牌火灯节》）。此外，在诗歌的建行上，甘建华地理诗也做了有益的尝试。前文第一部分曾细读过的《福严寺的福》，一共三节，每节三行，加之内容的三株银杏和三枚白果，形式与内容完美契合，更与中国传统文化中的"三"呼应。其他如《耒阳见袁隆平铜像》四节，每节四行，每行几乎全由两个分句组成；还有的或五行、六行，或七行、八行等。总之，其诗大致追求诗歌建行形式的一定规律。凭此，我是很期待甘建华在诗歌上也会有一番作为的。因为，在我看来，诗歌首先是形式的艺术，一个对形式一开始就有着如此自觉的诗人，我相信其对地理的诗写一定也有非同一般之处。其实，只要比较一下甘建华相关文史笔记的散文与同类题材的地理诗，不同文体如何处理相同题材，或许读者更能看出甘建华地理诗的意义来。正是在这个意义上，我也不妨冒昧地提醒甘建华一句，除了衡阳面孔与青海面庞的地理诗，如何让自己的其他地理诗与衡阳面孔和青海面庞汇成丰富的根系？换言之，一个诗人如何对待自己的地理根系，又如何形成自己诗歌的谱系，这或许将是对地理诗更高的要求？哪怕仅是一个限度呢？对此，谨以《花土沟的梦》末节作为结束：

> 而无边的秋风已经刮起来了
> 卷起哗哗作响的落叶
> 正自阿尔金山北面驰来
> 繁华褪尽后的落寞
> 伴我一天天老去
> 相信依然有一双大眼睛

眺望着通往西部之西

这条世界上最孤独的公路

或许在"繁华褪尽后的落寞"与"孤独"中，甘建华之外，我们可以期待更多现代地理诗的优秀之作？

第二节 "重庆书"的精神探险

灵魂出窍，这个城市离我已远

以前和现在都在弹指之间

而每时每刻，指间发出的光芒都是她的心跳

——梁平《重庆书》

梁平的长诗《重庆书》[①]标示了新诗在写作与接受的双向层面对传统思维定势的新变。相对于传统长诗，诗人在《重庆书》中对创作态度、抒情观点等都做了自我调整，而读者的阅读心理定势也受到了阻碍，这种阻碍既来自文本对历史与现实的处理，又来自读者的内部情感经验。

事实上，文学中任何"客观而真实地再现生活、历史"的想法都只能是一厢情愿，尤其是诗歌，它不像小说、散文追求故事的完整和过程的意味，而更倾心于情绪的片刻和刹那的永恒。在《重庆书》中，历史与现实早已水乳交融于诗性的述说中，成为活生生的诗意存在；诗人的这种"述说"，其实更多时候是一种抒情。诗人不再是被动地描述和再现，而是从对历史与现实的具体再现中超脱出来，从对城市与人的痛歌中"楔入"进去，使之成为一种丰富的表达和呈现。这种表达和呈现，实际灌注的是"人的精神"，是人与这个有着三千年历史的城市的"胶着"与"抗衡"关系，是诗人在家园的灵之舞。后来，诗人离开了这个生他养他四十五年的家园，"灵魂出窍，

---

① 梁平：《重庆书》，《诗刊》，2003 年第 18 期。本节所引诗句皆出自此，不再引注。

这个城市离我已远/以前和现在都在弹指之间/而每时每刻，指间发出的光芒都是她的心跳"。《重庆书》完成的，就是这样一次"灵魂出窍"的精神探险。

"三千年刀枪剑戟埋在石头里，灰飞湮灭之后/一个城市的血型，渐渐清晰"。三千年于人类，无疑只是历史长河的一小段；可对于一个城市，应该说不算短，更何况这是怎样的一个三千年呢！这里有东周巴蔓子于颈项"抹一朵微笑"以谢楚的承诺，有南宋时钓鱼城的战例"经典"；有邹容年轻生命"惊醒""沉睡"的呐喊，有"布满了陪都大街小巷"的特务；有"站在风中""不朽"的较场口，有"黑框眼镜破碎"后呆望天空的磁器口大轰炸；有重庆谈判，有白公馆集中营；有写下"千古奇冤"的报社旧址，有抗建堂"冰凉的履痕"，还有"不见落叶和尘埃"的红卫兵墓……

一个城市的历史是生成的，它拒绝任何谎言的欺骗和廉价的自恋；一个城市的血型也是生成的，它拒绝矫揉的华饰和妄自菲薄。我们不能简单地用道德的立场来简化历史。《重庆书》避免了这种危险，诗人没有对历史事件和历史人物进行道德化描述和评判，而是以诗意的抒情将历史置于一个背景中，"使一切事件成为凸现精神的背景"。

诗人竭力凸现的"精神"自然是人的精神，是人与这个城市历史相互缠绕的关系，因为"巴的人，以山的血性以水的妖冶，舞蹈风情万种"，城市与人、现实与历史早已具有相同的血型。重庆的历史是这个城市的精神、人的精神得以丰富的基础，而重庆的历史又因人的精神而厚重。一个真诚的诗人，总是真诚地面对自己的历史、自己的家园。"从此，我的世界里我将无法识别/那些形形色色的表演。但我知道/任何形式的表演都远离本色、都将自惭形秽/血红雪白：1955年12月12日"。对自己血型与这个家园城市同构的指认，让我们感觉了诗人的真诚。而真诚，也是诗歌生命的重要组成部分。这份真诚是可贵的，这个指认是艰难的。因为一个人既不能简单地还原历史，又不得不面对现实中重新滋长的对于历史的反抗因素。这需要的确实不只是勇气，更需要理性的严峻。"握枪的手和投降的手，一样丑恶和肮脏"，这是诗人对历史深刻的洞察和清醒；"放牛巷和天官府都是一回事儿/在这个城市，横叫竖叫都格外响亮"，这是诗人对现实的亲切接触与接受。

需要注意的是，诗人的这种洞察和接受，实际上包含着精神上的挣扎和疼痛。诗人不是把自己打扮成一个历史与真理的说教者，不是将自己视为"精神的高地"的占有者而俯瞰芸芸众生，而是以个体生命体验浸染于活生生的具体现实，并从这种体验中完成自己对历史的表达。正因为历史不都是伟大和正义的，正因为现实不都是光明和向上的，历史与现实有着错位的时候，对历史与现实的体认的同时就不得不接受它们黑暗甚至丑陋的一面。这种"接受"不是无可奈何地认命，而是从自己开始的灵魂提升。"白蚁像米粒一样新鲜/这是非常危险的信号，如果真是这样/愈是没有声音，愈是问题"。诗人勇敢地担起了这份责任，并把这一接受变成自省的开端。

梁平曾在《写诗的日子有故事》一文中说，他喜欢在诗中写人写事，而且最好是大家都认识和熟悉的人和事，因为"这样的诗就有点意思了，就不像放出的风筝在半空，诗一定要沾点'地气'才行"。他又在关于此诗的创作笔记中说："我希望这是一部真实、沾有'地气'的重庆书。""沾有地气"，这正是诗人面对历史与现实的姿态。

《重庆书》中人与城市的关系值得关注。诗中的历史与现实更多的是这个城市的历史与现实，而历史与现实又是人的历史与现实。如果说这个历史与现实更多地体现着一种"胶着"关系的话，那么第四章"城市森林"更多表现了人与城市的"抗衡"关系。

"路边的红墙和木楼已经斑驳/最初的美好，被江上传来的汽笛/一页页撕扯，飞散在破碎的记忆中/有另外一种形式，替代原来/使人想起川剧脸谱"。真的，在现代社会，"有很多意思/不能说穿"。当所有建设都在"现代化"的幌子下进行的时候，有些"美好"无疑要被"撕扯"，要被"替代"，就连"香气逼人"的"镇子"也"再也回不到从前"。现代文明本就是一把双刃剑，物质文明的高速发展必然伴随着没有跟进的精神的阵痛。"有伤，就会隐隐作痛"，其实这"看得见的伤痕不可怕/可怕的是，看不见自己的内伤"，这才是真正的危险。生活在都市里，精神的围困远比物质的围困来得惊心动魄，而精神的自围更是无法治愈的"内伤"。以往诗歌在处理城市与人的关系时，大都逃不出"钢筋水泥"等意象所指"人的异化"这一窠臼；或者，表达一种廉价的山水田园式的向往与理想。可喜的是，在这里，我们没有读到那种来自城市或精神优越感的教导和批判，诗人只是把这种城市与人的关系诗意地呈现出来，诗意地表达出来（"诗意"一词，早被评论家用得过滥而失去了它本来的意义。这里强调的是一种生命状态，一种生命情绪，一种回到内心、面对内心生命活动的写作）。"我不知道，如果有一天这个城市突然失语/长了翅膀的耳朵/是否还能听见自己的心跳"。诗人将深邃的思考延伸到不是不可能的假设，以假设（其实就是另一种真实）的虚拟性让读者惊叹预言般的真实。我们都参与了历史与现实的构成，谁也没有资格以"精神导师"自居去指责和教训别人；真诚的人，批评与批判都从自己开始。

　　换一个角度看，诗中城市与人的关系并不是特指的，而是一道"共时性的人文景观"。无论"以窥听别人家的事情/证明自己耳朵好使"的"耳朵移位"现象，还是"两唇启合，黑的可以说白，白的可以说黑""嘴唇开满花朵"的"绝非等闲之辈"等等，都早已像意义模糊的"牌坊"一样在所有的城市"可立可推，可随时随意打造"。我以为这是梁平的智慧。他让自己的诗歌"沾有地气"，但又不黏滞于重庆的地气。尽管诗人强调的"沾有地气"是要自己的诗"不会漫无目的地在空中飘来飘去"而失去了个性甚至地域特征，但我们不妨在更宽一些的意义上来理解，即上节所分析的，"沾有地气"更是诗人的一种写作姿态、写作立场。对"人"的关注、对"人"的精神处境的洞察才是诗人的出发点和旨归所在。至于诗人所寻求的"个人经验和叙述方式"的"同谋"，都不过是为这一旨归服务的手段，因为诗人梁平更重视的是写了什么。他说："我毫不掩饰自己，我也非常看重诗歌写作中的语言、形式、技巧等一切手段，但是，我更加看重写什么。"学者蒋登科指出："探寻生命的现状及其本质是梁平诗歌的基本艺术取向。"正是在这个意义上，长诗《重庆书》绝不能简单理解为如诗名所示的地域史，它更是一部"人"之书，一部"人"的灵魂书。

　　《重庆书》很容易让人联想到近年来在文学创作和研究中比较热门的地域文学。而这，是潜伏着危险的。对创作者来说，可能容易陷入对家园的自我欣赏和自得其乐的精神幻境；或者对家园不和谐一面过度焦虑而难以指认。然而在《重庆书》中，我们看到的不是古人那种居无定所的漂泊感，不是作家邓一光发出的"回到故乡的路有多远"那样的追问，也不是余秋雨笔下"乡关何处"的叹息。梁平更多的是以一种缓舒而带抒情的笔调，呈现和表达了貌似漫不经心实则涤荡魂魄的对于故土家园的指认。这不是贴标签式的自娱自恋的肤浅，而是经历了一次"解散了这个城市时间和空间感"的"灵魂出窍"的精神漫游与探险。

还是诗人自己说得明白，"这首长诗不是我对一个城市的缅怀，也不是写一个城市的诗性简史，而写的是，人与城市的胶着关系，人与城市的抗衡关系。"正是有了这种"人"的精神灌注其中，梁平的《重庆书》才显现了一种难得的理性清醒，才使得《重庆书》完成的是一次精神探险，而不是精神冒险。虽然二者都需要勇气，但冒险毕竟较多盲目和狭隘，而探险则充溢着人的主动创造。梁平认为写长诗是对诗人的"一种近乎残酷的自我挑战"。我想，《重庆书》完成了这一刻骨铭心的"自我挑战"，是一次成功的精神探险。无论在长诗创作还是在诗（文学）所应把握的"人"的尺度上，它都给了我们太多的启示。

第三节　陕西新时期诗歌掠影

一、三个关键词：地域·先锋·边缘

三秦大地以其独有的深沉和丰富，孕育了蔚为大观的陕西文学。新时期以来，随着文学界对文学文化学和地域文化、文学的关注，陕西文学越来越多地活跃在研究者的视野中。与此同时，大众传播媒介与文学的关系日益密切，在特定的社会文化语境中媒介从多个方面关注、改变文学的存在现状，从"陕军东征"到"直谏风波"，陕西文学在中国文坛众声喧哗中逐渐显示出自身的特性和不足。陕西省作协有小说研究平台《小说评论》，并且是全国唯此一家专门研究小说的权威期刊。对一般的阅读受众来说，路遥、陈忠实、贾平凹的名字可谓如雷贯耳，《人生》《平凡的世界》中的乡土、人性，《白鹿原》的历史意识、史诗性，《废都》中文明的冲突、对抗等，从不同的角度展示了作家独特的艺术追求。另外贾平凹的美文也散发着浓郁

的魅力。显然，陕西文学在新时期取得了诸多方面的成就，但是这一切似乎和诗歌没有多大关系，在小说、散文大放光彩的同时诗歌几乎完全被忽略掉了。而实际上，新时期以来的陕西诗歌和小说、散文一起构成了陕西文学的成就，毛锜在1981年荣获全国中青年诗人新作新诗奖，伊沙以叛逆的姿态在20世纪90年代诗坛开创了具有后现代主义色彩的诗风，诗人兼诗论家沈奇在全国也颇具影响力，《诗刊》社举办了梦野诗集《情在高处》专题研讨会等等。

新时期以来陕西诗歌的艺术追求包含多个方面的内容，既有三秦地域文化影响的痕迹，也有朦胧诗以来现代主义因素的渗透，同时也受到90年代以来诗歌边缘化、民间话语、消解姿态的冲击。由此看来，地域、先锋、边缘就成为解读新时期以来陕西诗歌的三个关键词，分别从不同角度概括了这一时期陕西诗歌的艺术特点，但三个方面又是相互交织和影响的。

(一) 地域

在以抒写乡土为主的陕西诗人笔下，地域色彩成为他们诗歌赖以生存的土壤；同时这类诗人的创作也在不断地彰显三秦大地独特的地域风情，以及这方厚土所隐含的坚韧生命力和古老文明。诗歌中的地域文化展示和三秦小说中的地域描写形成互文性阅读，诗歌是歌唱生活的最高语言艺术，在诗歌中对于乡土的抒写更多地浸染着诗人艺术生命的激情，例如耿翔组诗《东方大道：陕北》《黄土大道》，梅绍静的诗集《她就是那个梅》。

> 我总看见一个学生女子走在那沟沟底，
>
> 她就是那个你怀里哭过的梅呵，母亲！

在这平实朴素带着陕北味的诗句里，我们听到的是一个女儿对母亲的深情呼喊，也是对乡土母亲的诚挚呼唤。从朦胧诗到"Pass 北岛，Pass 舒婷"的"第三代"诗，再到20世纪90年代以来的新生代诗，从抒情到反抒情，80年代以来中国诗坛发生着迅速的超越和被超越，这当中也夹杂着混乱，诗歌艺术受到了多方面的冲击。然而，在陕西，始终有一批诗人坚守着乡土家园。梦野诗集《情在高处》专题研讨会在北京召开，诸多评论者对其诗歌的乡土情怀抒写给予了很高的评价。

(二) 先锋

中国诗歌艺术不断革新的潮流影响到部分陕西诗人的创作，对个体生命意识的强调，诗歌话语方式的改变，对现代主义、后现代主义因素的吸收等，都使这些诗人的诗作表现出明显的先锋性，例如杨争光、沈奇、伊沙、秦巴子等。沈奇把陕西诗坛分为"三大走向"，其中提到秉承现代主义新诗潮的诗歌观念，以民间为旨归的创作走向，他指出"正是这一走向的艰难拓展，才使得陕西当代诗歌彻底摆脱了主流意识形态和地域文化视阈的双重挤压与困扰，以不可阻遏的探索精神，和充满现代意识与现代诗美追求的诗歌品质，融入百年新诗最为壮观的现代主义新诗潮，进而走出国门，走向世界。"[①]

诗歌中的先锋特质能够从一定程度上缓解陕西诗歌长期受主流意识形态和地域文化限制的状态，从而使诗歌的视野和切入角度得以开拓。秦巴子的《阳光和阴影》中有这样的诗句：

> 我在背风处晒着女性的太阳
> 身后的影子像一条死狗长在土里
> 正面和反面，阳光和阴影
> 就像极端主义和乌托邦

陌生化的比喻，消解性的语言，口语化的诗句等显示了迥异于地域诗歌的特点，无疑是对陕西诗歌的一种丰富。与此同时，先锋也包括对传统价值观念和艺术形式的激烈反叛，对城市文明的抵制，这些诗作以消解一切的姿态挑战着读者的传统审美观念。

(三) 边缘

地域和先锋作为尖锐对立的两个方面共存于陕西诗歌创作中，而边缘成为它们共同的特征，也正是在这一点上，地域和先锋达成一种默契。诗歌边缘化是20世纪90年代前后整个中国诗坛面临的问题，陕西更是如此，如前所言，评论界长期以来关注陕西的小说、散文，对陕西诗歌很少问津。诗人头顶不再有昔日耀目的光环和桂冠，因此诗人在面对这个社会时，不

[①] 沈奇：《陕西当代诗歌进程》，《陕西日报》，2006年4月14日。

免会有日落山头般的凄凉。但诸般冷遇也给诗人提供了自由书写的空间，相对小说而言诗歌更具犀利性。在陕西诗歌中集中体现为地域和先锋两个方面的特点，在边缘化的状态中诗人或者孜孜不倦地行走在广阔的乡间，或者以一种极端化的方式表达主体内在的情绪。

需要指出的是，二者表现出一个共同的特点——对民间的热衷，因为边缘，在某种程度上他们都有着民间立场。具体来说，他们的民间立场又不尽相同，在侧重地域书写的诗歌中展现的是纯朴、深厚的乡土民间；而侧重先锋追求的诗歌展现的则是和集体话语相对立的个人化或私人化的民间。在20世纪90年代"民间写作"又具有诗学意义上的特定内涵，陕西诗歌中处于边缘化的诗人在进行先锋追求的同时，大多站在"民间写作"的立场上。陕西诗人在被忽略的同时并没有放弃自己对诗歌艺术的探索，他们积极创办民间诗刊，建立"长安大歌"博客圈，进行民间诗歌评奖，举办诗歌论坛等。

选取地域、先锋、边缘三个关键词，作为一窥新时期陕西诗歌创作的切入点，概括了这一时期陕西诗歌创作中存在的两种较为重要的现象，以及陕西诗歌所面临的现实处境——边缘化状态。我们看到，在陕西有多元化的诗人队伍和独具特色又极其丰富的诗歌作品，他们期待着被发现、被开掘。陕西诗人在边缘化的处境中依然坚守自己的精神家园，坚持对诗歌艺术的探索，这种艺术追求的精神使我们相信，陕西诗歌大有可期。

二、异样的风景：陕西女性诗歌

上文已述，相对于小说、散文的卓然成绩，当代陕西诗歌成为陕西文坛的冷风景。其实，自20世纪90年代初以来，现代新诗在回到自身的同时，就已经自觉到自身在中国文坛的边缘位置。确切地说，这种自觉乃预示了新诗生长的可能。因而，陕西诗歌在陕西文坛的边缘处境，是十分正常的现象。不正常的只是，当我们的诗人贡献出了有着相当实力的文本时，我们听不到或者说很少看到关于这些诗歌文本的应有的声音。在伊沙、秦巴子、梦野、沈奇等成为陕西诗坛的响亮名字的同时，女性诗界也同样有着我们熟悉的刘亚丽、李小洛、唐卡等巾帼的身影。面对这些诗人及其文本，我们又有什么理由拒绝对陕西诗坛的关注？"诗歌的创作与阅读就是在不断地重塑这个世界，在那个创造世界的严肃游戏中重新描绘一批数量众多的表演者。"[1]创作主体和阐释主体共同赋予诗歌创造的活力，被搁置的文本也在召唤阐释的力量。

无疑的，女性诗歌在陕西诗歌中不可避免地成为边缘的边缘。之所以说"不可避免"，除了我们一般所共识的诗歌的外在生存境遇之外，古老厚重的中原文明与三秦地域文化传统在带给陕西作家丰富的写作资源和知识智慧的同时，也把裹挟而来的传统的负担一起馈赠给了作家。显然，男性中心与父权话语本身就是这传统的一部分，因而陕西女性诗歌不得不承受比男性作者更为深巨的历史负重，陕西女性诗歌的写作不得不是一种艰难的突围。边缘是孤独的，但诗歌从本质上来说，并不拒绝孤独。

(一)日常与女性意识

当代陕西女性诗歌在其生成的土壤中既有三秦地域文化影响的痕迹，也有朦胧诗以来现代主义因素的渗入，并受到20世纪90年代以来整个中国诗坛边缘化、民间话语乃至消解姿态等等的冲击。在这种种斑驳杂离的情境中，我们看到，当代陕西女诗人以她们孤独的姿态，穿行在日常与先锋之间，涉猎着外部世界、个体生命世界和诗歌艺术世界的多个层面。其诗歌文本不仅交织着作为女性的日常与女性视角下的日常，而且角色意识、女性情感、乡土文化等都成为诗作抒写的重要内容。唐卡、刘亚丽、李小洛、黄义、杜文娟等陕西女诗人的创作，在不断展开的女性经验与情绪画面中既显示了先锋追求，又在先锋书写中点染着黄土地、牛羊满山坡、苜蓿园、西瓜贩子、主妇、菜市场等日常景观。

20世纪80年代中后期以来，日常越来越多地出现在诗歌里，一定程度上消解了诗歌的崇高、典雅以及精英姿态，从而使诗歌在贴近大众的同时，由于诗意的流失而逐渐从大众的视野里退隐。与此同时，诗歌日常化也成为批评界指责的焦点之一，究其原因主要在于抒情的被放逐。而我们在陕西女性诗歌这里看到的，恰恰是日常与抒情巧妙结合后生成的异样风景。

---

[1] [加]马里奥·J.瓦尔德斯：《诗意的诠释学》，史惠风译，北京：中国人民大学出版社，2011年版，第31页。

发掘琐碎细致的日常画面和情绪中的诗意，这种诗意和女性身份的融合，生发出作为女性的日常与女性视角下的日常。而一些诗作又因为陕西地域文化色彩的融入，构成了女性的乡土诗歌世界。这可以从四个方面来看：

其一，作为女性的日常，文本的抒情主体凸显着自身在日常生活中的女性身份。在诗的时代不敢妄称诗人，只是写诗的女人的杨小敏，在《写诗的女人》中宣称："写诗的女人还是女人""写诗的女人是很美的女人"。这里，诗作试图为我们还原一个女诗人的日常女性身份。

其二，女性视角下的日常，女性诗人以她们的敏感和细腻，抓住了诸多被忽略的瞬间。在刘亚丽那里，诗人忽然发现，在聚会上原本令人眼花缭乱的各种目光中，"你那样疼痛不已地看我/我有什么地方打动了你"。在视线被赋予"疼痛不已"的感受之时，作为女性的"我"拥有的忧伤，几乎压倒了日常聚会中所有的嘈杂。而她的《风从沙地上吹过》，写"风从沙地上吹过/寂寞和空白就有了形状/有了它自己的声音"，将抽象的"寂寞和空白"变得有声有形，日常瞬间成为诗意时刻。女性身份和女性视角，限制着文本构建的角度，同时又为虚构空间的铺展提供了一种无可取代的视角魔力。

其三，女性的情感世界。女性诗人笔下最丰富最绚烂最不可取代的景观，莫过于对情感世界的书写。杨莹《华丽的转身》："转身，转身时，无泪/送走了，留下了，永远的/梦幻般的浪漫王朝""从此，完成一个华丽的转身"。在华丽与凄凉、热闹与寂寞间，最是伤神的别离与思念被抒写得淋漓尽致。而有着强烈探索意识的李小洛，其笔下有着日常女性普通却又令人震撼的情感："我要做一个人的长工""我要一辈子跟着他/跟着他哪儿也不去/哪儿也不去了，等着最后/一条上山的小路"（《我要做一个长工》）。黄义则在《六月的梦》中写女人的梦"痴得如麦芒/轻得如一阵风"，六月的梦里胶着了太多的情绪，女人的情感丰富而又复杂得几乎没有什么存在可以与之对抗。

其四，女性的乡土诗歌世界，陕西地域文化为女性诗歌提供了独特的养料。在孙文芳笔下，"兰花花的梦 星光般忧伤而纯真/四妹子的情 火辣辣地燎人"，陕北的"每一捧黄土都孕育着传说"，诗人的陕北是"人类灵魂最真实最神秘的地方"（《陕北 我的故乡》）。

随着女性主义文学这一领域的开拓、发展以及各种女性文本的出现，当代陕西女性诗歌中的性别意识成为不容忽视的重要部分，主要表现为对女性身体、性别差异和主体意识的强调。

刘亚丽《吸烟的女友》："我再次看清她苍白嘴唇上的唇膏/桃红颜色，拒绝水和婴孩的侵略/拒绝爱情的忘我投入/我还看清她的黑色丝袜/一直延伸至大腿"。苍白、桃红与黑色，嘴唇与大腿，诗人用鲜明的色彩和特别的身体部位，描画了一个暂时远离婚姻、远离婴孩甚至远离日常而只属于女性自己的女性。唐卡以更特出的姿态写女性："女子痉挛的雌性意识无处繁殖/如同泡沫，在身体半开半合中横遭罢黜"。这里，性别意识的觉醒夹杂着一种无处安放青春的焦虑，诗人笔下的女子看到的是"岁月的屠杀"。女子寻找的菩提树在哪里呢？怎样的细节才能够吸引她饱含泪水的双眼？"我的身体像金属一般冰冷/对肉体的友好置之不理"，有什么能够拯救女子的脆弱？"他来了。我还是我"。突然之间，女性的主体意识和性别差异，像电影特写镜头一样得到凸现，"我知道在这荒屋/我是我自己"（《冬季女子》）。虽然带着无力割舍的痛，我们看到女性在痛楚挣扎中对自我的确认。《夜色组曲》也是唐卡的女性书写："欢跃的身体蒙蔽了所有的眼睛""你眼睛的笑意崩溃了我特有的防线/它把我敏感的心碾成碎末""然而，在久久不去的白色中我找不到家乡/哪里是我们的故土？"这首诗中她更多地抒写了一种寻找的焦虑，组诗结束时"我只有像怀念母亲那样整夜思念你"，再次深刻地呈示了女性在确立主体过程中的阵痛与沉重。

这种确立无疑是必要的，同时我们也看到，女诗人们在对自身性别和角色意识的争取中，表现出了难得的作为女人天性的母亲般包容的胸襟，以及对构建两性和谐世界的自觉。这一点，或许可说是陕西女性诗歌不同于其他的女性诗歌写作的重要地方，而这种胸襟和自觉也显然受惠于三秦文化恢弘的吸纳力和包容性品质。李小洛可说是这方面的一个代表，她的很多诗作，如果不看作者姓名，不是那么容易区分得出诗人的性别。这并非说她是中性立场，而是说她写的诗有着一种容扩的力量。"太阳想去哪儿就去哪儿/花朵想在哪儿开放/就可以在哪儿开放/我啊如果爱你想在什么时候抱你/就在什么时候紧抱你不放"。即便像这样张扬两性平等的诗行，我们仍然感到诗人作为一个女性的温暖和缠绵。同样，张虹的《致汉江》让自己与汉江相互"拥有"、相互依存："没有了我的日子/你怎么能算是一条江""没有了你的日子／我再也找不到自己的模样"。

(二)消解与口语化

这是陕西女性诗歌的一个侧面。诗歌中的消解，大致指 20 世纪 80 年代中后期以来诗歌中的一种创作倾向，对基本认同的道德观念、审美观念和诗歌艺术观念持反叛、嘲弄和贬低的态度。陕西女性诗人的创作中有这样的倾向，林子的《我的边塞》，就透出对历史积淀的拆解。值得注意的是，在女性诗人这里，消解有时和她们作为女性特有的任性结合起来，因而这种消解就更有了复杂的意义在里面。比如李小洛《我捏造的》：

> 我还曾经在从前的春天里
> 捏造过花朵，捏造过河边的青草
> 把春天堤坝上散步的人
> 捏造成幸福的情侣
> 让他们爱得没有退路，永不回头

这种"捏造"既有女人的任性，也是对以往爱情诗脉脉含情的抒情模式的有力消解，同时我们亦感到诗中人"我"对真爱的渴求与坚持，而这渴求又分明隐藏着诗人情感中一份爱的缺席，不论这是情侣之爱，还是亲情友情之爱。或许，这也是李小洛的诗歌为何在近几年成为陕西诗坛乃至全国青年诗坛的一朵奇葩的原因之一。

消解与口语化并无必然的联系，但口语化却能成为消解的一种重要手段。在陕西女性诗歌中，口语化并不直接走向消解，而更多地导致一种情绪的延宕。杨莹的《就这么走了 这么走了吧》，用直白的口语，毫不费力地再现了毕业离校时言说不尽的无奈和伤感："毕业了／办完了一切离校手续／若无其事地踢一下脚边的石子／——就这么走了，这么走了吧"。不能就这样走了，诗的第二节被一种煽情般的抒情所包围，这个文本终究没能逃开抒情的套路，也终究没能成为一首好的口语诗。胡香、林子等人的诗作中也有类似口语化的痕迹。

《诗人玉屑》中谈到"语不可熟"："韩子苍言作诗不可太熟，亦须令生；近人论文，一味忌语生，往往不佳。东坡作聚远楼诗，本合用'青山绿水'对'野草闲花'，此一字太熟，故易以'云山烟水'，此深知诗病者。予然后知陈无己所谓'宁拙毋巧，宁朴毋华，宁粗毋弱，宁僻毋俗'之语为可信。"①诗歌语言忌讳太过常见的字词，超乎常规、逸出规范、陌生化等乃诗家语的独特追求。20世纪初期以降，新诗开启了一套新的表意系统，与旧体诗相比，新诗语言的标出性降低，至20世纪90年代的口语诗，语言的标出性降到最低。口语诗无疑把一直面临诗体确立困难的新诗推到了最艰难的境地。诚如雅柯布森所言："通过将语词作为语词来感知，而不是作为指称物的再现或情绪的宣泄，通过各个语词和它们的组合、含义，以及外在、内在形式，获得自身的分量和价值而不是对现实的冷漠指涉。"②诗歌语言是能指优势语言，诗性实现的方式乃符号自指，因此诗歌语言的口语化在表面的明晰中，应迂回指向一种更深的模糊和不确定。

（三）抒情主体的分化

当代陕西女性诗歌最值得称道的是，在抒情放逐的年代对抒情的重视。但问题也随之而来，诗人自身的经验被过多地凸显，这是许多女性诗歌文本所共有的。韦恩·C.布思因《小说修辞学》而声名大振，影响了半个世纪的文学研究，还将继续影响下去。他在四十多年前提出"隐含作者"的概念，并指出区分隐含作者和有血有肉的作者的三个理由：1. 对当时普遍追求小说的所谓"客观性"而感到苦恼；2. 对学生的误读感到烦恼；3. 为批评家忽略修辞伦理效果的价值而感到"道德上的"苦恼。尽管布思对这一概念给出了充分的存在理由，但时至今日仍有不少争议，因此布思晚年留下一篇遗作，仍在讨论隐含作者，他进一步考虑了真实作者对隐含作者的创造与日常生活的关系，并特以诗歌为例来说明此问题。他指出，倘若我们崇拜的那些诗人没有戴上面具，那么，他们的大多数作品都会糟糕得多。布思简明扼要地概括了他的基本观点：隐含作者复活的意义在于，不仅隐含作者是我们颇有价值的榜样，而且我们对于较为纯净的隐含作者和令人蔑视的有血有肉的人的区分，实际上可以增强我们对表达隐含作者的文学作品的赞赏③。由布思开创的关于"隐含作者"的研究，基本在小说、戏剧、影视

---

① 魏庆之编：《诗人玉屑》（上），上海：上海古籍出版社，1978年，第135页。
② Jakobson, Roman, "What is Poetry?" in Krystyna Pomorska and Stephen Rudy (eds.), Language in Literature, Cambridge, Mass.: University of Harvard Press, 1987, p. 378.
③ [美]韦恩·C.布思：《隐含作者的复活》，申丹译，《江西社会科学》，2007年第5期。

等领域展开，但他在《隐含作者的复活》一文中有意扭转过去的聚焦对象，从小说到诗歌，布思做了最后的努力，为诗歌阅读与阐释打开另一扇门。

在杨小敏们剥离"诗人"的名号，凸显"写诗的女人"之后，陕西女性诗人恐怕还得自信一些，直面这个名号。从诗人的日常生活到诗歌世界，或穿越漫长的过程，又或者只是一转身的蜕变，但毫无疑问，这其间充斥着挑选和取舍，在诸多碎片纷纷坠落之际，诗意当空而生，诗性才会呈现。宇文所安在论及艺术控制力时谈道："爱情诗的文学技巧占据了一种奇特的双重位置：它既是一种艺术的产物，又是对其所爱的倾诉；它先将欲望的舞蹈转移到其本身的世界，然后再回到我们这个普通的世界里来跳舞。"[1]虚构世界和实在世界之间的胶着，艺术控制力和欲望控制力之间的较量，充斥着所有文学艺术的空间，情感充沛的作品尤其如此。陕西女性诗歌文本中隐藏的诗人和现实中的诗人虽纠葛不已，但抒情主体业已分化，我们就必须撕开平滑整一的文本，来探寻诗歌背后的精神本质和文化本质。

总体上说，当代陕西女性诗歌在艰难的突围中已经呈现出异样的风景，取得了不可忽略的成就。毋庸讳言，其中的问题也非常明显，如模仿的痕迹过重、诗的内在情绪的缺失、诗意单薄等等，尤其是，陕西女性诗歌还没有形成一个相对稳定的生态群落。但我们不应过于对之指责，相反，比起她们的创作来，我们的批评界对她们的关注似乎显得迟钝了些。正如刘爱玲在《韵》中写的，"你是我骨头里开出的花朵/日日疼痛　日日鲜艳"。当代陕西女性诗歌就在这疼痛中日渐鲜艳，甚至放出异彩，我以为这是可以期待，也值得期待的。

三、伊沙诗歌的日常与口语

事实上，不管有多少褒、贬、毁、誉，在谈论20世纪90年代以来的中国新诗时，伊沙诗歌都已经成为一个难以绕开和难以回避的存在。仅凭这两个"难以"，我们就有足够的理由来支撑在当下面对诗歌时，人们相当匮乏的激情。更重要的是，伊沙诗歌本身，恰恰就是对各种"理由"的拒绝。

---

[1]［美］宇文所安：《迷楼》，程章灿译，北京：生活·读书·新知三联书店，2003年，第110页。

伊沙诗歌文本不是知识的占有，不是理论的转译，不是意象的拼贴，不是抒情的延宕。它直接，它呈现，它口语，甚至，它快感。一句话，它"有意思"——我们常挂在嘴边的一个词。其实，这个时代真正有意思的事情不多了，真正有意思的诗歌作品就更不多了。

一写下这个标题，尤其谈伊沙诗歌的日常和口语，着实让我苦恼了一阵，因为从一开始它就有些言不及义。但它简洁、平实、一目了然，如果自美一下的话，就像伊沙的诗，直取事物的核心。大家可能注意到，评论界在谈论伊沙诗歌时使用较为频繁的语词就是"日常"与"口语"等。然而这是两个被误解、混乱得最严重的词语。记得当年读博时给我们上现代文学专题课的李怡教授时常提醒说：研究现当代文学就得带一块砂子在身边，要随时擦除和抹去文学史教材中那些板结的、覆盖在语词和术语上的斑斑锈迹与厚厚灰尘。我想，伊沙诗歌本身就是一匹粗粝的砂子，饱满，尖锐，富有质感，具有硬度；其诗歌所经之处，我们看见的是大片大片的倒伏，剩下来的或者说留下的，是照亮，是发现。

（一）伊沙诗歌的日常

日常既是一个庞大的集合，也是一个庞大的存在。它可以是为柴米油盐、衣食住行而讨价还价的市场交易，请看《每天的菜市场》："我悠然/出现在/菜市场的人丛中//这是每天的情景/生活的具体/内容/我已掌握/讨价还价的伎俩/和小摊贩周旋"，叙述者不无调侃而又继续真诚地说下去，"那是和劳动人民/打成一片/君子动口不动手//我脸红脖子粗地/与人吵架/有时也当看客"。正是有了对菜市场的"悠然""打成一片"和"熟悉"，我才终有收获："我发现卖菜的//最怕收税的/而收税的在与/卖菜的和卖肉的//打交道时/态度不尽相同"。这已经是对日常生活的发现了，可诗人并没有到此为止，而是在发现之上再度发现，为什么态度不同呢？诗的结尾写道："这是人性的/太人性的/卖肉的手里握刀"。这发现就如卖肉者手中的刀，割开了人性掩饰在日常下的瘤子。由此我们注意到并最终发现，日常本身不是伊沙诗歌的焦点，发现日常才是他兴趣所在；日常本身并不必然地具有诗意，发现日常才是伊沙诗歌诗意的发生。

同样重要的是，日常作为存在，往往不是真实的存在。我们眼见的、我们耳听的，却可能是幻视、幻听、不实、不信。就像诗人在短诗《面壁而坐》里写的："有多少真情的诗篇/得自于生活的欺骗"。而伊沙诗歌最能抓住读者的地方，正在于真实、诚实、事实。

为此，我们看到他不失耐心地在其诗歌中与日常纠缠，甚至不惜用细节来呈示和增加日常的在场感。这种纠缠无异于一种搏斗。

《车过黄河》中那日常、俗世而又舒适的"一泡尿"不仅是对"历史的陈账"的冲刷，也是对历史和文化传统等庞然大物将个体裹挟、将当下尘封、将日常遮蔽的拒绝。《俗人在世》的叙述者"我"每次骑车经过电视塔时都"埋头猛蹬/而不敢滞留、仰望/那高高的瘦塔"，只因为在梦中"被钉在塔顶/呈现着耶稣受难的/全部姿态和表情"，这是一个俗人的痛苦，却是一个有血有肉的生命体的痛苦。《中国底层》的细节性对话在一种貌似漫不经心的叙述中却蓄积着对中国底层日常运命的关照。而长诗《灵魂出窍》则把一个常人那种要命的怕死、那种生不如死的等待书写得淋漓酣畅。"比死亡更可怕的是等死/比等死更可怕的/是等待生死判决/还有生还的一丝希望/更可怕的是对希望/还抱有希望/是你他妈的想活"。鲁迅曾借裴多菲的话说：绝望之为虚妄，正与希望相同。同时他又警示自己，希望也可能成为"自制的偶像"。对希望还抱有希望，一样可能成为永远的乌托邦。这里，伊沙诗歌的所谓日常生活，始终是一个个肉欲的生命个体在真诚地挣扎、真诚地享受并承受。

也是在这个意义上，我们看到伊沙诗歌不仅书写日常生活的冷风景，也表现日常生活的暖情景/暖情境。《老张》中的老张是太平间的守护者，先进工作者的奖状糊满了墙，然而最后成了一名奸尸犯；《饺子》中那个来自农村的大学生，语调冷漠地说起自己为了每年的学费还不得不在大年三十和初一时候下地干活，而一旦说到"饺子"这个词就面露微笑；既写黑砖窑吐出的奴隶（《无题19》），也写感恩的酒鬼（《感恩的酒鬼》）；既写巴以交战（《无题106》），也写奥运与地震（《奥运与地震》）。日常生活、日常社会、日常政治，这些把中国人紧紧捆绑的"日常"，都在伊沙的选择下一一呈现为现实"挺棒的景象"，即使那些"疯长在我露天的记忆里"的历史旧剧场的"一片芜杂的荒草"（《恐怖的旧剧场》），也必须经过诗人当下的观照和检验才能成为现实的一部分，那梦中的名言"真相使你自由"也才能真正"指向梦外的人生"（《梦中的名言》）。

近些年来，日常生活审美化、日常生活艺术化的说法特别有市场。我觉得这是一个多少有些糟糕的提法。审美化也好、艺术化也好，只要一"化"，就会伪饰，就失真了。而且，这提法多少为着迎合市场，乃至有着民粹主义的嫌疑。幸而，伊沙有着自己的判断，伊沙诗歌在向日常的深挖当中并没有沉沦于日常，他说过："举头望天不代表你就能飞起来，锅碗瓢盆也不是真正的'平民意识'。"用他的诗句来说就是："伊沙的诗/如上所有/呈现全部的事实（方才成为真相）/他明知：这并不讨人类欢喜"（《无题110》）。其实，他的诗讨人欢喜的，也一定不在少数，就像有人不喜欢他的诗一样。

（二）伊沙诗歌的摩擦与偶然

所谓"摩擦"，指的是伊沙诗歌中个体与群体、个体与社会历史政治等庞大对象、个体与自身之间的龃龉与不适。"偶然"，则是通过对这些庞大叙述的瞬间暴露，解开历史面纱，使读者看到虚假意识形态对人生的遮蔽。请看《张常氏，你的保姆》：

> 我在一所外语学院任教
> 这你是知道的
> 我在我工作的地方
> 从不向教授们低头
> 这你也是知道的
> 我曾向一位老保姆致敬
> 闻名全校的张常氏
> 在我眼里
> 是一名真正的教授
> 系陕西省蓝田县下归乡农民
> 我一位同事的母亲
> 她的成就是
> 把一名美国专家的孩子
> 带了四年
> 并命名为狗蛋

那个金发碧眼
一把鼻涕的崽子
随其母离开中国时
满口地道秦腔
满脸中国农民式的
朴实与狡黠
真是可爱极了

如果联系 20 世纪末期的中国文化社会思潮，这首写于 1998 年的名作，更有其广泛深刻的内涵。"外语学院"并非一个简单的文化地理空间，其背后强大的外语中心透射出的外语文化优势对 20 世纪乃至今天的国人来说都不言而喻。但恰恰是在这里，一个乡下农妇保姆将一个美国专家的孩子带成了"满口地道的秦腔"。其间的反讽耐人寻味：农妇才是真正的"教授"。"美国专家"与"蓝田县下归乡农民"构成绝妙的对比，给人丰富无尽的联想。在现代化的进程中，美国等西方现代强势文化对古老中国传统文化的浸洗在这里受到了巨大的质疑和挑战，语言不仅仅是交际的工具，更是文化、思维方式的折射。农妇给美国专家孩子"命名为狗蛋"，不仅"命名"变成一种仪式、一种文化势力的改写，而"狗蛋"的呼唤则扬起了对中国文化传统的遵从与仰慕。同时，标题中"你的保姆"，一个"你"字，直接提请每个读者不得不深思自己与自身文化传统的关系。

伊沙诗歌的这种摩擦有时候是诗人悉心经营的结果，有时候却是偶然的不经意的点射或紧急刹车，令人猝不及防。《车过黄河》结尾的"一泡尿"冲刷了所有的"应该"与"历史的陈账"；《善良的愿望抑或倒放胶片的感觉》让琐碎的日常变得温馨可亲，让日常成为可以把握的存在，却又不忘这一切只是一种"愿望"；《最后的长安人》中，古代长安的身影在现代西安已暮气沉沉；《半坡》则在日常生活的走进中不得不面对历史的负担与压制。

历史总是被叙述出来的，而一旦叙述，就有了选择、加工、扭曲和变形等等。所以在新历史主义看来，我们要警惕直线往往是通向历史的陷阱。在这个意义上，伊沙诗歌具有同样的警示作用。他用诗歌来洞穿真实的存在，甚至不惜降低叙述者的身份与知识，给人一种粗鄙的假象，以达到反讽的艺术效果。

(三)伊沙诗歌的口语

口语诗的口语不等于日常说话,只有对口语本身的选择和运用方式才对口语诗有意义。这种选择与运用方式本身乃至成为口语诗一个有意味的形式。由于口语的直接、粗糙、活力和不经修饰,它最具当下性,又极具个人性。但是,口语诗绝不是口语的分行排列,与前面说到的"日常"一样,口语自身也并不必然地具有诗意。那种以为口语诗很简单、提笔就能写的人并没有把握住口语的魅力。伊沙说:"语言的似是而非和感觉的位移(或错位)会造成一种发飘的诗意,我要求(要求自己的每首诗)的是完全事实的诗意。"①获得完全事实的诗意,或许就是伊沙诗歌口语的品质。

如他早期写的《地拉那雪》与《去年冬天在拉萨》,都是以回忆来牵扯现在。无论是地拉那那场温暖的雪,还是"去年"拉萨的暴风雪,都一直下到了叙述者心里的现在。那些雪,那些口语的雪,藏着一些遥远的故事:"在地拉那的深雪里/你走完我看电影的那个晚上/那些七零八落的脚印呵/地拉那的街灯亮了/在最后一根电杆上你一动不动/黑熊般的人群和火把由小变大"。口语牵动着叙述者向目标出发,而行进的旅程是事实的节外生枝。

伊沙诗歌口语还有一种令人吃惊的准确,请看《口哨》:"姐姐 在麦地/和一个人睡觉//我手握弹弓/在树上放哨//妈妈没出现/我在吹口哨//我的口哨……//很多年 姐姐/一听到这口哨//就哭!就哭!"口语的力量一下将我们推入一种难以自拔的情绪中,尤其是结尾的"就哭!就哭!"。还有前面提到的《地拉那雪》的结尾:"地拉那那场鹅毛雪还下吗还下吗";《去年冬天在拉萨》的结尾:"后来呢?/后来就不下了/马原说:就这样。"口语的重复,带着湿漉漉体温的口语,袭击了我们人性中最温暖柔软的部分。

而在他的名作《饿死诗人》中,口语变得弯曲,带着韧性,又仿佛蹦蹦跳跳,有着嘴里塞满了跳跳糖的感觉:"那样轻松的 你们/开始复述农业/耕作的事宜以及/春来秋去、挥汗如雨 收获麦子/你们以为麦粒就是你们/为女人迸溅的泪滴吗/麦芒就像你们贴在腮帮上的/猪鬃般柔软吗/你们拥挤在流浪之路的那一年/北方的麦子自个儿长大了"。不屑的语气配合着嘲弄的内容,语速也在泥石流般的翻滚中急促起来。结尾的"呼吁":"饿死他

---

① 伊沙:《有话要说》,《中国现代诗论》,西宁:青海人民出版社,2015年,第170页。

们/狗日的诗人/首先饿死我/一个用墨水污染土地的帮凶/一个艺术世界的杂种",与其说是呼吁,不如说是在宣判,既口感,又快感。与此同工异曲的是仅有两行的《悟性》:"这个世界是好玩的/这个世界总他妈玩我才使我觉得它好玩"。同样,与其说是了悟,毋宁说是宣告。也只有真正活过的人才有勇气承认并如此宣告。

名作《结结巴巴》则是在语言上的一次总暴动,其机枪点射般的语言自我颠覆了所谓二等残废的结结巴巴,或者说,用病态的语言方式冲击、消解了常态的诗语方式,一脸无所谓式的狡黠里仿佛跳出一个充满鬼气的伊沙,眯缝着眼的口语的伊沙。

其他如《张常氏,你的保姆》的娓娓道来,《诗歌调查报告》的戏仿,《导言》的现场感等,伊沙诗歌口语有了形状,有了声音,还有了味道。

我并不了解现实生活中的伊沙,但我至少能不断接近诗歌文本背面的伊沙,或许这个伊沙比现实中的伊沙更真更有意思?三十多年了,伊沙诗歌始终在日常和口语的方向上坚挺且生长着,这多少会让那些只相信作家风格变化和阶段特征的批评者有些不知所措。或许在伊沙自己,事实就是如此简单,正如他在《蓝灯——致西敏》的诗中如此写道:

> 大师就是从一群羊中
> 擅自走失的一两只
> 站在无垠的荒原辽阔的旷野上
> 从喵喵转为嗷嗷
> 一声嗥叫
> 划破天空
> 前蹄腾空
> 站立成狼

是鬼,是羊,抑或狼,对于伊沙,都是一个粗粝而又锃亮的存在。

第七章
诗性言说中的个体（上）

第一节　俞平伯：初期白话诗坛的旁逸斜出

由于俞平伯在红学及古典诗词研究方面的耀眼成就，加之其散文创作在20世纪二三十年代的影响[1]，作为新诗诗人与诗论家的俞平伯往往被遮掩了。学术界对俞氏的研究在涉及其新诗及诗论时，大都一笔带过，较少系统的评介。王瑶主编的《中国文学研究现代化进程》一书有刘扬忠《俞平伯学术成就简论》一章，作者认为俞氏的"学术史地位"及其成就"完全可以盖棺定论"了，但全章对俞氏的新诗研究只字未提[2]。在大多现代文学史教材及专著中，如王瑶的《中国新文学史稿》，唐弢的《中国现代文学史》以及朱栋霖等编的《中国现代文学史1917—1997》，钱光培、向远的《现代诗人及流派琐谈》、朱德发《中国五四文学史》和祝宽《五四新诗史》，对俞氏的诗学贡献都未给予足够重视。潘颂德的《中国现代诗论四十家》列《俞平伯的诗论》一章，蒋登科的《俞平伯的新诗理论》专列了俞氏提出的新诗创作的动机理论，但二者的论述皆不够完备[3]。无疑地，笔者在此毫无抹煞和否定前人对俞氏的研究成果之意，相反，本文正是在这些研究成果的基础上起步的。我想强调的是，在对俞平伯的大量研究中，确实存在对其新诗创作和理论研究的薄弱环节。这还可以从许多学者及俞氏眷属的回忆文章见出。而且，不少文章认为，在创作上，俞氏的散文成就超过其新诗，就更使其新诗及新诗理论不被重视。韦奈是俞平伯晚年生活中与之相伴最密的外孙，令人费解的是，在其专著《我的外祖父俞平伯》中皆不谈俞氏新诗。钱仲联曾作诗《忆江南·咏六客》，其中这样写俞平伯：

---

[1] 周作人在《杂拌儿·题记》中说："平伯所写的文章自具有一种独特的风致。……这风致是属于中国文学的，是那样地旧而又这样地新。"稍后，他又在《燕之草·跋》中称道俞平伯为"现今散文一派的代表"。

[2] 王瑶主编：《中国文学研究现代化进程》，北京：北京大学出版社，1998年，第481页。

[3] 蒋登科：《俞平伯的新诗理论》，《诗网络》（香港），2004年第2期。

俞楼后，家巷问谁贤。冠代红楼称绝学，过时《冬夜》让词篇。高拍沈侯肩。①

颂赞其红学成就，又以为其新诗不如古诗词。学者周策纵亦有诗悼俞老：

此翁真厚重，违世自萧然。促膝温余悸，传心释异言。
千秋红学在，万卷绮词研。忍洒摧残泪，金风萎白莲。②

同样肯定了其红学及古诗词成就。鲍晶、孙玉蓉指出："俞平伯在散文上的成就和影响，超过他的新诗。"③同样的意思，林乐齐也表达过："在新文学创作上，俞平伯的散文成就和影响，要超过他的新诗。"④一位作家不同文体创作的影响大小自然很容易比较，但要比较其成就的高低，恐怕并非易事，首先有没有可比性就令人怀疑。更有甚者，完全抹煞了俞氏的新诗成就。如苏雪林就说过："俞平伯的诗是一种失败的尝试。"⑤1986年1月，中国社会科学院文学研究所为俞平伯从事学术活动65周年举办了庆祝大会，刘再复在祝词中这样说道："俞平伯先生以文学创作与学术研究的双重建树，使自己成为'五四'运动以来为数不多的学者、作家、批评家兼诗人之一。"⑥在"学者、作家"之后再名之以"批评家兼诗人"，我想正是突出和强调一直被学界多年来所忽略的作为诗论家与新诗诗人的俞平伯。遗憾的是，这一现状至今似乎并没有多大的改变。

事实上，俞氏不仅以丰富的新诗创作——中国新诗史上第三部个人诗集《冬夜》(1922年)、《雪朝》(八人合集，1922年)、《西还》(1924年)、

---

① "六客"，指朱祖谋、林鹍翔、俞陛云、沈尹默、俞平伯、钱仲联。见浙江省德清县委员会文史资料委员会编：《德清籍现代著名文学家俞平伯》(内部资料)，杭州：余杭人民印刷厂，1996年，第254页。
② 《德清籍现代著名文学家俞平伯》，前引书，第263页。
③ 鲍晶、孙玉蓉：《俞平伯》，徐迺翔主编《中国现代作家评传》(第一卷)，济南：山东教育出版社，1986年，第338页。
④ 《德清籍现代著名文学家俞平伯》，前引书，第109页
⑤ 苏雪林：《俞平伯和他几个朋友的散文》，《青年界》，1935年3月，第7卷第1号。
⑥ 刘再复：《献给俞平伯先生的祝词》，《文学评论》，1986年第2期。

《呓语》(35首)、《忆》(1925年)等作品①,为新诗站稳脚跟奠下了最初的一批基石,而且还勤奋探索并写作新诗理论,为新诗的发展做出了积极的建设性的理论贡献。近年来,文学研究呼唤文学感受已成为大多研究者的共识。关于俞氏初期白话诗理论的贡献,本书第二章第二节已有专论,本节只拟就其新诗创作在重读的基础上,希冀获得的鲜活感受和经验能够丰富我们的文学史及个案研究。

一、古典的余响

不知从何时起,在一些人的心里存有这样一种误识:以为新诗主要源头在国外,新诗的产生主要是受外国的影响。或许,这种看法我们也可以追溯到较早时候梁实秋的《新诗的格调及其它》那里。梁实秋在该文直陈:新诗就是用汉语写的外国诗。当然,我们还可以进一步将时间前推到周作人等所说的新诗的摹仿②。不可否认,新诗在初创期是受到了外国的影响,摹仿也的确是事实。但让人置疑的是,"主要"论的依据何在?"主要"在多大程度上才算是"主要"呢?现象并不能直接(甚至也不能间接)意味着本质。新诗从一开始并未与中国古典诗歌传统轰然断裂,而在很多方面紧密地联系并延续着,《尝试集》可以为证。胡适《尝试集》的最大价值,也许正在于证明了这种新诗从中国古典诗歌传统分娩的阵痛和不可割断的脐带的缠绕关系。这样说,无意抹煞新诗与外来的关系,只是想让新诗孕藉于本土中

---

① 《冬夜》于1922年由上海亚东图书馆出版,收1918—1921年新诗101首;《雪朝》是朱自清、周作人、徐玉诺、叶绍钧、郭绍虞、刘延陵、郑振铎与俞平伯八人合集,1922年上海商务印书馆出版,其中第三辑收俞氏1922年1—2月新诗15首;《西还》于1924年亚东图书馆出版,收1922年2—11月新诗103首,其中"附录"收《呓语》18首;《呓语》共35首,其中1—18首收于《西还》附录,第19—35首收于1933年开明书店出版的散文集《杂拌儿之二》书后,创作时间跨度为1923年1月至1930年12月;《忆》于1925年北京朴社出版,全书手写影印,丝线装订,有丰子恺精美插图18幅,诗共计36首,最晚写于1923年5月。因此,俞氏绝大部分新诗作于1924年以前,其最后一首新诗是1949年写的《七月一日红旗的雨》。据乐齐、孙玉蓉等统计,俞氏共写新诗282首。

② 例如,吴小如就认为五四以来的新诗可概括为两个源头,"主要的源头是外国诗,其次才是属于我们自己民族固有的传统诗歌"。见乐齐、孙玉蓉编:《俞平伯诗全编》,杭州:浙江文艺出版社,1992年,"序言"第2页。

的那份光泽更加的晶莹灿烂，因为我们也相信，"传统之力是不可轻侮的"①。

在提及俞氏的诗歌创作时，很多学者都谈到他所受到的古典诗词的影响。朱自清说，"平伯这种音律底艺术，大概从旧诗和词曲中得来"②；又说他"旧诗词功力甚深，所以能有'精炼的词句和音律'"③；"能融旧诗的音节入白话""又能利用旧诗里的情境表现新意"④。后人谈俞平伯所受古典诗词影响，大都不脱朱自清这些论述的窠臼，甚至有人认为俞平伯因为从小所受的中国古典文化熏染，对他从事文学活动"产生了决定性的影响"⑤。也有持不同看法的，如胡适就说过，"少年的新诗人之中，康白情、俞平伯起来最早；他们受的旧诗的影响还不算很深"，但又说"旧诗词的影响仍旧时时出现在许多'半路出家'的新诗人的诗歌里"，并举俞平伯《小劫》为例，前后不免有些矛盾⑥。不论怎样，可以肯定的是，俞氏的新诗创作确实得力于古典文化的陶冶，这首先来自他得天独厚的家学渊源。

俞平伯的曾祖父曲园老人俞樾、父亲俞陛云、母亲许之仙无不精通诗文。俞平伯四岁时就读《大学》章句，八岁跟父母学对对子，九岁入塾从师。据俞平伯夫人说，到七岁时，俞平伯"所读的线装书，摞起来已比他的人还要高"⑦。俞氏从古典文化所得的训练，自然会表现在他的新诗创作中，从而使俞氏新诗悠回着一种古典的余响。

诗集《冬夜》的卷首之作《冬夜之公园》描写在冬夜公园里的所见所闻所感，以列阵的"归鸦"、清冷的"几星灯火"、凄紧的"鸦声""淡茫茫的冷月"以及似烟似雾的"月色"等意象渲染出一幅朦胧、清冷的初冬之夜图；尾韵的频换，和着一种似乎宁静的忧伤与"不见半个人影"的孤独，共同传递着一种中国古典诗词特有的意味：以静衬动，动静结合。《春水船》中那种近

---

① 周作人：《扬鞭集·序》，《周作人批评文集》，珠海：珠海出版社，1998年。
② 孙玉蓉编：《俞平伯研究资料》，天津：天津人民出版社，1986年，第205页。
③ 朱自清编选：《中国新文学大系·诗集》，上海：上海良友图书公司，1935年，"诗话·俞平伯"，第24页。
④ 朱自清编选：《中国新文学大系·诗集》，前引书，"导言"。
⑤ 乐齐、孙玉蓉编：《俞平伯诗全编》，前引书，"出版说明"第2页。
⑥ 孙玉蓉编：《俞平伯研究资料》，前引书，第249页。
⑦ 韦奈：《我的外祖父俞平伯》，上海：上海书店出版社，1993年，第114页。

于白描的对于外物的细致刻绘同样令人赏奇：

> 船头晒着破网，
> 渔人坐在板上，
> 把刀劈竹拍拍的响。
> 船口立个小孩，又憨又蠢，
> 不知为什么？
> 笑眯眯痴看那黄波浪。

诗中当顶的"太阳""反荡着阳光闪烁"的如织的"波浪"，而"对岸的店铺人家，来往的帆樯""看不尽的树林房舍"等，似乎都"排列着一线——/都没在暖洋洋的空气里面"，恐怕连诗人此时也"浸在暖洋洋的空气里面"了罢。值得注意的是，俞氏此类关于描写的诗歌，在表面上看来似乎营造的是一种古典诗歌的意境，特别是加上他对古典诗歌意象的经营以及由于旧诗词训练而得的对于音节的谐适①，更使他的这些诗歌笼罩着一种氤氲朦胧的古典之光。《香色底海》中诗人似乎陶醉于这"一片香和色底暗迷迷大海""渐渐的忘了一切""整个儿化了"，最后"只有一个哟"；《如醉梦的踯躅》中那"恋着树梢"的"落日""低着头颈吃草"的"羊""晚晴晾衣"的"人家""唠唠叨叨说着话儿的，/邪许邪许挑着担子的""丁零郎当挎着驴儿去的"等等，一切真如江南水乡的甜柔温润。诗人便也"如醉梦的踯躅/迷惑了从前来往底脚迹，/记不起五六年来一番间隔"了。是的，置身于此情此景，谁还记得起多年的"一番间隔"呢？这种"意味""境地"的获得，在古典诗歌中很容易通过对自然物象的描摹、组合与排列等自动生成。

与较多初期白话诗人一样，俞平伯的《冬夜》中也有大量写景的诗作，但这种描绘自然景物的诗，与传统古典山水诗达到的效果并不完全一致，特别是在生成方式上大相径庭。俞氏很讲究对这种"境地"的追求，但我们知道，主观的愿望是一回事，愿望所达成的实际结果是另外一回事。事实上，我们总能感受到诗人现代自我的无处不在，从而间离了古典意境的有效生成。关于此点，后文将具体分析。

---

① 有关俞氏新诗的音节，前人论述颇多，本节不拟复述。如：闻一多在《〈冬夜〉评论》中认为，《冬夜》给他的最深印象就是音节，并以为"这也是俞君对新诗的一个贡献"。

俞氏较多沿袭古典诗歌意象，也很容易使其新诗迷离着一种古典的神光。试看《孤山听雨》（节选）：

> 晚色更深沉了；
> 看云生远山
> 听雨来远天，
> 飒飒的三两点雨，
> 是打上了荷叶，
> 一切都从静默中叫醒来。
>
> 皱面的湖纹，
> 半蹙着眉间样的，
> 偶然间添了——
> 花喇喇银珠儿那番迸跳。
> 是繁弦？是急鼓？
> 比碎玉声多几分清悄？
>
> 来时的划子横在渡头。
> 好个风风雨雨，
> 清冷冷的湖面。
> 看他一领蓑衣，
> 把没篷子的打鱼船，
> 闲闲的划到藕花外去。

这里"云生远山""雨来远天""雨打荷叶""划子横渡""银珠迸跳"等意象明显沿袭或化用自古典诗词。同一首诗中如此大量沿袭、化用古典诗歌意象，加上叠词的频繁运用，增强了诗作的音乐感，营构了一种和谐的"境地"。刘延陵说："把一句话重上两遍或三遍……，以使能给人们以很深的刺激"[①]。叠词的频繁运用，也有同样的效果。我以为，俞氏诗歌对古典诗

[①] 刘延陵：《诗底用词》，葛乃福编《刘延陵诗文集》，上海：复旦大学出版社，2002年，第170页。

歌意象的较多沿袭①，可以消弭诗歌中的时空距离，因而其诗歌几乎不具有所谓的"张力"，从而使某些诗在整体效果上因了这些意象而向古典诗歌靠近。

绵密的情思是俞氏诗歌古典余响的又一表现。这里首先遇到一个难题：或许有人质疑古典诗歌是否具备情思绵密的特征？一般说来，古典诗歌在情绪的繁简上不及现代诗歌复杂而显得比较纯粹。但是，我以为古典诗歌在情思的完成上并不是简单的"物→我（情）"关系，而主要依靠两种最基本的手段来结构全诗。其一是对仗，例子可以随手拈来。"两个黄鹂鸣翠柳，一行白鹭上青天。窗含西岭千秋雪，门泊东吴万里船。"（杜甫《绝句》）"征蓬出汉塞，归雁入胡天。大漠孤烟直，长河落日圆。"（王维《使至塞上》）"野旷天低树，江清月近人。"（孟浩然《宿建德江》）通过对仗，古代诗人一方面在情感上获得了平衡，达成与外界趋于和谐的审美境界，一方面又强化了诗人的情感浓度，因为对仗总是在几组事物之间交涉，且事物之间的性质基本一致。另一种手段是择列，即古代诗人通过选择显示事物间的关系，甚至将貌似毫无关系的几组事物组合罗列起来。如："桃花潭水深千尺，不及汪伦送我情"（对比）；"近乡情更怯，不敢问来人"（因果）；"来日绮窗前，寒梅著花未"（承接）；"枯藤老树昏鸦，小桥流水人家，古道西风瘦马"（九个意象貌似毫不相干，实则共同指向诗人内心羁旅的苍凉）。古代诗人靠着对仗和择列两种基本手段，极大地扩展了诗人与外界的交接，并进一步丰富了诗人的情感密度。

俞氏诗歌具有这种情思绵密的特点。对仗不用说，在他的《冬夜》集中就大量可见。新诗发轫期本来是反对传统诗歌的对仗的，以至于中国现代新诗逐渐丢失了这一古典传统，难怪郑敏先生如此感叹："但对于真正的诗人，对仗是对自己的想象力的一次挑战。"②闻一多批评《冬夜》的"情感底质素也不是十分地丰富""热度是有的"，但还未到"白热"。原来闻氏心中，"只有男女间恋爱的情感，是最烈的情感，所以是最高最真的情感"③，而俞

---

① 这里所说"沿袭"，主要从效果上讲，不同于陈植锷"意象的递相沿袭性"是从意象的内在意义上说的。陈植锷：《诗歌意象论》，北京：中国社会科学出版社，1990年。
② 郑敏：《中国新诗八十年反思》，《文学评论》，2002年第5期。
③ 孙玉蓉编：《俞平伯研究资料》，前引书，第201页。

氏几乎不写情诗,也就难免被苛责。事实上,我们在俞氏的诗中经常感受到其情思的密切。《鹧鹰吹醒了的》表达对婚姻自主的提倡,对包办婚姻的批判。全诗充满一种反复的倾诉调,造成对诗性整体的破坏,同时是对诗人情绪的撕扯,诗人总似乎在言不尽意、无言以尽的努力中煎熬。问号、感叹号的频繁使用和交错,进一步集中了这种情感。我们还可以在《菊》《送金甫到纽约》《和你撒手》《别他》等大量作品中发现问号与惊叹号使用频率之高。不论是表达惊疑还是确信,其间交织的复杂情绪极其浓烈,似乎要从诗句间充溢出来。朱自清心目中俞平伯的诗有三种特色,其一就是"迫切的人的情感"。有学者指出,个人情感的强烈在五四新文学中普遍存在,其强烈的程度"以致新的白话文都常常感到无力表现。于是,夸饰便成为一种辅助性的表现手段"①。刘纳也指出,这是"一种伴随着青春热情的真诚的故弄玄虚""包含着虚妄的夸张"②。确实,我们一方面要承认初期诗歌中情感的夸饰,但夸饰并不等于不自然;另一方面,我们也应该看到其中的真诚。俞氏在他的诗论中是很注重真实与自然的:"我怀抱着两个做诗的信念:一个是自由,一个是真实。"③又说:"言必由衷谓之真,称意而发谓之自然。"④读俞氏这些诗歌,往往我们能从那些问号、叹号中读出俞氏的表情、神态与思想来,"称意而发"于俞氏真不为虚言了。

二、在路上的"灰色马"

李欧梵曾在《走上革命之路》一文中这样评价初期白话诗:"在热切地尝试新的形式和自由表达方面,新诗人常常漠视诗的意蕴。胡适、康白情、冰心和五四初期的其他诗人都有共同的弱点:思想简单与意象贫乏。"⑤且不说这个结论在多大程度及范围内适宜于初期白话诗,单以俞平伯为例,如上节分析的,其诗歌不仅注重对意蕴的追求,对古典诗歌意象的沿袭化用,

---

① 李欧梵:《现代性的追求》,北京:生活·读书·新知三联书店,2000年,第97页。
② 刘纳:《嬗变——辛亥革命时期至五四时期的中国文学》,北京:中国社会科学出版社,1998年,第125页。
③ 孙玉蓉编:《俞平伯研究资料》,前引书,第125页。
④《德清籍现代著名文学家俞平伯》,前引书,第6页。
⑤ 李欧梵:《现代性的追求》,前引书,第290页。

就是在思想内涵上也是十分丰富的。如《他们又来了》，与其说这是一首反映时局的诗，毋宁说是一则充满诗意的小小说。穿"灰色衣的人"的蛮傲，孩子充满勇气与男子汉气的"顽皮"、"凑热闹"的看客等都给读者留下了广阔的想象空间。《草里的石碑和赑屃》批判了胆小而又惯于负重、不求改变现状的赑屃之类的人，而野草的呆默是否别具他意：是沉默？是失望？抑或无可奈何？《安静的绵羊》中那只掉队或"迷途"的绵羊，不正是自己给时代的回响？既有"被拉下"的"烦厌和失望"，又有"安然躺下"的"有所等待"。等待什么呢？"迟暮之叹"还是新的途程？"黑越越的一团无端的压下来。／又怎样的温暖啊！"或许，真感温暖的是诗人离群迷途后对于人格与精神独立的欣悦吧。就是对《冬夜》批评过甚的闻一多，也不得不对它所"映射"的"新思潮底势力"投去赏赞的一瞥："《冬夜》在艺术界假若不算一个成功，至少它是一个时代的镜子，历史上的价值是不可磨灭的。"[1]本节无意全面探讨俞氏诗作的思想内蕴，拟就其一个方面深入分析。"在路上"是俞氏新诗在思想上留给我的一个最强烈的感受。

1919年，俞平伯北大毕业前夕，作诗送同学杨振声去纽约，其中有这样的诗句："但我觉得真正人世底光明，／偏筑在永远的希望上。／走不到的止境，只是那程途。／幸福！欢愉！在这里？／是——是啊！／／……携手在无尽的路途上，／向无限的光明去，……"我以为，这是诗人"在路上"意识的最初流露。一个大学毕业在即，即将步入社会的青年，于人生总是满怀希望，何况那又是怎样一个张扬自我个性与挥洒青春热情的五四时代呢？《在路上的恐怖》一诗，诗人以独特的感受完成了一次通向死亡之路的旅行，"辛苦的人生"与"飞走的时间"催人上路，"我们还在路上呢"。这是一条怎样的路呢？"针尖般的荆棘，／横七乱八的排着塞着。／一线的鸟道上／嵌满刀铓似的石骨，／留着已往人们底脚印，／留着'跟着来吧'的声音。／皮肤也刮碎了，／脚心也磨穿了；……"然而"只'生'底愿望还和初生时一般强烈，／沉细的呻吟一断一续的绵延不绝。"在人生之路上，挣扎并希望着，"赤着脚踹那荆棘，／在路途底中间——战胜那可厌又可爱的自然"，又何尝不是战胜那可厌又可爱的人生呢！《如醉梦的踯躅》中那个"五六年前底我

---

[1] 孙玉蓉编：《俞平伯研究资料》，前引书，第244页。

已经老去",那些"在阶沿上滚铜钱的顽皮孩子们""也向着老去底途中",留下的只是"愁的眉,愁的眼睛,微叹的声音"和新添的"一副苦脸"。即便"暂时撤去"了"历来人事"的百无聊赖,"暂时温暖起'儿时'底滋味",暂时之后呢?暂时之后,终究又得向着"老去底途中",永远"在路上"。是困惑、迷惘?还是恐怖、逃避?抑或,这本就是人生之路的决绝与义无返顾?再或者,诗人早已点燃人生之途那些忽明忽暗的灯盏,想象并预享了人生路上的各种形态而完成了自己的灵魂之旅?

由此而来,俞氏"在路上"意识有两层涵义:其一,它反映了一种时代情绪,即五四时期笼罩于作品中的一种普遍的彷徨苦闷心绪及迷途之感。当然,也不排除非时代因素的个人感伤、无奈与无措,且向着孤独之路的沉沦。《心》《挽歌》(第十首)呼唤"吾心""从人间归来",可"人间没有路哩";《欢愁底歌》只唱"且莫问前路底光明,昏黑",因为过去与未来,"如梦如烟""如雾如漆",美好已成过去,未来漆黑不明,只有现在,"只吻着,只握着,只珍重着,/只默默的忍着。/忍着,忍着,/愁将老死,将终于老死";《夜雨》(之六)中挥之不去的"烦闷底旋涡""生底薄影"罩着"真正灰色的我";即便《歌声》,也"在泪底网中;/在泪底网外;/在踯躅徘徊下;/在忧虑怅惘间""微笑的歌声/当他是幽咽的哭吧"。心绪如此,于人何堪!刘纳曾谈到五四作家所表现的"痛苦的不深刻和不深沉",并认为"如果说辛亥革命时期文学积淀着对于国家民族的忧患意识,五四文学则较多地飘浮着生命的危机意识"[1]。我想说的是,俞氏这种"在路上"的"恐怖"以及"灰色"感是否仅是生命的危机意识?

如果说"五四文学较多地飘浮着生命的危机意识",那么俞平伯则在这种危机意识之上张扬起了生命的另一种风景:即一种昂扬勃发的生命态度。这正是俞氏"在路上"意识的第二层且更重要的涵义,它将俞氏与初期大部分诗人区别开来。它不仅标示一种人生的处境和姿态,更是一种精神。不作骸骨的留恋,只是"向前!向前!",这才是"我底事!/我和你——他们大家底事"(《风底话》),也是人生的事,即"在路上"的事。即便是灰色的死亡之路,"生底愿望还和初生时一般强烈"(《在路上的恐怖》)。西川说:从

---

[1] 刘纳:《嬗变——辛亥革命时期至五四时期的中国文学》,前引书,第250页。

本质上讲，真正的"在路上"文学是关于精神的文学。我不敢说俞氏这种"在路上"意识是否包含或有着多大的使命感，但我们可以肯定的是俞氏诗歌确实有着对于"人"的关注，对生与死的凝思。《胜利者》中我们人类居住的星球——上帝给予我们的"乐园"——于今"荒了"，变成了"狭的笼""人们只是挤着""天朦胧了，煤烟熏着；/气肮脏了，尘埃蒙着"，拥挤的人类，恶化的环境，人的堕落，曾经的乐园已被人类自己毁灭，所谓"胜利者"不过是一个无奈的反讽，这难道不是表明诗人较早就拥有的人类忧患意识吗？进一步说，俞氏这些关于人、关于外物等的思索极大地丰富了俞氏"在路上"意识的内涵。

"在路上"便是人生，便是生活，便是活着，而"生命之力是镞锋内向的一枝箭"，越感生的蓬勃，越会"黯然内伤"，直至"这枝生命箭骤洞了您底心胸"。然而，"毁灭是永久的动，是生命底重新。我们底眼光很短，它匆匆地跑过去，所以很像一匹灰色马；但上面人底名字不一定叫做死"①。俞氏这种永远"在路上"，而归路已阻以至没处归的感觉，也许比同时期诗人更能看到人生路上更多的"风景"。《病中》的"我"是"长途的倦客"，休息之后又"将上路"，因为"我眼病了，/我方才有眼了"，摸索于"几方尺的世界""声音、远和近，/都似来从这世界之外"，但我的思想和感觉却健康而又灵敏，"但人们病着哩，/也觉到有人们吗"。可以说，在五四文学中，除了鲁迅，似乎还没有谁能在自己作品中表达如此丰厚的思想。也正因为俞氏这种不停的思考，才有了他诗中被胡适所指责的太多的议论②。其实，诗发议论，又何罪之有呢？刘大白的《旧梦》出后，朋辈中也多"以议论和哲理入诗"相病，然而诗人自己反驳说："不过我以为议论文体并非绝对不宜于作诗，如果能使议论抒情化；至于诗中禁谈哲理，也未必然。"③正如奚密所说，现代诗中虽然若干诗流于感伤，但佳作往往能深刻体现对人之存在——包括时间、死亡、真善美的哲思④。诗中禁谈哲理与议论，实在是一种美学上的偏见。

---

① 俞平伯：《跋灰色马译本》，《小说月报》，1923 年第 14 卷第 10 号。
② 孙玉蓉编：《俞平伯研究资料》，前引书，第 213 页。
③ 刘大白：《〈旧梦〉付印自记》，陈绍伟编：《中国新诗集序跋选》(1918—1949)，长沙：湖南文艺出版社，1986 年，第 104 页。
④ 奚密：《从边缘出发》，广州：广东人民出版社，2000 年，第 4 页。

总之，俞氏"在路上"意识更注重一种精神体验，它既与诗人定居北京前时常往返南北、两次出国旋又回国的辗转途旅有关，又深刻地影响着他此后对于人生的态度。即便是在"文化大革命"期间被下放到河南悉县东岳集上，他与妻子的相濡以沫、甘苦与共，对生活环境的自甘平淡等无疑都与这种意识有关。值得注意的是，俞氏这种昂扬勃发的生命意识，与他信奉的"刹那主义"是一致的。"大气里，/星星们摩荡着，/戛击着，烧着，——/爆了。//陨落底光芒，/光芒的陨落，/刹那间生命底充实哟"（《呓语》十三）。首先得"痛快地活着"，即便死，也得"痛痛快快的死"，让挣扎的呐喊"像巨涛被飓风飑起又倒下来底声音""让咱们狠狠地，大大地挣扎一番"（《呓语》十四）。把握生命里的每一分钟，获取每一个刹那的真实与充实，这与勃发昂扬的"在路上"的生命意识及精神姿态不正一脉相承吗？

三、悠谬之想：梦与忆

有论者早已指出，五四作家喜欢写梦，在他们那里，"梦不是对现实社会生活的诠释，而只是生命的感觉，而且，常常只是片断的、零乱的、自然形态的生命感觉。它失去了我国古典文学中'纪梦'作品所通常具有的寄托意义"[①]。翻阅大量五四文学作品，我们发现这一论断无疑具有独到的深刻，而于俞平伯，又似乎有些例外。俞氏关于纪梦的诗作不仅只是"生命的感觉"，更有着"对现实社会生活的诠释"，甚至带上了一定的"寄托意义"。《梦》二首诗前皆有小序，其一交代以"梦"名篇的缘由："夜梦得读一文"，又"因为是梦中底如梦的愿望"。另一小序则更显明了俞氏纪梦诗的内涵，全序如下：

> 四月二十八得振铎来信："我们底泪流了，但人间是顽石，是美的悲惨的雕刻呀！"是夜梦得，以俯首在不识者的墓前，慨然高歌《红楼梦·祭晴雯诔》中语"天何如是之苍苍兮？……地何如是之茫茫兮？"热痛的泪一时倾泻，浪浪然不可止。醒后就有余哀，却不知其所来。岂因人间的冷酷故泪改流向温馨的梦中乎？作此诗

---

① 刘纳：《嬗变——辛亥革命时期至五四时期的中国文学》，前引书，第326页。

明之，并呈振铎兄。

一九二四，四，三十。①

对生存现实的关注，因关注而生不满，因不满而致彷徨，因彷徨而托梦于诗，这正是俞氏诗歌之"梦"的沉重所在。即便以儿童视角写就的《好好的梦》，也透出一丝难言的无奈，很让人想起鲁迅的新诗《梦》来。事实上，《呓语》中大部分诗歌都体现着这种对社会生活的诠释，也再次有力地证伪了那些对俞氏诗歌所做的"内容十分贫乏空虚""没有什么现实意义"等论断。"呓语"何谓，简单地说，就是梦话。值得注意的是，《呓语》35首并非全是纪梦，也不是都与梦有关，它是作者"在《西还》之后所作新诗的总名"②。在俞氏新诗创作历程的最后岁月写就的《呓语》，与他的最后一本诗集《忆》，共同向我们呈现了一个充满奇情幻思的悠谬世界，梦与忆在俞氏的这些新诗里本就是相互联系着的。

"迎候归人底火把便将照耀于堕叶一般枯涸了的眼底，／而欣悦的泪叶将初次羞涩地滴在尘土渍过的衣襟上面"（《呓语·一》）；"冷的黑暗是中夜唯一的安慰，／我底挣扎也请当作夜海底一点微沤吧"（《呓语·五》）；奇特的意象，加上以前诗作中少有的长句，《呓语》真有些不能一读便懂的了。明明是悲哀，他偏这样写："心静得来像一汪止水。／到漪涟的圆痕都不可辨，／到琮铮的微语都听不见；／只有一方明镜子。／照着我灰色的脸和短胡须，／照着您底黑而弯的鬓脚边。／这就是悲哀！／这就是它"（《呓语·二》）。再如写惆怅，"若到销释，摇漾于他忆里底时候：／喜悦底再婚，检点她作新嫁娘时的面纱，／重把浅碧色的轻绡，翳住她一双星耀的媚眼，／白玉的广额，和红玫瑰的笑脸；／这就是我们说腻了的'惆怅'"。此时，我们真不知诗人是在梦里还是在忆中，一切真"恍如五月底春花了"（《呓语·四》）。诗人是感到甜腻的惆怅了，我们呢？于是，诗人干脆也"送您一颗惆怅着的心儿吧。／它是被憨笑的年光所拉下的，／从它的影子里恰好映现出成尘成烟雾的憨姿笑靥"（《呓语·十九》）。对于俞氏，这里梦即是忆，而忆也便是梦了。正如朱自清说："人生若真如一场大梦，这个梦倒也很有趣的。在这

---

① 乐齐、孙玉蓉编：《俞平伯诗全编》，前引书，第173—174页。
② 俞平伯：《呓语·并序》，收入《杂拌儿之二》书后，上海：开明书店，1932年。

个大梦里，一定还有长长短短，深深浅浅，肥肥瘦瘦，甜甜苦苦，无数无数的小梦。"①《忆》便是人生这个"大梦"里的无数"小梦"了。

"有了两个橘子，/一个是我底，/一个是我姊姊底。//把有麻子的给了我，/把光脸的她自己有了。//'弟弟，你底好，/绣花的呢。'//真不错！/好橘子，我吃了你的吧。/真正是个好橘子啊！"(《忆·第一》)这不正是我们童年分吃水果的场景么？"骑着，就是马儿；/耍着，就是棒儿。/在草砖上拖着琅琅的，/来的是我。"(《忆·第四》)来的正是我们自己呀！此外，天冷了，我们躲进"张着大口欢迎我们进去"的爸爸的"顶大的斗篷"时的顽皮（《忆·第十一》），捉迷藏时"我看不见他们"而他们"能看见我"的"诧异"（《忆·第十二》），叫卖者吆喝"桂花白糖粥"时"白而甜"的声音（《忆·第二十》），以及在"月儿躲在杨柳里"之夜听姊姊讲故事的好奇等，都"历历而可画"了。所以朱自清说："《忆》是儿时的追怀，难在还多少能保存着那天真烂漫的口吻。作这种尝试的，似乎还没有别人。"②诗人自己的自白也许更有助于我们理解《忆》的生成："至于童心原非成人所能了解的，且非成人所能回溯的。忆中所有的只是薄薄的影罢哩。虽然，即使是薄影罢——只要它们在刹那的情怀里，如涛底怒，如火底焚煎，历历而可画；我不禁摇撼这风魔了似的眷念。"③虽是"薄薄的影"，而丰子恺又在这些影上着了颜色，真的"历历而可画"了，"我们不但能用我们的心眼看见平伯君的梦，更能用我们的肉眼看见那些梦"，难怪《忆》有此"双美"④之誉了。诚然，也如有论者指出的那样，《忆》的天地并不怎么广厚，亦非俞氏的代表之作，但"它是初期新诗运动的探索之果和客观存在，是中国新诗史上一朵诱人的小花"⑤。

梦是甜蜜的，忆是温馨的；然而好梦易醒，更何况那些梦与忆只是"薄薄的影"呢？梦过、忆过之后呢？之后，又得正视这生被挤住了，连死也被挤住了的人间，有如"双手擎着一只空杯子，渺茫有甚于暮烟"(《呓语·二十二》)；又似"不曾想到投林"的"倦鸟"，在"莽然而独下"的"夜色"里"无

---

① 佩弦：《忆·跋》，O.M.编：《我们的六月》，上海：上海亚东图书馆，1925年，第211页。
② 朱自清：《中国新文学大系·诗集》，前引书，"导言"。
③ 孙玉蓉编：《俞平伯研究资料》，前引书，第132—133页。
④ 佩弦：《忆·跋》，O.M.编：《我们的六月》，前引书，第215页。
⑤ 孙玉蓉编：《俞平伯研究资料》，前引书，第259页。

所归"(《呓语·二十五》)。油然而生的,"梦是彷徨,忆是凄凉"(《呓语·三十五》),这恐怕是对《呓语》和《忆》的一个最好注脚吧。俞氏后来在古体诗《游仙诗》(十五首)后有一个小记,略述此体的历史之后,作者云试效此体,"虽非列仙之趣,聊尽悠谬之想,遣有涯之生耳"①。此节标题中"悠谬之想"除了与其本意相关外——因为梦与忆本就有荒诞、不真实的一面,更重要的是表明了诗人在梦与忆背后的人生存在以及为表达这种存在而生出的诗的美学趣味。

"童年以后的诸种强烈力量往往改塑了我们婴儿期经验的记忆容量,可能也就是这一种力量的作用,才使我们的童年朦胧似梦""所谓童年期回忆并不真是记忆的痕迹,却是后来润饰过了的产品,这种润饰承受着多种日后发展的心智的力量。"②弗洛伊德的这段话也许为我们解读《呓语》和《忆》做了另一种注脚吧。俞氏生前很爱沈复的《浮生六记》,他说:"妙肖不足奇,奇在全不着力而妙肖;韶秀不足异,异在韶秀以外竟似无物。俨如一块纯美的水晶,只见明莹,不见衬露明莹的颜色;只见精微,不见制作精微的痕迹。"③移作对俞氏自己《呓语》与《忆》的赞美,同样不为过吧?

四、古典意味与现代面庞的缝隙

俞氏自己曾说,"我们是个现代的人做现代的诗"④,然而俞氏这种现代自我的独立要求,往往又与其传统心理结构产生了难以弥合的裂缝。在俞氏的一些诗歌里,我们发现在貌似物我两忘、主客融合的"物态化"⑤世界里,实则处处有一个现代"我"的影子,这个影子若即若离,时隐时现,间离着诗意整体的生成。

---

① 乐齐、孙玉蓉编:《俞平伯诗全编》,前引书,第361页。
② 〔奥地利〕弗洛伊德:《日常生活的心理奥秘》,林克民译,兰州:甘肃人民出版社,1980年,第43页。
③ 俞平伯:《重刊〈浮生六记〉序》,《俞平伯全集》(第三卷),石家庄:花山文艺出版社,1997年,第478页。
④ 乐齐、孙玉蓉编:《俞平伯诗全编》,前引书,第598页。
⑤ 此乃李怡教授提出的一个观点。详见李怡:《中国现代新诗与古典诗歌传统》,重庆:西南师范大学出版社,1994年。

像《冬夜之公园》这样的写景诗，清冷的意象渲染并烘托着冬夜公园的冷寂，然而满园的无声与"惟有一个突地里"醒着，竟有些五四启蒙者先觉的寂寞了。和谐的音韵与朦胧的境地都有着古典诗歌的流风，然而诗人并不能真正融入这公园的静夜之中。如果我们将诗人的《墙头》与沈尹默的《月夜》比较，就可清晰地看到俞氏的矛盾所在：

> 墙头——黄黄的下弦月，
> 阶前——沙沙几堆败叶；
> 小小的我背着月儿，踏着叶儿，跟着影儿，
> 恋着，守着，傍着；
> 还有打更的哥哥，
> 三声五声的隔街伴着。
>
> 月斜了，风定了，人睡了，
> 这那染不就的浅蓝天清冷冷罩着。
>
> ——俞平伯《墙头》

> 霜风呼呼地刮着，
> 月光哗哗地照着，
> 我与一棵树并排站着
> 却没有靠着。
>
> ——沈尹默《月夜》

两诗皆写月夜，二人同为五四诗人，在《月夜》中，物我的距离显而易见，主体与世界的关系是相互独立的；而在俞氏的《墙头》中，大量的重叠词、叠韵词和短句，营造的是浓郁的古典意味，生成的是绵密的情思，"月斜了，风定了，人睡了"，只剩下一钩弯弯的浅月和一片浅蓝的天，仿佛万物归一，一切沉入睡梦中了。然则我们总感到有一个"我"在那"墙头"之上，在那"蓝天"之下，"清冷冷"地睁着眼呢！诗人终难入眠，不能完全沉入这清冷的夜景里。物我的距离不像《月夜》中那样泾渭分明，主体与世界相互缠绕，既不能浑然无间，又不至于水火不容，这正是诗人摇摆于传统与现代之间的一种生存状态。

同样的，在《香色底海》中，物我无间的理想似乎于此实现，然而细读文本，才发现这终究不过是诗人的一厢情愿，"物态化"只不过是诗人感觉里的"物态化"，诗人清醒着呢，他正以理性引导着你走进这个虚拟的物化世界。这个理性正是现代人的自我确证，而俞氏的传统心理结构与这种现代人的自我确证无法真正地协调，它们都想成为诗歌中一种各自独立的风景，而诗人又想努力地弥合二者的缝隙，才会导致这种虚拟的物化景观。诗人一再地提醒："记着！记得！""不是……""不是……"，已经很大程度上破坏了诗意整体的和谐。在《如醉梦的踯躅》中，诗人穿越了空虚无聊而心仪夕阳在树、如醉如梦的江南，现代人世的"充满着解不掉的重重回想""只是添些无聊赖的感慨"，诗人自然愿意陶醉"在清悄悄的夕阳里，／如醉梦的踯躅"。可这种踯躅是那么短暂，竟只能作一时的慰藉和寄托，暂时撇去历来人事的百无聊赖，终究还得"向着老去底途中"。也许诗人也不堪了吧？然而诗人很容易将自己沉入自然、沉入和谐的景，去求一种慰安，可弥缝的痕迹总是暴露了诗人"自我"努力的企图，现代的自我干扰了诗人向传统作深入无间的滑行。

探究俞氏诗歌中古典意味与现代面庞裂缝出现的原因，是较复杂的问题。换个角度看，其实这个问题与学术界炒得比较热的关于传统与现代性的争论也有关系。但许多争论对于二者关系的理解确实有些僵化和机械，"传统向现代性的转换"这一提法本身"忽略了'转换'是人类历史从来就有的特点。它包含着一种把传统视为自我包容的有机体、具有同质性、并同时是一种静止物的简单观点。而且，它排除了传统文化的某些方面，这些方面本质上并非'传统的'，在现代化的侵蚀性压力下，仍完全有可能怡然自得地存在"①。俞氏由学习古典文学突进到新诗创作再转向古典诗词写作与研究的经历并不能简单地做"传统—现代—传统"的线性转换观。普实克指出："从非常普遍的意义上讲，每一部艺术作品取决于三个互相联系、共同作用的因素：作家的个性，最广义的现实性以及艺术传统……在新文学中，

---

① [美]柯文：《在传统与现代性之间——王韬与晚清改革》，雷颐、罗检秋译，南京：江苏人民出版社，1994年，第82页。

头两个因素的重要性日益增长，与此同时，第三个因素大大地削弱了。"①

俞氏的艺术传统前文已述，"雏发受书诗""十岁毕五经"②，从小就浸润于深厚的古典文学之中；在个性上，俞氏有着大多五四青年的叛逆，在北大求学时，自行将姓名俞铭衡改为俞平伯，为此受到了教务处的记过处分并通报批评。当胡适们在《新青年》上倡导新文学、创作新诗，他又从自己师从的骂白话新诗为"驴鸣狗吠"的黄侃先生的国文门下反叛了。在当时，"单是提倡新式标点，就会有一大群人'若丧考妣'，恨不得'食肉寝皮'"③；"提倡白话文已是非圣无法，罪大恶极，何况提倡白话诗"④？然而俞氏做起了白话诗，并成为在《新青年》发表作品的第一位北大学生。据其外孙韦奈、张贤亮等的回忆，俞氏晚年在家里经常赤脚，深夜狂吼，性格还非常倔强⑤。这样的个性，这样的艺术传统，碰上"五四"及"五四"落潮后的社会现实，表现在俞氏诗歌中，自然会呈现出一种复杂的景观：艺术传统呼唤他向古典诗歌靠拢，个性与社会现实又逼迫他"在路上"映现现代自我，古典意味与现代面庞的纠缠和难于弥合的缝隙就在所难免了。此外，这种缝隙的产生，与俞氏自身所持的文学见解也有关系。"文章事业的圆成本有一个通例……我们与一切外物相遇，不可着意，着意则滞；不可绝缘，绝缘则离""文心之妙""正在不即不离之间"⑥。不即不离正是这种缝隙的另一种说法罢？事实上，我们发现这种缝隙多出在以写景为主的诗中，即便那首基本纯粹写景，为闻一多、朱自清及后来许多论者称道的《凄然》，三个叹号的连用与四个问号的安排，都标示了主体强烈的外部存在与寒山寺秋意的难以融洽。该诗前有一个小序，写得真可谓"摇荡性灵"，不忍删节，全序如下：

今年九月十四日我同长环到苏州，买舟去游寒山寺。虽时值

---

① [捷]雅罗斯拉夫·普实克：《普实克中国现代文学论文集》，李燕乔等译，长沙：湖南文艺出版社，1987年，第84页。
② 乐齐、孙玉蓉编：《俞平伯诗全编》，前引书，第341页。
③ 鲁迅：《忆刘半农君》，《鲁迅全集》（第六卷），北京：人民文学出版社，2005年，第73页。
④ 刘半农：《〈初期白话诗稿〉序》，《新文学史料》，1979年第3期。
⑤ 韦奈：《我的外祖父俞平伯》，上海：上海书店出版社，1993年，第4页。
⑥ 俞平伯：《重刊〈浮生六记〉序》，《俞平伯全集》（第三卷），前引书，第478页。

秋半，而因江南阴雨兼旬，故秋意已颇深矣。且是日雨意未消，游者阒然，瞻眺之馀，顿感寥廓！人在废殿颓垣间，得闻清钟，尤动凄怆怀恋之思，低回不能自已。夫寒山一荒寺耳，而摇荡性灵至于如此，岂非情缘境生，而境随情感耶？此诗之成，殆由文人结习使之然。

"文人结习使之然"，也算是俞氏夫子自道吧！

第二节　郭沫若：从《三叶集》看性情人生

郭沫若的一生充满着变化，从一个时代到另一个时代，他总能合着时代的节拍。他的人生因为曾经的革命生涯、政治生涯而辉煌，然而何其不幸，有意无意间阅读者对郭沫若的文学评价、个人评价却因此而大打折扣。实际上，作为多重身份复合体的郭沫若是复杂的，任何简单粗暴的评价对历史都是一种伤害。本节试图在郭沫若留下的情真意切的文字踪迹间，寻觅其生动形象的性情人生。作为性情中人的郭沫若和作为时代之子的郭沫若，如同一个硬币的正反两面，迥然不同又相依相存，共同构成完整的个体。

《三叶集》是田汉、宗白华、郭沫若三人的通信集，也可以说是中国现代文学史上第一部诗人通信集。信件时间集中于1920年1月到3月间。当时郭沫若在日本留学学医，已结识安娜，且有子和生。田汉也在日本，与表妹、女友漱瑜女士同在东京留学。宗白华时任上海《时事新报》副刊《学灯》的主编。通信涉及爱情、婚姻、人生、诗歌、美学等诸多方面的内容，由于最初并没有结集发表的打算，皆是朋友间的肺腑之言，其间的文字真挚感人，并无造作之词。透过书信集，大致可从以下三个方面见出郭沫若生动可感的性情：

第一，在细密沉醉的日常感受中放纵与节制生命冲动。《三叶集》通信期间，田汉从东京湾来博多湾（福冈）与郭沫若小聚过几日，此后郭沫若在写给宗白华的信中详细讲述了一些情况。这封长信集中体现了郭沫若的日常行为和性情特点,极具典型性。下面小引两段文字试做分析:

> 路旁有一堆 lKeeblatt 底嫩草,好像是 Emerald 一般。寿昌脱了木屐,便跳入草堆中,赤足。我说:你这是 Egiosm 底表现了!你爱他,何苦要踩蹋他呢?

> 我还念着飞!飞!……车票从我手中飞去了!车已发,尚缓缓前进。我迫不及思索,便从窗眼中飞了出去。如今寿昌一人在车上,我却在车下了。我寻得我的车票时,火车已经去了多远。

前一段明显弥漫着泛爱的色彩,郭沫若怀着一颗单纯明净的心,静静地爱着自然造化之草木。主体与对象物平等面对、交流,此中生发出一种类似于宗教般的静谧神圣。同时田汉和郭沫若的性格、气质也形成鲜明的对照:同样是流露无比真切的性情,田汉热情奔放、充满激情;而郭沫若则在喜爱之外更怀怜爱之情,颇似沉浸在爱情中的多愁善感的少年。如果说前一段引文中表现出一种有节制的生命冲动,那么后一段无疑展示了郭沫若放纵的一面。他陪田汉去游玩,在火车上兴致勃勃、极度投入地作他的"立体诗",结果车票随风而去,人也随车票而去,他倒不是在乎车票,只是率性而为。郭沫若一生中率性而为的次数很多,换句话说,他总是放纵自我的性情。据《志摩日记》载,1918 年 10 月 11 日胡适、徐志摩等访郭沫若,谈话颇为尴尬:"适之虽勉寻话端发济枯窘,而主客间似有冰结,移时不涣";而三日后朋友聚会间的情形却亲密无间:"适之说诚恳话,沫若抱而吻之"[①]。从话不投机到抱而吻之,郭沫若的性情放纵可略见一斑。

放纵抑或节制,郭沫若常常以个人的方式沉醉在日常感受中,感受中生命激情的投入度大大超过常规范畴。他在日常中积累的鲜明性情渗透诗歌文本深层,有时呈现出过度的激情;应该注意的是,郭沫若的性情原本就很突兀,其文本世界的浪漫激情不能仅仅归结为革命或者其他外在的因素。如此,我们才能够更确切地靠近和理解一个诗人。

[①] 徐志摩:《徐志摩全集》(第五卷),南宁:广西民族出版社,1991 年,第 89 页。

第二，在真理与梦境、理智与直觉的矛盾冲突中体味平凡人生。和他在日常生活中的感受相类似，面对人生，郭沫若并不是气势磅礴、一发不可收拾。他不仅认识到人生中存在尖锐的矛盾冲突，而且清楚地指出恰是这些矛盾构成了完满："真理要探讨，梦境也要追寻。理智要扩充，直觉也不忍放弃。这不单是中国人的遗传脑精，这确是一切人的共有天性了。歌德一生只是一些矛盾方面的结晶体，然而正不失其所以为'完满'"[1]。在20世纪二三十年代的诗人中，郭沫若的形象是宏大的，而今天他留在阅读者心中的宏大形象在某种意义上却具有悲剧意味。的确如此，文学史上太靠近现实政治的作家很难得到恰当的评价。认识郭沫若一定要全面，他不仅有张扬生命激情的一面，也有沉思人生的一面；并且他的张扬也不简单的是应时应世，准确点说，激情张扬和他的性情密不可分。

恋爱是人生中很能表现性情的一种经历，郭沫若在给田汉的信中非常详尽地讲述了他和安娜相识相恋的过程，其间对人的坦诚和信任表现得淋漓尽致。一方面，初次和田汉写信交往袒露自己的心灵世界给对方，以便对方判断自己是否值得交往；另一方面，只有非常信任对方，才会详细讲述自己的私人生活。"我们同居不久，我的灵魂竟一败涂地！我的安娜竟被我破坏了！"[2]两个感叹号包含着沉重的情绪，对安娜、对田汉。郭沫若和田汉还有一小段关于恋爱、婚姻的对话，同样传递着性情中人的忧伤和对生活的思索。

另外，郭沫若写于1928年的《〈我的童年〉前言》中的几句话很能概括他的平凡人生态度，不妨抄在下面供诸君和《三叶集》进行一种互文性的阅读：

> 我不是想学Augustine和Rous-seau要表述什么忏悔，
> 我也不是想学Goethe和Tolstoy要描写什么天才。
> 我写的只是这样的社会生出了这样的一个人，
> 或者也可以说有过这样的人生在这样的时代。[3]

---

[1] 郭沫若、宗白华、田汉：《三叶集》(第三版)，上海：亚东图书馆，1923年，第44—45页。

[2] 郭沫若、宗白华、田汉：《三叶集》(第三版)，前引书，第38页。

[3] 郭沫若：《〈我的童年〉前言》，《郭沫若全集·文学编》(第十一卷)，北京：人民文学出版社，1992年，第7页。

第三，性情投射间雄浑的艺术世界喷薄而出。《三叶集》中的大量文字都涉及诗歌创作方面的问题，宗白华和田汉这两位"经验读者"对郭沫若诗歌进行了有意义的先期阅读，形成某种"阅读程式"，对"一般读者"的阅读起到某种引导作用。因两者的阅读都很重视他的性情和艺术世界的对照关系，直接交往的经历使他们有机会触摸诗人的现实人生，因而能够在现实与艺术交相辉映的二重世界中，把握和理解诗人。田汉不无激情地说："……你的诗首首都是你的血，你的泪，你的自叙传，你的忏悔录啊。"①宗白华则上升到理论的高度谈论："你的诗意诗境偏于雄浑直率方面，宜于做雄浑的大诗。"②

《三叶集》中郭沫若的主要诗歌理论已见雏形，他的性情人生同样渗透在他的这些理论文字当中。诗歌精神方面他强调"诗不是'做'出来的，只是'写'出来的"，诗"……以'自然流露'的为上乘"等③。"做"和"写"在这里分别蕴涵特殊的含义："做"倾向于对诗歌技巧诸方面问题的强调，"写"强调诗思诗情的自然流露，不刻意为之。"写"和"自然流露"说都突出了灵感在诗歌创作过程中的重要作用。郭沫若在创作《地球，我的母亲》时，"……索性倒在路上睡着，想真切地和'地球母亲'亲昵，去感触她的皮肤，受她的拥抱。"④诗人创作《凤凰涅槃》时身体发冷发热的感觉，更鲜明地表现出灵感来临时的情状。诗歌形式方面，郭沫若主张"绝端的自由，绝端的自主"，艺术形式和艺术精神以及现实人生精神相匹配，最大限度地体现出他性情的重要一面。关于诗歌形式的论述，诗学上概括为"裸体美人"说，这其中包含许多复杂的有关自由诗形式的问题。

阅读《三叶集》这一特殊的文本，其特殊性——私人通信集，恰恰易于昭明人生中的艺术和艺术中的人生之辩证法。又鉴于长期以来对郭沫若的误读现象，特地从文本中抽绎出他的性情人生加以阐发，企望能更靠近诗人郭沫若，从而更确切地理解他的艺术世界。

---

① 郭沫若、宗白华、田汉：《三叶集》(第三版)，前引书，第79页。
② 郭沫若、宗白华、田汉：《三叶集》(第三版)，前引书，第26—27页。
③ 郭沫若、宗白华、田汉：《三叶集》(第三版)，前引书，第45页。
④ 张澄寰编选：《郭沫若论创作》，上海：上海文艺出版社，1983年，第204页。

第三节 徐志摩："散叶子上的零碎杂记"

在现代诗人画廊中，徐志摩以其特出的空灵、飘逸和忧郁气质，若翩翩公子与众不同。诗人短暂的生命流程与其诗歌评价命运一样，美丽而多舛。徐志摩生命中最引人注目的是"自由"，天马行空，来去轻轻，真可谓"谈君风度比行云，来也飘飘，去也飘飘"[1]。徐志摩的诗论不是他作品中的靓点，其专门论诗的文章很少，诗论散见于散文、书信以及为《诗刊》写的一些文字里。长期以来，闻一多诗论涵盖了新月诗派或者说新格律诗派的理论；实际上，新月派主要诗人徐志摩的诗论与闻氏诗学有相同的一面，也有迥异的一面。谈论徐氏诗论，其自由灵魂是不能不谈的一个话题。对于这样一位自由、感性的诗人，必须细细体味他的这种看似和理论相对立的特质，找出二者之间的辩证关系，才能更有效把握其诗论主张。

自由对徐志摩而言，是脱离社会现实的大自然中的自由，这种自由只是一个精神享受过程，是生命的自在状态。李泽厚曾说："国外一些学者认为中国有个人主义的传统，其实这种个人主义特征是消极的，最多是不合作的批判现实态度，它以庄禅为代表。"[2]以庄禅为代表的这种个人主义态度，追求的是绝对的不合作的自由，这种自由在现实社会中是无法实现的，反倒成了最大的不自由。徐志摩在精神上秉承庄子，遨游于自然造化之间，故乡硖石美丽的自然风光，特别是披着神奇面纱的西山、东山是他终生依恋的精神家园之一。徐的另一精神故乡是康河，浪迹欧美大陆期间最快乐的日子莫过于在剑桥骑自行车、划船、看云看天。在诗体实践上，徐颇有海纳百川的风度，而西方自由精神的真谛，却始终没能冲破他思想中带着浪漫气息的庄子式的自由。即使亲历西方，他最欣赏最留恋忘返的也是摒弃"汉密尔顿"后，在康河的自由日子。源于古希腊城邦民主制自由的西方

---

[1] 陆耀东：《徐志摩评传》，西安：陕西人民出版社，1986年，第120页。
[2] 李泽厚：《中国现代思想史论》，合肥：安徽文艺出版社，1994年，第48页。

自由观念，追求的是在现实社会中的自由意志，而不是避世隐遁的自由；同时，他们这种自由是辩证的自由，个体在追求自由的过程中直面现实约束，没有约束的自由是不存在的。

刘小枫在论及文艺复兴时提道："西方诗人这场'人的觉醒'的真正内涵，并非我们长期以为的那样，写什么离开上帝后的欢乐颂、人性战胜神性的凯歌，而是对人的本性及世界的恶的意识以及对恶无法做出说明、找不到力量来克制的无措感。"①刘小枫意在说明文艺复兴对人的本性的强调，以及人丢弃一贯依赖的上帝后出现的混乱局面。从中我们看到，这的确是一场真正的人的自由解放运动，混乱也罢，痛苦无措也罢，西方人得到了辩证的可以实现的自由。徐志摩所享受的自由却近乎残酷地将他一分为二，沉浸在诗歌世界时，诗人在假想的自由空间飞翔；一旦面对现实世界，徐的空灵、超脱以及浪漫气息都被撞得粉碎。徐与陆小曼结婚后，家里断了他的经济来源，陆女士生活极度奢华，又染上大烟，徐不得已南北奔波、挣扎以谋生，此时诗人写给他"爱"的信中已完全没有了昔日的浪漫情怀。

徐志摩执着追求的这份自由，纠缠着太多的羁绊，其实很难实现。但他这种追求是难能可贵的，对其创作影响颇大。徐的诗歌的芬芳四处弥漫，已为人们所熟知，这里试图探寻的是，其自由灵魂留下的"散叶子上的零碎杂记"——徐氏诗论。徐志摩论诗的文章很散，他的诗论归结起来大致有以下三个方面：

其一，从宣称"创格"到认识"格律"流弊，以及区别于闻一多的对"音乐美"的认识。

综观中国新诗发展史，自由与格律的消长是一条主线，新月诗派在这条线上的贡献在于，首次明确地提出创格理论，尤以闻一多为最。同为新月派主将，徐志摩没有闻一多那样严谨的思维，他也写不出如《诗的格律》这样深厚的理论文章。徐在很大程度上受到闻氏诗学的影响，他在《诗刊弁言》中宣称："要把创格的新诗当一件认真事情做。"②然而徐志摩毕竟是徐志摩，他不像闻执着于外在的格律形式：音节、音尺、韵脚、节、句等，他提倡的是有利于表达其自由灵魂的诗歌理论。理论建设上，徐诚然不能同

---

① 刘小枫：《拯救与逍遥》，上海：三联书店，2001年，第166页。
② 徐志摩：《诗刊弁言》，《晨报副刊·诗镌》第1号，1926年4月1日。

闻相提并论,但他所强调的一些与闻一多迥然相异的方面,在诗学上也不无价值。徐对诗歌音乐性的要求,更偏向于内在的情绪节奏、旋律,而不是外在的听觉。他说"诗的生命是在它的内在的音节(Internal Rhythm)"①,这与郭沫若在1920年提出的"诗之精神在其内在的韵律(Intrinsic Rhythm)"②意思相近。徐的意义在于,他接受创格理论之后,又重新注意到内在音节的重要性,对新格律诗理论是一种有益的补充和完善,这种运动轨迹可看作是螺旋式地上升。

前文谈到徐志摩的自由是自然中的自由,他追求绝对的完美和自由,创格理论有助于新诗形式的完美化,诗人欣欣然接受并在刊物上宣传。与此同时,诗人的自由灵魂很快就发现了"'格律'的可怕的流弊"③,自由灵魂终是不甘承受枷锁桎梏,所以当格律过于齐整,"豆腐块"化时,新月同人中徐最早在刊物上公开声明。在自由和格律消长变化中,徐的表现与其独特的自由思想紧密相联,颇有"成也萧何,败也萧何"的意味。

其二,增多新诗诗体。

徐志摩在创作中尝试多种诗体,有无韵诗、对话体、不用句读等等,而且还常常鼓励诗人使用新的诗体。他在《诗刊》第一期"序语"中热情称颂孙大雨的十四行诗试验:"大雨的三首商籁是一个重要的贡献!这竟许从此奠定了一种新的诗体……"④徐的赞赏和预见已被历史证明是正确的,十四行诗在中国新诗史上一直延续到今天,其间不乏佳作,对新诗诗体是一种必要的丰富。《康桥西暮野色》是徐写的一首没有句读的新诗,诗题下有几段说明文字,诗人提道:"我常以为文字无论韵散的圈点并非绝对的必要""至于新体诗的废句须大写,废句法点画,更属寻常,用不着引证"。另外,诗人对《尤利西斯》最后100页不用标点大加赞赏,他提倡在新诗中不用句读可能来源于此。如徐所认为的"圈点并非绝对的必要",艾青自由诗中标点符号的使用就很随意,有时一首诗中只有某一行或某几行有一两个标点,标点的解放对于增加新诗诗体的灵活性是大有裨益的。另外,徐又在《诗

---

① 徐志摩:《诗刊放假》,《晨报副刊·诗镌》第11号,1926年6月10日。
② 郭沫若:《论诗三札》,张澄寰编选《郭沫若论创作》,上海:上海文艺出版社,1983年,第233页。
③ 徐志摩:《诗刊放假》,《晨报副刊·诗镌》第11号,1926年6月10日。
④ 徐志摩:《〈诗刊〉第一期序语》,《诗刊》,1931年第1期。

刊》第二期前言对孙大雨的长诗《自己的写照》推崇备至。总之，徐关注各种诗体的出现，并积极地介绍、实践、评价。

胡适提倡"诗体大解放"以来，新诗得到了自由发展的机会。早在"五四"时期，刘半农已提出"增多诗体"的主张，只是当时没被重视。新月诗派第一次有意识地对诗体进行尝试，在增多新诗诗体上，徐志摩最主要的贡献在于实践了多种诗体的创作，诗人追求自由的天性决定了他一有机会就要寻找或者创造新的诗体。而徐飘逸于自然中的自由灵魂又时时不忘完美、自然、和谐，以至他的诗作终没有流于滥制。徐的自由灵魂和多种诗体尝试形成一种积极的互动关系，这种互动体现在理论文章中，就是对增多新诗诗体的有力推动。

其三，对"自由"和"真诚"的强调。

徐志摩认为诗人"最好是采取一种孤独的生活，经营你内心的生活，去创造你自己的文学的产品。诗人的作品的实质绝不是在繁华的生活所能得到的"①。徐在这里对"孤独"的强调实质上是对"自由"的强调，他认为诗人只有在内心自由时方能产生好的作品，"繁华的生活"总会给心灵世界造成这样那样的影响，如果禁不住外界的诱惑，诗人就失去了作诗的自由。现代作家中被称为自由个人主义者的，如徐志摩、郁达夫、冯至等，他们其实并没有什么"主义"，只是经营着一份内心的孤独而已，他们享受的自由来自精神上的孤独处境。徐对诗人的要求，体现了他自身追求自由的精神状态。在中国古代诗人中，徐最喜欢李白，李白所拥有的浪漫自由情怀同样也不过是一种精神而已，他没有真正的自由，因内心的自由与外界的强烈反差对照反而生出些许忧愁。

心灵的"真诚"与"自由"一样，是徐所追求的，这二者实际上是不可分的。"真诚"若离了"自由"，就成了生活原样在诗歌中简单再现；而"自由"若离了"真诚"，则成了无原则的泛滥。徐对坏诗和假诗的区别对待，很可以说明一些问题。他说："坏诗以及各类不纯粹的艺术所引起的止于好意的怜与笑，假诗(fake poetry)所引起的往往是极端的厌恶。"②由于技巧不够而

---

① 徐志摩：《诗人与诗》，梁仁编：《徐志摩诗全编》，杭州：浙江文艺出版社，1990年，第551页。

② 徐志摩：《坏诗，假诗，形似诗》，梁仁编：《徐志摩诗全编》，前引书，第547页。

作的坏诗,徐可以理解,他痛恨那种虚情假意的诗。"真诚"的确是写作主体很重要的心理素养,徐尤其指责滥用感情。其他方面的"不真诚"也有很多,比如当下诗坛就存在一种思维和表达错位的现象,某些诗人、学者为了成名而不惜扭曲自己的思想,发表吸睛的言论。徐对心灵"自由"与"真诚"的强调,有利于诗歌健康自由地发展。需要注意的是,和心灵相关的"自由"与"真诚"没有明确的标准,徐的意义在于,提出了作为诗人所具备的一种精神状态。徐在《猛虎集》"序"中,不无真诚地对读者说:

> 我只要你们记得有一种天教歌唱的鸟不到呕血不住口,它的歌里有它独自知道的别一个世界的愉快,也有它独自知道的悲哀与伤痛的鲜明;诗人也是一种痴鸟,他把他的柔软的心窝紧紧抵着蔷薇的花刺,口里不住的唱着星月的光辉与人类的希望,非到他的心血滴出来把白花染成大红他不住口。他的痛苦与快乐是浑成的一片。[①]

"自由"和"真诚"的心灵存在,于诗人,于诗歌都是一种宝贵的品质。此外,徐志摩对于诗歌批评、鉴赏、翻译等问题也有独到见解。简而言之,批评方面,徐讲求创造和宽容;鉴赏方面,讲求结合绘画、音乐训练心灵;翻译方面,讲求形式和神韵的和谐一致。

概括地说,徐志摩的诗歌理论,主张"完美的形体"与"完美的精神"[②]之结合。他的自由灵魂使诗论文章充满灵动与诗感,其诗论文章折射着自由灵魂的光芒与生气。徐的自由灵魂在给予其诗论独特性和优越性的同时,也造成一些弊端,如零碎缺乏系统、理论深度欠缺等等。结合其自由灵魂,正是为了尽量全面地领悟诗人这些留在"散叶子上的零碎杂记"。

---

① 徐志摩:《〈猛虎集〉序文》,《徐志摩诗全编》,前引书,第589页。
② 徐志摩:《诗刊弁言》,《晨报副刊·诗镌》第1号,1926年4月1日。

第四节　艾青：诗的建行与个体生命意识

从 20 世纪 30 年代到 90 年代，在长达 60 余年的诗歌创作中，艾青尝试过自由诗、民歌体、四行押韵、半格律诗、十四行诗等诸多形式的诗歌，其中尤以自由诗成就最高。他的自由诗在奔放与约束间显现出独特的节奏与旋律，形成其独特的建行现象。本节就拟先对艾青自由诗的建行现象及依据略做探寻，然后探讨艾青自由诗的个体生命意识。

一、艾青诗歌的三种建行形式

有关艾青诗歌的分行问题，新诗研究者骆寒超先生曾有论述，他重点分析的关于艾青诗歌分行的几种习惯做法相当准确，也的确能够代表艾青自由诗的特点："以散文句法为多""运用叠词、叠语或排句""在句式上采用前后照应，往复回旋的复沓手法"等。同时，他对艾青诗歌分行的根据也做了交代："一般讲，艾青当然是凭语气的抑扬顿挫自然而然地分的"[1]。在另一篇文章里，他还提道："艾青生前同笔者多次谈起他的自由诗在建行、组节、立篇以完成旋律化节奏表现时，也完全根据读来这样顺口就这样安排。"[2]诚然，这种感觉式的"根据"无可置疑，但是我们如果换个角度，是不是可以在诗歌文本中找到一些支持其自由诗建行的比较客观和普遍的依据呢？

艾青的自由诗形式灵活多变，单从诗行的长短就可以略见一斑，最长的诗行多到二十二个字，而最短的只有一个字：

在那些蜷卧在铺散着稻草的地面上的困倦的人群里，

---

[1] 骆寒超：《艾青评传》，重庆：重庆出版社，2000 年，第 499—503 页。
[2] 骆寒超：《二十世纪中国新诗的形式探求及其经验教训》，《中国社会科学》，2002 年第 4 期。

> 在那些穿着灰布衣服的破烂的人群里,
> 他是最先醒来
> ……
> 看,
> 天地间在举行着最隆重的典礼……
>
> ——《吹号者》

这样的安排并没有突兀失衡之感,诗行内在的情绪或脉脉流动或突然迸发,都完全符合诗人的初衷和读者的内外视野。前面提及艾青的自由诗是在奔放与约束之间形成其独特的建行现象的,他的建行和内在的情绪节奏基本上是一种相互制衡的关系,共同形成诗歌鲜明的旋律感。有时为了配合旋律的需要,艾青在诗中采取押不规则的韵的形式,这一点多在长诗中表现。下面我们具体分析艾青自由诗的建行:

第一,艾青自由诗建行,对句子主干部分主谓宾各成分的组合与割裂是多元化的,大体上依据内在情绪的节奏。艾略特曾说:"自由诗是对僵化的形式的反叛,也是为了新形式的到来或者旧形式的更新所作的准备;它强调每一首诗本身的独特的内在统一,而反对类型式的外在统一。"从这一论断我们可以捕捉到两个信息:其一,自由诗是讲究形式的;其二,自由诗的内在因素在一定程度上决定着它的形式。事实上,我们恰可以用此来观照艾青诗行中对主谓宾的处理。

> 手推车
> 以唯一的轮子
> 发出使阴暗的天穹痉挛的尖音
>
> ——《手推车》

主语独占一行,"手推车"既响彻着和交织着北国人民的悲哀,更象征着北国人民对命运的抗争,三个字承载了如此之深之重的情绪。

> 枯涩的怀念也该滑进
> 幻想的荇藻间了吧?
>
> ——《泡影》

宾语部分得到强调，突出"荇藻"这个意象，也为下一节诗行做铺垫，诗人要表达的是恬静优美的情愫而不是"枯涩的怀念"。如果这样建行："枯涩的怀念/也该滑进幻想的荇藻间了吧？"情绪的中心就得以转移到"怀念"上了。

    多瑙河从黑林山跳出
    流过汝拉山和巴伐利亚高地之间的峡谷
    流过维也纳
    流过布达佩斯
    流过贝尔格莱德
            ——《蓝色多瑙河》

"流过"并列四次出现在诗行的开头，通过对谓语的凸显赋予了对多瑙河养育生命之多的赞美。

    罗马沉睡在废墟上吗？
    罗马昏迷在宗教里吗？
    不，这不是真正的罗马。
    真正的罗马在哪里？
            ——《罗马的夜晚》

每一行诗都具备完整的意义，没有跨行，为的是突出这一节诗的追问："真正的罗马在哪里？"

第二，早年酷爱绘画且有所造诣的艾青，擅长刻画和描绘，因此他笔下的名词经常带着长长的定语。这些定语或和名词排列在一行，我们称为集中横排；或分为几行，我们称为分散纵排，使其诗歌形式多样。例如：

    在北方的夜里
    我曾迷惑于
    那空阔的高爽的灰蓝色的天
            ——《怀临汾》

定语的集中横排，突出那年那月那天的整体特征。

> 回来，我们看见
> 月影下的驴子
> 和驴子旁边蹲着的
> 戴着破皮帽
> 抽着旱烟的农民
>
> ——《怀临汾》

定语的分散纵排，旨在细节刻画农民的特征：和驴子一样悲苦的命运，戴"破皮帽"，抽"旱烟"。再如《公路》：我从那隐蔽在群山的夹谷里的/一个卑微的小村庄里出来/我从那阴暗的，迷蒙着柴烟的小瓦屋里出来。《雾》：贫穷的/流浪的/赤着脚的雾/从凹凸不平的土块里/困倦地爬起来。《铁窗里》：看见狂热的夏的天，抑郁的春的天，飘逸而/又凄凉的秋的天。

总之，定语的集中横排有利于概括被修饰的名词的特征，从而突出这一名词。而定语的分散纵排则有利于细节性地强调被修饰名词的某些方面或某种特点。另外，定语的分行排列显然也能起到增强节奏感的作用。恰如林庚先生所言，"诗行之所以重要，不仅由于它是作为韵脚之间的距离而已，而其本身就是一个比韵脚更为有力的节奏"[1]。

第三，在约束与奔放之间进行创作的艾青，其自由诗的建行有时也考虑押韵的形式。押韵在艾青诗歌中是一个比较复杂的现象，从抗战胜利到"文革"结束这一段时期，过分追求形式的整齐划一，押比较整齐的韵，这里不做论述。在此前此后艾青自由诗创作的两次高潮中，押韵有时是构成艾青建行的一个积极因素。如《复活的土地》："腐朽的日子/早已沉到河底""沙岸上/春天的脚步所经过的地方"。这两句诗本来可以不跨行，直接这样建行："腐朽的日子早已沉到河底""河岸上春天的脚步所经过的地方"，之所以断开分行，原因在于押韵。

再如《北方》："在风沙里/困苦地呼吸/一步一步地/挣扎着前进……""这国土/养育了为我们所爱的/世界上最艰苦/与最古老的民族"。《村庄》：

---

[1] 林庚：《关于中国新诗形式的问题和建议》，王钟陵主编：《二十世纪中国文学史文论精华·新诗卷》，石家庄：河北教育出版社，2000年，第307页。

"用不是虚饰而是真诚的歌唱/去赞颂我的小小的村庄"。《向太阳》:"昨天/我在世界上/用可怜的期望/喂养我的日子"等等。大量例子的存在说明押韵在艾青这里不是一个偶然的现象,实在是促成诗人建行的一个原因。在自由诗尤其是长诗中,押一些不规则的韵,可以增强诗歌的旋律感和节奏感。朱光潜认为,"就一般诗来说,韵的最大功用在于把涣散的声音联络贯穿起来,成为一个完整的曲调。"[1]

二、艾青诗歌建行的依据

以上分析了艾青自由诗的三种建行现象,实际上,艾青自由诗建行的特点远不止于此。通过对上述文本的例证分析,我们可以尝试找出艾青自由诗建行的一些依据:

其一,依据内在情绪节奏的需要而建行,这是最根本的一条。自由诗和格律诗的消长一直延续在新诗发展历程中,格律诗对音尺、顿、韵脚等外在格律有着较为严格的要求,因而其诗歌建行较之自由诗更客观,或者说技术性的成分比情绪性的成分更为重要。自由诗在没有明确的规则可遵循的情况下,建行就显得格外的难以操作。自由诗的建行是诗歌的分行,而不是散文句子的分行排列,一个重要的因素就在于行与行之间存在着内在张力,这种张力就来自诗歌的内在情绪节奏。内在情绪节奏是一个较为模糊的概念,但大体上是指"情绪强弱特征的等量反复"[2]。艾青自由诗的建行充分考虑内在情绪节奏的需要,因此,其自由诗具有"散文美"的特征而没有流于散文化。

其二,依据诗歌自身对匀称的要求而建行。匀称是艾青诗美表现的特点之一,语词与语词之间,诗句与诗句之间,语词、诗句与它们所承载的情绪之间都关系匀称与否的问题。无论是对外在视觉效果的和谐而言,还是对内在情绪的平衡感而言,匀称都至关重要。中国传统文化讲究中庸,"不偏不倚"谓之"中庸",这种"中和"思想投射在诗歌形式上,即是对匀称和谐之美的追求。艾青诗歌受西方影响是明显的,比如跨行、标点的任意

---

[1] 朱光潜:《诗论》,北京:生活·读书·新知三联书店,1998年第2版,第214页。
[2] 陈本益:《中外诗歌与诗学论集》,重庆:西南师范大学出版社,2002年,第102页。

使用等，而在对匀称的重视上却与中国传统不谋而合。以定语的排列为例，上文提到的《公路》中，假如紧挨着的两处都横排建行，那么诗句长、情绪重的两个诗行连在一起，无论如何，也达不到匀称的效果。对此，朱自清曾评论道："但格律运动实在已经留下了不灭的影响。只看抗战以来的诗，一面虽然趋向散文化，一面却也注意'匀称'和'均齐'，不过并不一定使各行的字数相等罢了。艾青和臧克家两位先生的诗都可作例；前者似乎多注意在'匀称'上，后者却兼注意在'均齐'上。"①

其三，依据诗歌语言的飞跃性特征而建行。林庚谈过："今天的自由诗之所以无论如何还要保持着分行的形式，也就是基于这一点语言上飞跃的特征。"②艾青的自由诗建行也是如此。诗歌语言不同于其他文学语言有条不紊、娓娓道来，它更少连续性而多断续、割裂感，诗意内蕴往往就在割裂中戛然产生。语言表达得愈完整精确，给读者留下的想象空间就愈小。诗歌言说空间相对小说、散文等文体要小得多，通过较小的言说空间来产生较大的想象空间，增强语言的弹性必不可少。艾青自由诗的建行常常考虑语言的飞跃性特点，而且恰到好处地增强这种特点。这一点尤其表现在他初期的诗歌建行中，其后来的诗歌中也有一些，主要是那些非意义完整的跨行。

三、个体生命意识

艾青自由诗的建行形式探索，并没有束缚、反而凸显了其诗歌的生命意识。"为什么我的眼里常含泪水？/因为我对这土地爱得深沉"。这一名句正如读者可以在《大堰河——我的褓姆》一诗惯常的主题之外读出对人的悲悯一样，上面写于抗战时期的诗句展示了涌动在诗人个体生命深处的激情。毋庸置疑，艾青的创作是合乎时代和人民的，美国学者罗伯特·C.费兰德称艾青、聂鲁达和希克梅特为世界"三位最伟大的人民诗人"。事实上，不

---

① 朱自清：《诗的形式》，《新诗杂话》，北京：生活·读书·新知三联书店，1984年，第101页。

② 林庚：《关于中国新诗形式的问题和建议》，王钟陵主编：《二十世纪中国文学史文论精华·新诗卷》，前引书，第306页。

管诗人是自矜地吹着"芦笛"走上诗坛,还是深情地呼唤着"大堰河"走向读者,这并不重要;重要的是,他一出现在诗坛,就"通过他自己的脉脉流动的情愫"歌唱,生命急迫地走向艺术且融于艺术。

个体生命在艾青的文本中究竟得到了何种程度的重视呢?"我耽爱着你的欧罗巴啊/波特莱尔和兰布的欧罗巴",《芦笛》中的这两行诗做了很好的回答。在这里,文学和作为人的文学家受到了至高无上的推崇,在诗人的思维里欧罗巴是属于波德莱尔和兰波的,现实中没有任何权力的个体在诗的世界里却是主宰者,人类精神的主宰。闻一多在昆明诗人节纪念会上讲过:"艾青说'太阳滚向我们',为什么我们不滚向太阳呢?"可以换个角度看,艾青强调的是个体存在。个体存在客观上就是多种多样的,创作主体的差异性更导致了它的诸多表现形态。在艾青的诗歌文本中主要体现在三个方面:对爱的歌唱,对苦难的挖掘,对生命孤独感的体验。

对爱的歌唱:爱是构成个体存在的一个重要方面。在法国人的监狱里,在被日军欺凌的国土上,在经历了众所周知的浩劫之后,艾青从来没有忘记对爱的歌唱。"大堰河/深爱她的乳儿""大堰河/我是吃了你的奶而长大的/你的儿子/我敬你/爱你"(《大堰河——我的褓姆》)。乳儿和母亲——只看作两个存在的个体,之间不加任何雕饰的爱,赤裸裸地呈现在读者面前。当"那天边疾奔而至的呼啸"给北方"带来了恐怖"的时候,艾青这个"来自南方的旅客"仍然反复地吟唱"我爱这悲哀的国土"(《北方》)。"我们爱这日子/不是因为我们/看不见自己的苦难/不是因为我们/看不见饥饿与死亡/我们爱这日子/是因为这日子给我们/带来了灿烂的明天的/最可信的音讯"(《向太阳》)。爱战胜了恐怖,战胜了黑暗,个体存在的意志坚不可摧。艾青在《雪莲》里写下了这样的诗句:"没有对你的强烈的爱/闻不到你的芬芳",显示了个体生命存在和生活的希望在于拥有"强烈的爱"。

爱是一个非常宽泛的概念,除了上面论及的情感层面的明确化的爱,还包括人性层面、哲理层面宽容的爱,而且确切地说后者和论点靠得更近。艾青忧郁地爱着"大堰河",爱着"芦笛""土地"和"太阳",也深深爱着一个个普通的有生命的和没有生命的存在。"而我却爱那白浪/——当它的泡沫溅到我的身上时/我曾起了被爱者的感激"(《浪》),诗句中的破折号及其后面的内容表明"我"爱那"残忍"的"白浪"的原因:它让"我""起了被爱者的

— 211 —

感激"。他者给了我被爱的感觉，所以我爱他者，也即他者对我的爱唤起了我生命意识中爱的复苏。《浪》中所表现的是物与我之间的爱的交流，我的个体生命意识在这种交流中被唤醒，这当中存在着哲理性的思辨。艾青对春和冬比较偏爱，以其特有的悲壮情感去体验，从不同的角度强调了个体的生命意识。例如《春雨》："我将给篱笆边上的农妇和她的怀孕的牝牛以祈祷"。在属于生的春天里，诗人"祈祷"的是生命的顺利承续，我们可以看到生命和生命之间的惺惺相惜。在《他死在第二次》中，护士"纤细的手指"和"我"的手的联系，反映出个体生命意识中的人性美："看着自己的手也看着她的手/想着又苦恼着/苦恼着又想着/究竟是什么缘分啊/这两种手竟也被搁在一起"。诗人的独特就在于他以强烈的对个体存在的关注，爱着个体；在他书写作为群体的民族和人民的同时，他关注自我的个体和对象的个体。

对苦难的挖掘：在艾青曾经生活过的年代里，苦难是构成个体存在的一个重要方面。面对苦难，生命的苦难，诗人不能不忧郁，但艾青的忧郁不是感伤的也不是绝望的，他的忧郁是悲壮的。诗人带着他独特的忧郁挖掘苦难、表现苦难，又超越于苦难。"黑的河流，黑的天/在黑与黑之间"。这弥漫着"黑"的诗句已经相当沉重地挤压过来，然而诗人是绝不想让活着的个体麻木的，他毫不留情地指出："看吧，那边是：/永远在挣扎的人间"（《那边》）。个体要生存，在战场上，唯一的选择是让他的敌人死，《他起来了》表现的就是这种苦难和活着的悖论："因为他/必须从敌人的死亡/夺回来自己的生存"。苦难在艾青笔下又不仅仅是苦难，苦难的出现更多的时候似乎是为了被超越，在这个过程里，个体存在找回了失落在苦难悲剧里的崇高感。"手推车/以唯一的轮子/发出使阴暗的天穹痉挛的尖音"（《手推车》）。"彻响着/北国人民的悲哀""交织着/北国人民的悲哀"的手推车，在这里既是苦难的承载体，又使个体生命超越苦难而存在成为可能。

对生命孤独感的体验：生活是苦难的，诗人是敏感的，敏感在苦难里往往会产生孤独的情绪，但艾青的孤独不仅仅停留在孤独的表层，而是深化为一种生命孤独感。"大地已死了/——躺开着的那万顷的荒原/是它的尸体"，诗人在《死地》起始就描绘了这么一幅可怖的画面。人类赖以生存的"大地"已经死了，个体借以生存的"荒原"竟是"大地"的尸体，这种孤独感是多么的透骨和悲凉啊！"而我却爱那白浪/——当它的泡沫溅到我身上时/

我曾起了被爱着的感激"——阐释的多样性允许我在这里列举另一种不同于前面提到的"爱"的说明——白浪的泡沫溅到"我"身上就能唤起被爱的感觉，可以想象个体对爱的缺失，个体生命深处的孤独，并且在有了被爱的感觉之后就去爱对方（白浪）了，这一种孤独感同样是很有深度的。有人说，艾青是"以一个时代的浪客的特殊心理去感受生活，抒写诗情的"[①]，这是他能体验如此深刻的生命孤独感的一个重要原因。此外，艾青诗歌创作以现实主义为主，兼有浪漫主义、现代主义的特点，而生命孤独感是现代主义关注的一个重要内容，这就构成了艾青生命孤独感的又一重要原因。

生与死的矛盾和统一构筑了个体生命的全部，死亡如同活着是生命中非常重要的组成部分。关注个体存在，有着强烈的个体生命意识的艾青写下了大量有关死亡的诗篇：《一个拿撒勒人的死》《死地》《死难者的画像》《他死在第二次》《悼罗曼·罗兰》《死亡的纪念碑》等等。

面对生命的浮沉艾青是平静的，正如他自己所言："老实说，经过了多少年的动荡不安之后，我的心情是极平静的"。写于 1979 年的《虎斑贝》集中体现了这种心态："要不是偶然的海浪把我卷带到了沙滩上/我从来没有想到能看见这么好的阳光"。在这样一种平静的心态下，艾青写死亡、写哀悼，不仅仅在于缅怀什么或者悲伤什么。我们可以通过细读一个有关死亡的文本《浪》，来认识艾青的探寻。"浪"，可以是美丽的浪花，可以是壮观的波浪，也可以是侵吞生命的恶浪。艾青把这一个字不加任何限制地放在标题的位置，任由读者去接受去解读；活着享受生命和被掀翻在大海深处触摸死亡，共存于这一字当中。诚然，对诗题的阐释需要和文本结合起来找寻。

"你也爱那白浪么——/它会啮啃岩石/更会残忍地折断船橹/撕碎布帆"。诗人问得突然，又似乎自作主张地把自己的猜测加在读者的思维里，却又客观地叙述了白浪的残忍。

"没有一刻静止/它自满地谈述着/从古以来/航行者的悲惨故事"。这第二节诗紧承前一节叙述到的残忍，白浪并没有因为残忍的行为而感到内疚，它一刻都不会闲着，它一刻都不会闲着，把对生命的伤害和摧残作为谈资。

[①] 朱栋霖：《论艾青诗的艺术风格》，《苏州大学学报》（哲社版），1984 年第 1 期。

它自满地炫耀着的是它的壮举，是它的导致伤亡的壮举。

"或许是无理性的/但它是美丽的。"在前两节诗里，诗人已经让读者充满了恐惧和愤恨的情绪，或者说让读者产生了对生命的惋惜和对摧毁生命的悲痛的感觉。而这一节两行诗，诗人猝不及防地否定了这种情绪，"无理性"算不了什么，重要的是"它是美丽的"。残忍、伤亡都无足轻重，唯有"美丽"超越于一切，那么艾青是不是一个唯美主义者呢？

"而我却爱那白浪/——当它的泡沫溅到我的身上时/我曾起了被爱者的感激"。这末节诗是对前面三节所有疑问的解答。"而我却爱那白浪"遥相呼应第一节第一句"你也爱那白浪么——"，二者相互补足，凸兀之感荡然无存。更重要的是，在这里，读者看到了"我"为什么爱那"白浪"，是因为它唤起了"我"被爱的感觉；同时我们也为白浪"是美丽的"找到了理由，唯美主义的疑虑也自然消除了。白浪唤起"我"被爱的感觉，从而让"我"认为"它是美丽的"，让"我"去爱它——这残忍和死亡的制造者。而这些，"我"是完全明白的，"我"就是要向死而生，个体生命的价值从而得到最高的体现。

诗人鲁黎在20世纪80年代初期曾对艾青诗歌的生命情绪有所感怀，不妨以他的《我最喜爱春天的绿色——怀诗人艾青》中的几行诗句作结："我想到艾青的诗/就想到了我最喜爱的绿色/就想到了我最喜爱的春天。"

第八章
诗性言说中的个体（下）

第一节　于坚：世界从裂缝里漏下去

一、抒情？还是反抒情？

　　1989年，于坚出版第一本诗集《诗六十首》，运回家自行销售；1993年，于坚在朋友的资助下出版第二本诗集《对一只乌鸦的命名》，亦同样运回家自己邮寄售卖。2000年，人民文学出版社出版《于坚的诗》（蓝星诗库系列之一），在后记中诗人写道："我的主要作品是在一个普遍对诗歌冷落的时代写作的，伴随着这部诗集的是贫穷、寂寞、嘲讽和自得其乐。"[1]那么，其诗歌是否也冰冷漠然、了无热情呢？或许我们首先应该问：当代诗歌的指向究竟是抒情还是反抒情？"后抒情""冷抒情"是抒情抑或反抒情？在"旧的信仰已经动摇、新的信仰又无法出现的年代，充满否定之否定，充满着背谬，但就是无从肯定"[2]的这样一个时代，诗人还在抒情吗？又怎样抒情？

　　诗人于坚多次谈及诗歌是不抒情的，"诗是方法，是纯粹理性的操作。诗不言志，不抒情。""我理解的诗歌不是任何情志的抒发工具，诗歌是母性的，是创造性的，是'志'的母亲。"[3]而评论界对于坚以及"他们"派的琐碎、无聊、宣泄等的批评，也正是对其放逐抒情的批评。西渡在《写作的权利》一文中，对于坚的理论和创作进行了多方面的批评，其中包括语言和抒情："在一种从80年代逐渐流行起来的所谓'口语写作'的诗歌写作倾向中，词语的诗性已被消耗殆尽。这种貌似向语言致敬的行为，'到语言的路上去，回到隐喻之前'（于坚语），事实上是对语言最大的不尊重，因为它把诗歌的

---

[1] 于坚：《于坚的诗·后记》，北京：人民文学出版社，2000年，第399页。
[2] 王光明：《艰难的指向——"新诗潮"与二十世纪中国现代诗》，长春：时代文艺出版社，1993年，第204页。
[3] 于坚：《诗歌之舌的硬与软——关于当代诗歌的两类语言向度》，《诗探索》，1998年第1期。

写作降低为一次性的消费行为。"①不同于上面那种纯粹的批评，汪政、晓华相对合理化地解释了于坚对日常的热衷和对诗意抒情的放逐，"真正的汉语诗歌写作依然是在一个与生活、与我们的日常语言不同的世界，只不过，于坚更看重它的动作化、过程化和结构性……"②我们看到，评论者对于坚诗歌的看法存在着较大的分歧，隐含于内的诗歌抒情是构成分歧的一个重要因素。

尽管当下诗歌的抒情具有不确定性，争议与疑问尚且存在；尽管于坚本人宣称"诗不言志，不抒情"，诗歌文本在被阅读中却不断敞亮着其抒情本质之所在。在进入于坚文本之前，有必要对"抒情"略做解释。抒情在集体无意识中被确认为强烈情感的表达，或欢快或悲伤或缅怀等等，总之情感是强烈的、鲜明的；于是才有了"后抒情""冷抒情"等概念的出现。如徐江所言："真正的抒情就是对具体事物的真实感受，对自己内心的探测和展开，它在表面上可能是反抒情的……这种感情不是刻意抒发出来的，而是从每一个具体的词语中渗透出来"③。如果我们从这个更广泛的意义上来理解抒情，那么可以肯定的是：表面看似反抒情的"后抒情""冷抒情"实质上是抒情；当下诗歌中高蹈的抒情姿态减少了，"冷"抒情基本取代了以往时代的主流抒情方式。另外于坚关于诗歌不抒情的言论在语词层面都是无法成立的，他把言志和抒情两个具有不同内涵的词语几乎是等同起来使用。而且，"第三代"诗人的理论宣言与其诗歌创作很多时候都是分离的，故不必拘泥于此。

二、于坚诗的三种抒情方式

于坚诗歌的抒情大体上可分为三类：

第一，从诗人与世界的关系看，于坚诗歌的抒情构筑了二者的亲和关

---

① 西渡：《写作的权利》，王家新、孙文波编选《中国诗歌：90年代备忘录》，北京：人民文学出版社，2000年，第29页。
② 汪政、晓华：《词与物——有关于坚写作的讨论》，《当代作家评论》，1999年第4期。
③ 徐江：《当代诗歌：抒情，还是反抒情？——善待诗歌，正视抒情》，《中外诗歌研究》，2001年第1期。

系，类似于马丁·布伯在其著作《我与你》中所称颂的原初词"我—你"所蕴涵的意义。于坚说："我属于'站在餐桌旁的一代'，上帝为我安排了一种局外人的遭遇，我习惯于被时代和有经历的人们所忽视。"[①]于坚站在人生的边上思索、写诗，在蓝天大地的广阔间诙谐地宣称："活着，我写点诗。"这种局外人的身份使诗人与日常生活隔离，却为他走向没有主体和对象之分的相互对等、开放自在的"我—你"相遇关系提供了某种契机：

> 那时我看不见棕榈树　我只看见一群手指
> 修长的手指　希腊式的手指
> 抚摸我
> 使我的灵魂像阳光一样上升
> ——《阳光下的棕榈树》

棕榈树不是被关照的对象，不是抒情所指向的客体，甚至不是树，惟有如此，诗人才得以抵达常人所无法企及的精神世界。这种抒情类型在平淡中包孕着无限的深刻和感人至深的力量，但它的内容不是完全敞亮的，它要求读者凝神领会。再如：

> 风爱每一棵树　人也爱风
> 爱它这些日子的气味
> 大地辽阔无边
> 天空辽阔无边
> 风辽阔无边
> 躺下了　躺下了
> 和上帝亲密地谈谈
> 在某个时辰
> 让村姑们拾了去
> 化作灶膛的灰
> 化作傍晚的炊烟
> ——《作品41号》

---

① 洪子诚、刘登翰：《中国当代新诗史》，北京：人民文学出版社，1993年，第443页。

在诗人的情绪世界里，物与物、人与物都是对等而和谐的，"辽阔无边""辽阔无边""辽阔无边"，辽阔无边的是诗人的抒情，"上帝"在这里也许就是领略作品抒情的读者。

> 秋天的下午我独坐在大高原上
> 听到世界的声音传来
> 这伟大的生命的音乐
> 使我热泪盈眶
>
> ——《作品 105 号》

诗句中脉脉滚动的情愫简直令读者"热泪盈眶"，只有走进"关系"，诗人方能聆听，读者方能会意。这就是于坚诗歌抒情之一种：呈现诗人与世界的相遇关系。"在我们的世界中，每一'你'注定要演变成'它'，此乃我们命运中不堪忍受的怫郁"①。"你"演变成"它"，也就意味着"我—你"关系的终结。诗人在瞬间能捕捉到这种关系并以抒情的方式聆听，是艺术创作的成功。

第二，抒情寓深沉于对崇高、庄严、伟大的消解当中。这类抒情更多地体现在于坚 20 世纪 90 年代以后诗作中，诗人在非歌颂的意义上将黄河、滇池等传统的宏伟引入诗歌，评论界概括为消解意义、消解深度。值得注意的两点是：其一，"消解"在于坚的诗作中实际上是，现有的存在消解过去的美好，诗人只是在表达。《哀滇池》是对我们熟悉的环境污染、破坏问题的反映，现代工业文明的确给人类带来了一些消极的影响，包括物质、包括精神等方面，这是无须讳言的事实。诗人在该诗第五节这样追问：

> 出了什么可怕的事？
> 为什么我所赞美的一切 忽然间无影无踪
>
> 我从前写下的关于你的所有诗章

---

① [德]马丁·布伯：《我与你》，陈维纲译，北京：生活·读书·新知三联书店，2002年，第 14 页。

都成了没有根据的谣言！

诗人啊
你可以改造语言 幻想花朵 获得渴望的荣辱！
但你如何能左右一个湖泊之王的命运

的确如此，当下存在的环境问题、河流污染等事实改变着滇池的命运，破坏着属于滇池的那些美好的形容词；诗人能改变什么，又能消解什么呢？于坚的抒情不是真正意义上的消解，而只是表达，表达现实的消解本身。

《读康熙信中写到的黄河》也是如此，"我还未去过黄河/要去也去不到了"，这绝不是诗人矫揉造作的伤心之语，这也绝不是一个"环境保护的问题"。事实上，我们谁能去得到呢？谁能回到康熙信中写到的黄河呢？谁能回到曾经的文明呢？逝者如斯，黯然神伤的，绝不是诗人独自一个。康熙的信真的只是一位皇帝的"二流散文"吗？"二流散文"已被"虚构"上了各种言说的意义，惟独没有皇帝的本意。更何况这封信在南方报纸上的"再次发表"仅仅是"因为/一部叫做《康熙王朝》的电视剧/正在全国热播"，人们"操心的是帝国的政治　党争/宫廷秘史　以及皇室生活的/小花絮　与电视剧里的情节/是否吻合"，这无疑是一个巨大的反讽，难怪诗人"相信读者不会由此注意/里面提到的黄河　与地面还有多少关系"。我们抛弃了与大地血肉相连的传统，也被传统彻底而干净地抛弃。诚然，诗人的使命不止于此，诗人应该给人以憧憬和希望，而不是简单地描摹现实，任何时代的诗歌都必须具有时代使命感。关于此诗，我们将在本节第三部分做一个文本细读。

值得注意的另一个方面是，崇高、庄严、伟大被消解时，于坚的情感不是冷漠也不是戏谑，他抒发的是深沉。如前所言，不是诗人在消解，而是诗人意识到了消解并且认真地表达它，表达这样沉重的内容。这一点，于坚不同于顾城"其作品永远是那类'红红的太阳'，而其内心的恶则越积越厚""其内心的恶，找不到一个向作品释放的渠道"[①]。于坚这类寓深沉于对崇高、庄严、伟大的消解当中的抒情，呈现出积极的而非消极的意味，向作品释放"恶"，作品获得的是深度和力量。顾城现象令人深思的是，当诗

[①] 吕进、毛翰主编：《中国新诗年鉴·1996卷》，重庆：中国新诗研究所编印，1997年，第491页。

意乌托邦走到极端的时候,意想不到的悲剧就会发生,营造理想世界还需要考虑度的界限。另外对于传统,于坚声称:"我所谓的'反传统',从根本上说,乃是20世纪的'反传统'这个传统。"①诗人自己十分看重汉语传统,并批评那种"把中国传统上的那些伟大的诗歌圣哲和他们的作品仅仅看成死掉的古董"的做法"是一种蒙昧的知识"②。

第三,抒情寓真实于对凡人、琐事、俗物的书写当中。"他们"诗派以平民姿态登上诗坛,书写小市民无聊琐碎的生活,从中见出生命的原生状态,抒情主人公形象以个人的姿态凸现出来。20世纪80年代前后朦胧诗就完成了从"我们"向"我"的转变,但转变后的"我"依然是大写的我、模糊的我以及精英的我。北岛一方面看似低调地表达"在没有英雄的年代里/我只想做一个人",另一方面又以精英的姿态宣告"告诉你吧,世界/我——不——相——信""如果海洋注定要决堤/让所有的苦水注入我心中"。这些宣告显然不是个人一己之力量所能承担得起的,在朦胧诗充满激情的抒情中渗透着启蒙者的声音,诗人以精英姿态站立在诗坛上,他们代表的分明是整整一代人的呼声。而"他们"诗派突出的则是平民化、生活化、真实化的个人,诗歌抒情和日常生活之间的距离越来越近,在诗歌艺术日常化的过程中,大众文化氛围中低姿态的普普通通的个人形象在诗歌中得到很大程度的呈现。

"他们"的主将于坚在诗派解散后依然继承其一贯的特点,大量使用直白、平淡的口语,从琐碎的日常生活切入,呈现真实的生命体验。这类抒情绝非所谓的宣泄,于坚的文本呈现出的是其内心的严肃,如《给小杏的诗》的后半部分:"小杏 当那一天/你 轻轻地对我说/休息一下 休息一下/我唱支歌给你听听/我忽然低下头/许多年过去了/你看 我的眼眶里充满了泪水"。这里的爱情不仅真实,而且颇具感染力。此外,《罗家生》《远方的朋友》以及长诗《0档案》等等,虽然不乏夸张、戏谑的成分,但其中包含的种种内容都是现代人生的写真,语词下面是诗人严肃的痛。细究现实我们看到,在当前这个消费社会、超越时代的噪杂语境,保持一份冷静的心态

---

① 于坚:《穿越汉语的诗歌之光》,杨克主编《中国新诗年鉴十年精选》,北京:中国青年出版社,2010年,第465页。

② 于坚:《于坚的诗·后记》,前引书,第402页。

着实是难能可贵的。于坚诗歌的抒情在冷静中唤起了人们的思考,这正是其诗歌抒情的价值所在。

概括地说,于坚诗歌的抒情具有多元抒情风格,多元的特点决定了他的抒情既不同于经典抒情的激情迸发,不同于朦胧诗的启蒙姿态,也不同于"非非""莽汉"的大肆解构,而是通过构筑主体和对象之间的平等关系使抒情在悄无声息中呈现。他较少接受中国传统诗歌的抒情传统,大体说来属于具有时代色彩的主观化抒情,更多地受到西方现代主义、后现代主义的影响。呈现诗人与世界相遇关系的抒情是非常主观化的,无须赘言。而后两种——寓深沉于对崇高、庄严、伟大的消解当中的抒情,和寓真实于对凡人、琐事、俗物的书写当中的抒情——则有一些相对比较客观的抒情。这种比较客观的抒情,不同于中国古代诗歌的客观化抒情。古代诗歌是物我同一,对象和主体无意识地浑然一体;而于坚诗的抒情则是物我隔离,其客观只是主体的跳离或隐遁,是主体有意而为之,看似客观,却成为更大程度上的主观。

三、《读康熙信中写到的黄河》细读

作为中华民族的母亲河,黄河于炎黄子孙既是那样的亲切和熟稔,又是那样的令人尊崇与敬拜。它以一个符号的所指而蕴藉的文明和文化信息,已经作为一种民族的集体意识深深沉淀下来。这种沉淀不是沉寂,而是潜伏的暗流;千百年来,它绵延不绝地流经一代又一代学生的"课本",流经大众的"新闻",流经诗人的"诗歌"。现在,它又流进诗人于坚的诗《读康熙信中写到的黄河》[①]。

康熙信中的黄河自然是我们民族集体意识中那条亲切而又光辉灿烂的河流,它不会出人意外:

> 大河上下　风俗淳厚　人心似古
> 水土好　山上有松树柏树　黄河两岸　怪柳
> 席苀草　芦苇中有野猪　马　鹿等物　天子

[①] 于坚:《读康熙信中写到的黄河》,《大家》,2002 年第 4 期。

>   撸起袖子　乘着小船打鱼　河内全是石花鱼
>   其味鲜美　书不能尽　哦　朕的江山

物产丰饶、民心古朴、江山如画，所以诗人进一步写道，"曾经是那样的　古文　读着就像诗歌"。从这个意义上说，民族集体意识之河已经成为我们民族集体无意识之河的一部分。因为：

>   在中国　人们关心它　就像关心政治
>   关心着皇帝垂帘听政的　母亲
>   信任黄河　就是信任地久天长的祖国

黄河这"伟大的河流　其历史足以令诽谤者三缄其口"，这种集体无意识的"众口一词"，体现的是一种民族的博大宏阔的和谐。这种和谐，源自上古，浩浩荡荡地流过汉唐，流过明清，流过十四年抗战，流过洪灾旱暴，尽管其间也有房屋倒坍，有生命夭折消逝，但正如诗人在另一首关于黄河的诗中所写的："我在钢铁大桥上看见黄河/阳光汹涌的河流啊/整个中国都听着它流动的声音"（见《于坚的诗·黄河》）。是的，整个中国都听着你流动的声音。然而，这种和谐却在"另一天""有一次"起了变化：

>   过去一直是众口一词　现在却谣传纷纷
>   不是已经写成三百卷的文明　出了漏洞
>   而是水文的状况　令黄帝的子孙吃惊
>   ……　我们一直在暗暗畏惧着的
>   "深深的"这样　"滚滚的"那样
>   如今空无一物　河床咧着干掉的嘴皮
>   像是某个小国家的　大沙漠上的瘦孩子

这不是几百卷的黄河文明出了"漏洞"，而是"水文"状况发生了异变。和谐退隐，裂缝出现；一条曾经汹涌汩没、奔腾喧嚣的大河忽然不声不响，"唯一的响声　来自摄像机的磁头/另一位　安装着电池的幽灵　已经/蹑手蹑脚地　乘虚而入"。可是，"这可怕的事情由谁负责"？如果说河流的生命在于流动，那么一个文明的生命同样在于流动中的延续、承传和更新。一旦文明之河断流，这个文明自然慢慢枯涸从而消失直至虚无。因此，不是黄河的水文不好，而是文明之河的"水文"出现了危情。这"水文"自然包括曾经"众口一词"的和谐与亲和力，可如今其危机的表征已是"谣传纷纷"，我们"深深的""滚滚的"精博的"三百卷的文明"竟要断流了。

这是诗人的杞人忧天吗？显然答案并非那么简单。因为"那位叫做'现代'/的时髦女神"是把双刃剑，能够"幽灵"般创造，同样可以"幽灵"般毁灭，古老文明的断流与现代文明的入侵都该是怎样一种惊心动魄的"蹑手蹑脚"呀！即便黄河（"永恒的另一个绰号"），也有"死到临头的一天"，谁还能够"有恃无恐"呢？豪气如李白又能如何？他能让"黄河之水天上来，奔流到海不复回"吗？干枯之黄河能在他笔中真的起死回生吗？文明的裂缝能够重续吗？李白不能，黄帝的子孙不能，进一步说，人类又有什么可以有恃无恐？这似乎是一个宿命，然而"诗人"何为？于坚的回答颇有些令人心动："诗人应当深入到这时代之夜中，成为黑暗的一部分，成为更真实的黑暗，使那黑暗由于诗人的加入成为具有灵性的。"①

诚如诗人更深的追问，"我问的不是一个/环境保护的问题"。于是，在现实的真实存在面前，康熙信中写到的黄河成为虚构的世界，成为当下虚构的风景。

> 站在虚构的一边　世界从裂缝里漏下去
> 只剩下干翘翘的部分　空灵　很容易飘起来
> 小学生都知道　这是伶牙利齿者的把戏

漏掉的是人文与自然的真实存在。当人们漠视或丢失了传统，只有虚无在沙漠之河上生长。或者，自欺欺人，再虚构一个已经变形的失落的文明传统而自我陶醉，漂浮于无根的状态，这又该是多么轻薄的虚构呢。英国著名诗人T. S. 艾略特在其名篇《传统与个人才能》中谈到传统之不可轻易获取："它不是承继得到的，你如要得到它，就必须用很大的劳力。"②今天，当我们在对待传统仍然坚持"剔其糟粕，取其精华"的态度时，无疑是对传

---

① 于坚：《于坚的诗·后记》，前引书，第403页。
② ［英］T. S. 艾略特：《传统与个人才能》，卞之琳译，赵毅衡编选《"新批评"文集》，前引书，第28页。

统的简单化处理，甚至稍不留神就陷入二元对抗的思维模式之中。传统最需要的是创造，虚构只会受到惩罚。康熙写到黄河的信不是他的虚构之信，于坚的《读康熙信中写到的黄河》也不是他的虚构之诗。问题的严重性在于，今天的人们对传统有意或无意的消解和误读将导致后辈人对传统（黄河文明）的无知和盲视。

如果康熙信中的黄河在小学生的眼里真的只是"伶牙俐齿者的把戏"，失去了传统滋润的后代，都成了"干燥的新一代"（《于坚的诗·哀滇池》），那么"这可怕的事情"真的该"由谁负责"呢？我们跟着"现代"走，可是"为什么／未来的好不是过去的好"？哪怕是鱼沙俱下，可偏偏"为什么鱼越来越少　沙越来越多"？现代人走在现代的路上，真的应该好好思量脚下延伸的路并回头打量走过的路。上文已经提请注意，当有人往往喜欢用类似于"消解崇高""消解传统"这样的词语评论于坚，其实这只是看到了于坚诗的表面。对于传统，于坚声称："我所谓的'反传统'，从根本上说，乃是20世纪的'反传统'这个传统。"诗人自己十分看重汉语传统，他批评那种把中国传统上的那些伟大的诗歌圣哲和他们的作品仅仅看成死掉的"古董"的做法，无异于"是一种蒙昧的知识"。

"我还未去过黄河／要去也去不到了"，这绝不是诗人矫揉造作的伤心之语。事实上，我们谁能去得到呢？谁能让康熙信中的那条河再度呈现呢？谁能去到或复现曾经的文明呢？逝者如斯，黯然神伤的，绝不是诗人独自一个。康熙的信真的只是一位皇帝的"二流散文"吗？即便"二流散文"，也已被"虚构"上了各种言说的意义，在这些意义中惟独没有这位皇帝的本意。因为这封信在南方报纸上的"再次发表"仅仅是"因为／一部叫做《康熙王朝》的电视剧／正在全国热播"，人们"操心的是帝国的　政治　党争／宫廷秘史以及皇室生活的／小花絮　与电视剧里的情节／是否吻合"。这无疑是一个巨大的反讽，难怪诗人坚持"相信读者不会由此注意／里面提到的黄河　与地面还有多少关系"。当我们抛弃了与大地血脉相连的传统，也会被传统彻底而干净地抛弃。"人们啊　你是否恐惧过大地的逝世"（《于坚的诗·哀滇池》）？全诗在一种意蕴反差中结束。

一直私下里以为，历代诗人与河流总有着不解之缘。不知是因流水的一去不返容易引发诗人感时悟生，还是因水的自由无拘容易触发诗人无限渴望？抑或，河流之于诗人的重要，正在于一种诗情的流淌？再读于坚《读康熙信中写到的黄河》这首诗，此种感觉更觉清晰。整首诗弥漫着一种散文式的叙述调，与他的许多诗歌一样，该诗不分节，且每行常由多个短句、短语或语词的并列组成，一行之内和行与行之间又常作不连贯的停顿或空格，使得诗行之间或者一行之内产生一种夺目的割裂感。诗人似乎在故意制造断裂，并近乎残酷地将"那位叫做'现代'/的时髦女神"拦腰截断。海德格尔曾说：如果缺少了基本情绪，一切只是概念和语词外壳撞击而成的嘎嘎乱响而已。在于坚这首看似"语词外壳撞击而成的嘎嘎乱响"的诗的背后，我们拨开这些"噪音"仔细聆听，却能分明感到诗人那漫不经心的叙述调中，情绪的流淌如"阳光汹涌的河流"。或许，恰如一位西哲所言：一个巨大的混乱便是秩序。

　　此诗中语词的分裂不能简单等同于玩文字游戏。于坚相信："诗歌的'在途中'，指的是说话的方法。诗歌是穿越知识的谎言回到真理的语言活动。诗歌的语感来自生命。没有语感的东西乃是知识。"① 这里"说话的方法""语感"为我们理解于坚诗的语词分裂做了一个注释。梁宗岱在1931年给徐志摩的一封论诗的信中也说："跨句（encroachment）之长短多寡与作者底气质及作品底内容有密切的关系""跨句是切合作者底气质和情调之起伏伸缩的"②。梁宗岱强调跨句与作者气质及情调的关系，于坚着重语感和说话的方法，实际上二者都力图证明诗歌中跨句和语词割裂的合理性及效果性。事实上，于坚诗中的跨句及一行内貌似随意的停顿或空格并非"无中生有"，全诗正是在这种近于无事的悲剧的平静而舒缓的叙述调笼罩下，鼓动着诗人的情绪之流，并在这个"日常的生活几乎等于罪行"（《哀滇池》）的"时代"完成新的命名："诗是存在之舌，存在之舌缺席的时代是黑暗的时代。"③

　　可以说，《读康熙信中写到的黄河》一诗，正是诗人一种故意的冷叙述策略和形式方法，进而建构并完成诗意的生成：和谐退隐，世界从裂缝里漏下去。而诗人的职责，也许并不在于弥合这个裂缝，而在于最先发现并告诉人们这个裂缝的存在，进而为之批判，使这个裂缝因为诗人的加入而

---

① 于坚：《于坚的诗·后记》，前引书，第401页。
② 梁宗岱：《诗与真·诗与真二集》，北京：外国文学出版社，1984年，第37—38页。
③ 于坚：《于坚的诗·后记》，前引书，第399页。

"具有灵性"。

第二节　黄葵：不和谐的丰富

2004年，中国民航出版社一次性出版了安徽安庆籍诗人黄葵《曙光妖娆》系列诗集六册，包括《安庆的棉花》《民歌的中国》《他乡的都市》《夏娃的玫瑰》《黄葵的卷尺》《唐宋的才子》。尽管在此之前他已有好几个诗集出版，但黄葵的名字此前并未在诗界响亮起来。黄葵并非一心一意要做诗人，可他的"海南航空股份有限公司宣传室经理"的身份让人多少不免心犯嘀咕：当诗歌一旦与商业或政治有些关联，诗歌的纯洁性就要受怀疑，这是多年来读者圈和批评界一个见怪不怪的反映。

其实也难怪，诗歌作为语言艺术中的艺术，它更要求一种情绪的纯粹性和语言的纯粹性，而排斥小说的故事性和散文的完整性。纯粹性并不是简单化，它更强调的是一种中国古典诗歌所呈现的自身具足和自我完成。似乎商业、政治等因素必然与诗格格不入，这实在是一个误会。不必说商业、政治题材可以入诗，因为题材决定论早已是文学创作的陈腔滥调的遗迹了，题材岂有高下、正反之分？单是说语言，人们也似乎以为在日常语言之外存在着一种诗所特有的专门的诗歌语言，而这早已为巴赫金所斥为谬见，他认为在我们的语言之外不可能存在着一种诗的专用语言。诗歌语言的创造性与一种特殊的语言本身并不是同一回事，这亦无须赘述。更何况诗绝非某阶层的专有，从某种意义上说，人人都是诗人，挖掘那份诗人的潜能则因人而异。当诗歌从文学中心滑向边缘，失落的也许不只是诗歌，诗人如何保持一份自在的心态，在诗歌艰难的外在生存环境中如何突进诗歌内部，坚持诗性的自我完成，则显得尤为可贵。这种坚持不是抱残守缺，而是多向度可能性的打开。诗人黄葵正是从诗歌的边缘地带，驱动诗歌的犁铧，走向遥远，而那远方"同真理一道诞生""是用葡萄藤编织思想的堡垒",它"让人类找到了居所那博大的中心"(《哦,远方》)①。从边缘走向遥远,诗人一路绽放思绪的花朵,把忧伤与乡愁、抽思与历史、日常生活与诗性抒写舞蹈成诗歌的舞蹈。

一、古今对话:"弯月纺织灰色的忧伤"

面对历史、现在和未来,诗人如何在三者之间打通关捩,承继过去,启向未来,是诗人义不容辞的责任。一个诗人的历史意识,往往在其作品中铮亮并不断丰富。《巴尔干》系列独节短诗对人性、战争、生命和存在的思考与焦虑,都充满着鲜明深厚的历史意识。"高山夷为平地/石粉走不出石头的家族/历史被战机的双翼划伤",这里,除了对战争毁灭性的破坏的厌恶,更难得的是一份理性的清醒:石粉走不出石头的家族。明白如话,诗意却大大溢出语词,颇有古典诗词"意在言外""韵外之旨"的绝妙。"弹片躺在土地上/小草给它绿意/鲜花给它芳香",把"弹片"与充满"绿意""芳香"的"小草"和"鲜花"并置,三个意象的内蕴反差给人的不仅是强烈的视觉冲击,其间张力更是对心灵的巨大震撼;不论这"弹片"是美国"人道主义的弹头"的欲望化展览,还是塞族人气节的"预警",生命与戕害生命对立意象的并置,总是那样触目惊心!诗人不置一情感价值评判的字眼,而其隐含的情感价值评判俱现,诗的旨意也更充盈,真可谓古人所谓"不著一字,尽得风流"。这样的例子在黄葵的诗中不胜枚举,没有故作深沉的艰言晦语,没有板起面孔训人的说教,完全是几个意象的自身具足、诗意自现。这也可说是黄葵诗歌中短诗的一大特色,这种特色自然得力于传统古典诗学的熏染。比如我们的美学宗师老子主张"知者不言,言者不知",庄子则警醒"封始则道亡",强调未"封"(分析)前的境界,而司空图要求"不著一字,尽得风流",严羽也认为诗应"不涉理路"。著名学者叶维廉在谈及意象的自身具足时说:"一个好的自身具足的意象,事实上就可以看成一首自给自足的诗。它之所以是自给自足,因为它是承载着情境的力量。"②黄葵短诗所载

---

① 黄葵:《曙光妖娆》,北京:中国民航出版社,2004年。本节所引黄葵诗歌全部取自此六部诗集,不再注明。

② 叶维廉:《中国诗学》,北京:生活·读书·新知三联书店,1992年,第254页。

的"情境",最重要的便是面对历史、战争、生存等流露出的那份"弯月似的忧伤"。

在《与唐诗宋词对话和共饮》《宋词的断肠》《大唐才子》等组诗中,诗人以唐宋诗词上的名家为诗题,以其名诗名句点染成诗,诗与诗人浑融一体,皆成短小精悍之构。如写苏东坡:

　　生活在一首词里
　　上半生在上阕
　　下半生在下阕

　　上阕是上弦月
　　下阕是下弦月
　　梦一辈子都没有圆过

　　　　　　　　——《苏轼》

俏皮中透出感慨和忧伤。写李易安:

　　寻寻觅觅
　　在物是人非的时候
　　好不容易找到一条蚱蜢舟

　　却荡不走比黄花还瘦的西风
　　也唤不来旧时相识的雁只
　　更载不动细雨织就的愁字

　　　　　　　　——《李清照》

这也绝非原来名诗的现代翻版。这些组诗自然有些不及原著的含蓄隽永,但诗人把一个现代人对历史人物的表达以诗的方式呈现了出来,同时完成的是诗人必需的价值观念和历史意识。艾略特1917年在《传统与个人才能》中对历史意识这样说道:"历史意识又含有一种领悟,不但要理解过去的过去性,而且还要理解过去的现存性;历史的意识……是对于永久的意识,也是对于暂时的意识,也是对于永久和暂时合起来的意识。就是这个意识使一个作家成为传统的。同时也就是这个意识使一个作家最敏锐地意识到自己在时间中的地位,自己和当代的关系。"①也许正是这一点,使得诗人黄葵的诗显出了难得的不同。

叶维廉说,"'意义'不是一个封闭、圈定、可'载'、可'掘'不变的单元,而是通过文辞这一美学空间开放交谈、参化、衍变、生长的活动。"②近年来意义的不确定性、历史的开放性越来越被看重,作者与作品、作品与读者之间的多元互动、循环阐释被认为是必要合理的。由此而来,文学中的历史自然需要由大化小,小写的历史以其灵活性、趣味性克服了大写的历史的模式化,历史的光芒在暗示的过程中消除了绝对标明的意义,开放性的思维空间因而产生。黄葵作了许多历史人物诗,中外历史名人在他的诗歌中活灵活现,是一种立体的存在。他站在与历史对话的立场上,或者在日常化中与名家交流,或者用现代的语词赋予人物以当代意义,或者将尽人皆知的历史别出心裁地翻新整理,或者仅以一个小小的意象唤醒遥远的历史等等。黄葵的这些历史人物诗,打破了历史和今天的界限,真真假假中从另一个维度让人感受历史的"这一个",恍恍惚惚中似若穿行在历史的隧道,与历史人物一路同行。

《与唐诗宋词对话和共饮》(组诗)之《张耒》篇:"离别的酒贬一次浓一次/酒浓一次你就瘦下一圈/骨头里钙质却不见少下来"。用"骨头里的钙质"写张耒的骨气,实物代精神颇有创意,语词的新颖使感觉刺激更分明。《朱熹》篇最后两句:"白天嘀嘀嗒嗒儒学的太阳/夜里嗒嗒嘀嘀理学的月亮",通过日常化的语言传达严肃的东西,朱熹的形象也就被活化了。《陈师道》篇则以戏谑的口气,心痛万分地称颂他的"傲骨":"你至少也得贪污一件棉衣/免得将壮年冻死在四十九个严冬/待女儿卖身来埋你又臭又硬的傲骨",字句间流露出知己般的情意,看似不经意实则用心颇深。《与历史对话》(组诗)之《凡高》篇,诗人在故乡"安庆的麦田里"遥遥地望着"荷兰的滚滚麦浪",完成对凡高"一望无际的阅读",时空的距离在日常化的语言中被拉近。《大唐才子》(组诗)之《张继》篇则是用小小的意象扣住读者的心弦:

---

① [英]T.S.艾略特:《传统与个人才能》,赵毅衡编选:《"新批评"文集》,前引书,第28页。

② 叶维廉:《中国诗学》,前引书,第138页。

"被渔火照亮一夜的/是打在你心上的霜/是压疼你睡眠的任意一片枫叶"，"渔火""霜""枫叶"激活了张继的一生，尤其是"枫叶"，简直也压痛了读者的神经。历史和今天在对抗交织中得到丰富，诗人巧妙地将这种丰富安放在短短的诗篇中，留下了一系列动人的历史人物诗，这些诗作很有特色，值得注意。

二、城乡对望："无法抵达的蛙鸣"

在城市边缘眺望乡土是黄葵诗歌呈现的另一特色。也许一个人对故乡的眷恋是与生俱来的，不管是现实层面与故乡的接触，还是精神层面对故乡的遥望，而前者的耳濡目染更是后者得以产生的重要心理基础。当社会生活的急剧发展和变化进一步搅乱了往常的平静甚至破坏了旧有的习惯和秩序，身处都市的漩涡其实并非拥有中心，反而更加衬托出人的边缘性时，人对故土的思念与遥盼即所谓乡愁也便滋生蔓延。像大多数诗人一样，黄葵也以诗解愁，把浓浓的乡思乡情化成诗句诗意，把乡村经验化成诗性抒写。乡愁乡思如"春天就在安庆大地纷纷发芽""待到梅子黄了/安庆人就把满篮的猪草/切成了黄梅调"（《黄梅戏》）。诗人没有对于故土的难以指认的苦苦追问，而是把自己的乡土情结直指出生地安庆，让"米粒"、让"拾穗者"、让"逆光劳作的父辈"在诗中鲜活起来。诗人这样写拾穗者：

> 你把腰弯下去
> 一把天然的镰刀
> 把秋天重新翻割一次
> 你不得不这样做
>
> 偶尔也站在田畈里
> 你把自己站成了
> 秋天不忍收割的
> 一株沉重的稻穗
>
> ——《拾穗者》

"弯下"的"腰"与"天然的镰刀""站在田畈里"的拾穗者与"一株沉重的

稻穗",意象的叠指(类似意象)与悖离(收获者与收获物),增添了诗句间的张力和间离效果,同时意蕴纷呈。稍嫌遗憾的是,我们以为"你不得不这样做"一句纯属多余的说明性语句,甚至差一点毁了这两节诗,因为这种叙述性的插入语会直接破坏诗的和谐。如果说乡村经验的诗性抒写是较多在乡村长大的诗人的共有特征的话,黄葵诗歌对乡土的遥望却有自己不同的地方。

在乡村与城市的对立抒写中,诗人并没有做简单化的抑此扬彼。"苦涩的/是拉开故土炊烟的距离/是久违了的/那条绞心的狗吠/是工业都市/无法抵达的一只蛙鸣/是一匝狗尾巴草/在母亲的背篓里/最简朴最夜色的叙述"(《月夜,无法抵达的蛙鸣》)。工业都市文明常常在许多诗人笔下颇受指责,可黄葵倒似乎更真诚地面对了这种城乡的差别,"从稻禾的坚守,从黄梅戏的包围"中"冲了出来"(《蛰居》),尽管身在"城市边缘地带",还是"学会了/朝每一块水泥地板迈出双腿",获得自己的"独行方式"(《在城市边缘地带》)。当然,这种面对需要的不仅是勇气,毕竟,诗人还是流露了一份抹之不去的无奈;毕竟,有些东西工业都市无法抵达,诗人只能像月亮一样"明亮在自己的深处"(《月亮,用蚱蜢舟作半径》)。在对乡土的遥望中,诗人还有一组总题为《清明的怀念》的组诗,对爷爷、奶奶、大妹夫的怀念写得质朴清新而又满溢出不经意的忧伤。

黄葵笔下有美丽的劳作的农村画面,有忙碌的现代文明的城市风景线。值得注意的是,在这两类诗之间,诗人的手法发生了明显的分化。诗人处理农村题材时往往意味深长地突出某种意义,有时采用民歌形式,讲究旋律的回复优美;而扫描城市生活则具有"第三代"诗的日常化、口语化、琐碎化等特点,颇具先锋性。组诗《一棵椰树上的故事》之《椰寨》《椰城》是个典型的例子。《椰寨》诗节匀称,前三节分别以"一棵椰树""一节竹筒饭""一碗山兰酒"引出寨里美丽的传说和风俗,旋律优美,余韵长远;最后一节的"手搭凉棚声声唤"更是本色的民歌语言。《椰树》则以自由的诗节、诗行、随意组合的语词,谱写出城市文明的疯长、快节奏的工作生活、繁忙的人流车流等。在同一个组诗内部,诗人别具匠心地将两首诗配以截然不同的艺术形式,这的确是一种成功的尝试。再如《菜市场里的事》(组诗),诗人用日常化的口语把城市里菜市场的注水肉、工业鸡、琐碎的交易写得淋漓尽致。组诗《在陕北》,看到这个题目容易想起陕北民歌,诗人不失时机地采用两句一节的民歌形式强化读者对陕北的记忆;该组诗《钻天杨》篇的第三、四节:"坡上没有庄稼/钻天杨空把一双牛角守候//河里再也游不动一尾鱼了/钻天杨跻身奔往天池的路",起兴之间浓郁的陕北味让人陶醉。

在黄葵关于农村与城市的部分诗作中,存在民歌意味和先锋性这样一种对望。但并不是说,题材决定艺术形式,事实上黄葵诗作并不是写农村的都具有民歌意味,写城市的都具有先锋性。应该说对那些特别具有地方性或城市性很强的诗歌,采用这种"对望"的艺术手法是有益的和必要的。

三、庄谐之间:"思维被切割的横断面"

也许因为司空见惯,我们常常对生活熟视无睹,既没有投入的热情,又对之缺乏必要的关照。黄葵是一位对生活很投入的诗人,他既对日常生活进行诗意的观照和打量,又能将生活中与之相遇的每一个"事件"(这"事件"有时只是一个偶尔的心灵的片段)做一种抽思,尽管不成完整的锦匹,却也亮光闪烁。《码头临时搬运工》与《人力车夫》就是这样的佳作。前者写码头临时搬运工"简单而又透明"的经历,"卸下来一座城市/又把一座城市拆零搬走",以码头为"集结生命的仓库"。然而,"当一座城市不再需要装卸二字时/临时工只好被当作压仓的石头运走"。这里,"装卸"货物的临时工石头般被"装卸",命运的无奈在貌似客观化叙述的语调中完成得悄无声息。后者写人力车夫用"双脚找到了一个家的支点/三个轮子找到了半截光滑的路面""下岗和失业"者在"冲出另一种生活的起点"之前"第一次骑车""总要原地打转""要围绕着生命转几圈",这不仅是对生活的深切体验,更是一种形而上的"思维的横断面"(《哦,远方》)。"他多想骑走车子的不是自己的儿子/而是一桶长翅膀的石油",结尾更是对全诗的升华,一种急转的凸兀透出的是无奈、忧伤与希望。

黄葵诗中的这种对日常生活的抒写,对日常琐事的呈现,打量日常的同时又似乎少了一点亮色,这也许应归咎于现代都市生活本身的沉重面。组诗《菜市场里的事》俏皮中的无奈、戏谑中的沉重给人印象极深。诗人基本运用的是日常口语,把这种俏皮的沉重感还原在生活琐事中。不管这是诗人的一种策略，还是不经意的偶成，需要注意的是诗意的呈现，我们以为诗人在这方面做得还不够充分。

相反，在其他方面诗人的这种抽思能力却有着出色的表现。长诗《哦，远方》一连串奇特的暗喻式语言组合，把"远方"驰骋在思维的疆场，大气宏博，让"远方"不断地"照亮"和被"照亮"，仿佛一个玲珑剔透的思想的水晶被切割成的无数个横断面。组诗《雷》同样展现了一种思想的"闪电""给想象一个庞大的居所"，思维的截面次第盛开了思想的花朵。

书写大众拥有的生活以及大众视野中的生活，黄葵常常给人一种意外。对于历史上的重大事件、现存的名胜古迹、日常中严肃的事情等，他以极其庄重的情感记述，而不是使用目前颇为流行的消解手段。同时他这种庄重不同于颂歌式的热情赞美，也不同于呆板的说教，诗人似乎总是有意让读者保持一份清醒，因此在严肃中不忘添加一点诙谐、淡漠。组诗《雷》在某种崇高的意义上述说了雷的力量、雷的智慧、雷的热情等等，而在第五首《天庭是雷财富的证明人》中，诗人不无幽默地写道："在牛羊渐渐丰满的胃里/雷一只只地聆听着那绿色的汇报"。用雷声类比牛羊胃部发出的声音，高涨的诗情跌落到地面，这两句诗与整个组诗处于一种不和谐的对抗状态，而恰恰是对抗引起深思，雷原本就不是正义和神性的代表。《巴尔干》一诗控诉战争、渴求和平，在悲痛的心绪中，诗人通过反差的张力，将大事件日常化："昨天发射核导弹/今天发射常规弹/明天还能发射鸡蛋吗""二十四小时轰炸/炸完坦克工厂和大桥/还炸炊烟和地下土豆""沙场上没有玫瑰花/锋利的剑影上/血花飞溅"。核导弹、常规弹和鸡蛋，坦克、工厂、大桥和炊烟、土豆，玫瑰花和血花，三组事物在强烈的反差中，起到了类似于黑色幽默的效果，战争的残酷无情刺痛了每个人的心。庄重中蕴含的诙谐，使诗人在趋近大众生活的同时，又以特立独行的姿态区别于大众的表达。

诗人有时又在看似漫不经心或戏谑的整体诗意中，点缀一两朵严肃的花朵，使读者在放纵中思考，从某种意义上说，这种感受较之认真思考得来的感受更深刻些。《清明的怀念》(组诗)对三位亲人的离去，诗人只是轻描淡写地在不经意间带出，尤其是《青果》，诗人甚至用戏谑的语言追忆"大妹夫"遭遇的那场车祸，然而戏谑之后，诗人在该诗结尾写下："我只记得，他三岁女儿的小手/一点儿也推不动她八倍年龄的父亲"，于是透骨的凄凉随着诗句弥漫，车祸无情在戏谑的语词背后也暴露无遗，我们开始明白戏谑"大妹夫"的是车祸而不是诗人，怀念的诗思若清明时节的小雨在记忆深处淅淅沥沥。诙谐中见出的庄重，使诗人在背离大众之后，又与之紧紧拥抱。

诗人对大众视野和大众生活认可中的背离，背离中的认可，与其说是一种诗歌策略，不如说源自体味的深刻。里尔克说："不管'外在空间'多么巨大，所有恒星间的距离也无法与我们内在存在的深层维度相比，这种深不可测甚至连宇宙的广袤性也难以与之匹敌。"①诗人深刻的内在体味远远复杂于生活的表层，也复杂于大众的想象空间，诗歌的想象空间在庄谐之间得以丰富。

四、形式自觉："一行行飞翔的韵脚"

其实，读黄葵的诗你很容易注意到他在诗歌形式方面的多方探索。诗人写下的大量组诗，首先让你相信黄葵是一个充满激情而思绪飞扬的人。一般说来，组诗不仅仅是同类主题或题材的丰富和完整，它更显示出诗人情绪的满盈和厚丰。组诗《以七种方式步入蓝天》在选题上与诗人从事的航天事业相关，诗意与经验的叠合，再加上水到渠成的抽思，诗味与思想跃然而出：

> 我刚把一架儿童的梦想
> 安放在外婆的打麦场
> 还来不及细想
> 一架飞机就把跑道
> 当成了
> 一根筑巢的黄粱
>
> ——《看飞机下降》

组诗在黄葵诗作中占据相当的比例，留心他的组诗，不难发现在同一

---

① [德]海德格尔：《诗·语言·思》，彭富春译，北京：文化艺术出版社，1991年，第117页。

个标题下，不仅诗歌内容相关，其结构形式也并非毫无关联。理想的组诗结构应该是，在形式完美的同时，又不失开放性、自由性，二者要兼而得之实则不易。黄葵在这方面的尝试是有效的，他的一些组诗表现出臻于完美的结构，其间由于有灵活的插入性成分，使得诗歌结构匀称而不呆板。

《哦，远方》（组诗），第一首大量的排比诗行暗示"远方"的辽阔、博大、无边无垠，也提示后面诗歌的丰富内容。二、三、四、五首分别写"远方"的春夏秋冬，驳杂的含义用大致相同的结构，与四季的交替变化暗合。六、七、八、九首三段式的结构反复出现，每一个结构反复的内部又采用大量排比，"远方"的含义一层一层地被推向深入。在这两大块整齐的结构之后出现的第十首从反面抒写"远方"，"远方"居于现代城市流行语的反面，内容上不同于前面部分的正面歌唱，形式上也完全不同，没有反复咏叹而只是罗列堆砌现象，却意外地起到刺激效应——当前存在与"远方"的截然不同，刺激麻木的存在。第十一首在整齐的旋律中结束整个组诗，远方的"远离"为的是寻找中心："让人类找到了居所那博大的中心"。在这个组诗中，第十部分若一朵奇葩点缀在完美的结构中，增添其丰富。再如《唱给祖国的歌谣》（组诗），反复咏叹中结构趋于整齐，而第二部分的后三行则采用疑问的句式，令人深思："祖国　谁在你的杯盏里斟满思想/就像热烈的初恋一样/让你的人民一怀想一展望就醉得不轻"。

他还有总题为《组诗十二行·风》的八首诗，皆以"风"为抽思的对象，"十二行诗"可说是黄葵诗形式美的一大表现。这组诗每首三节，每节四行，每行字数大致相等，但又稍有变化。组诗《在陕北》并未标明"十二行诗"，这一组诗每首六节，每节两行，也是十二行。整齐中有变化，行与行、节与节之间的跳跃、转换简捷而干脆，正与陕北黄土高坡的生活相得益彰。如写《钻天杨》："目标定得死死的/活着就是一个箭头//搭在黄土张满的弓上/任凭爬山调一支支地射走"。《飞机是鸟》《飞越琼州海峡》两诗也是十二行，每首四节，每节三行；而《奶奶的拐杖》每节六行，共两节。组诗《雷》由六首诗组成，可看作是"十二行"的变体，这组诗每首四节，前三节每节四行，最后一节两行，这些诗都呈现了诗的形式美。

还值得一提的是，黄葵的《与唐诗宋词对话和共饮》《宋词的断肠》《大唐才子》三个组诗中写了许多唐宋诗人才子，这些诗每首皆两节，每节三行，诗行较短。还有题为《巴尔干》的四十五节(首)短诗及十八节的《短章》,每节(首)三行。此外,《黄葵五行诗选》也有好几十首诗,每首两节,前节三行,后节两行。这些诗皆可谓言短意长,有耐人咀嚼的地方。

黄葵的诗歌分行基本是传统方式,而少有跨行现象,那么语言就需要承受更多的意义负重。诗人在庄谐之间的深刻体味,在农村和城市的对望中所采取的诗歌策略,都为他对多种诗歌语言的选择提供了可能性。

首先,在语词的运用上有以下几种特点:1. 常规语词中夹杂着戏谑性语词,例如《巴尔干》:"昨天发射核导弹/今天发射常规弹/明天还能发射鸡蛋吗""鸡蛋"和武器类常规词语"核导弹""常规弹"并列,突兀中让人思考现代战争的残酷。2. 两种日常口语的使用,民歌中的口语和"第三代"诗歌中琐碎化的口语。"屋檐下串串晒红了民歌"中的"串串""泥鳅调又引领着一茬茬黄皮肤上路"中的"一茬茬"(《民歌的中国》),都是民歌中常用的叠语;远方远离股票筑起的水晶宫/远方的步履不在牛市和熊市的距离里/远方远离窃窃私语的期货……"(《哦,远方》)这一节诗几乎全是现代城市流行语的堆砌。两种口语的使用形象直观地凸显两个层面的世界。3. 直白化语词的使用,诗人在表达强烈感情时,有时避重就轻地用直白而无感情色彩的语词,达到若"生命中不能承受之轻"的效果。在《聂鲁达》一诗中,诗人用四个篇章歌唱聂鲁达的光辉,然而,在首章首节他只是冷静地抒写:"你是一个诗人,在大地上用心灵歌唱,毕生的经历就是离去和归来"。"离去"和"归来",这两个直白淡漠的语词深深地攫住了读者的心绪,发人深思。

其次,在修辞格的运用上,诗人主要通过奇特的比喻,产生陌生化的语言效果,从而出奇制胜地形成一种诗歌艺术样式。维姆萨特在《具体普遍性》一文中引用雷莱的论述,说诗人的语言"根本上是比喻的:就是说,它标示出事物之间以前没有被人觉察的关系,而且使这种理解永久化"[①]。诗人黄葵所使用的许多比喻就是"标示出事物之间以前没有被人觉察的关系",他的比喻语言由于陌生而新颖,因而富有意义。组诗《收获秋意》之《拾穗者》篇的最后一节"偶尔也站在田畈里/你把自己站成了/秋天不忍收割的/一株沉重的稻穗","拾穗者"在暗喻里成了"秋天不忍收割的一株沉重的稻

---

① [美]威廉·K. 维姆萨特:《具体普遍性》,赵毅衡译,赵毅衡编选《"新批评"文集》,前引书,第 295 页。

穗"，二者构成比喻关系无疑是恰当的，同时又令人耳目一新。更深刻之处在于，田野里被遗忘的稻穗和拾穗者这一株不忍收割的沉重稻穗之间，形成丰富的张力结构，意义深远。另外，《冬虫夏草》（组诗）之《里程宣言》："你锌一样蓝的语言／覆盖了我大理石里的惆怅"；《科尔沁草原》："一个人的草原轻得像睡眠"；《哦，远方》（组诗）："远方是让皮肤获得尊严和凉爽的月亮"等，这些比喻都以陌生化的面孔给读者留下了宽广的想象空间。好的诗歌在被阅读中能和读者构成一种互动的关系，诗歌在供读者阅读的同时，也在读者的想象中得以丰富。

诗歌是对语言艺术要求最高的一种文学样式之一，韩东有所谓"诗到语言为止"的宣言，语言在很大程度上决定着诗歌的成功与否。黄葵对诗歌语言的追求颇为用心，他没有明显的承继古典诗词和移植西方语言的痕迹，主要是出奇制胜，很具个人特色。

黄葵对诗歌形式美的多样化和多方面探索，显示了诗人难能可贵的对于诗体的自觉。当然，这种形式的追求并非是要求诗歌的单调化的统一，《海》诗行的参差，几个短句组成一个长诗行，并加标点，这些都表明诗人黄葵自己对新诗的思索。但要指出的是，尽管黄葵在诗的整体方面深得传统诗词之妙，可在诗中连接词的大量运用却很容易破坏诗美。"因为你是一味冬虫夏草／所以四季药用食用总相宜"，连接词"因为""所以"就将诗的客观效果和直接性都毁掉了。当然这不是黄葵诗的独弊，而是白话诗普遍存在的也应亟待解决的一个问题。

第三节　高崎：幻念之思与语言之舞

首先为高崎对自己作品流露出的极度自信所吸引，他在自己的第一部诗集、第二次印刷的《复眼》前言中这样写道："我想，各种评价会源于作品生存与价值的客观，还会频频传来的，即使会在若干年代以后。"①这种自信在前言中还有多处表现，诗人锋芒毕露，甚至让人不由产生狂妄之嫌。紧接着，诗人第二部、第三部诗集《顶点》②《征服》③又相继问世，高崎的名字逐渐在诗界响亮起来。在诗集《征服》的后记中，诗人对自己诗歌创作经历的"最后陈述"是："这只蜗牛拥抱过十八年泥泞的煎熬。"

原来，诗人为了脱除世俗的喧嚣，为了"专注"于艺术的真谛，主动放弃城市优越的物质条件，自觉深入大自然的腹部，在"条件极差的乡间扎根十八年"。十八年，于一个人有限的一生，实在不短。更何况这是怎样的十八年呢？它不是一个现代都市人渴望的乡村度假，这里的劣质墙壁里隐藏着蚂蚁、蝙蝠和蟑螂，还有蛇会做不速之客，光顾寓室。高崎"十八年泥泞的煎熬"，十八年的与"大地"贴近，与"泥土"拥抱，使得这种自信有了坚实的力量，产生的便是灿烂、幻美、近于形而上玄思和语言风暴的大批诗歌作品。

一、冷峻的忧患意识

诗，从来不是个人化的自言自语，不是一己的语词狂欢，也不是背负载道人生的苦行。无论"为艺术而艺术"还是"为人生而艺术"，一有所"为"，便会远离真正的诗歌。然而这并不拒斥诗歌表现人生；恰恰相反，优秀的诗歌是与社会人生、历史文化相濡以沫、相染相熏的。从某种意义上说，任何文学作品都是一种表达，都只是作者对所在世界的一种观照。而诗作为语言艺术的艺术，它不像小说、散文那样讲究故事的完整，并通过这完整性来反映社会生活；就其本质来说，诗更毋宁是追求一种片断的生活光焰，完成刹那的情绪。这种"片断"，是诗人生命中与社会、历史、人生纠缠最深、磨擦最亮的部分；这种"完成"，是诗人对生活的提炼与洞察，烛照自己同时也提升读者。

读高崎的诗，在为其灿烂而多思的语言魅力而惊奇的同时，你会更多

---

① 高崎：《复眼》，香港：长城文化出版公司，1991年，"前言"。
② 高崎：《顶点》，北京：人民日报出版社，2000年。
③ 高崎：《征服》，北京：作家出版社，2002年。

地感到一种无法抵挡的寒冷。也许我们真的应该在一个温暖的季节来读高崎的诗歌：

> 背景。灰色的雪天冻结着
> 一群水牛忧郁地蠕动着。白昼如同空气，
> 索索地蒸腾。骨质的声音蠕动着。
> 蠕动着。
>
> 蹄印
> 踩出坚冰里最硬的那一层声响
>
> 那是冬天的阴魂里最刻毒的喘息
> 它们
> 从一群衣服臃肿的人或蹒跚的目光身边
> 乱糟糟
> 走过
>
> 天空是少有的和蔼，和空白
> 雪粉旋动着一次次
> 柔美的阴冷
> 山或早晨因寒冷而膨胀着
> 一大群水牛通过它们犄角的本能姿态
> 蠕动着
>
> ……蠕动着……
> 终点和起点
> 在模糊大路两端模糊着
> 如时间的横断面
>
> 雪粉剧烈抖索着
> 因为自己的寒冷。天空冻结着。
> 我不知觉地捧出一捆干草，也冻结着。
> 我几乎不知道这时，要用它去养饱它们的骨骼呢

还是必须焚烧它们背部以上的天空呢？

我和干草的一些愿望，是由冬天
还是由沉重的牛来选择？雪的空白里。背景。
一群水牛·草·思想……蠕动着

——《雪·水牛》

　　这是一幅绝对的江南农村冬景图，或许就是诗人扎根十八年的乡间所在地。诗虽没有正面、直接描写农人的艰辛，但那些毫无阳光和生气的语词告诉了我们很多。背景：灰色的天空冻结着；远景：一条终点与起点模糊的大路；中景：一群水牛忧郁地蠕动着；近景：一群衣服臃肿的人带着蹒跚的目光乱糟糟走过冻结着的草垛。这不是高崎对农村生活的一次偶然摄影，诗人对农村、农人的贴近已深入骨髓，"骨质的声音蠕动着"，忧郁、阴冷的生活只"如时间的横断面"，古老的农业文明国度的农村生活绝非一朝一夕。诗人波德莱尔式的忧郁和安特莱夫式的阴冷，透过语词迎面而来。没有对苦难与不幸的廉价同情，没有对古老生活方式的价值评判，有的，只是思想的蠕动：是要用干草"去养饱它们的骨骼呢/还是必须焚烧它们背部以上的天空呢？""我和干草的一些愿望，是由冬天/还是由沉重的牛来选择？"高崎将思想之箭直射生活的底部，直插问题的本源。似乎给了你答案，又似乎什么也没回答，只有"雪的空白里。背景。/一群水牛·草·思想……蠕动着"。诗人以诗特有的语言将读者带入一种沉思，一种"思想的蠕动"，既不渲染这种生活，也不涂抹这种苍凉，只让自己的冷郁静静地流淌，诗意油然而生。

　　事实上，高崎本人并没有经历什么特别的人生苦难和生活困顿。那种认为只有经历了大苦难才能创作出优秀作品的看法本身就是反艺术、反人道的，更谈不上人文关怀与精神拯救。高崎对自己笔下把别人的生活重负变成多重诗意与美感有自己的理由："我以为，尽管我的作品写到生活的艰辛，或者说'重负'，我无非是干了一件工作：'将古老的农业文明提升到纯净的语言层面'，用西川对我的作品评价说，'这使得他的散文(可以包括诗歌)获得了非常的意义。'所以，我也感到诗歌方面的上述工作极有理智上的意义。"①诗人所谓"理智上的意义"究竟是什么呢？我以为，除了"纯净的语言层面"（关于其诗歌语言，后文再论述），便是诗人冷峻的忧患意识。

"不是因为一些残忍的温度呵/雪地里，历史的寂寞，如镯子/比茫茫尖锐的冷/还无法忍受"（《雪地》）；"回忆是蓝色的，是尖锐的，是寒冷的甜的"（《第一首情歌》）；"在一个孤单的村子里/灵魂与风雨一样阴冷"（《客居》）；"海风又比秋雨绝对的寒冷/寒冷又无法抹去"（《为了一个家》）；"没有比冬日的悲哀更寒冷了。/她为什么在夏天的太阳底下颤抖？"（《蜕变》）；"抚摸无言的文字/像翻越最冰凉的台阶"（《顶点》）……无须再列举，高崎诗歌除了直接使用有"冷"字的语词外，还有大量与"冷"相关的意象，比如冰山、棒冰箱、霜、冬天、雪、黑色、黑暗等等，使其许多诗作呈现一种冷色调。这种冷色调绝不是隔绝尘世的冷漠，"山岗冷静含有一个敏感的黄昏/没有风暴的日子必须爱惜温暖的滋生"（《没有风暴的日子》），可见诗人其实是渴望并珍爱温暖的，实在只是这种温暖被历史的风暴掩埋得太深，被复杂的现实包裹得太紧。诗人由此获得一个理性的平台，以冷峻和清醒对历史、人性和传统等来了一次不动声色的解剖。

历史与传统，本是一个民族得以继续存在和发展的根源，然而，一味固守老祖宗的产业而没有来者的再创造，它们又会变成一种巨大的负担。因为"利用残余的辙印是存在的惰性/是对施行的亵渎或偷盗/我从一个嘴脸的辙印/认识那是寒冷或刨床的表情"，所以"无缘无故，我不会沿历史的虹梯而下/我如云朵朝八十个方向突然分裂/陌生是崭新的另一种本色"（《躁动》）。向传统突围，正是高崎信奉的写作方式。当"所有山头都体现传统的意象"而使得我们"不能移动另一个方向/来谈论面对的山峰"时，当我们"被典籍的轰鸣慑住/不敢运用解构和它的血液"时，我们必须从自己出发，从内部出发，因为"这新鲜就流自起伏的自己/你还为什么抵制自己呢，旅人！"（《无题》）。

也许围困并不可怕，真正袭击我们的，是那看不见的自围，它才是突围的坚壁厚垒。然而高崎充满自信，对人的自信与自觉："在无边宗教的天空下/孤立/我就是开始/我就是任何方向的边缘"（《自信》）。不要误以为这

---

① 高崎：《征服》，北京：作家出版社，2002年，"后记"。

是诗人的一种盲目的乐观与天真,事实上,高崎在对历史、人性、传统的表达中流露着一种让人难以释怀的忧郁。这种忧郁与其诗歌的冷调交织在一起,既体现了诗人写作的严肃,又增添了其诗作冷穆的色彩。长诗《变异》在对历史、人性、传统与文明等的思考中,都贯穿着这种忧患意识和体现着其诗作特有的色调。其他诗歌中,"黑色""黑暗""暗蓝""阴影""夜""夜莺""蓝黑""影""黄昏"等大量意象,无疑为这种色调又做了很好的注脚。

二、形而上玄思的自由精灵

也许谁都会为高崎诗集《顶点》封二的照片吸引:充满智慧的宽额,深邃而忧郁的眼,突兀的鼻、洁白的衬衣与黑色的领带,即便半开而带笑的唇,也透着高崎俨然一个欧洲绅士的冷峻或"类似一九三零年时巴黎生活中的艺术家照片,保尔·艾吕雅或阿拉贡式的诗人剪影"(庞培语)。高崎冷峻的忧患恰恰掩盖着一种生命内部的热情,这种热情终究"焚烧"了某些过于寒冷的物质与理念而使得他的诗歌不是给人绝望而是希望。这种热情不仅支持了他的自信,而且彰显了其诗作的另一种价值:投入大地,关怀生活。"人类将归宿在哪一个灿烂的/结局?""不是栩栩如生在任何圣人的/预言里/恰恰归宿于/大地"(《我们唯一的重量是土地》);"生活是我的故乡"(《活着》)。栖居大地,把生活当故乡,正是诗人用热情的火焰燃烧起的直面人生的"征服"之旗,这似乎与本节要讲述的自由与形而上玄思恰成悖反,其实不然。在高崎诗歌中,"直面"并非真的要"面朝黄土背朝天",而是将体验提纯,上升为光亮的思想,这就使其诗又有了自由与形上玄思的特色。

"我的听觉奔驶在一层明亮的瑰蓝中/许多白鸥以缤纷的姿态在空间分裂着/它们的头部或翼尖上隐约的帆角/那母性光亮给灵感捎来安宁的飞翔"(《月光曲幻觉》)。高崎诗歌的"形上玄思"并不是天马行空的荒诞怪想,而更多地体现为一种幻念的舞蹈,这种幻念其实是与自由的灵魂紧密相连。"在生活中默静也是一种动态",但只有突破"习惯",才有"思想的呼吸"与"灵魂之树的花朵智慧重重"(《世界》)。为了生命的本义,"树"必须"突破冰层","在风向中""留下形而上的全部形状",因为"这是思辨形状内向的一株树"(《一株最初的和最后的树木》)。诗人说:"从物质的这一岸突然跃到思想的另一岸,这一个'渡'的过程,就是'涵'"。高崎所谓的"涵",我以为就是他诗中自由灵魂与形上玄思的结合。

我们可以看到,诗人冷峻的忧患意识及其冷郁气质、自由灵魂与形上玄思都在力图突出一个独立的"人"。其诗多处出现"广阔""阔大""空灵""全部""遍及"等词,也正是在憧憬一种自由的"飞翔",思想的无拘无束。"独立的,一个人,耸在广场/这正是我的空间"(《独立的,一个人,耸在广场》);有时,这种独立显得自信而又自负:"他们的哲学为手杖旋转/执迷不悟。我只得横行霸道/我走过的桥永远浮出水面"(《笔记》)。诗人的"心灵,只有喉咙与广阔"(《红豆》),这种广阔,正是对自由的向往;这种广阔与自由同在。诗人一面追逐着自由的灵光,企及精神的"顶点",一面在形而上的幻思中自由跋涉,至此,诗人"冷静有如死已复生","让恨产生爱的力度/让力度与诗成反比"(《至此,我的城市已平静》)。

应该注意的是,不管我们有多大的理由责难自由诗的"自由",新诗如果少了自由的灵魂,它真的便像鸟儿失去了翅膀再也飞不起来。所以高崎毫不犹豫在一则诗论中写道:"请记取自由诗的本义。不管语言,意蕴,节奏,结构,文本,'自由'才揭示了新诗的终极。""自由,是诗的精灵的弧线,无法的大象。"①尽管高崎的这种认识可能有些极端,但他的这种追求确实为他的诗歌带来了新鲜的活力。而且,我们看到,冷峻的忧患意识与自由灵魂的形上玄思之间的表面矛盾也被诗人的内部生命激情洗刷净尽了。

三、语言之花盛开的舞蹈

谈论高崎的诗歌,你无法避开其诗歌语言。事实上,上文谈及无论其冷峻的忧患意识还是自由灵魂的形上玄思,都离不开其独特的语言及组织方式。诗人似乎要擦亮每一个语词,让自己的冷郁、自由魂灵随同思想一起飞翔。举两首短诗为例:

---

① 高崎:《顶点》,前引书,"后记"。

黑屋

一只红甲虫
不断爬上
一条不断爬上天空的

青藤儿

——《缠了一夜的诗》

琴声骤起
树枝在水的胡子中祈祷

黑暗融化了雪
白色的圣徒
一片面包

——《大雷雨》

在前一首诗中,"黑""红""青"色彩分明,无奈、忧愁、欢乐的情绪复杂交错。后一首诗,听觉、视觉、触觉甚至味觉相混,情绪由骚动到宁静。前者简直就是一幅写意画,后者更像是对一幅宗教画面的想象与补充,诗与思只是静静地流淌。高崎灿烂出色的语言能力,有时真让读者惊奇。"厚霜后的部分草木/依旧碧绿,徘徊,和睦/这是南方冬天最大的固执。"(《冬天之序》)"徘徊""和睦",把南方冬天的草木迟迟不愿褪青的"固执"写得活灵活现。

高崎信奉韩东所谓"诗到语言为止",尊崇诗的语言的绝对价值。他认为这"涉及诗的前途",任何诗人要想"拨动自己或人类情感的武器或凶器,除了语言,还是语言"[1]。于是,诗人聚集起所有的才思让语言之花盛开并舞蹈,他相信"其实你这时候什么也没有说",却让"春天已经频频开花。/春天幽香地说出很多多边形状的话语"。让"对话到语言的确无影无踪"(《语言》)。正因为"追求语言的绝对价值",他才会让自己的语言与他的冷郁气

---

[1] 高崎:《顶点》,前引书,"后记"。

质和自由魂灵的形上玄思形影不离。高崎似乎在做语言的自由落体，他不是滥用和践踏语言。如果说韩东的"诗到语言为止"是要让诗从隐喻后退，回到日常尘世，那么高崎信奉的"诗到语言为止"则似乎掉了个个儿，他的诗歌涉及欧美许多著名诗人艺术家，其诗似乎潜藏着一个巨大的隐喻或象征。此外，其诗歌语言的组织方式也往往出人意料。如"给耳朵是看，给瞳仁是听"，听觉与视觉器官功能的错位，"给"字体现的主动与被动的颠倒，凸显了诗人对"正常"的反思与"重新对待"（《重新对待》）；再如"智慧烧死了广岛/智慧膨胀了肉感"（《变异》），同样以语词与语词的奇妙组合将人的"变异"警醒地展现出来。

在诗歌形式上，高崎也有着多样化的追求。有不分节且较长的，如《含鸟的化石》等；有全是单行成节的，如《鹭》等；全是双行成节的，如《洞察》《渡河》等；全由三行成节的，如《关于加利安树的倒影》《节奏》等；全由四行成节的，如《顶点》等；全由五行成节的，如《谁让我来告诉：南方》等；更不用说由以上情况交错组织的诗歌。此外，还有不分行，全诗只在句与句之间加一黑点的诗，如《情话》；还有的诗每节排列成倒金字塔形，如《岸》。更值得一提的是他的十六行诗，这些诗由四节组成，每节四行，整齐中见变化，是较成功的尝试。高崎诗歌的句子绝大部分都使用短句，这也正是诗人追求自由的体现，而且有些诗句突然地随意跨行，也能收到更丰的意蕴效果。

我们可以看到，高崎诗歌的上述方面特色事实上是一线贯穿的，这根线就是自由。冷峻的忧患意识正源于人的独立与自由的受限，形上幻思更需要灵魂的自由驰骋，追求语言的绝对价值更因为他相信"语言涉及诗的前途之中，也是以自由为向度的"。海德格尔说"语言是存在的家园"，把语言从语词的牢笼中解放出来，在语言中把握存在，抓住真实，并用语言表现出来，是诗人的职责。无论"诗到语言为止"（韩东）还是"诗从语言开始"（杨黎），抑或"诗在语言内部"（树人），都只是片面的真理；语言不是诗的全部，这是确凿无疑的。将语言的价值无限扩大，同时让自由诗的自由没有边际都是危险的。我们不应忘了海德格尔同样还说过，"自由原就是一种惩罚"。诗人北岛则有诗句，"自由不过是/猎人与猎物之间的距离"（《同谋》）。对传统的彻底"破坏"，对事物"距离"的消弥，都会不可避免地受到

"惩罚"。而且在形式特色上，高崎三本诗集没有体现出什么明显的变化，不免单调了些。但高崎是一个充满自信的诗人，"为什么不歌唱自己／自己是白羊／还等待谁的寓言过来"(《是否看见》)。对此，我们有理由相信他以后诗歌的新变。

第四节　庄晓明：打磨一把诗歌的斧子

>　但我
>　仍是一个樵夫：日夜打磨着
>　一把斧子
>
>　　　　　　　　——《樵夫》

　　庄晓明的最新诗集《汶川安魂曲》[①]是其组诗、长诗和诗剧的合集。不论在诗体探索上，还是在诗歌意蕴的开掘方面，该诗集都给我们留下了非常丰富的诗艺空间。

　　其实，对于庄晓明的生活、职业等等，我是很陌生的。我与他虽有过两面之缘，两次都是在关于洛夫诗歌的研讨会上，但我们一起说过的话恐怕不曾超过十句。他给我的印象，是有些冷的，孤独的冷，还带些傲气的冷。读了他的这本诗集，那种冷的印象不但不减，反而渐渐在字里行间氤氲成一片。有时，这倒成就了他诗作形而上追问的智性之思；有时，那种冷也蒸腾为对某种理想的热情和对当下生存处境的反顾。由此，那种冷也就是庄晓明及其诗歌的一种气质了。

一

　　组诗《秋兴》作为整个诗集的首发，表面看来是诗人按创作时间先后安

[①] 庄晓明：《汶川安魂曲》，上海：上海三联书店，2011年。

排使然，而我更愿意视之为这部诗集的统领与枢纽。我不知道晓明在写作此组诗的时候是否有意应和杜甫的《秋兴》八首，因为这组诗也正好是八首。更重要的是，这八首《秋兴》同样可看作一个现代诗人在记忆与现实之间的现代体验，在粗粝的尘世的心灵历险及对理想家园的执着守望。

"我无法拒绝这秋天的蔚蓝/她从红枫那边/或早晨的窗外升起/使我忆及生活中的美好岁月"。生活并不必然充满美好与幸福，就像你不得不"返归杂乱的案前"；或者，"我们迎出双手/却触到陨石的粗糙"；也或者，我们常常处于荒芜的路口，"不停地咳嗽/逃避人类制造的异味"。总之，在现实生活中，人们相伴的是各自的影子，"加入流浪的行列/远方，一只空空的碗/乞讨着寒冷与苍天"。或许这样的现实是太冷了些，但诗人不是要为这样的冷增加厚度，而是为生活增添热度与色彩。因此，"忆及生活中的美好岁月"，不是因为记忆故意选择美好岁月，而是因为"我无法拒绝这秋天的蔚蓝"。恰恰是这"蓝"，在现实的寒冷与过去的生活之间架起了一条彩虹似的桥。

于是我们看到，"秋天的蔚蓝""蓝色火焰""蓝色的诗句""遥远的湛蓝"与"蓝色时间"等等，这些蓝字词组，仿佛一只只"蓝色之蝶"，在组诗《秋兴》中"振翼而起"。这是心灵的蓝，是独自仰望秋空时遐思的"另一个家园"，是渡引沉醉的灵魂生长的"另一种翅翼"。

然而，过去与现实之间毕竟隔着时间的鸿沟，"瑟瑟秋风中/林木散发遗老的气息/时间犹如草丛的蛇/尚在探寻它的腰身/一切便都滑了过去"。就这样时间以其更冷的"陌生的寒意"遗弃了我们，"世界已不再属于我/我也没有流放地可去/我只是坐在原地/如一段固执的枯木/固守自己的边界"。这颇类禅宗的意念，是否就是诗人"另一个蝉蜕的我"分离为蓝色之蝶后，来引领我们"渡越那段时空外的距离"呢？答案或许正在这里。

二

组诗《魏晋风流》《扬州慢》《中国诗人》和长诗《瓜洲渡》《采薇日志》等，皆以历史典故、历史遗迹或历史人物为抒写对象，在对某种历史意绪、历史情境、历史精神及历史悲剧的尊崇、追抚与怅惘中，完成一次心灵上思想上的古今交接。

《魏晋风流》八首以嵇康、阮籍、刘伶三人的相关典故为诗思的触媒，每首诗开头用文言交代典故内容，这就使得每首诗的前言与正文之间产生了极富意味的对读。文言与白话、古与今、叙事与抒情、历史意识与现代经验等，在组诗中完成混合的交响。

在中国文学史上，这是几个孤独的灵魂，他们早已"厌倦了时间的漫漫疲怠"（《广陵散》），"从一个时代的黑暗升起"（《穷途而哭》），"为了荒淫的独裁者/虚伪的遍地英雄/排成黑色行列/亦送葬自己的魂灵"（《阮籍哭灵》）。他们"叮当地挖掘黑夜"（《刘伶醉酒》），与尘世的黑暗告别，去寻觅自己的炉火和诗篇，"在一株竹叶寄寓形影"，用"醉意中的生命天地"（《与山巨源绝交》），去"映出遍地英雄的虚伪"和"整部历史的黑暗"（《登广武山》）。

组诗《扬州慢》九首在对平山堂、栖灵塔、梅岭和古运河等一个个历史遗迹的追怀中，漫溢出浓郁的历史意识与某种失落的现代感受。那"不堪承受之重/又无法传递之轻"的其实并非邵伯湖的荷花，而是"远山来与此堂平"的平山精神早已"淹没于山下汽笛"的现代轰鸣中；在报纸不满明星轶闻的新娱乐时代，鉴真纪念堂注定难以避免独自相对的孤独命运，"对我们已是如此陌生"，只有"三五成群的游人，嬉闹着/带走相机中的炫耀游历/留下一地果壳，翻卷的纸片"。我们这些所谓的现代人，这些"喧嚣的众生/被某种惯性裹拥着""蠕动着残缺的生命/和石头的伤痕。他们枯井的眼睛/固执地注视着，向着无尽的空洞岁月"。

晓明的这些诗透着一种悠远的凉意，也显露着一个现代诗人孤独而清倔的身影。诗句背后，既有难得的清醒，又有因清醒而来的疼痛、怅然和坚守。历史不可能像栖灵塔那样"建筑，坍塌，再建筑"，石栏可以新雕，画屏可以新绘，但能"克隆一个崩塌的历史"吗？孤零零的文峰塔，在工厂的乌烟、废弃的化工池罐和可口可乐、雪碧的时髦张贴的包围中，"如一根芒刺/插在我与历史的咽喉之间"。瘦西湖只能"招徕慕名而来的视线"，我们始终无法划入"深处的另一个湖"，那个湖曾经"盈满了绿色元素/曾海水一般倒映世界"。究竟是时间强行掐断了记忆，还是现实篡改了历史？我们突然有一种"被贬遥远地方的幻觉"。

— 249 —

或许，我们已无力捕获历史
反而被历史的罾网捕获

但晓明试图拒绝这一历史的宿命，"今夜，我点一支烛光，与你相互辨认""在这过去、现在、未来交汇的一个标点""我把手探入一圈圈漩涡/抚慰着那些流动的伤口/切听深处的脉息"，只为了"一个新的交汇的来临"。无疑，这是需要勇气的，也显示了诗人晓明的清醒与真诚、责任与固执。

三

长诗《雪的片段》《石油的片段》与《门之问》等，则使晓明诗歌表现出形而上追问的特征。

这是雪之问——"飞雪，浇铸着一方巨大的蜡烛，谁将是那燃烧的烛芯？""一种什么样的物质，使我的房间陡然明亮起来？""晶莹闪烁的土地哟，我是走向我的来世，还是回到我的前生？""血会生锈、生霉吗？"

这是石油之问——"黑色的眼睛，黑色的弓箭，在黑色的岩层下潜伏什么？""人类与石油是在什么路口相遇的？又将在哪个路口分别？""而人类正奔走于途中的何处位置？""我们呼吸的空气，是否也可称为一种岩层？谁正将我们开采？""谁的血脉上耸起了一座井架？人，还是蚊子？""一座黑色的炉膛，谁的火与炼狱？"

这是门之问——"门有高度，宽度/可有深度？""门框有各种材质/为何圈住了同一个虚无？""女性之门/它的遮蔽是什么？""门与门对视/但能否挽手？/门中是否还有门？/门是否只有内外两副面孔？""有一扇门/为何总是推不开？/有一种监狱/没有门/又该如何称呼？"

这一片片雪的纯粹、洁净乃至寂寞，都很容易令我们想起晓明在《秋兴》里铺张的那一片片蓝。二者不仅在色彩上构成呼应，更在诗情思绪上前后贯通。每一片飞雪都是一面镜子，它们相互映照，"于是，一个原初的世界敞开了"，确切地说是无数个原初的世界敞开了。这雪下了千万年了，我们除了从中获得了一些词语，"仍是一无所有"；而雪地的回声，是"更纯净的诗句"，只有在此时，"我们才能使因贪欲而不断加速的脚步，寻回重心",因为雪地是这个被污染的世界的"最后一堵墙"。显然,在诗人这里,雪成为原初世界的高度浓缩,成为一切纯净美好的最后抽象、最后归依。"我时常冥想着这场雪的边缘,那黑白相间,为一切征程划定的界限"。既然"雪与煤之间,肯定存在某种本质的联系",那么,雪与石油之间,不也是黑白之间同样本质的关联?

在《石油的片段》中,诗人的思辨像钻头一样探入更深的岩层,而时间就是这思辨的钻头不停旋转的动力。"我的身体的某处,或许有一片油域正在深处的岩层生成,汇聚,但我的岁月竟在毫无察觉中老去""我时常思索着我的生命中那些逝去的岁月,是否沉积了一种我们尚无法钻探的岩层""于是,我感到了一丝欣慰。这是否意味着所有的时间,终有一天会石油一般被全部赎回"?无论雪还是石油,都早已潜伏在诗人的血管里、骨骼里,等待时间的萃取。

如果说雪之问与石油之问在行而上追问中还闪烁着雪与石油具象般流光溢彩的碎片的话,那么门之问则以一连串的四十二问进入一个更为抽象的思辨世界。门的构成、门的种类、门的隐喻、门的象征等等,亦是形态万千。正如诗人最后还在追问的,"我的这些纷乱的思想/是把这扇门撑大了/还是把它挤塌了"?而一切的问,只从门的背后发出一声叹息,并"没有回答的词语"。

四

如果据此就以为庄晓明的诗太沉湎于过去或热衷于形而上追思而少了对当下生存的关注,我想那一定是误读了晓明,也误解了晓明的诗。事实上,不论对历史的辨认,对传统的呼应,与历史人物的对话交流,还是陷入形而上问思,其出发点是现实,其落脚点依然是当下的生存现实。这一点不仅在组诗《魏晋风流》《中国诗人》中人称的巨大混乱上表现出来,如"我""你""他""我们"的不断改换;也体现在那些思辨色彩浓厚的诗歌中强烈的现代情感,这些都显示了一个诗人在现代社会的复杂人生体验以及对这种现实感受的诗性书写。不仅如此,组诗《世相素描》、五幕诗剧《陷落》和长诗《汶川安魂曲》更是直击我们生存的当下世界。

《世相素描》对当下世态百相既有淋漓尽致的展演，又在相当程度上抵达了现象背后的真实和实质。这里有小业主们为了生存的威逼，不得不八面玲珑、外表光鲜而内心满是苦水的惶恐不安，他们被迫进入权力群狼的游戏规则，"成为权力后花园的小小鱼塘"，并最终心照不宣地与权力"同谋、同伙"。有伪劣商品制造者以"足够的智慧"生活在喜爱的阴影里，因为"家庭，自尊，地位，都有赖于这一切"。有号称人民的公仆者成为时代新的"硕鼠"，在各种欲望的支配与诱惑下"盖章"。有因企业间债务难清而催生的死缠烂磨的"讨债鬼"，还有生存在宣传与口号下面那些"纵横的阴沟里"的贫困者。

《陷落》则以诗剧的形式勾勒出一幅当代浮世绘。现代人像"一群乱刺的马蜂/把这可怜的地球刺得到处伤痕"，又像"失控的疯牛眼球血红，四处奔突"，并又充当逗弄自己的斗牛士，"翻舞红布的利润，做出明星状的表演"。人们凭着自己肉体的燃烧，愉快地"向下滑行"，向下陷落。"人类从没有像今天这般/从自己的肉体挖掘矿藏/寻找更为虚妄的刺激"，没有人去想这是否只是在兜一个更大的圈子，最终获取的依然是"甩不脱的空虚/如一只空荡荡的袖子/时刻提醒着人生的残疾"。在这"奇怪的丰富而又可悲的单调的世界，芸芸众生竟做起了现代南柯一梦"。谁来拯救这一陷落？

> 群山熄灭，露出石头
> 但为何总有一个呼唤
> 亲切如故园
> 潮汐一般的激情
> 仍反复将我袭击
> 现在，我是如此的孤独
> 立于这荒凉的群山之间
> 但在如星辰的光芒
> 撑破自己的躯壳之前
> 还得赶许多的行程
>
> ——《陷落》

尽管诗人没有明确的回答，但远方那"亲切如故园"的呼唤已然让我们怦然心动,那还得赶许多行程的坚执让我们充满期待与希望。或许这正是晓明诗歌在带着冷意的外表下又时时逸出温暖的原因,就像他在《汶川安魂曲》中写下的:"人类所需要的/其实多么简单/一间属于家和爱的居所/一些些粮食,一些些水/在月光里自由漫步/听一会儿风声"。庄晓明耐心地打磨着他那柄不会朽蚀、锋刃永恒闪亮的诗歌之斧,劈出一条甬道,引我们回去的地方不正是这样一间"家和爱"的居所吗?不正是在这喧嚣的时代能让我们自由漫步、沐浴月光并静听风声的所在吗?

最后,我想说的是,晓明的这部诗集在诗体形式的多样探索上也引人注目。中国新诗从其诞生之始,关于诗体建设的问题一直是一个重大而又没有很好解决的课题。晓明在这部诗集里主要以组诗和长诗的体制容量来契合他那丰繁杂多的体验和思想,同时采用了不拘任何束缚的现代自由十四行体和诗剧体,以及问询式、问答式的诗歌生成结构,在新诗的诗体建构方面也进行了积极的尝试和有益的探索,这同样是我们在读这部诗集时不应忘记的。

第五节　沈奇:追寻的骑士、安详的醉兽与精神自传

一

陈思和、赵毅衡、杨匡汉三位著名学者在《文艺争鸣》2012年第11期就沈奇近年新诗力作《天生丽质》①同时发文研讨,余响沛然。事实上,《天生丽质》文本的实验性、开拓性和丰富性,已为国内许多著名批评家和诗人所赞誉,它在短短几年内被海内外大小刊物刊发、转载近三百余次,这一事实本身就是一种独特的诗歌现象,我相信对它肯定的声音还会不断传来。

但我也注意到,迄今为止,论者多就《天生丽质》这组文本本身分析,

---

① 沈奇:《天生丽质》,北京:文化艺术出版社,2012年,"自序"第9页。

没有人将这组文本与沈奇之前的创作关联起来加以评论。沈奇在《天生丽质》结集出版前两年,还出版了他的前三十五年诗歌创作的总结性诗集《沈奇诗选》[①],里面收有部分《天生丽质》的作品。如果将整个《天生丽质》放在他三十多年诗歌创作历程来看,即可明白这组文本并非"横空出世",因而我更愿意探察这组文本与诗人内在的精神隐秘。不妨大胆地说一句,它是沈奇诗歌及诗学理想的必然。

作为二十多年来中国先锋诗歌的直接在场者与追踪者,沈奇先以一个诗评家的身份确立了他在评论界的独特存在。然而,作为诗歌批评家和诗人的"两栖"者沈奇,多少因为前者的身份而掩盖了后者的光亮。其实,我并不相信每一个诗人都有他的创作密码,但我相信每一个优秀的诗人都会或显或隐地在其诗歌中暴露内心的秘密,而这秘密也必得经由对诗人的诗歌密码进行破译才能获得。在我所能接触到的诗歌范围内,还没有哪一个诗人像沈奇那样三十年来如此执着地在诗作中保守着同一个秘密。就像一个顽皮而又略带忧伤的孩子,沈奇与那个秘密做着永不厌倦的捉迷藏游戏。有时我在想,沈奇会不会在这个游戏中偶尔忘了规则,把自己也当作了秘密的一部分乃至另一个秘密?否则,他何以乐此不疲地如此执拗和任性?何以在他的诗作中一次次掀起"秘密"的语词浪花?——隐秘的命题、神秘的消遁、一个隐秘的展览、神秘的混乱、春天的秘密、不愿告人的秘密、那些欢乐的秘密、痛苦的秘密、爱与愁的秘密、一只三叶虫的秘密、大的秘密、美丽的秘密……

或许我还要大胆地说一句,在某种意义上,沈奇的诗就是他的精神自传,他的心灵史;而要进入其中并赏阅那些灵魂的风景和秘密,我们还得从诗作本身开始。本节将以作者自选的带总结性的诗歌选集《沈奇诗选》为文本分析对象。

二

从创作时间来看,除了"和声辑"中的第一首《红叶》写于 1975 年外,

[①] 沈奇:《沈奇诗选》,西安:陕西师范大学出版社,2010 年,第 282 页。本节所引诗作均出自此版本。

《沈奇诗选》中其他诗作均选自 1980 年至 2010 年期间。从每辑前面的相关简介文字我们知道，诗集的编选顺序主要依循的是诗作（诗辑）本身结集出版的先后原则。所以写于 1984 年至 1986 年间的"看山"辑成了辑一，而早期写于 1975/1980 年至 1983 年间的"和声"辑则成了辑二。指出这一点，并非玩什么时间数字游戏，而是其中隐含并暴露了一个秘密，一个沈奇诗歌的编码方式，那就是：整个诗集的第一首《上游的孩子》与第二首《致海》，这两首写于 1984 年春夏的诗作，分别代表了沈奇诗作的两个核心意象系列，即"山"与"海"。

可以说，"山"与"海"的互动意象是沈奇三十多年诗歌写作隐隐形成的核心意象，并各自延伸为相应的谱系。"山"——上游、腹地、城市、阳台、灯、树等等，代表着现实，表征生存的局限性与荒诞性；"海"——远方、自然、天空、旅程、云、鸟等等，代表着梦想，表征生命的神性与诗性。山、海谱系的对视与互动，生成了沈奇诗歌的一种编码方式，其要旨在于表达对生存局限的忧虑性感知和渴求突破这种局限的骑士般追寻。显然的，我敢肯定地说，两首诗作的如此编排以及它们在诗集中由此形成的结构性意义并非沈奇的有意为之。无心插柳之妙恰恰证明了无意识对一个诗人的眷顾，同时也可说是一种背叛，因为在那凉凉而又绿绿的柳荫里，暴露了诗人全部的秘密。在这个意义上，对更注重言此意彼的诗歌来说，没有真正完全的无意识。即便那些断裂、沉默和布满间隙的诗歌文本，反而为我们提供了更多进入文本的通道。山与海的系谱，也当然地成为我们理解沈奇诗歌的一个切口。

> 上游的孩子
> 还不会走路
> 就开始做梦了
> 梦那些山外边的事
> 想出去看看
> 真的走出去了
> 又很快回来
> 说一声没意思
> 从此不再抬头望山

>   眼睛很温柔
>   上游的孩子是聪明的
>   不会走路就做梦了
>   做同样的梦
>   然后老去
>
>   ——《上游的孩子》

上游与山外、走路与做梦、出去与回来，在不动声色的平静叙述中难以掩藏那一气呵成绵延不尽的尖利的力量。羁守与远梦，出走与归返，安于现状而不甘，说一声没意思的自负与怠惰，聪明反被聪明误等繁复的情绪密集其中，干净利落地勾勒出一幅个人与民族生存状态的集体无意识景观。当然，我更愿意把它狭窄化为诗人对自己心路历程的审视。当"所有的山里人/矮个子的山里人/眼睛都陷下去了/古潭般地向往着/一个大个子的/海"的时候，诗人却不免疑惑：

>   谁也不清楚
>   （连我自己也不清楚）
>   这向往有无结果
>   那童话是否真实
>   ——那海
>   是否真的　有
>   那么大　那么美
>   那么慈爱地包容
>   一切的生命
>
>   ——《致海》

如果说在20世纪80年代韩东们直接宣告了海的平凡与危险，祛除了海的文化理想等附加意义，沈奇则更多保持怀疑，并在怀疑中"走下去""必须走下去"。于是这怀疑和走下去就有了坚实的根基，毕竟，"许多个世纪以前/我就出发了"。这样的精神姿态和由此连接起的历史意识，注定了沈奇不得不向过去频频回眸，历史的记忆与记忆的历史便成了他诗歌抹不去的浓墨重彩。"腹地"或故乡（无论现实的与精神的），在记忆里就静静地"保持固有的面目／保持永恒的童年状态"(《腹地》),而巫山神女峰的望夫石其实也只是一块石头,"一块像女神似的石头""只是一个偶然的结局——／在静寂而威严的悬崖之上／完成一个／不承认空间有局限的／意向／／(脚下是长江／人们叫它历史的画廊)"(《巫山神女峰》)。这种偶然性的历史通常以一种必然性的面目闯进并左右我们的认识,诗人就是要扭断那强加的必然性的绳索。沈奇在拆解历史之链的常识过程中与其说是拆解,不如说是重构,因为他显然看清了这一过程本身与渺小而真实的个体的关联,乃至用自己的生命历程直接参与了某些历史,这才是他严肃而又痛苦的历史意识。回忆不再是美好的与浪漫的,而是真实的生命之痛。

"任回忆胡涂乱抹""出问题的是那个岁月／出问题的是历史"(《如约》),生存的荒诞与局限在历史意识的过滤中更添了些许凉寒:"在这里长大的／总想走出去／从这里走出去的／总喜欢回忆""更多的还是留在这里""二十几岁便死了心／死了心还不服气"(《过渡地带》),做一些人生之梦,演一些人生之戏,之后便在那里荒芜。人生如梦亦如戏,然而沈奇始终抗争着这样的安排,在苛严的自我省视中追寻与创造。于是那没有传说、没有古迹也没有名字的山因为第一个人的登临而开始"有了一个传说"。原来传说与历史,总要有人去创造,只是这样的追寻对沈奇来说更痛苦了些:

> 所有应该证明的
> 似乎都已证明
> 你依然未能走出
> 那片沼泽地
>
> ——《剥离》

"没有什么会握住／你暗中伸出的手""那么为之苦争的东西／都猝然间老去"。剥落的,恐怕不只那"长长的古墙",更是自己与时代社会的剥离,与自身理想的疏离。我们看到,沈奇的诗就像那《古银杏》,"永远藏起了那个长长长长的故事"。是从山到城的岁月?还是历史称作的"老三届"?抑或个体遭遇到的那片命运的沼泽地?无论如何,在真实的生存面前,诗人没有抱怨,也没有消坠,而是更坚决地拔出"我"来淬炼和拷问。

三

在《我住在我的名字里》一诗中，诗人写道："我住在我的名字里/除了它我似乎再没有别的什么东西……/离开了我的名字我也就不能认识我自己"，名字对于自己只是"我的影子""只是个蜗牛壳而已"，但又不得不"这样住下去"，别无选择，直到某一天"在这个名字里死去"。回到"我"，思考"我"，追问"我"，生存的局限既是个体切实的生命体验，又需主体的不断省思以求超越和完成。令我们疑惑的是，沈奇不断的回忆能否带回一个完整的自我？

"疯狂的岁月　暴风雨/独自地　我创造了我自己"，经此苦难的历程，"于是从自我身上/我发现所有的人//从所有人身上/我看到我自己"（《和声》）。从此，"回忆和思考成了唯一"，再加上"两个晚生的儿女"——"幻想和爱"，沈奇一如既往地用诗对生存境遇进行书写并企图一种想象性的解决。就像那被无常抛之于泥淖的《飞鱼》，当"生的意志屈服于活的惰性"，有时不免"那渴望过的，都归于忘却/那挣扎过的，都归于嘲讽"，但终究会在前方之海的喧响与召唤下做最后的一跃；哪怕随残夜一同死去，也要用"苍白的鱼腹泛起一片黎明"，也要把自由的灵魂留给海风。也如那《悬崖旁，有棵要飞的树》，挣扎过，扭曲过，旋转过，依然"怀着飞鸟的梦想"。值得注意的是，这绝不仅是诗人历史青春期的浪漫和理想主义，也不是简单而盲目的廉价乐观。沈奇曾强调写诗是"生命存在的一种特殊仪式"①，而回忆和思考、幻想和爱，几乎贯穿他整个的诗路历程，成为其生命的另一种仪式。

"当选择成了负担/随意便诱惑了命运"（《净湖》），我们总是在不经意的时刻不经意地与沈奇那些收藏起的"长长长长的故事"擦肩而过，或者是那"长长长长的故事"一次次不经意地袭击了诗人自己。"可幻想总是存在的"！或"置身于过去/对着想象的/窗户"，听"遥远的什么地方/有一只鸟在唱"（《沉积》）；或因了"温柔的回忆"，使青春"在另一片叶上辉煌"（《最

---

① 沈奇：《沈奇诗选》，前引书，第282页。

后的秋天》);或回首来处,在水之上游,"便忆起那多梦的少年"(《惊旅》)。与历史青春期的想象和回忆稍有不同,尽管依然葆有骑士般的风度,只是那份难以释怀的苦涩与忧郁更浓更重了些,"历史无序/人生无迹"的喟叹也多少遮掩了那些"美丽的秘密",乃悟到"没有故事/只有讲故事的人"(《非悟》)。这种非悟之悟或悟之非悟感,显然投射了诗人内在的生命焦灼,归宿的迟迟不到使"我"不得不怀疑"我",质疑"我"。于是,沈奇似乎撕裂了自己,开始在诗中大量用"你"这另一个"我"来相互询唤:

> 你累了
> 可你不能转身
> 于是你消失
> 你的房子从没有盖好过
> 而你是构想过许多美丽的图案的
> 你的家只在你的心里
>
> ——《间歇》

这些"说不清楚的重量",终于使"日子与日子之间/有了更多的裂缝和间歇",也让诗人"终于认可/生命的局限",并"开始同自己握手言和"。而"你的灵魂/早已在你的身体之外"(《提示》之一),"可以拒绝一切/但不要拒绝你自己"(《提示》之二),"你过早地/离开了你自己/再也走不回去"(《橡皮》)。用貌似客观和拉大距离的"你"来逼视"我",反而凸显了诗人的自我对视、内视与省视。回忆往往是美好的,但也可能成为一种自制的偶像而欺骗现实的眼睛。因此诗人明白:"记忆是重要的/那么遗忘也是重要的了"(《淡季》),于是"所有的回忆与欲念",便"以骨折的方式/向钙化了的情感世界/向残余的青春/作潇洒的——告别"(《生命之旅》)。难道这就是诗人在一番灵魂的剖示之后得出的结论吗?

我想是的。这剖示既是对骑士般追寻的质询,这告别也意味着新的开始与新的再出发。时间的手指就这样掀开了诗人从20世纪90年代到21世纪的第一页。在《家园:主题与变奏》中,诗人写道:

> 冬天　在北方
> 在一个普普通通的雪夜里

你开始思考
关于家园的命题

　　这里的"开始"并非第一次,而是重新、再度;因为在季节的轮换中,生命里的那些"回忆和向往/获得和失去/超越和沉沦/以及生存的有无意义/以及石头与必要的水分"等等,早已成为"一种矛盾",现实的此岸始终无法让生命完整。当从老旧的床上醒来,重整旗鼓雄鸡似的渴望歌唱,面对的却依然是"墙边的耗子"和"失去神性的黎明"时,诗人乃被南中国海一个无名小渔村的黄昏那"纯粹的安宁和温馨"所召唤而蓦然止步,"不再奔赴/骑士式的追寻"。沈奇"这大海的异乡者"和"北方的老狼",便"如安详的醉兽/热泪奔涌",在"宗教之年/临大海而重温/小溪之梦/家园的命题/解构为无核之云"。于是,这只"经历过干旱和严寒的/老狼呵——/又如一只年轻的小兽/独自走出家门"。

　　从追寻的骑士到安详的醉兽,沈奇诗歌似乎完成了生命情态的转换。然而事情远非如此简单,再度的出发到底能走多远呢?一番旗鼓重整之后,诗人仍被拽回那无边的记忆与想象的漩涡之中。在梦幻般的晕眩中,在"寂寞中的回忆"里,浮起的依然是我们在其诗歌中似曾相识的那些秘密而长长的故事:

　　　　一条上游的小河

　　　　一只受伤的灰鸽

　　　　一段忧郁的音乐

　　　　一条搁浅的小船

　　　　一次无意的失约

　　　　一列告别家园的火车

　　　　　　　　　　——《秋日的一束阳光》

　　这些意象缀成诗人的密码链,"大意是一棵树的丰茂/与一只鸟的洒脱之间/那永恒的差别",那差别,也依然来自现实与梦想的错位。于是,沈奇这个"无羁的骑士/香客和恋人/离家出走的浪子"(《写作或水晶之旅》),"便依旧固执地站在/那个错位的风景里"(《稻草人或最后的守望者》),守望成最后的守望者,靠想象来灌溉自己。"卓越的诗情已化为苍凉的心绪/

惟有想象支撑着那不灭的祈愿",在"想象一座小小的古典庄园"中,完成一个身在现代而心系古典的不合时宜的"现代古人"的精神自传性诉求:

> 哦,身老秋风　心眷春雨
> 这是你最后的古典和浪漫
> 你知道这想象代表着一种衰老
> 一种孱弱以至缩回童年的迷乱
>
> ——《沈园》

其实,沈奇诗歌一点也不浪漫,浪漫的倒是他的精神气质,那种古典与忧郁的气质的浪漫,只是这浪漫也依然被他耽溺的想象冲淡。进入新的千年,记忆还是那些记忆,想象却不断裂变与增生,甚至记忆也成了想象的另一种方式。那些"长长长长的故事"在诗人延宕的想象里似乎永远没有结局,"飞翔的愿望"渐渐老去,甚至"羽毛还活着/飞翔却提前死了"(《我们的故事》之一)。即便是"记忆中的老家/那场大雪呵/下了很久很久",久得使自己活成一个"命运的人质"(《人质》),久得令自己一生都在"反方向行走"(《方向》)。

但新的变化同时出现了,即在这种宿命感的书写之后,沈奇诗歌开拓出了诗意和境界的舒缓自在和阔大之气,一种禅悟流泻其间。"一把扇子加一本好书/接近某种古典的味道"(《慵夏》),"没有焦虑　没有失意/只一抹淡美的忧郁还带着甜蜜"(《银色额尔古纳印象之二》),"醒来才悟:俗人/可是曾经的僧人"(《甘南印象》),"白云安适/天心如梦"(《桑科草原题句》)。这只北方的老狼,这个追寻的骑士,在岁月的河床上冲荡多年后,似乎真的变成一只"安详的醉兽"了。至此,我们不得不提及沈奇在21世纪近几年创作的特别文本:《天生丽质》。

四

据诗人自述,《天生丽质》是他本于"古典理想之现代重构"理念的一次自设其难的具有开创性的诗歌文本实验,意在通过"对残留于现代汉语中的丽词妙意之打捞和再造的方式,来重新认领汉语诗性的'指纹'及现代诗性的生命意识的别样轨迹,进而开启文化记忆的深层链接"①。我丝毫不怀疑作者的这种意图真诚和实践的价值,事实上,无论批评界还是创作界,对《天生丽质》都给予了应有的肯定与赞美。陈思和称许其为"苦心经营而成的文本实验"②,赵毅衡赞其为在现代语境下重新认领"汉字"与"禅"的"神奇"③,杨匡汉则肯定其"对承继寒夜香炉的古典、再造现代汉诗的传统,做了走向瞬间澄明的新探索"④。

记得当初第一次读到这组文本时,我在给沈奇的信中写道:"里面仿佛藏着一个巨大的秘密,但跳荡着的依然是一个现代人活泼泼的心。"如今,在通读他大部分诗作之后,我更相信自己当初那种印象与感受的准确。不错,正如有论者称誉《天生丽质》有"道骨禅风",或称之为"机锋灼灼"的"现代禅诗",也正如我们在上文分析其自在阔大之气与禅语流泻其间的新气象的出现一样,显然,此组诗作又绝不仅止于文本的实验,它是沈奇诗歌及诗学理想的必然;那只安详的醉兽,其实从来没有真正安详过,血管里跳荡的始终是一个无羁的骑士在21世纪的追寻,流淌的依然是一只北方的老狼以一种"未落的骄傲/和残余的矜持/在向晚的记忆里"(《依草》),对着夕阳说那说不完的"长长长长的故事"和秘密:

    云白 天静
    心白 人静

    欲望和对欲望的控制

    ——人群深处
    谁的一声叹息
    转瞬即逝?

    空山灵雨

---

① 沈奇:《天生丽质》,前引书,"自序"第9页。
② 陈思和:《字词思维·诗歌实验·文本细读——读〈天生丽质〉的几段札记》,《文艺争鸣》,2012年第11期。
③ 赵毅衡:《看过日落后眼睛何用?——读沈奇〈天生丽质〉》,《文艺争鸣》,2012年第11期。
④ 杨匡汉:《走向瞬间的澄明——〈天生丽质〉解读》,《文艺争鸣》,2012年第11期。

有鸟飞过

——《云心》

以物起兴，以物作结，言在此意在彼，多少欲望的缠绕与人世的叹息就在这空山灵雨、鸟过无痕中化成一片静远的白云，喧骚之心也随那云远了、静了，唯余涤尽尘埃的禅意与空茫。但在第二、三节的突然跳跃里让我们忽然意识到了诗人的选择性记忆，哪怕是无意识的，即生命旅程里的种种追寻及求而不得的意绪，这也反而加强了沈奇诗作那贯穿彻底的秘密和精神自传色彩。"莫问梦归何处"（《青衫》），"人世的安排/原只是　这/小小的一个满"（《小满》），"空出的位置/灰烬依旧"（《琥珀》）。生存于这浮华的世界，只剩下一颗头颅"沉重如初"，如旷野的一株向日葵，还坚持着"那一种豪华的孤独"（《野葵》），而"尴尬在于/无论人事还是季节/都不会因你心情的/变化而改变/它们的流程"（《杯影》），如果人生"真有一杯长生酒/喝　还是不喝"（《胭脂》）呢？蓦然回首，"河山已然老去""而骑士不知所终"（《归暮》），只有啸声、鞭影与蹄印依然在诗人的骨骼中响亮。

法国批评家皮埃尔·马歇雷曾说："我们要检查作品中有哪些没有说的和不能说的，并且正是为了这些没有说出的东西，才写出这部作品。"[1]现代禅诗的不说之说，《天生丽质》中那些没有说出或点到为止的地方，恰恰暴露了诗人最隐秘的内核。这些迹近天成而又在现代汉语中几近"失忆"的妙意丽词，每每不免令诗人"失意"（《烟鹂》），岂不怪哉？然而又何怪之有！那些没有说出或无意识中一带而过的，构成了另一个文本，那是诗人秘密的栖居之地。

最后，还该说说沈奇的现代诗话《无核之云》，这是他分力于现代诗学研究二十年来的重要收获。以诗论诗，虽不是其首创，但这些现代诗话或灵光乍闪，或言之凿凿，或通透邃远，或思辨绵密，实在有的也称得上另样的诗歌文本。关于诗，以及与诗有关的事物，任何诗人都有自己的言说。尽管我固执地以为，用一个作家本人的意图或创作谈之类去评判作家的作

---

[1] [法]皮埃尔·马歇雷：《文学分析——结构的坟墓》，汪筱兰、汪培基译，赵毅衡编选《符号学文学论文集》，天津：百花文艺出版社，2004年，第504页。

品，是一个评论者的失职和不够格，但我也承认作家本人的言说多少会丰富我们对其文本的理解和阐释。而沈奇的以诗论诗，表明这些现代诗话不仅是诗话，有的就是诗，如：

诗意如灯
天心回家

八个字里，诗的创作、生成、审美、禅意、直觉等等尽含其中，言约意丰。即使用其诗话来与其诗作进行对读，我们仍可读出他精神自传的另类文本；在此意义上，这些诗话与其诗歌构成了互文本。

"有些秘密的漏洞／存在于时间之外"（之3）。诗歌作为最高的语言艺术，而人作为语言的存在物，诗对语言的把握实际上就是对我们跟这个世界的关系和秘密的发现。对于一贯坚持"诗不仅是对生命存在的／一种特殊言说／诗也是生命存在的／一种特殊仪式"（之19）的沈奇来说，写诗话有时也会像写诗一样指向那些秘密。当"家"只能在"远方"和"心中"时，"写诗便是回家／并交换／流浪的方向"（之24）。因为在他看来，"与命运抗争／和对痛苦的超越／遂成为诗人／命定的主题"（之26）。同时，通过写诗，"不仅是为着疗伤／更是一种前行，一种／在存在于幻想之间／寻找诗性本我的／不断超越的历程"（之28）。就这样，正如前文早已分析过的，我们看到诗人一次次滑向那些秘密的受伤的故事，又一次次寻求超越和想象性的解决。因为即使是"诗的家园"，它也"只反衬出此在的困境／却不提交他去的路径"（之29），所以在沈奇眼中，诗人就是"被命运伤害／或准备去／伤害命运的人"（之135），而写诗便成为"一种精神自救"（之30）。是的，尽管沈奇如此坚执于那些记忆与想象、那些秘密与故事，但他始终追寻着超越的途径与诗性自我的获得，并一直期待生命的"另一种诗性的诞生"，因为他很明白："没有谁能够回到过去／也没有谁只活在当下"（之185）。他坚信并使我们相信：

诗，是我们生命
内在的方向

这方向，不能改变

>我们的命运
>
>却能校正我们
>
>看待命运的眼光
>
>——《无核之云》之157

我非常尊重这份执念。正是这种执念，让我们看到了沈奇诗作三十年来变中取常一以贯之的东西；也是这种执念，我们可以怀疑那些风格多变的所谓不断"进步"的诗人；也正是这种执念，沈奇用自己的诗歌文本证明了自己作为一个诗人同样独特的存在。再次看到诗人自己在卷首的题词："你不是你的归宿/你也不是任何人与事的归宿。"忽然想，对于沈奇，似乎以上的评论都显得多余了；我们惟见：一位追寻的骑士，又像一只安详的醉兽，香客似的，走在诗歌的旷野上……

第六节 洛夫：是"咒"还是"诗"？

"有音无义，有字无解"的佛经"大悲咒"，在众生无数次的持诵中，在令人信而不知的混沌里，果真没有意义吗？洛夫一面假设"大悲咒"本身无意义，也不需要意义，因为意义会形成智障；一面又深信"不同的人念这篇咒语时必有不同的感应，而产生不同的意义"，并根据其个人感应，写就一首现代诗《大悲咒》，以释佛经的"大悲咒"，"至于它是咒还是诗，那就看你从哪个角度去体验。"[①]为便于讨论，先引全诗如下：

>我有三条鱼，一条给你，一条给他，一条留给自己。我有三把刀，一刀砍下鱼头，一刀砍下鱼尾，另一刀砍在我自己身上，带血的鳞片纷纷而落。在四月，桃花也是带血的鳞片，带血的漂泊。风雨中，夜渡无人舟自转，滴溜溜地转，转出一个极大的漩

---

① 洛夫：《大悲咒·后记》，《背向大海》，台北：尔雅出版社，2007年，第36页。

涡，站在漩涡边上往下看，一口好深好深的黑井，里面藏有三个人，分食三条鱼：第一个吃掉了鱼鳍，发现自己少了一只手，第二个吃掉了鱼尾，发现自己少了一条腿，第三个吃掉了鱼头，发现自己的头早已不见。五蕴皆空，大圆满，大喜悦，大慧觉。我非我，无所有，非想非非想，月落无声，雪落无声，我在万物寂灭中找到了我。我手捧桃花，我啃着鱼头，我笑，满树的桃花都在笑，我笑，海里的鱼都在笑，有的在牙缝里笑，有的在胃酸中笑。妄念未寂，尘境未空，嘴里的鱼骨吐掉还是留在喉咙里？吐掉我便一无所有，那就留在喉咙里，像一切恶业留在肉身中。大悲大悲，鱼骨，血，桃花，是色亦是空。酒是黄昏时回家的一条小路，醒后通向何处？女体把柳条缱绻成烟，把桃树缠绵成雾，烟消雾散却忘了归途。钱财可以买到这个世界，也连带买了它的悲情。木鱼敲破仍是木鱼，钟磬撞破仍是钟磬，破碎的心还是心吗？福报只是深山中像暮霭一般逐渐消失的回声，起不以生，灭不以尽，尘世毕竟是可爱的，石头之宝贵全在于它的孤独，一块，两块，三块，好多好多块，都横梗在世人的心中而形成了一个大寂灭。佛言呵弃爱念，灭绝欲火，而我，鱼还是要吃的，桃花还是要恋的。我的佛是存有而非虚空，我的涅槃像一朵从万斛污泥中升起的荷花，是欲，也是禅，有多少欲便有多少禅。觉观乱心，如风动水，但涅槃不是我最后的一站，人生没有终站，只有旅程，大悲大悲，一路都是血污，骸骨，身上爬满了蛇蝎，虱子。活着一块肉，有机物加碳水化合物，死后一堆蛆，虽然不值一顾，而烦恼不来也不去，欲念不即也不离，如要涅槃，多寻烦恼，用舌舔干污血，吞食骸骨，蛇蝎与虱子就让它们留在身上，与蛆同居一室，共同钻营，把我们掏空，一无所有。大悲大悲。

洛夫以新诗释佛咒，佛咒释放出独属洛夫诗歌的意义，诗魔之诗，魔幻无穷，尤以禅诗为玄为妙。《大悲咒》写成已十年有余，解诗者多对此诗望而生畏，至今少有阐释之文。洛夫对"是咒还是诗"的提示，实际上涉及解诗的元语言冲突问题，本节欲结合元语言理论，从诗的角度，探险《大悲咒》。

一

洛夫诗歌重抒情而轻叙事,文本多含蓄、迂回、跳跃而少透明、直白和理性逻辑。《大悲咒》充满意象、暗喻,且诗、禅交融,弹性之大,迫使解读不得不成为一种冒险。反过来说,有挑战性的文本,也更能激发阅读想象,允许更丰富的阐释存在。

一首再怎么难解的诗,也是诗,卡勒的期待理论打破常规思维,建构起看似荒谬的文本决定阅读的观念,一首诗决定了它将如何被阅读。体裁在很大程度上决定着阅读的效果,同样的内容,用新闻报道的方式呈现和用诗歌的排列方式呈现,对读者产生的效果会截然不同。造成差异的原因在于读者对不同体裁的文本有不同的阅读期待,而每一种体裁程式也会产生各自的符号体系。依据卡勒的观点,阅读洛夫诗歌应当注意以下三种期待:

其一,非指称化期待。诗歌是非个人化的,人称代词、时间、地点状语等指示词,失却其本身具有的明晰性和指称功能,读者不应将其和现实、经验等一一对应。诗歌是远距离的,读者不能根据表面意义来理解,必须越过表层,在虚构中寻觅隐藏的深远暗示。洛夫的《谈诗》,以诗说诗,带着禅趣,直抵诗性的本质:

> 你们问什么是诗
> 我把桃花说成夕阳
>
> 如果你们再问
> 到底诗是何物?
> 我突然感到一阵寒颤
> 居然有人
> 把我呕出的血
> 说成了桃花

"把桃花说成夕阳"是诗,因为诗歌自携的修辞元语言强迫"桃花是夕阳"有意义,倒不必考虑桃花和夕阳之间有什么合理的关联。如果"你们"无法理解,还要继续追问"诗是何物","我"唯有为"你们"的不理解和自己的不被理解而颤栗。洛夫以"桃花"和"夕阳"之不同而能组合,说明诗性;又以"血"和"桃花"之不同,点明"你们"的执迷不悟。两组词语存立于两个层面,后一层是对不解或错解前一层的评价。"我呕出的血",是诗性的隐喻,"桃花"则隐喻着风马牛不相及地理解诗性。洛夫在诗中,不仅形象地展示了何为诗性,而且预见到有些读者不懂诗性。接收到这一提醒,我们就应当避开诗歌的指称功能,跨过模仿的藩篱,把重心放在符号自指的诗性功能上。

其二,整体化期待,即对于完整性或内在连贯性的期待。诗是和谐的整体,按照最理想的要求,"我们应该能够解释诗中的一切,在各种综合解释当中,我们应更加看重那些最能成功说明各成分相互关系的解释,而无须提供孤立的、无关紧要的解释。有些诗歌可以被看作成功的片段或不完整性的代表,但它们的成功仍取决于我们对完整性的追求,这种追求使我们意识到诗中存在的间隙和断裂,并赋予它们主题意义。"[1]比如洛夫《石涛写意》之八:

> 他画了一个月亮
> 又在下面
> 画了一株老松
> 再加上一笔越远越淡的
> 钟声
>
> 可是他就不知道
> 家该画在何处

钟声如何被画上去?或者说,他画了月亮和老松这两个实物之后,为什么没有继续画一口钟?"不知道/家该画在何处",令人倍感苍凉,或许部分读者会因而跳过对"钟声"的疑问,沉浸在第二节诗带来的情绪中。然而,

---

[1] Culler, Jonathan. Structuralist Poetics: Structuralism, Linguistics and the Study of Literature, Ithaca, N. Y.: Cornell University Press, 1975, p 200.

只有"钟声"在文本中撕开的裂缝被注意到,诗人的良苦用心才有可能被捕捉到。"家该画在何处"不是抽象的言说,诗人在第一节诗里做了细腻别致的铺垫,看得见的实物可以入画,听得见看不见的声音也可以入画,虚实之间,竟没有家的位置!

其三,意义期待。读诗就是想方设法赋予诗作以意义和重要性,读者在阅读一首诗时,认定它一定包含着潜在的内容。如果把一首诗当作散文去读,它的重要意义或许会被忽略,甚至诗句变得难以理解,而"诗句之所以有意义,往往就是因为它们是诗句。这话不是循环定义,而是说,诗句的文类释义程式,创造了反常的元语言"①。反常在诗中别具诗意,《我是水》一诗中,洛夫完全以暗喻组织诗篇,十八行诗就有十八个暗喻,并且两两一组,构成九对相反相成的暗喻,如:"我是水/水是我流浪的脚;我是鱼/鱼是我跳跃的诗;我是夕阳/夕阳是我读完的书"等。暗喻乃诗歌的一种自携元语言,元语言压力使得这些诗行超越所谓正常的规定,在反常中产生新意。"我"是水、泡沫、荇藻、泥沙、鱼等,同时,这些物又分别构成了"我"的一部分,看似难以讲通,却恰好符合洛夫禅诗所追求的物我合一:"诗人首先必须把自身割成碎片,而后揉入一切事物之中,使个人的生命与天地的生命融为一体。"②

对于一首难解的诗,既要努力寻找接近它的路径,又必须尽量避免过度阐释,此二者之间的平衡点并不好找,上面谈到的三种"期待",对解读《大悲咒》有所启发。

二

首先从诡异的"鱼"读起,诗中有三个整齐的句子:

"我有三条鱼,一条给你,一条给他,一条留给自己。"

"我有三把刀,一刀砍下鱼头,一刀砍下鱼尾,另一刀刮在我自己身上,带血的鳞片纷纷而落。"

---

① 赵毅衡:《文学符号学》,北京:中国文联出版公司,1990年,第141页。
② 洛夫:《我的诗观与诗法》,《诗魔之歌——洛夫诗歌分类精选》,广州:花城出版社,1990年,第151页。

"里面藏有三个人，分食三条鱼：第一个吃掉了鱼鳍，发现自己少了一只手，第二个吃掉了鱼尾，发现自己少了一条腿，第三个吃掉了鱼头，发现自己的头早已不见。"

每一句都包含着一个三，三个三相类比，"我""你""他"都是鱼的一部分，那么人就是鱼，鱼就是人，难以分开。"在四月，桃花也是带血的鳞片"，桃花、鱼、人，三者合一，桃花和鱼，是诗中最重要的意象，由此，基本可以确立万物与"我"同在。但"我"是谁？"我非我""我在万物寂灭中找到了我"，一条充满伤痛和无奈的悖论，存在生于虚无中，主体的生存寓于毁灭中。《临流》一诗可看作对主体追问的集中释义：

> 站在河边看流水的我
> 乃是非我
> 被流水切断
> 被苔藻绞杀
> 被鱼群吞食
> 而后从嘴里吐出的一粒粒泡沫
> 才是真我
>
> 我定位于
> 被消灭的那一顷刻

外在于物的人，把物当作观照对象的人，不具有诗人想要的主体性；人被各种物毁灭，恐怖、尖锐而又形象化地完成了人与万物的彻底交融，唯有如此，"我"才是"真我"。虚无与存在，毁灭与生存，交融与两忘，均只在一念之间，《大悲咒》中的"我"就站立于这一念间，神与物游。

荷花，《大悲咒》中的又一重要意象，是打开"我"的信念的一把钥匙，也是解锁《大悲咒》不容忽视的因素。"我手捧桃花，我啃着鱼头""鱼还是要吃的，桃花还是要恋的。我的佛是存有而非虚空，我的涅槃像一朵从万斛污泥中升起的荷花，是欲，也是禅，有多少欲便有多少禅。"鱼和桃花，在此处代表欲念，"我"不会舍弃这些欲念，"我"的涅槃不是佛教的涅槃。"我"的涅槃像一朵荷花，诗人不刻意强调其"出淤泥而不染"，而是退后一步，从污泥滋养荷花写起，荷花与污泥，禅和欲，实际上是无法剥离的，如同洛夫在隐题诗《我不懂荷花的升起是一种欲望或某种禅》中写到的："花萎于泥本是前世注定/的一场劫数"。

《背向大海》中的"芒鞋"，是欲与禅的另一种结合载体，"彳亍，彳亍，彳亍，彳亍……/直到无尽的天涯直到/走出自己的影子"，沙滩上留下一串脚印，从"欲望"始，以"一个在时间中走失的自己"作结。洛夫有言，诗与禅的妙悟境界，即"内心形成一种微妙的平衡，一种失去时空感的永恒，也是一种物我两忘的美，和物我都不存在的空"①。《远方》亦如是，进入永恒的"我"，如一片落叶，纯粹的时间或者说永恒，令人感到很闷，"而无常/总是在一堆碎玻璃中/找到它的前身/——那千万个/惨遭裂变的自己"。

"是欲也是禅"的荷花，傲然独立，发人深思，为《大悲咒》留下双重烙印：这首诗既源自"咒"，也出于生活。"我所谓的禅诗，其实可说是一种禅趣，在观察宇宙万事万物和日常生活中偶然感悟到的一种生机、一种隽永的趣味，以及纯粹的'真我'，也可以说是'生命意识的觉醒'。在我的诗中，与其说这透露了对生命的焦虑，不如说更反映了生命的和谐……我所谓的禅诗，本质上必须先有诗性，而后才是禅悟，不过一首好的禅诗，其中诗与禅早已融合无间，难以分辨了。"②洛夫的禅诗搭起尘世与精神王国沟通的桥梁，不生生割掉尘世，不对痛苦与黑暗闪烁其词，似处绝境又往往绝处逢生。洛夫的禅诗有禅趣，而更有诗性，其匠心独具的意象和奇崛的比喻乃诗性实现的首要保证，亦是《大悲咒》文本自携元语言的重中之重，自然成为解码文本的密钥。

"酒是黄昏时回家的一条小路，醒后通向何处？"《大悲咒》的整体意义浓缩于这一悖论式的暗喻句中。

"酒"和回家的"小路"，被系词连缀起来，很容易得到这样一个等式：酒＝小路。再如，"晚钟/是游客下山的小路"（《金龙禅寺》），晚钟＝小路。系词前后，等号前后的内容，以怎样的理由或逻辑联系起来呢？很难给出答案。两两之间看似距离遥远，难有交集，但并非完全不可解，只因诗歌打破常规而使诗意传递受阻。此乃诗歌的一种特殊符号，更多地指向自身，

---

① 洛夫：《背向大海·自序》，《背向大海》，台北：尔雅出版社，2007年，第5页。
② 王伟明、洛夫：《煮三分禅意酿酒》，方明主编：《大河的对话——诗魔洛夫访谈录》，台北：兰台出版社，2010年，第160—161页。

表现诗性。在释义压力下，文本的深层意义终将冲破表层障碍，喷薄而出。

巴尔特有一段话，巧妙地讲到，文本中非均质（isotrope）的东西对结构分析的重要性："你若是将圆钉敲入一块木头，敲钉之处不同，木头也便会有相异的阻力：可说木头不是均质的。文也不是：边线、缝隙，皆不定。一如（今日之）物理学须适应特定环境、特定领域的非均质性，结构分析（符号学）也应意识到文中的极细微的阻力，其纹理的不规则排布。"[1]巴尔特提醒我们，文不是均质的，有着不确定的边线和缝隙，同时文本中那些不明确的、隐藏起来的内容，在召唤着解读的介入。常规观照行不通之处，也正是均质画面中非均质成分撒播之处，诗歌较其他文体更能说明，非均质成分不只是阅读的障碍，更是解谜的秘籍。

《大悲咒》的诗首，由鳞片纷落而桃花飘飞而又漂泊，意象间的远距组合，暗示漂泊无处不在；不只颜色触目，而且漂泊的动态过程被细细演绎。"野渡无人舟自转"，化自韦应物的诗句，诗人将"横"改为"转"，"滴溜溜地转"，更彰显动感。全诗竭力写"大悲"，诗情的着力点却在漂泊，诗中的抒情主体为天涯浪迹者，欲与禅的纠葛是其形而上的呈现。

思念做媒，"酒"和"小路"间的裂缝弥合，二者的完美结合，将诗意推进一层。"酒""黄昏""小路""家""何处"等，更多词语的组合，构成一幅飘渺而又真实的乡思图，隐含着思乡却不知乡在何处的大悲凉。"湖南、台湾、温哥华，何处才是真正的家，我已搞不清楚了"，洛夫如是说，"我的确有着政治身份认同的错乱感，但我的文化身份始终如一"[2]。诗人强大的文化身份足以支撑起他的自我，因而，有大悲凉、大寂灭，却没有彻底的绝望和终止，"涅槃不是我最后的一站，人生没有终站，只有旅程"。漂泊天涯者，思乡又超脱于乡，其间多味杂陈，无限纠葛，此一悖论可谓《大悲咒》乃至洛夫诗歌之头一条悖论。

三

禅与诗的元语言交融，促成诗歌"无理而妙"的艺术效果；诗、禅与现

---

[1]［法］罗兰·巴特：《文之悦》，屠友祥译，上海：上海人民出版社，2002年，第47页。
[2] 王伟明、洛夫：《煮三分禅意酿酒》，方明主编：《大河的对话——诗魔洛夫访谈录》，前引书，第157—158页。

实世界的元语言冲突，带来诗歌阅读中的晦涩感。

"空"，赋予《大悲咒》意蕴及形式。"石头之宝贵全在于它的孤独"，横亘在世人心中，形成大寂灭。大悲的反面是"五蕴皆空，大圆满，大喜悦，大慧觉"，从大悲到大喜，从大喜到大悲，跳板为大寂灭。因此，漂泊的生命状态，沉重而不沉沦，迷而有悟。

洛夫禅诗中的"空"各有意义承载，或机巧，或意味深长，比如：

> 所幸世上还留有一大片空白
> 所幸
> 左下侧还有一方小小的印章
> 面带微笑
>
> ——《水墨微笑》

> 那禅么
> 经常赤裸裸地藏身在
> 我那只
> 滴水不存的
> 被子的
> 空空里
>
> ——《禅味》

> 我把自己推向冷处、绝处
> 推向一个雪塚
> 从此那里
> 便埋有一块大面积的
> 沉默的白
>
> ——《雪地足印》

"空"之诗歌形式的解读，尤为重要。文本间的裂缝、意象的远距组合、比喻的奇崛、诗意的跳跃等都渗透着"空"，阅读就成为寻找和填补这种空白的过程。诗人受禅思的启发而作，我们当对之以诗的解码方式，因为诗性才是诗歌的主导功能。

洛夫陈述过自己的基本诗观:"诗是一种有意义的美,而这种美必须透过富于创造性的意象语言才能出现。既重视语言本身的无限魅力,同时也追求诗的意义,一种境界,一种实质的内涵,一种对生命的体验与感悟。这个意义绝不是说理的、训诫的或励志的、现实社会责任感的那种意义,而只是诗性的,纯粹的艺术本质上的意义。"洛夫创作中的一个重要实验是超现实主义的中国化,他在李白、李贺、孟浩然、李商隐、王维等诗中找到了超现实主义的"非理性",同时也发现他们的诗歌具有超现实主义所缺少的"妙",由此,"试着透过可解与不可解的语言形式的经营、虚与实的表现手法的相互搭配、知性与感性(近乎非理性)的有机调和,以期获至'无理而妙'的惊喜效果。"①"无理"而能"妙",诗人追求的正是"空"之意义的巧妙传递,他以空写空,很少坐实。下面以诗意的跳跃为例,说明"空"的形式意义:

> 三粒苦松子
> 沿着路标一直滚到我的脚前
> 伸手抓起
> 竟是一把鸟声
> ——《随雨声入山而不见雨》

上面几行诗像魔术师的绝技展示,松子滚落而来,及至脚下,"我"伸手去抓,却不见松子,意外地抓到一把鸟声。由松子而变为鸟声,不经意间,可抓的实物被替换成不可触摸的声音。何以如此?诗题"随雨声入山而不见雨",雨乃有音无形,松子亦如是。有音无形之意义呈现应当是解读此诗的紧要之处。

佛教"大悲咒"之"有音无义""有字无解",以"空"达意,以"大空"消灾祛难、解救众生;洛夫释"大悲咒",则以空灵浇胸中块垒,展示大悲,享受大悲,亦治疗大悲。诗人以意象语构建文本以支撑自我,文本的不确定性使分裂的主体愈显其碎片化特征,阐释就成为一次充满挑战的解码尝试。

解诗过程会卷入多种元语言,它们可能会协同,也可能会冲突,还可

---

① 邓艮:《流散体验与诗歌写作——海外华文诗人洛夫访谈》,《理论与创作》,2010年第2期。

能虽冲突但冲突不可抵消而形成阐释漩涡。通常所说的诗歌晦涩问题，从阅读的角度来说，和元语言相冲突。较低层次的晦涩，因"用钥匙砍柴，用斧头开门"的元语言误用而起，一般可以解决和避免；较高层次的晦涩，也即诗学意义上的晦涩，实为同层次元语言冲突形成的阐释漩涡，漩涡状态的复义乃诗歌绝妙艺术之实现。

《大悲咒》，是咒还是诗？禅诗有"禅"更有"诗"。解码洛夫禅诗的困难来自复义汇聚成的漩涡，而非通常意义上的晦涩。洛夫在《无题四行》（十四首）的最后写道：

> 诗能抓住下坠的灵魂吗？
> 我站在语言的悬崖边呼救
>
> 看到你们在诗中行走如踩钢索
> 我便得意地笑了

真无愧"诗魔"之称！

结语（代）
阐释的限度："思无邪"新释及其现代诗学意义

在某种意义上说，百年新诗的问题，是"阅读"的问题，也是"阐释"的问题。但中国现代新诗的"解诗学"，至今没有得到系统的梳理和着意的建设。本书八章，以"诗性"为贯串首尾之线索，试图从不同面向"言说"新诗。然而，这些"言说"是否有效，依然有一个阐释限度的问题。于是，想起孔子解《诗》三百，终以"思无邪"三字为结，引后人争讼纷纭，不了了之。今亦强作解人，新释"思无邪"，代为本书结语。

一

孔子在《论语·为政》中对"《诗》三百，一言以蔽之，曰：思无邪"的总评，几千年来一直成为后世学者议而不决、争讼无果的诗学命题。东汉包咸、郑玄，魏何晏，南朝刘勰，唐孔颖达，宋邢昺、朱熹、二程、王质，清人刘宝楠、姚际恒、俞樾等儒士皆有论说。然而正如宋代张戒在《岁寒堂诗话》中直云，这些"世儒解释终不了"[1]。

到了现代，鲁迅、朱自清、郑振铎、陈子展、钱穆、钱钟书、李泽厚、陈鼓应、杨伯峻、叶秀山、李零等的相关洞见，也只是花开数朵、各表一

---

[1] 张戒：《岁寒堂诗话卷上》，丁福保辑：《历代诗话续编》（上），北京：中华书局，1983年，第465页。

枝。置身今天学术研究更为宽阔、自由、科学、开放的背景中，纵观这一聚讼纷纭的历代难题，无论在学术研究的科际融合方面，如从语言学、文字学、政治学、哲学、美学、文学等多角度来研究，还是20世纪90年代郭店楚墓竹简《语丛》与上博竹简《诗论》等原始珍贵文献的出土，"思无邪"的阐释史在某种意义上说既是学术研究中交叉学科发展的历史，也是历代知识分子学术生产与学术生态状况的折射，更是文艺领域一个诗学命题无限阐释之开放性、有效性的绝佳案例。

在人类历史的长河中，并非所有疑难都有答案。有些问题，甚至无须答案；而有些问题，比答案或许更重要的是，当我们剖开问题本身，看到了问题的构成，看到构成里更多小的问题，看到小的问题里更小的问题。如此缠绕、反复、增殖、新生，对象本身的繁复丰茂才得以呈现。"一言以蔽之"之类的要言不烦，虽为学术研究抽绎与归纳所不可少，但往往又有极大地简化对象之丰富性的危险。"思无邪"的论争，就像一个巨大的永不消融的雪球，在几千年的学术大地上滚动出泥泞的轨迹，一路上时不时留下几瓣晶莹的雪花，又时不时将路边其他的雪片裹挟而去，经过雨刷风拂，日晒霜冻，反倒成了一个质地更为坚韧的冰雪晶体，无论从哪个方向看都能折射出观者希望看到的光亮。这一独特现象恐怕不是春秋时期用诗之"断章取义"惯例，即《左传》所言"赋诗断章，余取所求焉"[1]能简单解释得了的。那么，我们不妨追问，"思无邪"本身是否具有人人皆能"余取所求焉"的开放性要素呢？在回答此一问题之前，有必要先简单梳理回顾一下几千年来"思无邪"之阐释史。

二

在某种意义上说，"思无邪"的阐释史也是一部论争史。考虑论述和梳理的清晰与方便，下文我们尽可能按照时间的顺序，但又根据需要兼顾其他分类方法，从比较混合的向度展开对"思无邪"的解释论争历史。由此，就会造成分类标准的不统一，而且对每一类的评述也难免会挂一漏万。先

---

[1] 杨伯峻编著：《春秋左传注 三 襄公》（修订本），北京：中华书局，1990年第2版，第1145页。

声明如此，倒不是推卸无力之责任；虽说这不能不是一大遗憾，但本文目的显然不止于厘清前人论述，更重要的是探寻这个聚讼纷纭、几乎成为士林一大疑案的命题所呈现的现代诗学意义。

其一，从"思无邪"的语源看，代表性的有两种观点。孔子以"思无邪"总《诗》三百，本出《论语·为政》，然历代解诗者泰半皆追溯到《诗经·鲁颂·駉》第四章："駉駉牡马，在坰之野。薄言駉者，有驒有骆，有骝有鱼，以车祛祛。思无邪，思马斯徂。"因此，"思无邪"与《駉》篇就有了天然的合法联系；更加之有春秋时期赋诗"断章取义"惯例以为援，此论占据着难以撼动的地位。但宋人王质认为"思无邪"一语乃孔子自己制造，并非引用《駉》文，其在《诗总闻》第二十卷读解《诗经·駉》时说："思皆辞也，一言以蔽之曰'思无邪'，孔子自发此辞，非引语也，或用此语亦可盖辞韵，虽不同而意故在也。"①由语源出处的不同，相应的在意义阐释上与《駉》文有无关系也就构成了"思无邪"阐释史上的一个重要关节点。

其二，从语言学角度看，争议焦点之一当为"思"与"邪"究竟何解？关于"思"，主要有三种观点，或为实词，作"思想""思虑"解；或为虚词，无实意，在《诗经》中放句首句末皆可；或为发语词，放在句首表达祝愿。关于"邪"字，毛序说"《駉》，颂僖公也"②，但不提"思无邪"句；郑笺称"思遵伯禽之法，专心无复邪意也"③；包咸注《论语·为政》云"思无邪，归于正也"，从此"无邪僻"、无邪即正，成为一种主流的观点。刘宋裴骃解"邪"为"馀"，"穷尽"之意；王质认为邪有三种读音："祥余切，与徐除同"，"羊诸切，与馀余同"，"徐嗟切，与斜澥同"，作"不正"解④。程子曰："'思无邪'者，诚也。"⑤即"诚正""信实"，还有人理解为"真实"。

其三，从时间上说，对"思无邪"之解释有几个时间节点值得注意。自后汉包咸解作"归于正"而历代相因，郑玄、孔颖达、朱熹等作"思想纯正""无邪僻"的解释几乎成为一种主流的接受，以至于到21世纪的今天，此种

---

① 王质：《诗总闻》，北京：中国书店，2012年，"卷二十"第2页。
② 李学勤主编：《十三经注疏·毛诗正义》，北京：北京大学出版社，1999年，第1384页。
③ 李学勤主编：《十三经注疏·毛诗正义》，前引书，第1392页。
④ 王质：《诗总闻》，前引书，"卷二十"第2页。
⑤ 朱熹：《四书章句集注·论语集注》，济南：齐鲁书社，1992年，第9页。

解释对当下文艺创作和批评还有相当大的影响力。但是，在这看似整一的时间之链上，宋代经学是一个重要的分岔。这个分岔的意义是，第一次将"思无邪"与《诗经·鲁颂·駉》的关联性在"断章取义"的历史压力下最大限度缩小又拉大了距离。说"拉大"，指的是宋代对"思无邪"的义理阐释与《駉》篇本旨相去甚远；说"缩小"，指的是这种义理阐释又处处曲迎并强加于《駉》。随着世界学术交流与对话的进一步开放，到了20世纪，尽管洞见迭出，但最大的发现无疑是1993年湖北荆门郭店楚简的出土与1994年上博楚竹书的亮世，其中的《语丛》与《孔子诗论》涉及"思无邪"相关内容，为此一难题开辟了新的研究进路与学术空间。进入21世纪，在过去的近20年间，如果说该命题有了新的生长点，首先当为李零[①]、叶晓锋[②]等新解"思无邪"为祝辞、祝福语，意为"愿福寿无边""祝福无邪僻疾病"之类。其次当为叶秀山[③]、晁福林[④]等从历史哲学角度对"思"与"诗"与"史"的关系辩证，但离《诗经·駉》及《论语·为政》中"思无邪"的文本语境越来越远。

以上三个方面的述评，当然是简之又简。事实上，"思无邪"的释义，从政治学、音乐学、伦理学、接受美学、经学、历史学、阐释学、社会学、文化学、训诂学、文献学、人类学、文字学、文学等多学科多向度，古往今来，治诗者博搜冥考，诸家杂陈，真可谓无限衍义！这一聚讼纷纭的难题，其焦点自然落到对"思"与"无邪"这两个关键词的理解和阐释上。然而对"思"无论做发语词、无实义解还是做思想、内容和想法等实义解，对"无邪"做纯正、真诚解还是做无边、无余解，都难以获取争讼者另一方的首肯。那么究竟怎么办？已故学者朱东润先生的一番话可谓至理名言："《诗》

[①] 李零认为，"思"表"愿望"，"无邪"表示"没完没了"，"邪"字"未必就是邪僻的意思"。李零：《丧家狗：我读〈论语〉》，太原：山西人民出版社，2007年，第70页。

[②] 叶晓锋认为"思无邪"大意是"愿没有邪辟或疾病"。叶晓锋：《关于〈诗经·鲁颂·駉〉中的"思无疆"等句子的解释》，见复旦大学出土文献与古文字研究中心网站：http://www.gwz.fudan.edu.cn/web/show/1747，该文发布时间：2011-12-23，查阅时间：2019-3-2。

[③] "'思—诗—史'成为一体""思者无邪，诗人亦无辜""孔子以儒家为宗师，为诗定性"。叶秀山：《"思无邪"及其他》，《中国哲学史》，2005年第1期。

[④] "关于诗与思的关系，可以说诗是思的跳跃和律动，思则是诗的动力之源泉。""'思无邪'的理论，大体来说包括诗作者和诗读者两个方面皆'无邪'的意义"。晁福林：《"思无邪"与〈诗〉之思》，《文学遗产》，2015年第3期。

三百五篇之作，不必以美刺言诗也，而后人多以美刺言诗；不必以正变言诗也，而后人多以正变言诗。此其蔽发于汉儒而征于《毛传》。读《诗》者必先尽置诸家之诗说，而深求乎古代诗人之情性，然后乃能知古人之诗，此则所谓诗心也。能知古人之诗心，斯可以知后人之诗心，而后于吾民族之心理及文学，得其大概矣。"①要得诗心，则需尽置诸论，求乎诗人情性；而搁置前说求乎情性的前提条件，乃回到文本本身。尽管这一重返未必能完全解决问题，但回到"思无邪"的原初语境却相当必要，因为围绕"思无邪"的许多衍义正是脱离原文本才生发开的。更何况，孔子本就是诗人，至少也具备诗人的气质，是有一颗诗心的人。即便姑且不论孔子删诗之真假，单是《论语》中提及孔子言诗之多处，亦可见一斑。基于此，那种认为"思无邪"一语乃孔子自撰的观点实在难以令人苟同。我们认为，它与《诗经·駉》的关联，恰恰是理解"思无邪"的唯一出发点。

三

"思无邪"的源出文本是《诗经·鲁颂·駉》：

> 駉駉牡马，在坰之野。薄言駉者，有骄有皇，有骊有黄，以车彭彭。思无疆，思马斯臧。
>
> 駉駉牡马，在坰之野。薄言駉者，有骓有駓，有骍有骐，以车伾伾。思无期，思马斯才。
>
> 駉駉牡马，在坰之野。薄言駉者，有驒有骆，有骝有雒，以车绎绎。思无斁，思马斯作。
>
> 駉駉牡马，在坰之野。薄言駉者，有骃有騢，有驔有鱼，以车祛祛。思无邪，思马斯徂。

对于该诗，别说其主旨，就连句读本身，也有些云遮雾罩。仅以第四章为例，有人以为"以车祛祛"该放在下一句和"思无邪"相连：駉駉牡马，在坰之野。薄言駉者，有骃有騢，有驔有鱼。以车祛祛，思无邪，思马斯

---

① 朱东润：《诗心论发凡》，《诗三百篇探故》，上海：上海古籍出版社，1981年，第104页。

徂。还有人认为"思无邪"应与后一句"思马斯徂"的"思"相连而成"思无邪思"：駉駉牡马，在坰之野。薄言駉者，有骊有騢，有驔有鱼，以车祛祛。思无邪思，马斯徂。这里不纠缠句读问题，因为无论哪种断句，都不影响该诗写马、誉马。毛诗序、郑玄笺、孔颖达疏等，皆以为该诗意在颂鲁僖公；而宋儒朱熹、今人郑振铎等，则以为"颂僖公"乃穿凿附会之解。

我们读《駉》，实在只看到对毛色各异的骏马协力拉车时的美赞，并为这些良骥骏马"以车彭彭""以车伾伾""以车绎绎""以车祛祛"的气势和力度所折服、所陶冶、所灌注，乃自然而然有"思无疆""思无期""思无斁""思无邪"之感，即一种强健宏阔之生命伟力的无边无羁无束。通篇写马，与僖公何干？正如三百之始，《关雎》乃咏爱情，与后妃之德谬以远矣。因此，"思无邪"之"思"，与僖公无涉，并非僖公之"思"，亦非学界有人以为"写诗者之思""读诗者之思"，更非"马之思"。宋代范处义、项安世解"思"为"语辞"，然也；清之曲园老人俞樾亦以之为是，还说"《駉》篇八'思'字并语辞"；杨伯峻《论语译注》说："'思'字在《駉》篇本是无义的句首词，孔子引用它却当思想解，自是断章取义。"[1]此言前半句当无疑义，然后面说"孔子引用它当思想解"来得突兀，不知何据？同理，李泽厚《论语今读》一面说"'思'是语助词，不作'思想'解"，一面又直译"思无邪"为"不虚假"[2]，岂不自相矛盾？这显然赓续的是经学以来一直解"思无邪"为"无邪思"的路子。

退一步说，即使我们同意孔子取"思无邪"以蔽《诗》三百乃属断章取义，但其"断取"也并非与《駉》文"断"得毫无关联。这一点，清之戴东原《毛郑诗考证》说得相当明白："考古人赋诗，断章必依于义可交通，未有尽失其义，误读其文者。使断取一句而并其字不顾，是乱经也。"孔子为诗定典，评诗时亦当顾其字、交其义，而不可能自乱其经。问题在于，孔子以"思无邪"总《诗》三百，究竟是评其思想道德？内容范围？社会文化功用？审美效果？抑或是孔子一贯以诗评乐、以乐评诗的一个乐评等等？今人马银琴在《论孔子的诗教主张及其思想渊源》中认为古人"赋诗之义与诗句字面意义之间的联系，必须以承认赋诗之义与诗句之义彼此疏离为前提"，并强调几乎所有的断章取义"都是以诗句的字面义，而不是诗歌之义为基础展开的"。

---

[1] 杨伯峻：《论语译注》，北京：中华书局，1980年，第11页。
[2] 李泽厚：《论语今读》，合肥：安徽文艺出版社，1998年，第50页。

此言何据，原文未详，但由此判定《駉》文"无妨孔子断取其句后以'思'为思虑之'思'，以'邪'为正邪之'邪'"①，似乎仍未脱经学义理之解窠臼的嫌疑。

几千年来，释"思无邪"为"思想纯正、无邪念"之意不绝如缕，且与孔子的诗教观念、中庸思想若合符契。然而亦如朱熹指出，《诗经》中"辞荡而情肆者多矣"；鲁迅也说《诗经》中"然则激楚之言，奔放之词，《风》《雅》中亦常有"②，并非全是"无邪"之作；更何况孔子本人也说过"诗可以怨"，此皆与思想纯正相龃龉。与其强作思想无邪解，不如顾其在《駉》文语境中的意义，同意前人释无邪为无边。于是就可以说，《诗》三百，一言以蔽之，曰：无垠！但真正的问题是：什么无垠？无垠何谓？这恐怕得从对"诗"本身的理解入手。再提醒一下，别忘了孔子也是能说出"逝者如斯夫，不舍昼夜"的诗人。

孔子之前，《尚书·尧典》云："诗言志，歌永言。"《毛诗序》云："诗者，志之所之也，在心为志，发言为诗。情动于中而行于言"；又云："发乎情，民之性也"。《诗纬》云："诗者，天地之心""诗者，持也""故诗之为学，情性而已"。陆士衡《文赋》云："诗缘情而绮靡"。刘彦合《文心雕龙·明诗》综合前说："大舜云：诗言志，歌永言。圣谟所析，义已明矣。是以在心为志，发言为诗，舒文载实，其在兹乎？诗者，持也，持人情性；三百之蔽，义归无邪，持之为训，有符焉尔。"所谓言志，所谓抒情，大略来说不过二而一罢了，即如白乐天所言：诗者，根情。《鲁颂·駉》篇中，在郊野驰骋的"駉駉牡马"们，"有骊有皇，有骝有黄""有骓有駓，有骍有骐""有驒有骆，有骝有雒""有骃有騢，有驔有鱼"，真可谓色彩斑斓，辉煌夺目；且置之以宏阔的郊野背景，再加之以"彭彭""伾伾""绎绎""祛祛"的声威，目之者安能不生"思无邪"之慨叹？——多么壮观、阔大、惊心、动魄啊！这正是无邪、无边、无垠带来的心灵激荡，又是引发读者共鸣的审美效果。

故"思无邪"或许本无须逐字理解，而应当作一个整体的赞语，就像我

---

① 马银琴：《论孔子的诗教主张及其思想渊源》，《文学评论》，2004年第5期。
② 鲁迅：《汉文学史纲》，《鲁迅全集》第九卷，北京：人民文学出版社，2005年，第366页。

们平日所言棒极了、太美了、真伟大啊之类的混沌之词。这油然之情生，鲁迅在《摩罗诗力说》里道得最是痛快："盖诗人者，撄人心者也。凡人之心，无不有诗，如诗人作诗，诗不为诗人独有，凡一读其诗，心即会解者，即无不自有诗人之诗。无之何以能解？惟有而未能言，诗人为之语，则握拨一弹，心弦立应，其声澈于灵府，令有情皆举其首，如睹晓日，益为之美伟强力高尚发扬，而污浊之平和，以之将破。"①试想，如果那拉车的马色泽单一，或数量上形单影只，或者牧马于山谷而非"在坰之野"，还能让观者"心弦立应"？即便有，那感触也不可与此同日而语。所以还是在此文中，鲁迅接下来说："如中国之诗，舜云言志；而后贤立说，乃云持人性情，三百之旨，无邪所蔽。夫既言志矣，何持之云？强以无邪，即非人志。许自繇于鞭策羁縻之下，殆此事乎？然厥后文章，乃果辗转不逾此界。"推崇"恶魔"诗人拜伦、济慈、裴多菲等为"精神界之战士"的鲁迅，自然对"设范以囚"诗、"许自繇于鞭策羁縻之下"的种种做法表示不满；同时，鲁迅在此显然也对孔子"强以无邪"概论诗三百之旨不以为然。但我们也应看到，鲁迅关于诗歌等文学之审美本质"皆在使观听之人，为之兴感怡悦"的看法，与古人说诗言志/抒情之论并非方枘圆凿。

由《駉》回到孔子对《诗》三百的总看法，或当情同此理。因为《诗》三百，无论题材内容还是社会文化功用等等，可谓包罗万象，杂多繁复，就像色彩丰富的駉駉牡马在郊野构成了天然壮丽的景观。正如宋人欧阳永叔言："盖《诗》述商、周，自《生民》《玄鸟》，上陈稷、契，下迄陈灵公，千五六百岁之间，旁及列国君臣世次，国地山川，封域图牒，鸟兽草木鱼虫之名，与其风俗善恶，方言训故，盛衰治乱美刺之由，无所不载。"而孔子亦说"诗，可以兴，可以观，可以群，可以怨。迩之事父，远之事君。多识于鸟兽草木之名"（《论语·阳货》）；说"不学诗，无以言"（《论语·季氏》）；说"温柔敦厚，诗教也"；说诵诗三百以"达政""专对"（《论语·子路》）；说"兴于诗，立于礼，成于乐"（《论语·泰伯》）；说"诗亡隐志"②等

---

① 鲁迅：《坟·摩罗诗力说》，《鲁迅全集》第一卷，北京：人民文学出版社，2005年，第70页。
② 马承源主编：《上海博物馆藏战国楚竹书》（一），上海：上海古籍出版社，2001年，第119页。

等。孔子谈《诗》的角度本是多向度的、开放性的，而强要用一言以蔽之，其难度可想而知。强调任何一方面，就必然掩盖另一方面，同时会大大简化《诗》的"经典"性；更重要的是，孔子对《诗》说了那么多的好话，最后用"思无邪"一语来总括之，就更像一句脱口而出的口语化的赞词：哦，《诗》三百篇，写得真好，经典，值得看！

这样的赞语，这样的解释，虽然含混，倒也符合中国传统历代诗话印象式诗评的特点。亦想起董仲舒那句老话：诗无达诂；而这本就是汉儒解经时的重要原则。"思无邪"，几千年来聚讼不已，几千年来对中国文学与文化、政治与思想、社会与伦理等的影响如此之大，或许这种"影响"真被夸大了？顾颉刚先生批评王柏的《诗疑》时就指出："他又不知道声歌的动人不靠在义理，凡能使人听了回肠荡气的往往专赖音调的曲折，其字句是无甚意义的。"①

这倒是提醒我们，"思无邪"的诸争百陈，其中一个非常重要的原因，恐怕正在于历代解诗者太过执着于诗的义理而受其拘囿。清潘德舆说"《三百篇》之神理、意境，不可不学也。神理、意境者何？有关系寄托，一也；直抒己见，二也；纯任天机，三也；言有尽而意无穷，四也。"②"直抒己见""纯任天机"，不也正符合一言以蔽之曰"思无邪"的一声由衷感叹？如果我们从一个诗人的诗心出发，才忽然发现：孔子似乎不经意间早为我们开创的这个中国式的无限阐释的现代诗学观念，不也同样显示和表征了孔子本人那颗世俗的诗心和一副活泼的诗人面貌？

---

① 顾颉刚：《重刻〈诗疑〉序》，《古史辨 第三册》，上海：上海古籍出版社，1982年，第416—417页。

② 潘德舆：《养一斋诗话》，朱德慈辑校，北京：中华书局，2010年，第7页。

参考文献

[1]阿垅：《人·诗·现实》，北京：生活·读书·新知三联书店，1986年。

[2]艾青：《艾青全集》，石家庄：花山文艺出版社，1991年。

[3]卞之琳：《人与诗：忆旧说新》，北京：生活·读书·新知三联书店，1984年。

[4]陈超：《中国先锋诗歌论》，北京：人民文学出版社，2007年。

[5]陈超：《个人化历史想象力的生成》，北京：北京大学出版社，2014年。

[6]陈旭光：《中西诗学的会通》，北京：北京大学出版社，2002年。

[7]陈国球、王德威编：《抒情之现代性》，北京：生活·读书·新知三联书店，2014年。

[8]陈绍伟编：《中国新诗集序跋选(1918—1949)》，长沙：湖南文艺出版社，1986年。

[9]陈仲义：《现代诗：语言张力论》，武汉：长江文艺出版社，2012年。

[10]陈仲义：《中国前沿诗歌聚焦》，北京：中国社会科学出版社，2009年。

[11]邓艮：《漂泊体验与政治无意识：洛夫诗歌研究》，西安：陕西人民出版社，2020年。

[12]废名:《论新诗及其他》,沈阳:辽宁教育出版社,1998年。

[13]废名、朱英诞:《新诗讲稿》,北京:北京大学出版社,2008年。

[14]耿占春:《失去象征的世界:诗歌、经验与修辞》,北京:北京大学出版社,2008年。

[15]郭沫若、宗白华、田汉:《三叶集》(第3版),上海:亚东图书馆,1923年。

[16]何其芳:《关于写诗和读诗》,北京:作家出版社,1958年。

[17]何其芳:《何其芳文集》,北京:人民文学出版社,1983年。

[18]何文焕:《历代诗话》(上、下),北京:中华书局,1981年。

[19]贺昌盛:《象征:符号与隐喻:汉语象征诗学的基本型构》,南京:南京大学出版社,2007年。

[20]洪子诚、刘登翰:《中国当代新诗史》(修订版),北京:北京大学出版社,2005年。

[21]江弱水:《古典诗的现代性》,北京:三联书店,2010年。

[22]姜涛:《"新诗集"与中国新诗的发生》,北京:北京大学出版社,2005年。

[23]蒋登科:《〈诗刊〉与中国当代诗歌的发展》,北京:人民出版社,2016年。

[24]蒋登科:《中国新诗的精神历程》,成都:巴蜀出版社,2010年。

[25]敬文东:《中国当代诗歌的精神分析》,北京:中国社会出版社,2010年。

[26]蓝棣之:《现代诗歌理论:渊源与走势》,北京:清华大学出版社,2002年。

[27]骆寒超:《中国诗学》,北京:中国社会科学出版社,2009年。

[28]李泽厚:《中国现代思想史论》,北京:东方出版社,1987年。

[29]李健吾:《咀华集·咀华二集》,上海:复旦大学出版社,2005年。

[30]李怡:《中国现代新诗与古典诗歌传统》(第2版),重庆:西南师范大学出版社,1999年。

[31]李广田:《诗的艺术》,上海:开明书店,1943年。

［32］李国辉：《英美自由诗初期理论的谱系》，北京：中国社会科学出版社，2018年。

［33］梁宗岱：《诗与真·诗与真二集》，北京：外国文学出版社，1984年。

［34］梁实秋：《梁实秋自选集》，台北：黎明文化事业股份有限公司，1981年。

［35］刘纳：《嬗变：辛亥革命时期至五四时期的中国文学》（修订版），北京：中国人民大学出版社，2010年。

［36］刘若愚：《中国诗学》，武汉：长江文艺出版社，1991年。

［37］吕进：《中国现代诗学》，重庆：重庆出版社，1991年。

［38］吕进：《对话与重建》，重庆：西南师范大学出版社，2002年。

［39］龙泉明：《中国新诗流变论》，北京：人民文学出版社，1999年。

［40］鲁迅：《鲁迅全集》，北京：人民文学出版社，2005年。

［41］陆耀东：《中国新诗史（1916—1949）》（第一卷），武汉：长江文艺出版社，2005年。

［42］陆耀东：《中国新诗史（1916—1949）》（第二卷），武汉：长江文艺出版社，2009年。

［43］陆正兰：《歌词学》，北京：中国社会科学出版社，2007年。

［44］罗振亚：《朦胧诗后先锋诗歌研究》，北京：中国社会科学出版社，2005年。

［45］骆寒超：《20世纪新诗综论》，上海：学林出版社，2001年。

［46］吕正惠：《抒情传统与政治现实》，武汉：华中师范大学出版社，2011年。

［47］孟樊主编：《当代台湾文学评论大系·新诗批评》，台北：正中书局，1993年。

［48］欧阳哲生编：《胡适文集》，北京：北京大学出版社，1998年。

［49］潘颂德：《中国现代诗歌理论批评史》，上海：学林出版社，2002年。

［50］钱钟书：《谈艺录》，北京：中华书局，1984年。

［51］乔琦：《形式动力：中国新诗论争的符号学考辨》，成都：四川大

学出版社，2015 年。

[52]沈奇：《沈奇诗学论集》（三卷），北京：中国社会科学出版社，2005 年。

[53]宋剑华：《百年文学与主流意识形态》，长沙：湖南教育出版社，2002 年。

[54]孙玉石：《中国现代诗歌艺术》，北京：人民文学出版社，1992 年。

[55]孙玉石：《中国现代解诗学的理论与实践》，北京：北京大学出版社，2007 年。

[56]唐湜：《新意度集》，北京：生活·读书·新知三联书店，1990 年。

[57]童龙超：《诗歌与音乐跨界视野中的歌词研究》，北京：人民出版社，2016 年。

[58]王岳川：《20 世纪西方哲性诗学》，北京：北京大学出版社，1999 年。

[59]王光明：《现代汉诗的的百年演变》，石家庄：河北人民出版社，2003 年。

[60]王珂：《新诗诗体生成史论》，北京：九州出版社，2007 年。

[61]王伟明：《诗里诗外》，香港：玮业出版社，2006 年。

[62]王伟明：《诗人密语》，香港：玮业出版社，2004 年。

[63]王伟明：《诗人诗事》，香港：诗双月刊出版社，1999 年。

[64]王毅：《中国现代主义诗歌史论》，重庆：西南师范大学出版社，1998 年。

[65]王永生主编：《中国现代文论选》，贵阳：贵州人民出版社，1982 年。

[66]吴炫：《否定主义美学》（修订本），北京：北京大学出版社，2004 年。

[67]吴思敬主编：《20 世纪中国新诗理论史》，北京：人民文学出版社，2016 年。

[68]奚密：《从边缘出发：现代汉诗的另类传统》，广州：广东人民出

版社，2000年。

［69］奚密：《现代汉诗：1917年以来的理论与实践》，上海：上海三联书店，2008年。

［70］谢冕：《新世纪的太阳：二十世纪中国诗潮》，北京：中国人民大学出版社，2009年。

［71］向天渊：《中国新诗：现象与反思》，北京：人民出版社，2016年。

［72］向天渊：《逐点点燃的世界：中西比较诗学发展史论》，郑州：文心出版社，2009年。

［73］熊辉：《中国当代新诗批评的维度》，北京：北京大学出版社，2017年。

［74］熊辉：《隐形的力量：翻译诗歌与中国新诗文体地位的确立》，桂林：广西师范大学出版社，2017年。

［75］徐贲：《人以什么理由来记忆》，长春：吉林出版集团有限责任公司，2008年。

［76］许霆：《新诗理论发展史》(1917—1927)，兰州：甘肃文化出版社，1994年。

［77］杨匡汉、刘福春编：《中国现代诗论》(上、下)，广州：花城出版社，1985年。

［78］叶维廉：《中国诗学》，北京：三联书店，1992年。

［79］俞平伯：《俞平伯全集》，石家庄：花山文艺出版社，1997年。

［80］袁可嘉：《论新诗现代化》，北京：生活·读书·新知三联书店，1988年。

［81］赵毅衡编选：《符号学文学论文集》，天津：百花文艺出版社，2004年。

［82］赵毅衡编选：《"新批评"文集》，天津：百花文艺出版社，2001年。

［83］赵毅衡：《文学符号学》，北京：中国文联出版公司，1990年。

［84］赵毅衡：《符号学原理与推演》，南京：南京大学出版社，2011年版。

[85] 张澄寰编选：《郭沫若论创作》，上海：上海文艺出版社，1983年。

[86] 张桃洲：《现代汉语的诗性空间——新诗话语研究》，北京：北京大学出版社，2005年。

[87] 张松建：《现代诗的再出发——中国四十年代现代主义诗潮新探》，北京：北京大学出版社，2009年。

[88] 张一兵：《问题式、症候阅读与意识形态：关于阿尔都塞的一种文本学解读》，北京：中央编译出版社，2003年。

[89] 张若英编：《中国新文学运动史料》，上海：光明书局，1934年。

[90] 郑敏：《诗歌与哲学是近邻：结构-解构诗论》，北京：北京大学出版社，2002年。

[91] 邹建军：《中国新诗理论研究》，武汉：长江文艺出版社，1993年。

[92] 朱自清：《新诗杂话》，北京：生活·读书·新知三联书店，1984年。

[93] [意]艾柯等著：《诠释与过度诠释》，斯特凡·柯里尼遍，王宇根译，北京：生活·读书·新知三联书店，2005年。

[94] [英]T. S. 艾略特：《艾略特文学论文集》，李赋宁译，南昌：百花洲文艺出版社，1994年。

[95] [法]罗兰·巴特：《文之悦》，屠友祥译，上海：上海人民出版社，2000年。

[96] [德]本雅明：《发达资本主义时代的抒情诗人》，王才勇译，南京：江苏人民出版社，2005年。

[97] [美]布鲁克斯：《精致的瓮：诗歌结构研究》，郭乙瑶等译，上海：上海人民出版社，2008年。

[98] [美]多迈尔：《主体性的黄昏》，万俊人译，桂林：广西师范大学出版社，2013年。

[99] [美]斯坦利·费什：《读者反应批评：理论与实践》，文楚安译，北京：中国社会科学出版社，1998年。

[100] [法]莫里斯·哈布瓦赫：《论集体记忆》，毕然、郭金花译，上

海：上海人民出版社，2002年。

［101］［美］高友工、梅祖麟：《唐诗三论：诗歌的结构主义批评》，李世跃译，北京：商务印书馆，2013年。

［102］［德］海德格尔：《诗·语言·思》，彭富春译，北京：文化艺术出版社，1991年。

［103］［美］海登·怀特：《后现代历史叙事学》，陈永国、张万娟译，北京：中国社会科学出版社，2003年。

［104］［美］海登·怀特：《形式的内容：叙事话语与历史再现》，董立河译，北京：文津出版社，2005年。

［105］［美］安东尼·吉登斯：《现代性与自我认同》，夏璐译，北京：中国人民大学出版社，2016年。

［106］［美］乔纳森·卡勒：《结构主义诗学》，盛宁译，北京：中国社会科学出版社，1991年。

［107］［荷］柯雷：《精神与金钱时代的中国诗歌：从1980年代到21世纪初》，张晓红译，北京：北京大学出版社，2017年。

［108］［美］朱莉娅·克里斯蒂娃：《主体·互文·精神分析》，祝克懿、黄蓓编译，北京：生活·读书·新知三联书店，2016年。

［109］［俄］维谢洛夫斯基：《历史诗学》，刘宁译，天津：百花文艺出版社，2003年。

［110］［美］罗曼·雅柯布森：《雅柯布森文集》，钱军译，北京：商务印书馆，2012年。

［111］［英］特里·伊格尔顿：《如何读诗》，陈太胜译，北京：北京大学出版社，2016年。

［112］［美］宇文所安：《追忆：中国古典文学中的往事再现》，郑学勤译，北京：生活·读书·新知三联书店，2014年。

［113］［美］宇文所安：《中国传统诗歌与诗学》，陈小亮译，北京：中国社会科学出版社，2013年。

［114］［美］弗雷德里克·詹姆逊：《政治无意识：作为社会象征行为的叙事》，王逢振、陈永国译，北京：中国社会科学出版社，1999年。

［115］Macherry, Pierre. A Theory of Literary Production. London: Routledge & Kegan Paul, 1978.

[116] Jakobson, Roman "What is Poetry?" in Krystyna Pomorska and Stephen Rudy (eds.), Language in Literature, Cambridge, Mass.: University of Harvard Press, 1987.

[117] Jakobson, Roman "Linguistic and Poetics" in Krystyna Pomorska and Stephen Rudy (eds.), Language in Literature, Cambridge, Mass.: University of Harvard Press, 1987.

后　记

　　书名的前半部分"斜目与重瞳",为什么斜视?能否重瞳?

　　凝视中国现代新诗不断反复、缴绕的"问题",不是无法直视和正视,而是百年来不同时期新诗批评的元语言功能和指称功能过于强势,以致走向诗性的反面。或许受儒家思想哲学影响深远的诗学界,向来缺乏认真做形式批评的传统,过分强调乃至惯性滑入社会—历史内容批评的新诗研究,也就显得教科书式有些老气横秋而面目可憎。

　　中国现代新诗是对古典诗歌的一次叛逆,从诗体形式上说,这一逆反是成功的,其意义不可低估。如果中国古典诗歌如宇文所安所说"建立于均衡对举的基础之上:每个步骤从一开始就守候着其结果的出现",那么古典诗歌给新形式的现代新诗让路就应是必然的事情。废名清楚而敏锐地捕获到了这一点:"每一种新的文学形式来自一种内在的、不可控制的力量对某种变化的要求,甚至强求。这股力量是自觉还是不自觉的倒无关紧要……这种不可控制的力量不是别的,就是作家必须掌握的新文学的实质。新实质往往透过一种最自然合宜的形式来体现,因而一种新的文学得以无碍地走向繁荣。"

　　"一种内在的、不可控制的力量",或许让我们更加明白废名当年的著名论断:旧诗是诗的形式散文的内容,新诗是诗的内容散文的形式。

　　梁宗岱更直截了当地将"形式问题"视作新诗存在的"唯一"理由:"形式是一切艺术底生命,所以诗,最高的艺术,更不能离掉形式而有伟大的生存","形式是一切文艺品永生的原理,只有形式能够保存精神底经营,因为只有形式能够抵抗时间底侵蚀。"

如果我们不执拗于对形式的偏狭和机械式理解，将一切表意活动都看作某种文本形式时，百年中国新诗的多次运动、论争和现象依然可以在形式范畴中取得合理的解释。正是缘于此，在本书的写作中，我们从一开始就警惕只做诗歌的指称性内容分析，而特别留意诗歌的高强度的形式。当我们不得不对诗歌进行严肃的社会—历史批评性的解读时，我们也仔细辨析早已渗入纯粹形式层面的社会—历史调解。

因此，本书尽管侧重以文本形式为中心，但是这种重心"倾斜"并非排除文本形式与意义之间的关联。我们相信，一切形式必然是关于意义的意义。新诗的意义组织方式并不停止于文本形式，形式亦受社会文化与意识形态的制约，但这不是对形式的否定，因为意识形态与文化历史本身也是意义的组织形式。

"斜"目而视，既是我们的一种态度与策略，更是一种新诗研究的方法；让新诗和新诗批评重返诗性，这是我们一致的企图。此外，书中小部分内容是我们十几年前进入中国新诗研究所初事新诗研究的习作，纳入其中并非敝帚自珍；而是在时间的"前"或"正"途上向"后"看，也有了一种"斜"视和自我检视的意味。斜目也好，正视也罢，但凝视总是不同主体的凝视，其间的差异，这样的言说，能否"重"瞳，我们当不能如胡适说的"戏台里喝彩"。虽已尽力，奈何天性愚钝如此，才疏学浅如是，只待方家以"正"视"斜"，定当毕恭毕敬以迎。

本书得到西安外国语大学学术著作出版资金资助，特此致谢。

全书写作分工如下：

乔琦：引言，第二章第一节，第三章第一节、第二节、第四节，第四章第一节，第六章第一节、第三节，第七章第二节、第三节、第四节，第八章第一节、第二节、第六节。

邓艮：第一章，第二章第二节，第三章第三节，第四章第二节、第三节，第五章，第六章第二节，第七章第一节，第八章第三节、第四节、第五节，结语。

全书由邓艮负责统稿。

2021 年 7 月　西安